KB113205

위대한 몬느

Le Grand Meaulnes

세계문학전집 325

위대한 몬느

Le Grand Meaulnes

알랭푸르니에

박영근 옮김

민음사

이 책을 여동생 이자벨에게 바친다.

차례

일러두기

작품 속에 등장하는 프랑스어 고유 명사는 국립국어원 외래어표기법을 참고하되 몇몇
단어는 현지 발음에 가깝게 표기하였다.

1부

1 하숙생

그는 189X년 11월 어느 일요일 우리 집에 도착했다.

그 집은 더 이상 우리 소유가 아니지만, 나는 계속 '우리 집'[1]이라고 부를 터이다. 십오 년 전, 우리는 고향을 떠났고 그 곳에 다시는 돌아가지 않을 참이다.

우리들은 생트아가트에 있는 상급반 건물에서 살았다. 다른 학생들과 마찬가지로 나도 쇠렐 선생님이라고 부르는 내 아버지는 그곳에서 교사 자격증을 따려고 준비하는 상급반과 중급반 학생을 함께 가르쳤다. 내 어머니는 초급반 담임교사였다.

---

1) 원문에서 표기된 부호나 문단, 이텔릭체, 단어 배열, 과거와 현재 시제의 뒤섞임 등은 가능한 그대로 살렸다. 그리고 글의 흐름을 힘 있고 매끄럽게 하기 위해 의성어와 의태어, 부사와 형용사를 원문의 맛을 떨어뜨리지 않는 범위 안에서 적절하게 사용했다.

마을 끝자락, 개머루 밭 아래에는 유리문 다섯 개가 달린 붉고 긴 건물 한 채가 자리 잡고 있었다. 체육관과 세탁장이 딸린 드넓은 운동장은 커다란 교문을 통해 마을로 이어졌다. 북쪽으로는 작은 철책이 쳐진 길이 있었다. 그 길은 3킬로미터 떨어진 라 가르 역으로 통했다. 남쪽과 그 뒤로는 밭과 정원, 초원 들이 교외와 맞닿아 있었다……. 내 인생에서 가장 고통스러우면서도 너무나 값지고 소중한 나날들이 흘러간 그 집의 간략한 도면은 대충 이와 같다. 황량한 바위에 부딪히는 파도처럼, 그 집에서 우리의 모험이 출발했다가 부서져서 다시 돌아왔다.

　　우리가 그곳으로 우연히 '전근'을 가게 된 건 장학관이나 도지사의 결정에 따른 것이었다. 아주 오래전, 방학이 끝날 무렵,[2] 이삿짐이 도착하기도 전에 어머니와 나는 한 농부의 마차를 타고 조그마한 녹슨 철책 앞에 내렸다. 정원에서 복숭아 서리를 하던 꼬마들이 울짱 틈새로 소리 없이 후다닥 도망쳤다……. 우리들이 밀리라고 부르고 내가 아는 한 가장 알뜰살뜰하며 꼼꼼한 살림꾼인 내 어머니는 먼지투성이가 된 짚으로 가득 찬 방으로 곧장 들어갔다. 그리고 우리네 세간들이 그렇게 형편없이 엉성하게 지어진 집에는 잘 맞지 않는다는 사실을 실망스러운 표정으로 확인했다……. 어머니는 밖으로 나와 진절머리가 난다는 듯이 나한테 투덜거렸다. 나한테 얘기하면서도 어머니는 여행 때문에 더러워진 어린 내 얼굴을

---

2) 프랑스 학기는 10월에 시작해서 6월에 끝난다.

손수건으로 부드럽게 닦아 주었다. 이윽고 그녀는 다시 들어가서 그 건물을 살기 좋은 집으로 꾸미려면 어떤 창문들을 봉해야 할지를 세어 봤다…… . 리본이 달린 커다란 밀짚 모자를 쓴 나는 낯선 마당에 깔린 자갈 위에서 우물 주위와 창고 밑을 꼼꼼히 살피며 기다렸다.

하여간 내가 지금 그날, 도착에 대해 생각이 나는 건 이 정도가 고작이다. 내가 생트아가트의 운동장에서 기다렸던 첫날 저녁에 대한 아득한 기억을 어렴풋이 떠올리려고 하면, 이미 다른 기다림의 순간들이 내 머릿속에 아스라이 피어오르기 때문이다. 그것은 양손을 현관 빗장에 얹은 채, 누군가가 큰길을 내려오지 않을까 하는 불안한 마음으로 이제나저제나 기다리던 내 모습이다. 내가 2층 다락방 한가운데에서 보내야만 했던 첫날밤을 상상하려고 하면, 다른 날 밤의 일이 아련히 떠오른다. 그 방에는 나 혼자만 있는 게 아니었다. 다시 말하자면, 불안하고 큰 그림자가 다정하게 벽을 따라 오갔다. 평화로운 그 모든 풍경 — 학교와 호두나무 세 그루가 있는 마르탱 영감의 밭, 매일 오후 4시가 되면 찾아오는 동네 부인들로 그득 넘쳐 나는 뜨락 — 은 내 기억 속에 영원히 남았다. 어느 날, 그 고요한 풍경이 요동치고 요상하게 변해 버렸다. 누군가 나타났기 때문이다. 그자가 줄행랑쳐 버리는 바람에, 우리 모두의 청년 시절은 뒤죽박죽되어 바람 잘 날이 없었다.

하여튼 몬느가 나타났을 때, 우리는 그 지방에서 산 지가 얼추 십 년 남짓했다.

나는 열다섯 살이었다. 으슬으슬 추운 11월의 어느 일요일이었고, 겨울을 생각나게 하는 가을의 첫 하루였다. 온종일 밀리는 늦가을에서 겨울까지 쓸 모자를 가져다줄 예정이던 라가르 역에서 오는 마차를 기다렸다. 그날 아침, 그녀는 미사에 참석하지 않았다. 나는 강론할 때까지 다른 아이들과 함께 성가대 좌석에 앉아, 새 모자를 쓰고 들어올 그녀를 보려고 불안한 마음으로 종각 쪽을 쳐다보곤 했다.

오후에 나는 저녁·기도에 혼자 가야만 했다.

그녀는 나를 달래느라고 성당에 갈 때 입는 옷을 손으로 털어 주며 푸념했다.

"그 모자가 도착한다 하더라도 어차피 그걸 손보고 다시 고치려면, 일요일 하루를 꼬박 잡아먹을 게 뻔하단다."

종종 우리는 겨울의 일요일들을 이런 식으로 보내곤 했다. 아침이 되면 아버지는 먼 곳에 있는, 안개가 자욱이 뒤덮인 연못으로 작은 배를 타고 곤들매기를 낚으러 갔다. 어머니는 밤까지 어두컴컴한 방에 틀어박혀 보잘것없는 야회복을 기웠다. 어머니는 자기와 마찬가지로 가난하지만 자존심이 강한 친구들 중 한 부인이 갑자기 방문할까 두려워서 그렇게 죽치기도 했다. 나로 말할 것 같으면, 저녁 기도가 끝난 뒤 추운 식당에서 책을 읽으면서, 수선한 옷이 얼마나 잘 맞는지 나한테 보여 주러 어머니가 문을 방싯 열고 들어오기를 기다렸다.

바로 그 일요일, 저녁 기도가 끝난 뒤 나는 성당 앞에서 사람들이 활기차게 웅성거리는 것 같아 밖으로 나갔다. 개구쟁이 몇 명은 성당 초입에서 거행되는 진화식(鎭火式)을 올망졸망 무리 지어 구경했다. 그 자리에 있는 마을 여러 사람들은 소방복 차림이었다. 걸어총을 한 채,[3] 그들은 추위에 덜덜 떨고 발을 동동 구르면서 부자르동 대장이 화재가 났을 경우에 지켜야 할 수칙 이론을 교육하는 것을 듣고 있었지만 매우 혼란스러워했다…….

마치 때와 장소를 가리지 않고 울리는 축제의 종소리처럼, 진화식 종소리는 별안간 뚝 그쳤다. 어깨에서 겨드랑이로 소화기를 멘 부자르동과 그의 대원들은 종종걸음으로 소방 펌프를 운반했다. 나는 그들이 첫 번째 골목으로 사라지는 걸 보면서도, 서리가 내린 그 길을 감히 따라갈 엄두도 못 냈다. 그들은 두꺼운 구두 바닥으로 잔가지들을 바싹바싹 밟으며 갔다. 개구쟁이 네 명이 아무 말 없이 그들을 따라갔다.

마을에서 다니엘 카페만이 시끌벅적거리는 북새통이었고, 거기서는 언성이 높아졌다 낮아졌다 하는 술꾼들의 대화가 어렴풋이 들렸다. 나는 마을과 우리 집 사이에 있는 드넓은 운동장의 나지막한 담을 끼고 돌아왔다. 조붓한 철문에 도착하자, 늦게 집에 온 게 약간 걱정이 되었다.

문은 반쯤 방싯 열린 채였고, 나는 금방 어떤 엉뚱하고 별난 일이 일어난 걸 알아차렸다.

사실 식당 문에서 — 운동장으로 향한 다섯 유리문 중 가장 가까운 — 머리칼이 회색인 어떤 부인이 허리를 구부리고 커튼 사이로 안을 들여다보려고 혼신의 힘을 다하고 있었다. 자그마한 그 여자는 옛날에 유행한 검은 벨벳 모자를 썼고, 바싹

---

3) 그 당시에는 소방대원도 총을 휴대했다.

마르고 가냘픈 얼굴이 근심거리로 파리해 보였다. 그녀를 보자, 나는 형언할 수 없는 어떤 두려움에 사로잡혀서 철문 앞 첫째 계단에 우뚝 멈췄다.

그녀가 시르죽은 목소리로 중얼거렸다.

"맙소사! 어디로 갔지? 조금 전에 나와 같이 있었는데. 이미 집을 한 바퀴 다 돌았는데. 아마 도망갔나 보지……."

그리고 그녀는 말 한 마디를 할 때마다 들릴까 말까 할 정도로 창문을 살며시 세 번씩 두드렸다.

그 누구도 낯선 이 여자 방문객한테 문을 열어 주러 오지 않았다. 물론 밀리는 라 가르 역에서 온 모자를 받았다. 붉은 방구석, 낡은 리본과 주름 펴진 깃털이 촘촘히 박힌 침대 앞에서 그녀는 궁상맞은 모자를 꿰맸다가 풀고, 이어서 다시 만드느라 아무 소리도 듣지 못했다……. 사실 내가 식당에 들어갔고 그 방문객이 내 뒤를 따라왔을 때, 어머니는 아직까지도 완성되지 않았던 놋쇠줄 장식과 리본, 깃털을 머리에 대고 나타났다……. 해 질 녘까지 일을 한 까닭에, 그녀는 피곤해진 파란 눈으로 나한테 방긋이 미소를 지으며 소리쳤다.

"이것 좀 봐! 너한테 보여 주려고 기다리던 참이야……."

하지만 방 안쪽 큰 안락의자에 앉았던 그 부인을 보고는, 어머니는 어안이 벙벙한 채 멈춰 섰다. 어머니는 모자를 잽싸게 벗었고, 계속해서 새 둥지를 뒤집어엎은 것처럼 구부린 오른손으로 모자를 가슴에 꽉 껴안았다.

테 없는 부인 모자를 쓴 채, 두 무릎 사이에 우산과 가죽 가방을 낀 그 부인은, 남의 집을 방문한 여자들이 흔히 그런 것처럼, 고개를 가볍게 흔들고 쉴 새 없이 혀를 차면서 설명하기 시작했다. 부인은 이미 완벽하게 침착함을 되찾았다. 심지어 자기 아들에 대해 얘기하면서 자못 젠체하고 신비스러운 듯한 태도를 보였기 때문에, 우리는 몹시 어리둥절했다.

그들 두 사람은 생트아가트에서 14킬로미터 떨어진 라페르 테당지용에서 마차를 타고 왔다. 과부인 — 그녀가 우리한테 넌지시 설명한 바에 따르면 엄청난 부자인 — 그녀에겐 두 아들이 있었는데 작은 아들 앙투안을 잃었다. 어느 날 저녁, 학교에서 돌아오는 길에 근처 더러운 연못에서 형과 함께 물놀이하다가 죽었다는 것이다. 그래서 그녀는 큰 아들 오귀스탱이 상급반 수업을 들을 수 있도록 우리 집에 하숙시키기로 결정했다.

이윽고 그녀는 우리 집에 데리고 온 아들을 혀가 닳도록 칭찬했다. 나는 머리칼이 회색인 그녀한테서 조금 전까지도 문앞에서 허리를 구부리고, 마치 닭장에서 키우지 않은 한 배 새끼들 중 한 마리를 잃어버린 암탉처럼, 애원하는 듯한 살벌한 표정을 아예 찾아볼 수조차 없었다.

그녀가 감탄하면서 자기 아들에 대해 침이 마르도록 얘기했던 내용은 아주 놀랄 만한 것이었다. 이를테면 그는 어머니를 기쁘게 해 주는 걸 좋아해서 겹겹이 쇠물닭이나 들오리 알들을 가져다주려고 맨발로 가시양골담초[4] 속을 헤치며 강기슭을 따라 몇 킬로미터를 달려가기도 했다……. 또한 그물

---

4) 가시금작화라고도 부르며, 유럽과 북아프리카가 원산지다. 콩과 식물로 늦은 겨울부터 향기가 나는 밝은 노란색 꽃이 핀다. 식물 전체에 가시가 많고, 뿌리와 열매에 독성이 있다. 꽃말은 청초와 박애이다.

을 치기도 했다……. 어떤 날 밤에는, 숲에서 자기가 쳐 놓은 올가미에 걸린 꿩을 잡기도 했다…….

겉옷에 찢긴 데가 하나만 있어도 감히 집에 돌아갈 수 없었던 나는 그 얘기가 너무나 놀라운 나머지 어머니를 톺아봤다.

하지만 어머니는 더 이상 듣지 않았다. 오히려 그 부인한테 조용히 하라는 신호까지 보냈다. 그리고 식탁 위에 자신의 '새 둥지'5)를 조심스럽게 놓고는 누군가를 화들짝 놀라게 하러 가는 양 조용히 일어섰다…….

그때, 작년 대혁명 기념일6)에 사용했던 더러워진 폭죽을 쌓아 둔 작고 초라한 방에서, 누군가 발걸음으로 또박또박 천장을 울리며 오락가락하더니, 캄캄하고 넓은 2층 다락방들을 건너, 마침내 피나무를 말리고 사과를 익히는 옆 빈 방으로 홀연히 사라졌다.

"조금 전에 저 아랫방에서 소리가 들렸는데, 그게 프랑수아네가 돌아오는 소린 줄 알았지……."

밀리가 나직한 목소리로 말했다.

아무도 대답하지 않았다. 가슴을 두근거리며 우리 세 사람 모두는 식당 계단 쪽으로 향한 지붕 밑에 있는 방문이 방싯 열릴 때까지 서 있었다. 누군가 계단을 내려와 부엌을 지나서 어

---

5) 새 둥지는 '모자'를 의미한다.
6) 1789년 7월 14일부터 1794년 7월 28일에 걸쳐 프랑스 파리에서 일어났던 시민 혁명이다. 자유, 평등, 박애의 기치를 내걸고 바스티유 감옥을 공격함으로써 대혁명의 막이 올랐다. 부르봉 왕조를 무너뜨리고 공화정을 수립했다. 프랑스 정부는 7월 14일을 국경일로 정해 성대하게 축하하고 있다.

두컴컴한 식당 입구에 난데없이 나타났다.

"너, 오귀스탱이니?"

부인이 얼결에 말했다.

그는 어림잡아 열일곱 살 남짓한 키 큰 소년이었다. 그의 주위에 어둠이 깔려서 나는 뒤로 젖혀 쓴 농부들의 펠트 모자와 초등학교 학생들이 그런 것처럼 허리띠로 묶은 검은 겉옷만을 봤다. 나는 그가 미소 짓고 있다는 걸 알아차렸다…….

그리고 어느 누가 그에게 어떤 설명을 요구하기도 전에, 그가 나를 알아봤다.

"운동장으로 나갈래?"

그가 말했다.

잠깐 동안, 나는 망설였다. 밀리가 별로 나를 붙들지 않은 까닭에, 학생 모자[7]를 집어 들고 그에게 다가갔다. 우리들은 부엌문을 통해 밖으로 나가 이미 어둠 속에 덮인 체육관 쪽으로 갔다. 황혼을 맞고 걸으면서 나는 코가 곧고 입술에 솜털이 보송보송하게 돋은 그의 각진 얼굴을 쳐다봤다.

"자, 네 다락방에서 이걸 찾아냈지. 넌 거기서 이걸 본 적이 한 번도 없었지?"

그가 말했다.

그는 검은 나무로 만들어진 작은 바퀴를 손에 들었다. 바로 그 주위에는 잘게 찢어진 폭죽 끈이 감겨 있었다. 그건 분명

---

7) 학생들은 그 당시에 챙이 있는 모자를 쓰고 다녔다. 이 학생 모자는 플로베르의 『보바리 부인』 첫 부분에도 등장한다.

대혁명 기념일에 태양이나 달 모양을 만들려고 사용했던 폭죽이었을 터다.

"터지지 않은 게 두 개 있더라. 오늘 불을 붙여 보자."

그는 결과가 어떻게 되는지 더 알고 싶어 하는 사람의 태도로 조용히 말했다.

그는 모자를 땅에 내팽개쳤다. 나는 그의 머리가 농사꾼과 마찬가지로 빡빡 짧게 깎인 걸 봤다. 그는 타다 말고 새까맣게 된 채 버려진 종이 심지가 붙은 폭죽 두 개를 나한테 보여 주었다. 그는 모래에다 바퀴통을 꽂고 주머니에서 성냥 한 갑을 — 성냥을 갖고 다니는 게 엄격히 금지된 까닭에 나는 무척이나 놀랐다. — 꺼냈다. 조심스럽게 몸을 구부리고 그는 심지에 불을 붙였다. 그렇게 한 후, 내 손을 움켜잡아서 뒤쪽으로 날 힘껏 끌어당겼다.

잠시 후, 어머니가 몬느 어머니와 의논이 끝나 하숙비를 결정하고 문턱으로 나와서, 체육관 밑에서 하얗고 빨간 두 불꽃 다발이 풀무 소리를 내며 치솟아 오르는 걸 봤다. 눈 깜짝할 사이에, 그녀는 내가 새로 온 키 큰 소년 손에 붙들려서 까딱 않고 태연하게 그 마술 불빛 속에 서 있는 걸 봤다…….

이번에는 어머니가 아무 말도 못 했다.

저녁 식사 때, 우리 가족의 식탁에서 그 친구는 말 한 마디도 벙끗하지 않으며 고개를 푹 숙이고 자기한테 우리 세 식구의 시선이 쏟아지는 것도 아랑곳하지 않은 채, 식사를 했다.

2 오후 4시 이후

그때쯤 나는 더 이상 동네 개구쟁이들과 어울려 거리에서 뛰어놀지 않았다. 189×년쯤까지 앓았던 관절염 때문에, 나는 겁이 많았고 불우하게 지냈다. 한쪽 다리로 안타깝게 깡충깡충 뛰면서 집을 빙빙 에워싼 골목길에서 재빠른 초등학생들 뒤를 주적대며 쫓아가던 내 모습이 아직도 눈앞에 생생하게 새록새록 떠오른다…….

그러한 까닭으로, 우리 식구들은 더 이상 나를 외출하지 못하게 했다. 나를 몹시 자랑스럽게 여긴 밀리가 동네 말썽꾸러기들과 함께 한 발로 뒤뚱거리며 뛰노는 나를 보면, 그녀는 매번 손바닥으로 몇 번씩이나 내 뺨을 때리며 여러 차례 집으로 데려왔던 게 생각난다.

오귀스탱 몬느가 도착한 때는 내 병이 완치된 시기와 들어맞아 내 삶은 새롭게 시작되었다.

그가 오기 전에는 오후 4시에 수업이 끝나면 나한테는 마냥 길고 쓸쓸한 저녁이 이어지곤 했다. 아버지는 교실에 있는 난로에서 타고 있는 불덩이를 우리 식당 벽난로로 옮겼다. 늦게까지 교실에 남은 꼬마들은 연기의 소용돌이에 파묻힌 추운 교실을 하나씩 하나씩 떠나갔다. 그래도 아직 운동장에는 놀거나 뛰어다니는 아이들이 몇몇 있었다. 그리고 저녁이 오면, 교실 청소를 했던 두 학생은 창고 밑에서 모자와 외투를 찾아 걸친 다음, 손에 가방을 들고 커다란 현관문을 열어 놓은 채 잽싸게 가 버리곤 했다…….

아직 햇빛이 남아 있는 동안에 나는 면사무소 안쪽에 있는 죽은 파리들과 바람에 나부끼는 게시물들로 가득 찬 고문서 보관소에 틀어박혔다. 그리고 정원으로 향한 창가 근처 낡은 흔들의자에 걸터앉아 책을 읽곤 했다.

날이 어두워지고, 이웃 농가의 개들이 짖기 시작하고, 우리 작은 부엌 창문에 불이 켜질 때면, 마침내 나는 집에 돌아왔다. 내 어머니는 이미 식사 준비를 시작했고 나는 다락방 계단을 세 단 올라갔다. 나는 아무 말도 하지 않고 앉아서 머리를 난간의 차가운 살에 기댄 채, 촛불이 흔들거리는 좁은 부엌에서 불을 지피는 그녀를 물끄러미 쳐다봤다.

그러나 누군가가 와서 평화로운 아이의 그 모든 기쁨들을 깡그리 빼앗아 가 버렸다. 몸을 구부려 나를 위해 저녁 식사를 마련하는 어머니의 부드러운 얼굴을 밝혀 주던 그 촛불을 누군가가 획 불어 꺼 버렸다. 내 아버지가 유리문에 나무 덧문을 달았던 그 밤, 누군가가 우리의 행복한 가정을 비춰 주던 램프를 꺼 버렸다. 그 친구가 다른 학생들이 곧바로 대장 몬느라고 불렀던 오귀스탱 몬느였다.

그가 우리 집 하숙생이 되고 나서부터는, 그러니까 12월 초순부터 저녁마다 학교는 4시가 지나도 텅 비는 법이 없었다. 여닫이 문 쪽 추위와 청소하는 아이들의 고함, 물통 소리에도 불구하고 수업을 마친 후, 마을이나 시골에 사는 학생 가리지 않고 언제나 스무 명쯤의 키다리들이 몬느 주위에 옹기종기 모여들었다. 장황하게 토론하거나 언제 끝날지도 모르는 말다툼을 벌이느라고 그랬는데, 나도 한편 불안하면서도 한편 즐거워서 거기에 기꺼이 끼어들었다.

몬느는 말을 한 마디도 하지 않았다. 하지만 그 무리 가운데 가장 말 많은 아이들 중 한 명이 매번 앞으로 나서, 시끄러운 목소리로 그를 증명해 줄 친구들을 하나씩 하나씩 증인으로 내세우면서 밭 서리에 대한 무용담을 장황하게 늘어놓았다. 다른 아이들은 모두 입을 벌리고 잠자코 히죽히죽 웃으면서 얘기를 열심히 들었다.

몬느는 책상에 걸터앉아 다리를 흔들면서 생각에 잠겼다. 재미있는 때에 맞춰 그 역시 피식 웃었지만, 심드렁한 웃음이었다. 마치 좀 더 재미난 얘깃거리, 이를테면 자기만 아는 그럴싸한 얘기에 맞춰서 터뜨리려고 웃음보를 미뤄 두겠다는 심사인 듯했다. 마침내 밤이 왔다. 교실 유리창의 희미한 빛이 뒤섞인 아이들 무리를 더 이상 비추지 못하게 됐을 때, 몬느는 벌떡 일어나 콩나물시루처럼 모인 친구들을 뚫고 가면서 외쳤다.

"자, 가자."

그러면 모든 아이들이 그의 뒤를 따라나섰고, 칠흑 같은 어둠이 깔린 마을 언덕에서 그들이 외치는 소리가 들려왔다…….

이제 나도 그들과 함께 다니는 일이 생겼다. 사람들이 우유 짤 시간이면, 나와 몬느는 교외 외양간 문 앞으로 갔다……. 그리고 우리들이 작업장으로 들어가면, 방적공이 어두컴컴한 곳 삐걱거리는 두 베틀 가운데 서서 말했다.

"학생들이 왔군!"

그리고 대개 저녁 식사를 할 때, 우리들은 학교에서 아주 가까이, 대장장이며 수레를 만드는 목수인 데누 집에 있었다. 그의 가게에는 문짝이 두 개 달린 큰 문이 열려 있었다. 예전에는 여관업을 하던 곳이었다. 길거리에서 대장간의 화덕 소리가 끽끽 들렸다. 어두컴컴하고 쇠가 부딪치는 소리가 들리는 그곳에서, 잠깐 얘기하려고 마차를 멈춘 시골 사람들이나 문에 등을 기대고 말없이 쳐다보는 우리와 같은 학생의 모습이 숯등걸의 불빛에 어른거렸다.

그리고 크리스마스가 되기 일주일 전 쯤, 모든 사건이 시작된 건 바로 거기에서였다.

3 '나는 광주리 가게에 자주 드나들었다.'

하루 종일, 마냥 쏟아지던 작달비는 저녁 무렵에서야 겨우 멈췄다. 낮에는 내내 지독하게 따분했고, 휴식 시간에도 아무도 밖에 나가지 않았다. 교실에서는 끊임없이 내 아버지 쇠렐 선생님이 지르는 고래고함 소리가 들려왔다.

"이놈들, 그렇게 구두 소리를 크게 내면 안 돼!"

우리가 '마지막 십오 분'이라고 말하는 그날의 마지막 휴식 시간 뒤, 쇠렐 선생님은 잠깐 동안 무엇을 생각하면서 하릴없이 이쪽저쪽을 오락가락하다가 발걸음을 뚝 멈췄다. 그리고 지루한 수업이 끝날 무렵, 온갖 소리가 뒤섞인 웅성거림을 멈추려고 커다란 자로 책상을 세차게 내리쳤다.

그의 침묵이 학생들의 주의를 끌자, 그는 물었다.

"누가 내일 프랑수아와 함께 마차를 타고 라 가르 역으로 가서 샤르팡티에 부부를 모셔오겠느냐?"

그분들은 내 할아버지와 할머니였다. 샤르팡티에 할아버지는 두건이 달린 큰 회색 양모 망토를 입고, 자신이 장교 모자라고 부르는 토끼털 모자를 쓰고 다니는, 은퇴한 삼림 감시원이었다……. 꼬마들은 그를 잘 알고 있었다. 매일 아침 세수할 때면 할아버지는 양동이를 들고 나와서 늙은 군인들이 하듯이 그 속에 턱수염을 살짝 담그고 벅벅 씻었다. 뒷짐을 진 아이들 한 무리가 올망졸망 모여 자못 존경 어린 호기심으로 그를 관찰했다……. 또한 아이들은 키가 작달막한 시골 출신이며, 털실 모자를 쓰고 다니는 샤르팡티에 할머니도 역시 잘 알았다. 밀리가 그녀를 적어도 한 번씩은 하급반에 모셔 오곤 했기 때문이다.

해마다 크리스마스가 며칠 앞으로 다가오면, 우리들은 4시 2분 기차로 오는 그분들을 마중하러 라 가르 역에 가곤 했다. 그분들은 밤 같은 크리스마스 먹거리를 천으로 둘둘 말아 놓은 작은 봇짐을 들고 여러 지방을 가로질러서 우리를 보러 오셨다. 옷을 두껍게 입은 두 분이 싱글벙글 웃으면서 약간 쑥스러운 듯 우리 집 문턱을 넘어서면, 즉시 우리는 모든 문을 자그시 닫았다. 그러고 나면 그때부터 무척이나 즐거운 일주일이 시작되었다……

그분들을 모셔올 마차를 나와 함께 몰고 오려면, 도랑 속으로 빠뜨리지 않을 만큼 신중하고 아주 온순한 누군가가 필요했다. 샤르팡티에 할아버지는 욕쟁이였고, 할머니는 약간 수다스러웠기 때문이다.

쇠렐 선생님이 그렇게 묻자, 열 명쯤의 목소리가 일제히 고래고함을 치며 대답했다.

"대장 몬느! 대장 몬느!"

하지만 쇠렐 선생은 못 들은 체했다.

그러자 그들은 외쳤다.

"프로망탱!"

다른 아이들이 빽빽거렸다.

"자스맹 들루슈!"

엄청난 기세로 암퇘지에 올라타고 들판을 뛰어다니곤 했던 루아 형제들 중 막내 녀석이 새된 소리로 외쳤다.

"저요! 저요!"

뒤트랑블레와 무슈뵈프가 열없는 듯이 마지못해 손을 드는 것으로 만족해야 했다.

나는 몬느이기를 바랐다. 그랬더라면 노새 마차를 타고 갈 그 간단한 여행이 보다 중요한 사단이 됐을 터다. 그 또한 그러고 싶었을 것이다. 하지만 그는 비웃는 태도로 일부러 입을 꾹 다무는 척했다. 휴식 시간이나 즐거운 일이 있을 때 했던 것처럼, 키 큰 아이들 모두는 뒤에서 몬느와 마찬가지로 의자에 발을 걸치고 책상 위에 앉았다. 아예 윗저고리를 벗어서 혁대 근처에 묶은 코팽은 교실 대들보를 떠받치는 쇠기둥을 끌어안고 경쾌한 몸짓으로 기어오르기 시작했다.

"자! 무슈뵈프가 가지."

쇠렐 선생님이 그렇게 말하자 학생들 모두가 낙심했다.

그러자 모든 아이들은 조용히 제자리에 앉았다.

4시, 나는 비가 내려서 움푹 파이고 얼어붙은 대운동장에 몬느와 함께 있었다. 우리 둘은 된바람이 불어 건조해지고 반짝이는 마을을 잠자코 바라봤다. 머잖아 모자를 쓴 꼬마 코팽이 손에 빵 조각을 들고 자기 집에서 나왔다. 그 꼬맹이는 담을 스치면서 휘파람을 불며 수레 목수 집 문가에 나타났다. 몬느가 교문을 열어 그를 불렀다. 잠시 후 우리 셋은 벌겋게 달아올라서 따뜻한 대장간 구석에 자리를 잡았는데, 갑작스레 찬 돌개바람이 가로질렀다. 코팽과 나는 화덕 옆에 앉아 진흙이 잔뜩 묻은 발을 하얀 대팻밥 속에 쑤셔 넣었다. 현관 문짝에 등을 기대고 주머니에 양손을 찌른 채, 몬느는 우두커니 서 있었다. 때때로 길에는 푸줏간에서 나온 마을 아낙네가 바람 때문에 고개를 푹 숙이고 지나갔다. 그때마다 우리는 고개를 쳐들고 그게 누군가 궁금해서 살펴봤다.

누구 하나 입을 열지 않았다. 대장장이는 풀무질을 하고, 그의 직공은 쇠를 두드리며 벽에 커다란 그림자를 돌연히 만들었다……. 나는 그날 저녁을 내 소년 시절에서 가장 중요한 저녁 중 하나라고 생생하게 기억한다. 내 마음에는 기쁨과 불안이 뒤섞였다. 나는 내 친구가 마차를 타고 라 가르 역으로 가는 보잘것없는 기쁨을 나한테서 빼앗아 가지나 않을까 두려웠다. 그런데도 또 한편 그가 나 모르게 모든 걸 뒤집어 놓을 어떤 비상하고 엉뚱한 계획을 짜기를 기대했다.

이따금 대장간의 평화롭고 규칙적인 작업이 잠깐씩 중단되기도 했다. 대장장이가 모루에다 육중하면서도 불꽃이 튈 정도로 확실하게 잔 망치질을 해 댔다. 그는 자신이 벼리던 쇳조각을 가죽 앞치마 쪽으로 가져가서 자세히 들여다봤다. 그러더니 고개를 들고, 잠시 숨을 돌리려고 우리한테 말을 걸었다.

"그래, 젊은이들, 잘 지내나?"

대장장이는 계속하던 풀무질을 멈추고 손을 허공에 올린 채, 왼쪽 주먹을 허리에 대고는 웃음꽃을 피우면서 우리를 쳐다봤다.

그러고는 귀가 멍하도록 시끄러운 작업이 다시 시작됐다.

휴식 시간이 흘러가는 동안, 여닫이 문 사이로 돌개바람이 부는 까닭에 목도리를 꽉 조인 밀리가 작은 보따리를 들고 지나가는 게 보였다.

"샤르팡티에 씨가 곧 오신다지?"

대장장이가 물었다.

"우리 할머니와 함께 내일 오세요. 4시 2분 기차로 도착하는 그분들을 맞으러 마차를 타고 갈 거예요."

내가 대답했다.

"분명히 프로망탱의 마차지?"

그가 물었다.

"아니에요. 마르탱 영감님 마차예요."

나는 재빨리 대답했다.

"그래! 그러면 당일로 돌아오지 못할걸."

그러고는 그들 두 사람, 즉 직공과 대장장이가 깔깔거리며 웃음보를 터뜨리기 시작했다.

대장장이가 뭘 말하려고 천천히 쳐다봤다.

"프로망탱의 암말로 간다면, 비에르종으로 그들을 마중 나가도 되지. 그 시간에 마르탱 영감의 말은 15킬로미터 지점에서 한 시간 동안 쉴 테고, 그 말을 다시 마차에 달기 전에 프로망탱의 말을 탄 사람은 돌아올 거야."

"그래, 그 말은 진짜 느림보야……!"

다른 사람이 맞장구를 쳤다.

"내 생각에는 프로망탱이 쉽사리 말을 빌려 줄 게 확실해."

대화는 거기서 끝났다. 다시 대장간은 불꽃과 소음이 가득한 장소로 변했고, 사람들은 각자 자기만의 생각에 푹 잠겼다.

하지만 떠나야 할 시간이 돼서 내가 대장 몬느한테 신호를 보내려고 일어섰을 때, 그는 선뜻 알아차리지 못했다. 문에 등을 기대고, 고개를 숙인 그는 방금 주고받았던 말에 깊이 몰두한 것 같았다. 그는 가없이 펼쳐진 안개를 통해 평화로이 일하는 그 사람들을 쳐다보면서 깊은 생각에 푹 빠졌다. 그런 그를 보자니, 문득 로빈슨 크루소의 모습이 떠올랐다.[8] 그 모습에서 위대한 출발 직전 '광주리 가게에 드나드는' 영국 청년이 보이는 듯했다…….

그리고 나는 그 뒤에도 그 모습을 자주 다시 생각했다.

---

8) 『로빈슨 크루소』는 영국 작가 대니얼 디포가 쓴 유명한 모험 소설이다. 평소 모험을 좋아하는 로빈슨이라는 소년은 무인도에 도착해서 위험에 처한 운명을 극적으로 극복해 나간다.

4 탈출

다음 날 오후 1시, 드넓은 바다에 떠 있는 배처럼, 상급반 교실은 꽁꽁 얼어붙은 풍경 속에서 밝게 도드라져 보인다. 어선 위에서처럼, 거기에서는 소금과 기름 냄새가 나지 않는다. 하지만 난로 위에서 굽는 청어 냄새와 교실로 들어와서는 너무 가까이에서 불을 쬐는 바람에 학생들의 그은 털옷 내음이 풀풀 난다.

연말이 가까워지자 작문 공책이 배포되었다. 쇠렐 선생님이 칠판에 문제를 적는 동안, 불안한 침묵이 흘렀다. 그런 가운데서도 소곤대는 대화가 뒤섞이고, 옆 친구를 놀라게 하려고 말머리를 떼거나, 숨 막히는 작은 고함을 지르는 소리가 들린다.

"선생님! 얘가 나를……."

문제를 옮겨 쓰는 동안, 쇠렐 선생님은 다른 것을 생각한다. 이따금씩 뒤돌아서 엄하면서도 어딘가 방심한 태도로 학생들 모두를 바라본다. 그러면 이 은연한 야단법석은 한동안 완전히 뚝 그친다. 하지만 이내 아주 나지막한 소리가 들리기 시작하다가 기계의 폭음처럼 다시 윙윙거린다.

이런 북새통 속에서 나 혼자만 입을 앙다물고 있다. 큰 유리창 쪽, 다른 학생들과 구분해 가장 키 작은 아이들이 책상 끝에 앉아 있어서, 나는 몸을 약간 곧추세우기만 하면 정원과 저 밑의 개울, 들녘을 볼 수 있다.

이따금 나는 발돋움을 해서 불안한 마음으로 라벨에투알[9] 농장 쪽을 쳐다본다. 그리고 정오 휴식 시간이 끝나고 수업이 시작되자마자, 몬느가 교실에 들어오지 않은 사실을 알아차린다. 옆자리 학생 역시 그것을 눈치 챈 게 틀림없다. 작문에 열중한 그는 아직 아무 말도 하지 않는다. 하지만 그가 고개를 들기만 하면, 그 사건은 곧 교실 전체로 퍼질 터이고, 흔히 그러하듯이 누군가가 틀림없이 큰 소리로 말머리를 꺼내 외칠 참이다.

"선생님! 몬느가……."

나는 몬느가 이미 떠났다는 걸 안다. 좀 더 정확하게 말하면, 그가 줄행랑쳤다고 지레짐작했다. 점심시간이 끝나자마

---

9) '아름다운 별'이라는 뜻의 라벨에투알(La belle étoile) 농장 이름은 함의가 남다르다. 어느 시인은 별을 '하늘에 사는 배'로, 어떤 시인은 '순간의 결빙(結氷)에 사로잡힌 수인(囚人)'으로 자리매김한다. 하늘의 고정된 별들이 땅에 내려와 지상에 성좌(星座)의 둥지를 튼 이 고혹적인 농장은 우리한테 영혼의 울림을 선물한다. 지상에 정착한 영롱한 보물인 별의 농장에서 별을 가꾸는 몬느는 별의 안내를 받아 모험을 향해한다.

자, 그는 작은 담을 넘어 라비에유플랑슈에 있는 개울을 지나고, 밭을 가로질러서 라벨에투알로 달아난 게 틀림없다. 그는 샤르팡티에 부부를 마중하러 간다고 말을 빌려 지금쯤 마차에 말을 매달게 할 터이다.

라벨에투알은 저쪽 개울을 건너 언덕 비탈에 자리 잡은 큰 농장이다. 그 농장은 느릅나무와 안뜰의 떡갈나무, 여름철에는 생나무 울짱에 가려 보이지 않는다. 그곳은 한쪽으로는 라 가르 역으로, 다른 한쪽으로는 들판으로 통하는 마을 외곽 지역이다. 높은 담벼락은 버팀벽으로 받쳐졌고, 그 밑 부분은 퇴비로 잠겼으며, 담벼락으로 빙빙 둘러싸인 봉건 시대의 큰 건물은 6월 나뭇잎들에 파묻혔다. 학교에서는 밤이 되면, 오로지 마차들이 굴러가는 소리와 목동들이 지르는 고함 소리만 들릴 따름이다. 하지만 오늘은 잎이 떨어진 나무 사이로 뜰의 회색빛을 띤 높은 벽과 출입문이 창문으로 보인다. 두 동강 난 울타리 사이로, 서리가 내린 띠 모양 하얀 길이 개천과 마주해 뻗친 것도 보인다. 라 가르 역으로 가는 길이다.

겨울의 그 밝은 풍경 속에서 아직도 움직이는 건 아무것도 없다. 아직 아무것도 달라진 게 없다.

교실에서 쇠렐 선생님은 두 번째 문제를 다 옮겨 쓴다. 여느 때, 그는 세 문제를 내놓는다. 오늘 혹시라도 두 문제밖에 내지 않는다면…… 그는 곧바로 교단 위로 다시 올라갈 터이고, 몬느가 자리에 없다는 사실을 알게 될 참이다. 그러면 말이 마차에 매이기 전, 마을을 지나 틀림없이 그를 찾아낼 수 있는 두 녀석을 보낼 것이다……

쇠렐 선생님은 두 번째 문제를 다 쓰고 난 다음, 한동안 피곤해진 팔을 축 늘어뜨렸다……. 이어서 천만다행으로, 줄을 바꿔 다음과 같이 말하면서 다시 쓰기 시작했다.

"지금, 이 문제는 어린아이 장난같이 누워서 식은 죽 먹기야!"

……작고 검은 두 그림자가 라벨에투알의 담을 타고 지나가다 이내 사라졌다. 똑바로 세워진 수레 두 채인 게 틀림없다. 나는 지금 거기에서 분명히 몬느가 떠날 채비를 한다고 확신한다. 이번에는 어귀에 있는 두 기둥 사이로 머리와 가슴팍을 내미는 말이 그대로 멎는다. 그 동안 사람들은 몬느가 모셔 올 작정인 여행객을 태우려고 두 좌석을 마차 뒤에 마련하는 게 분명하다. 마침내 일행 전체가 늦잡아 느릿느릿 마당으로부터 나와 잠깐 울타리 뒤로 사라진다. 그러다가 마차는 두 동강 난 울타리 사이로 보이는 흰 길 위를 느리게 다시 지나간다. 바로 그때, 나는 고삐를 바투 쥔 검은 모습에서 농부처럼 한쪽 팔꿈치를 마차 옆에 태연하게 기댄 내 친구 오귀스탱 몬느를 알아본다.

그러다가 다시 한 번 모든 게 울짱 뒤로 한순간에 사라진다. 이제 라벨에투알의 현관에 있던 두 남자는 마차가 떠나는 걸 보며 점점 활기차게 뭔가를 의논한다. 마침내 그들 중 한 명이 입을 양손으로 모아서 몬느를 부르다가 그가 사라진 방향으로 몇 걸음을 달리기로 작정한다……. 하지만 마차가 천천히 라 가르 역으로 가는 길에 이르러 작은 골목에서는 보이지 않게 되자, 몬느의 태도가 돌연 바뀐다. 한 발을 앞으로 내밀고

전차를 조종하는 로마 시대 전사처럼, 양손으로 고삐를 흔들면서 말을 들입다 몰아 눈 깜짝할 사이에 다른 쪽 언덕 너머로 표표히 사라진다. 길에서는 그를 불렀던 한 사내가 다시 달리기 시작한다. 또 다른 사내는 밭을 가로질러 전속력으로 질주해서 아마 우리한테로 오는 것 같다.

몇 분 뒤, 쇠렐 선생님이 칠판을 떠나 손에 묻은 백묵 가루를 털려는 순간, 한꺼번에 세 사람이 교실 안쪽에서 고래고함을 친다.

"선생님! 대장 몬느가 떠났습니다!"

푸른 작업복 차림을 한 사람이 다짜고짜 문을 활짝 열고는 모자를 벗더니 문턱에서 이렇게 묻는다.

"실례합니다. 선생님. 선생님께서 그 학생한테 마차를 빌려 선생님의 부모님을 모시러 비에르종에 갔다 오라고 시켰습니까? 의심스러운 점이 많아서……."

"아니, 절대 그런 말을 한 적이 없는데요!"

쇠렐 선생님이 대답한다.

그러자 교실 안이 순식간에 무서우리만큼 혼란에 빠진다. 출입문 근처에서, 보통 때 운동장에 심어 놓은 서양말랭이[10]를 뜯어 먹으러 오는 염소들과 돼지들을 돌팔매질로 쫓아내는 역할을 맡은 맨 앞줄의 세 녀석이 문으로 쏜살같이 달려간

---

10) 유럽 지역이 원산지다. 십자화과 식물로 일년초이며, 6월에서 8월 사이에 흰색 꽃이 핀다. 꽃이 피면 눈이 온 것처럼 보여서 '눈꽃'으로 불리기도 한다. 우리나라에 자라는 귀화식물인 말랭이와 비슷해 붙은 이름이다. 꽃말은 우아함과 깨끗함이다.

다. 그들이 신는, 쇠 징을 박은 나막신이 교실 돌 복도 위를 요란스럽게 뛰어가는 소리를 내는가 싶더니만, 운동장 모래를 잘게 부서지도록 밟으며 도로 쪽으로 열린 작은 철문을 도는 잰 발걸음의 숨 가쁜 소리가 이어진다. 교실에 남은 다른 학생들 모두는 정원 쪽 창문에 콩나물 시루같이 빽빽이 모인다. 어떤 녀석들은 더 잘 보려고 책상 위로 올라간다…….

하지만 너무 늦은 일이다. 대장 몬느는 줄행랑을 친다.

"어쨌든 그래도 너는 무슈뵈프와 함께 라 가르 역으로 가거라. 몬느는 비에르종으로 가는 길을 알지 못해. 네거리에서 길을 잃고 헤맬 테지. 아마도 3시 기차에 맞춰 도착할 수 없을 거야."

쇠렐 선생님이 나한테 말한다.

"도대체 무슨 일이에요?"

하급반 교실 문지방에 서서 밀리가 고개를 쑥 내밀고 얼떨결에 묻는다.

마을 거리에는 사람들이 모여들기 시작한다. 판결이 나길 기다리는 사람이 그러듯이, 황소고집인 농부는 손에 모자를 들고 꾸어다 놓은 보릿자루처럼 꼼짝달싹 못하고 거기에 우두커니 선다.

5 돌아온 마차

나는 라 가르 역에서 할아버지와 할머니를 모시고 돌아왔다. 저녁 식사가 끝나고, 할아버지와 할머니가 큰 벽난로 앞에 앉아서 작년 휴가 이후 일어났던 온갖 일들을 시시콜콜 털어놓기 시작했을 때, 곧바로 나는 내가 그들 얘기를 더 이상 경청하지 않는다는 사실을 알아차렸다.

운동장의 작은 철문은 식당문 바로 옆에 있었다. 그 문은 열릴 때마다 끼익하며 삐거덕거렸다. 대체로 초저녁 쯤이면, 저녁 먹을 때부터 잘 때까지, 나는 철문이 삐걱거리는 소리를 남몰래 기다렸다. 그 소리가 난 후에는 딸각거리는 나막신 소리 혹은 문지방에서 흙을 터는 소리가 나기도 했고, 가끔 들어오기 전에 말다툼하는 듯 사람들이 속삭이는 소리가 나기도 했다. 그리고 누군가 문을 자그시 두드렸다. 이웃집 사람이나 여교사들, 마지막으로 기나긴 밤으로부터 우리를 즐겁게 해 주려고 찾아오곤 했던 어떤 사람이었다.

그런데 그날 저녁, 나는 밖으로부터 아무것도 기대할 게 없었다. 내가 좋아하는 사람은 모두 우리 집에 모였기 때문이다. 하지만 나는 끊임없이 밤의 모든 소리에 귀를 쫑긋 세웠고, 누군가가 우리 문을 열어 주기를 싱숭생숭하게 기다렸다.

가스코뉴 지방의 격다리처럼, 털북숭이가 된 늙은 할아버지는 두 발을 무거운 듯이 앞으로 내밀고서, 두 다리 사이로 지팡이를 끼우고 이따금 구두 바닥에 파이프를 세차게 두드려 털려고 어깨를 구부린 채 거기에 있었다. 그는 할머니가 자신의 여행과 암탉, 이웃 사람과 아직도 소작료를 지불하지 않은 농부들에 대해 하는 얘기에 촉촉이 젖은 선량한 눈매로 맞장구쳤다. 하지만 난 더 이상 그들과 함께하지 않았다.

나는 문 앞에 느닷없이 와서 멈출지도 모를 마차 구르는 소리를 마음속에 애틋하게 그렸다. 몬느가 마차에서 뛰어내릴지도 모를 일이고, 마치 아무 일도 없었던 것처럼 들어올지도 모를 터였다……. 아니, 어쩌면 그는 말을 되돌려주려고 라벨에투알로 갔을지도 모른다. 그리고 나는 길에서 그의 발소리가 울리고 문이 방싯이 열리는 소리를 바야흐로 들을지도 모를 참이다…….

그렇지만 아무런 소리도 들리지 않았다. 할아버지는 자기 앞을 뚫어질 듯이 똑바로 쳐다봤고, 잠이 밀려오자 깜빡거리던 눈꺼풀이 눈 위를 오랫동안 덮었다. 할머니는 방금 했던 넋두리를 거북스럽게 몇 번씩이나 되풀이했는데, 아무도 듣지 않았다.

"너희들이 초조하게 걱정하는 게 그 소년이냐?"

마침내 할머니가 물었다.

실은, 라 가르 역에서 내가 쓸데없는 질문을 무심결에 했던 것이다. 비에르종 정거장에서 할머니는 대장 몬느와 닮은 그 누구도 보지 못했다. 내 친구는 도중에 늦은 게 틀림없었다. 그의 시도는 어긋나서 실패하고 말았다. 마차를 타고 돌아오는 동안, 할머니가 무슈뵈프와 얘기하는 사이 나는 실망감을 곱씹었다. 서리가 내린 하얀 길에는 작은 새들이 잰걸음을 치는 노새의 발 근처를 휘감아 돌았다. 결결이 얼어붙은 오후의 지독히 적막한 고요함 속에서, 멀리서 고함치는 양치기 여자의 소리와 한쪽 전나무 밭에서 다른 쪽 전나무 밭으로 친구를 부르는 한 소년의 소리가 들려왔다. 그리고 그때마다 인적이 없는 언덕에서 들려오는 긴 외침 소리가 먼 곳으로 자신을 따라오라고 나를 초대하는 몬느의 목소리인 것 같아서, 나는 사시나무 떨듯 했다…….

이것저것 모든 걸 내 머릿속에서 다시 새록새록 떠올리는 동안, 어느 새 잠자리에 들 시간이 되었다. 이미 할아버지는 작년 겨울에 잠가 둬서 몹시 습하고 추운 거실 겸 침실인 붉은 방으로 들어갔다. 그가 그곳에서 잘 수 있게 하려고 식구들은 안락의자의 레이스 쿠션을 떼어 냈으며, 양탄자를 걷어 올렸고, 깨지기 쉬운 물건을 한쪽으로 치워 놓았다. 그는 지팡이를 의자 위에 올려놓았고 큰 구두를 안락의자 밑에 집어넣었다. 그리고는 금방 촛불을 휙 불어서 꺼 버렸다. 밤 동안, 헤어질 준비를 한 우리들은 저녁 인사를 나누면서 오도카니 섰었다. 바로 그때, 우리는 마차 소리를 듣고 입을 앙다물었다.

동동걸음으로 마차 두 대가 느릿느릿 연달아 오는 것 같았다. 두 마차는 차츰 속력을 늦추더니, 마침내 길섶으로 났지만 폐쇄된 식당 창문 아래에서 멈췄다.

아버지가 램프를 들고 이미 열쇠로 채웠던 문을 곧바로 열었다. 드디어 철문을 자그시 밀며 계단 쪽으로 나선 그는 무슨 일이 일어났는지 보려고 램프를 머리 위로 치켜들었다.

그것은 우뚝 멈춰 선 마차 두 대였다. 말 한 마리가 다른 말이 이끄는 마차 뒤에 묶여 있었다. 땅으로 사뿟이 뛰어내린 다음 한 사내가 머뭇거렸다…….

"여기가 면사무소입니까?"

그가 다가오면서 말했다.

"라벨에투알에 사는 소작인 프로망탱 씨 집을 가르쳐 주실 수 있을까요? 생루데부아로 가는 길 근처 오솔길을 따라 그의 마차와 말이 마부 없이 지나가는 걸 발견했습니다. 등불로 비춰 판자에 적힌 그의 이름과 주소를 봤죠. 나와 같은 방향인 까닭에, 무슨 사고라도 일어나지 않도록 하려고 여기까지 마차를 끌고 왔습니다. 하지만 그 때문에 몹시 늦었네요."

우리는 어리둥절한 채 우두커니 거기 있었다. 아버지가 다가가서 램프로 마차를 비춰 봤다.

"여행자의 흔적은 아무것도 없어요. 심지어 담요 한 장도 없더군요. 말이 지쳐서 다리를 약간 접니다."

그 사내가 계속 말을 늘어놓았다.

나는 맨 앞으로 다가가서 다른 사람들과 함께, 우리한테 돌아온, 길을 잃었던 마차를 바라봤다. 그건 난바다가 돌려보냈을지도 모를 난파선 한 척, 몬느의 처음이자 어쩌면 마지막 모험의 난파선 같았다.

"프로망탱 씨 집까지 너무 멀다면, 마차를 당신한테 맡겨 놓고 가겠습니다. 이미 많은 시간을 허비했거든요. 제 가족들이 걱정할 거예요."

그 사내가 말했다.

아버지가 승낙했다. 이렇게 해서 우리들은 그날 저녁 무슨 일이 일어났는지 얘기하지 않고 라벨에투알로 마차를 그냥 돌려보냈다. 그러고 나서 마을 사람들한테 알리고 몬느의 어머니한테도 편지를 쓰기로 결정했다……. 그리고 그 사내는 우리가 대접했던 포도주도 굳이 마다하고는 말을 채찍질히며 가 버렸다.

우리가 아무 말도 없이 방으로 들어오고 아버지가 농장으로 마차를 데려다 주러 간 동안, 할아버지는 촛불을 다시 켠 방 안쪽에서 우리들을 불렀다.

"그래? 그 여행자는 다시 돌아왔니?"

여자들은 잠시 동안 눈짓으로 의논한 뒤 말했다.

"그렇고말고요. 자기 어머니 집에 있었대요. 이제 주무세요. 걱정하지 마세요!"

"그럼, 잘됐군, 내 생각대로였어."

할아버지가 말했다.

안심한 그는 불을 끄고 침대로 돌아가서 이내 곤히 잠이 들었다.

우리가 마을 사람들한테 한 설명도 같았다. 도망자의 어머니한테는 좀 더 기다려 본 다음, 편지를 쓰기로 작정했다. 우리만이 꼬박 사흘 동안 걱정해야 했다. 밤이슬에 수염을 적시며 11시쯤 농장에서 돌아온 아버지가 몹시 불안해하고 격해져서 매우 낮은 목소리로 밀리와 다투던 모습이 아직도 내 눈에 밟힌다…….

6 창문을 두드리다

나흘째 되던 날은 그해 겨울 중 가장 매서운 날이었다. 꼭두새벽부터 운동장 우물 주위에서는 먼저 도착한 학생들이 얼음지치기를 하면서 몸을 덥혔다. 그들은 교실에 난로가 피워지는 대로 재빨리 들어가려고 기다렸다.

현관 뒤에서 우리들은 시골 아이들이 오는 걸 지켜봤다. 그들은 토끼들이 도망친 덤불숲과 얼어붙은 연못을 구경하면서 서리가 내린 풍경을 가로질러 왔던 걸 아직도 몹시 황홀해하며 도착했다……. 새빨갛게 타오르는 난로 주위로 그들이 서둘러 올망졸망 모여들었을 때, 그들 윗도리에서 물씬 풍기는 건초와 외양간 내음이 교실 공기를 후텁지근하고 탁하게 했다. 그리고 그날 아침, 그들 중 한 명이 길에서 발견했던 얼어 죽은 다람쥐 한 마리를 가방 속에 넣어 가지고 왔다……. 나는 그가 체육관 기둥에다, 길게 늘어나 뻣뻣하게 굳은 동물을 발톱으로 걸어 놓으려고 애썼던 게 생생히 기억 난다…….

드디어 힘겨운 겨울 수업이 시작됐다…….

갑자기 창문 두드리는 소리가 나서, 우리는 고개를 일제히 들었다. 대장 몬느가 교실에 들어오기 전에 겉옷에 묻은 서리를 털며, 고개를 치켜들고 더할 나위 없이 황홀하게 문에 바싹 기댄 채, 꼿꼿이 서 있는 게 보였다!

문에 가장 가까운 자리에 앉았던 두 학생이 그에게 문을 열어 주려고 부랴부랴 서둘러 갔다. 그는 입구에서 우리가 뭔가 알아들을 수 없는 불분명하고 비밀스러운 얘기를 했다. 마침내 도망자가 교실로 들어오려고 마음먹었다.

황량한 운동장에서 쏴 하고 한바탕 불어온 신선한 공기와 대장 몬느의 옷에 잔뜩 붙은 지푸라기들, 특히 초주검이 되고 굶주려 보였지만 경이로 넘쳐나는 여행자의 표정, 그 모든 게 우리들의 설레는 마음속에 기쁨과 호기심이 뒤섞인 이상야릇한 감정을 일렁이게 했다.

쇠렐 선생님은 우리한테 받아쓰기를 시켰던 작은 교단에서 두 계단 내려왔다. 그리고 몬느는 도전적인 태도로 그에게 다가갔다. 틀림없이 한데에서 밤을 지새운 듯, 두 눈이 충혈되고 지쳐 보였다. 그럼에도 나는 그 순간, 위대한 내 친구가 얼마나 멋지게 보였는지를 지금도 또렷하게 기억한다.

교탁 앞으로 나와서 어떤 정보를 가지고 온 사람처럼 그는 매우 확신에 찬 목소리로 이렇게 말했다.

"선생님, 다녀왔습니다."

호기심 어린 눈으로 그를 쳐다보면서 쇠렐 선생님이 대답했다…….

"잘 알았다. 네 자리에 돌아가 앉으렴."

버릇없는 키 큰 학생들이 벌 받을 때 그러는 것처럼, 몬느는 비웃는 듯한 태도로 피식 웃고 등을 약간 구부정하게 수그린 채 우리 쪽으로 다시 돌아섰다. 그러고는 한 손으로 책상 모서리를 붙들고 자기 자리에 미끄러지듯이 앉았다.

"네 친구들이 받아쓰기를 끝낼 때까지, 내가 정해 준 책을 읽어라."

선생님이 말했다.

선생님 말에 모두들 몬느 쪽으로 일제히 얼굴을 돌렸다.

수업은 전처럼 다시 시작됐다. 그때그때마다 대장 몬느는 내 쪽을 쳐다봤다. 그는 창문으로 아무것도 움직이는 게 없는, 하얀 솜 같은 뜨락과 이따금 까마귀가 내려오는 매우 을씨년스러운 밭을 응시했다. 교실은 난로가 벌겋게 달아올라서 더웠다. 내 친구는 머리를 양손으로 감싼 채 팔꿈치를 괴고 책을 읽었다. 난 두 번씩이나 그의 눈꺼풀이 감기는 걸 봤다. 그가 꾸벅꾸벅 존다는 생각이 들었다.

"선생님, 좀 자야겠는데요. 사흘 밤이나 못 잤어요."

마침내 그가 팔을 반쯤 들고 말했다.

"가거라!"

쇠렐 선생님은 무엇보다 말썽을 피하고 싶어서 허락했다.

우리 모두는 머리를 들고 허공에 펜을 위로 든 채, 등 부분이 구겨진 겉옷을 입고 진흙투성이 신발을 신고 그가 떠나는 걸 아쉬운 마음으로 바라보았다.

그날 아침은 왜 그렇게 더디게 가던지! 정오가 가까웠을 즈음, 우리는 이 층 다락방에서 그 여행자가 내려올 채비를 하는 소리를 들었다. 점심시간, 시계가 12시를 치자, 큰 아이들과 꼬맹이들이 눈 내린 운동장으로 흩어져서 그림자처럼 재빨리 식당 문 앞으로 가다가 사라졌다. 그동안 내 눈에는 어안이 벙벙해 어리둥절한 표정을 짓는 할아버지와 할머니 옆, 난로 앞에 몬느가 앉는 게 보였다.

그날 점심시간에 대해 말하자면, 지독한 침묵과 대단한 거북함 외에는 내 기억에 남는 게 없다. 모든 게 얼어붙었었다. 식탁보 대신 기름 먹인 천과 잔에 부어 놓은 차가운 포도주, 우리가 발을 올려놓았던 빨간 타일……. 그가 반항심을 품지 않게 하려고 식구들은 이 도망자한테 어떤 것도 묻지 않기로 결정을 내렸다. 우리가 한 마디 말도 하지 않기로 한 것을 핑계로 그도 전혀 말하지 않았다.

마침내 후식까지 끝난 후, 우리는 둘이서 운동장으로 잽싸게 뛰어나갔다. 발로 밟아 눈이 몽땅 없어진 오후의 학교 운동장……. 체육관 지붕에서 떨어지는 눈 녹은 물로 검게 더러워진 운동장……. 갖가지 놀이와 고막을 찢는 듯한 고래고함 소리로 가득 찬 운동장! 몬느와 나는 학교 건물을 끼고 냅다 달렸다. 이미 마을의 두세 친구들이 하던 놀이를 내팽개치고 환호성을 지르면서 흙탕물을 튀기고 호주머니에 손을 찌르며 목도리를 풀어 젖힌 채, 우리한테로 쏜살같이 달려왔다. 하지만 내 친구는 상급반 교실로 부리나케 달려갔고, 나 역시 곧바로 그 뒤를 따라갔다. 이어서 우리를 뒤따라온 친구들의 습격을 막으려고 제때 유리문을 닫아 버렸다. 유리창을 흔드는, 격렬하고 분명하게 내지르는 굉장히 시끄러운 소리와 구둣발로 문턱을 차는 소리가 들려왔다. 문을 밀쳐서 두 문짝을 버텼던 쇠막대기가 휘어졌다. 하지만 부서진 고리에 상처 입을 위험을 무릅쓰고 몬느는 이미 자물쇠를 작은 열쇠로 잠가 버렸다.

우리는 항상 그 같은 행동이 아이들을 매우 화나게 한다는 사실을 잘 알았다. 여름철에 그렇게 문 밖으로 쫓겨난 아이들은 정원으로 전속력으로 달려가서 창문이 모조리 닫히기 전에 이따금 창문으로 기어 들어오는 데 성공하곤 했다. 하지만 살을 에는 듯한 12월이었고 모든 창문은 닫혔다. 잠시 그들은 밖에서 문을 세차게 밀다가 우리한테 욕설을 퍼부었다. 이윽고 한 명 한 명씩 등을 돌렸고, 머리를 숙인 채 목도리를 제자리에 다시 맨 다음 홀쩍 가 버렸다.

밤 굽는 내음과 건포도 찌꺼기에 물을 타서 다시 만든 음료 냄새가 나는 교실에는 책상을 정리하는 청소 당번 두 명만이 덩그러니 있었다. 오귀스탱 몬느가 선생님 교탁과 학생들 책상에서 뭔가를 뒤지는 동안, 나는 수업이 다시 시작되기를 기다리면서 느긋하게 불을 쪼이려고 난롯가에 다가갔다. 곧바로 그는 작은 지도책을 찾아냈고, 교단 위에 서서 교탁에 팔꿈치를 기대고 양손으로 머리를 감싼 채, 그걸 열심히 보기 시작했다.

나는 그의 곁으로 가기로 마음먹었다. 그의 어깨에 한 손을 올려놓을 참이고, 우리는 틀림없이 지도에서 그가 다녀왔던 여행 진로를 함께 좇을 터이다. 그때, 돌연히 하급반 교실로 이어지는 문이 힘차게 밀리며 요란스럽게 활짝 열렸다. 그리고 자스맹 들루슈와 그를 따라온 마을 아이 한 명, 시골 학생 세 명이 승리의 함성을 지르며 홀연히 나타났다. 분명 하급반 교실 창문 중 하나가 잘못 닫혔을 터이고, 따라서 그들이 그걸 밀치고 거기로 뛰어든 게 틀림없었다.

자스맹 들루슈는 아직 체구가 앙바틈하지만 상급반에서 가장 나이가 많은 학생이었다. 그는 몬느의 친구라고 자칭했는데도 대장 몬느를 몹시 시샘했다. 몬느가 오기 전에는 자스맹 그 친구가 우리 반에서 가장 인기 있는 대장이었다. 그는 창백하고 건강 상태가 몹시 나빴으며 머리는 포마드를 발라 뺀질거렸다. 그는 여관업을 하는 들루슈 과부의 외아들로, 어른인 체했다. 한 번은 베르무트 술을 마신 술꾼들과 당구 치는 사람들이 내뱉는 얘기를 듣고 와서는 으쓱대며 그걸 고스란히 우리한테 옮기기도 했다.

그가 들어오자 몬느는 고개를 들었다. 이어서 그는 눈살을 찌푸리고 서로 떠밀면서 난로 쪽으로 와르르 달려가는 꼬마들한테 고래고함을 쳤다.

"도대체, 여기에서는 한 순간도 조용히 있을 수 없단 말이야!"

"불만 있으면 네가 있던 곳으로 가면 될 거 아냐."

고개를 들지 않은 채, 자스맹 들루슈가 자신을 밀어 주는 친구들을 믿고 기가 살아서 대답했다.

나는 오귀스탱이 화가 치밀어 오를 만큼 초주검이 되었기에 화를 억누르지 못하고 모두를 놀라게 할 것이라고 생각했다.

"너부터 여기서 나가지!"

그는 약간 창백한 얼굴로 몸을 곧추세우고 지도책을 덮으며 말했다.

다른 친구가 비웃고는 푸념을 늘어놓았다.

"흥! 사흘이나 도망쳐 있다 와서도, 아직도 네가 대장이라고 생각하니?"

다른 아이들도 그 싸움에서 들루슈의 편을 들었다.

"너도 알다시피, 넌 우리를 나가게 할 수 없어!"

하지만 벌써 몬느는 그에게 덤벼들었다. 처음에는 서로 밀치락달치락했다. 겉옷 소매가 찢기고 뜯어졌다. 자스맹과 함께 들어온 시골에서 통학하는 아이들 중 한 명인 마르탱만이 싸움을 말리려고 끼어들었다.

"그를 놓아줘!"

마르탱이 콧구멍을 벌렁거리고 숫양처럼 고개를 흔들면서 빽빽거렸다.

몬느는 팔을 벌리고 뒤뚱거리는 그를 거세게 밀어 교실 한가운데로 내던졌다. 한 손으로는 들루슈의 목을 붙잡고, 다른 한 손으로는 문을 열고, 몬느는 마르탱을 밖으로 내던지려고 온 힘을 쏟았다. 자스맹은 책상을 꽉 붙들었다. 그러자 복도 위로 다리가 질질 끌리면서 징 박은 구두에서 찍찍 마찰 소리가 났다. 그동안 마르탱은 간신히 균형을 다시 잡은 뒤, 화가 나서 고개를 앞으로 내밀고 신중한 걸음으로 다시 들어왔다. 몬느는 그 바보 같은 녀석과 맞붙으려고 들루슈를 놓아주었다. 그러자 확실히 그의 자세가 불리해졌다. 바로 그때, 교실 문이 반쯤 방싯 열렸다. 누군가와 얘기를 마친 뒤, 쇠렐 선생님이 부엌 쪽으로 고개를 돌리고 들어왔다…….

곧바로 싸움은 뚝 그쳤다. 끝까지 누구 편도 들지 않았던 아이들은 고개를 숙이고 난로 곁으로 자리 잡았다. 소매 끝자락이 터지고 주름이 펴진 채로 몬느는 제자리에 앉았다. 자스맹은 몹시 충혈되어 수업 시작을 알리는 큰 자 두드리는 소리가 날 때까지 잠깐 동안 외쳤다.

"이젠 도저히 참을 수가 없어. 그 녀석이 잘난 체한단 말이야. 자기가 아무도 모르는 곳에 갔던 줄 아는 모양이지!"

"등신 같은 녀석! 나도 거기가 어딘지 모른단 말이야."

몬느가 더할 나위 없는 침묵 속에서 대답했다.

이윽고 그는 어깨를 으쓱한 다음, 머리를 양손에 파묻고 공부하기 시작했다.

7 비단 조끼

내가 말했던 것처럼, 우리 방은 아주 넓은 지붕 밑 방이었다. 절반은 고미 다락방이었고, 나머지 절반은 침실이었다. 다른 부속 건물들에는 창문들이 있었다. 우리들은 어째서 그 건물이 지붕창 때문에 밝아졌는지 그 이유를 알지 못했다. 마룻바닥과 마찰을 일으켜서 문을 완전히 닫는 게 불가능했다. 저녁마다 넓은 집을 넘나드는 바람에 자칫 꺼질 것만 같은 촛불을 손으로 감싸면서 거기에 올라갈 때면, 우리는 매번 문을 닫아 보려고 안간힘을 썼지만 그때마다 포기하지 않을 수 없었다. 그리고 밤새도록 침실까지 꿰뚫고 오는 세 지붕 밑 방의 정적을 우리 주위에서 느꼈다.

그 같은 겨울날 저녁, 오귀스탱과 나는 그 침실에 다시 돌아왔다.

눈 깜짝할 사이에 내가 모든 옷을 벗어 내 침대 베개 밑에 있는 의자 위에 무더기로 내던져 놓는 동안, 내 친구는 말없이 느릿느릿 옷을 벗기 시작했다. 나는 포도나무 가지 무늬로 장식된 무명 커튼이 둘러쳐진 쇠 침대에 올라앉아 그가 하는 짓을 바라봤다. 때때로 그는 커튼 없는 나지막한 침대에 앉기도 했다. 때로는 옷을 벗으면서 일어나 오락가락했다. 보헤미안들이 짜서 만든 작은 버드나무 탁자 위에 그가 놓았던 초의 촛불이 흔들리고 거대한 그의 그림자를 벽 위에 비췄다.

나와는 전혀 달리, 그는 방심하고 씁쓸한 표정으로, 그러나 조심스럽게 교복을 접어 가지런히 정돈했다. 나는 그가 그의 묵직한 허리띠를 의자 위에 놓는 걸 다시 봤다. 그는 유별나게 때 묻고 구겨진 검은 윗도리를 의자 등받이에 접어 놓았고, 윗도리 속에 걸쳤던 두꺼운 푸른색 덧옷을 벗어서는 나한테 등을 돌린 다음, 허리를 구부리고 침대 발치에다 펴 놓았다…….
그런데 그가 몸을 일으키고 나를 향해 돌아섰을 때, 윗도리 속에 유니폼으로 입는 구리 단추가 달린 작은 조끼 대신에, 앞섶이 많이 벌어지고 엉덩이까지 작은 진주 단추들이 한 줄로 촘촘히 붙은 이상한 비단 조끼를 입은 게 보였다.

1830년 무도회에서 우리 할머니네들과 춤추던 젊은이들이 입었던 게 틀림없는 환상적이고 매혹적인 옷이었다.

바로 그때, 나는 모자를 쓰지 않은 키 큰 시골 학생을 불현듯 떠올렸다. 그가 조심스럽게 그의 모자를 다른 옷들 위에 놓았기 때문이다. 그때 그는 몹시 젊고 대단히 꿋꿋해 보였으며 벌써 단단해진 것 같았다. 자기 것이 아닌 그 신비한 조끼의 단추를 끄르기 시작하면서 그는 방을 다시 오가기 시작했다.

윗도리를 벗은 채, 너무 짧은 바지를 입고 흙이 묻은 구두를 신고 후작이나 입을 법한 근사한 조끼에 손을 얹은 그를 보고 있자니, 이상하기 짝이 없었다.

조끼를 만지자마자 갑작스레 꿈에서 깨어난 것처럼 그는 나한테 고개를 돌리고 불안한 눈으로 나를 쳐다봤다. 나는 피식 웃고 싶었다. 그는 나와 동시에 웃음꽃을 피웠고 그의 얼굴이 환하게 밝아졌다.

"오! 그게 뭔지 말해 줘. 그걸 어디서 구했지?"

나는 대담하게 나지막한 목소리로 물었다.

하지만 그의 미소는 금세 사라졌다. 그는 굵은 손으로 짧게 바싹 깎은 머리를 두 번 만지고는, 돌연히 자기 욕망을 견딜 수 없는 사람처럼, 구겨진 윗도리를 입고는 그 섬세한 가슴 장식 위로 윗도리 단추를 꼭꼭 채웠다. 이윽고 그는 잠깐 머뭇거리다가 나를 곁눈질했다……. 마침내 그는 침대 가장자리에 앉아 구두를 벗었는데 구두가 요란스럽게 마룻바닥으로 떨어졌다. 경계 구역에 있는 군인처럼, 그는 옷을 껴입은 채 침대에 드러눕더니 촛불을 껐다.

한밤중에 나는 홀연히 잠을 깼다. 몬느가 방 한가운데에서 모자를 쓴 채 우두커니 서 있었다. 그는 외투 걸이에서 뭔가를 찾는가 싶더니, 두건 달린 외투를 등에 걸쳤다……. 방은 매우 어두웠다. 흰 눈에서 이따금 반사되던 빛마저 아예 사라졌다. 차갑고 검은 바람이 쥐 죽은 듯 정원과 지붕 위로 불어왔다.

나는 몸을 약간 일으키고 그에게 아주 낮은 소리로 말했다.

"몬느! 다시 떠나려고?"

그는 대답하지 않았다. 그러자 나는 거의 미칠 듯한 심정으로 외쳤다.

"그러면 나도 너와 함께 떠나겠어. 날 데리고 가야만 해."

그리고 나는 침대 밑으로 뛰어내렸다.

그는 다가와서 내 팔을 붙들고 나를 침대 모서리에 억지로 앉힌 다음 말했다.

"널 데리고 갈 수 없어, 프랑수아. 내가 갈 길을 잘 안다면, 너를 데리고 갈 거야. 하지만 우선 지도 위에 있는 그 길을 다시 찾아야만 해. 그 길을 아직도 찾아내지 못했어."

"그렇다면 너도 역시 떠날 수 없잖아?"

"그래, 정말 부질없는 짓이지……. 자, 다시 자거라. 너 없이는 다시 떠나지 않는다고 약속하마."

그는 낙심해 말했다.

그런 후, 그는 방 안을 하릴없이 이리저리 어정거리기 시작했다. 나는 그에게 감히 어떤 말도 할 수 없었다. 마치 머릿속에서 켜켜이 쌓인 어떤 추억들을 되찾거나 거듭 꿈꾸다가 그것들을 대조하고 비교하며 계산해 보고는 돌연 그걸 찾았다고 생각하는 어떤 사람처럼, 그는 걸었고 우뚝 멈춰 섰으며 다시 더 빨리 걸었다. 이윽고 그는 실마리를 놓치고는 다시 찾기 시작했다…….

당직 근무를 했던 습관을 버리지 못하고, 브르타뉴 영지 깊숙이에서 한밤에 영지를 순찰하려고 정해진 시각에 일어나 옷을 입는 선원들처럼 — 새벽 1시쯤 — 그의 발걸음 소리에 잠을 깬 내가 침실과 다락방을 가로질러 거니는 그를 발견한 건 그날 밤만이 아니었다.

1월에서 2월 중순까지, 나는 두세 번씩 그렇게 잠에서 깼다. 대장 몬느는 모든 장비를 갖추고 등에 외투를 걸치며 떠날 준비가 되어 거기에 꼿꼿이 서 있었다. 그때마다 그는 자신이 이미 한 번 탈출했던 신비로운 세계의 가장자리에 멈췄고 머뭇거렸다. 계단 문 걸쇠를 벗기고 아무한테도 들키지 않고 쉽게 열어젖힌 부엌문으로 도망치려 한 순간, 그는 또 한 번 뒤로 물러섰다⋯⋯. 그러고는 한밤의 기나긴 시간 내내, 열병에 사로잡힌 듯 생각에 잠겨 아무도 없는 지붕 밑 방을 성큼성큼 큰 걸음으로 걸었다.

마침내 2월 15일쯤의 어느 날 밤, 내 어깨에 가만히 손을 대고 나를 깨운 건 그였다.

그날은 대단히 어수선하고 부산했으며, 몬느는 전에 가까웠던 친구들과의 모든 놀이를 완전히 내팽개쳤다. 그러고는 오후 마지막 휴식 시간에 의자에 앉아 신비로운 작은 지도를 펼쳐 놓고, 지도 위에서 셰르 지방을 손가락으로 좇아 가면서 오랫동안 계산하는 데 완전히 열중했다. 학생들의 왕래가 운동장과 교실 사이에서 끊임없이 계속됐다. 구두 소리가 요란스럽게 울렸다. 아이들이 의자를 건너뛰고 교단을 한달음에 뛰어넘으면서 이 책상에서 저 책상으로 쫓고 쫓기곤 했다⋯⋯. 그들은 몬느가 그처럼 공부할 때, 가까이 가는 게 좋지 않으리라는 사실을 알고 있었다. 하지만 휴식 시간이 길어져서, 마을의 두세 녀석들이 장난 삼아 살금살금 몬느한테 접근해 와서 그의 어깨 너머로 바라보았다. 그중 한 명이 대담하게도 몬느한테 다른 녀석들을 떠밀었다……. 그는 돌연히 그의 지도를 덮고 종잇장을 후다닥 감춘 다음, 그 녀석을 움켜잡았다. 다른 두 녀석은 이미 줄행랑을 친 뒤였다.

……그 녀석은 성깔이 몹시 까다로운 지로다였다. 그가 울먹이며 발길질하려고 했다. 결국 대장 몬느는 그를 인정사정없이 밖으로 내동댕이쳤다. 그는 몬느한테 노발대발 고래고함을 쳤다.

"덩치만 큰 겁쟁이 자식! 아이들이 모두 너한테 대항해서 싸움을 걸려고 하는 건 너무 당연해……!"

그런데 그가 이것저것 악다구니를 늘어놓았지만 도통 이해가 되지 않았다. 우리도 욕지거리에 대꾸해 줬는데, 제일 큰소리로 외친 건 나였다. 나는 대장 몬느의 편이었기 때문이다. 이제 우리 사이에는 밀약과 같은 게 맺어졌다. 다른 사람들은 "너는 걸어갈 수 없을 거야."라고 나한테 말한다. 하지만 그가 나를 데려가겠다고 한 약속이 나를 그와 영원히 맺어지게 했다. 나는 그 신비로운 여행에 대한 생각을 도저히 멈출 수 없었다. 나는 그가 어떤 처녀와 만났을 거라고 생각했다. 그녀는 아마도 우리 마을의 그 어떤 여자들에 비할 데 없이 아름다울 것이다. 열쇠 구멍으로 수녀원 정원에서 본 잔보다도, 금발에 얼굴이 빨간 빵집 주인 딸 마들렌보다도, 놀랄 만한 미녀지만 미쳐 버려서 늘 갇혀 있는 성주의 딸 제니보다도 한결 아름다울 것이다. 소설 주인공처럼 밤마다 그가 생각하는 건 틀림없이 그 처녀일 터이다. 따라서 나는 그가 날 깨우기만 하면 용기를 내어 그녀에 대해 맨 먼저 얘기해 달라고 하기로 작정했다…….

4시가 지난 다음, 싸움이 새로 벌어진 건 그날 저녁이었다. 우리 둘이 구멍을 파는 데 사용했던 곡괭이와 삽, 원예 도구를 거두어들이는 일에 열중할 때, 도로 쪽에서 여러 사람들이 외쳐 대는 소리가 들려왔다. 들루슈와 다니엘, 지로다 그리고 우리가 전혀 알지 못하는 다른 녀석의 지휘를 받으며 완벽하게 편성된 중대처럼, 사 열 종대로 보조를 맞춰서 구보하는 한 무리 청년들과 꼬맹이들의 소리였다. 그들은 우릴 알아봤고 가차 없이 고래고함 소리를 내질러 우릴 비아냥거렸다. 이처럼 온 마을 아이들이 우리한테 대항해 우리가 제외된 그 어떤 전쟁놀이를 준비했다.

아무 말도 없이 몬느는 그가 어깨에 메고 온 삽과 곡괭이를 헛간에다 내려놓았다…….

하지만 자정 무렵, 그의 손이 내 팔에 와 닿는 걸 느꼈다. 나는 흠칫 놀라서 잠에서 깼다.

"일어나. 떠나자."

그는 말했다.

"이제 그 길을 완전히 다 알아낸 거야?"

"대부분을 알아. 하지만 나머지는 찾아가야 돼!"

그는 이를 악물고 대답했다.

"들어 봐, 몬느. 우리가 해야 할 일은 한 가지밖에 없어. 대낮에 우리가 찾지 못한 길을 네 지도를 보고 찾아내는 거야."

나는 침대에서 일어나 앉으면서 말했다.

"하지만 그곳은 여기에서 너무 멀어."

"그러면 올 여름에 해가 길어질 때쯤, 마차를 타고 가기로 하지."

그가 동의한다는 뜻으로 오랫동안 침묵했다.

"몬느, 네가 사랑하는 그 처녀를 찾는 데 우리가 함께 노력해야 하니까, 그 여자가 누구인지 말해 줘. 그 여자에 대해 얘기해 봐."

마침내 내가 덧붙였다.

그는 내 침대 발치에 털썩 주저앉았다. 어둠 속에서 그의 숙인 머리와 팔짱을 낀 두 팔, 무릎이 보였다. 이윽고 그는 오랫동안 가슴 아픈 일을 아로새겼던, 그리고 마침내 그의 속내를 고백하려는 사람처럼 깊은 한숨을 내뱉었다…….

8 모험

그날 밤, 내 친구는 길을 가다 그에게 일어났던 모든 일을 나한테 얘기해 주지 않았다. 다시 얘기하게 되겠지만, 그날 밤 이후 서글픈 나날들이 이어졌다. 그리고 어느 날, 그가 나한테 모든 걸 고백하기로 결심했다. 그렇다 하더라도, 그건 오래도록 우리 소년 시절의 커다란 비밀로 남았다. 하지만 모든 게 끝난 지금, 이제 그건 한낱 티끌에 지나지 않는다.

나쁜 일이든 좋은 일이든 이제 나는 그의 이상야릇한 모험을 얘기할 수 있다.

*

어느 추운 날 오후 1시 30분, 결코 일찍 출발하지 않았다는 사실을 알았던 몬느는 비에르종으로 가는 길에서 말을 들입다 질주시켰다. 그는 처음에 샤르팡티에 할아버지와 할머니를 마차로 모셔와 재미 삼아 우리 모두를 깜짝 놀라게 할 일만을 생각했다. 그 순간, 몬느에게 확실히 다른 의도는 전혀 없었다.

추위가 점점 뼛속까지 스며들자, 그는 처음에 거절했지만 라벨에투알 농장 사람들이 억지로 마차 안에 넣어 준 담요 속에 다리를 파묻었다.

2시에 그는 라모트 마을을 통과했다. 수업이 있는 시각에 그 작은 마을을 통과해 본 적이 정녕코 없었기에, 죽은 듯이 조용히 잠든 마을을 바라보는 게 그냥 즐거웠다. 이따금 한 번씩 커튼이 걷히고 호기심 많은 그 집 아낙네의 머리가 겨우 보일 정도였다.

라모트를 벗어나 학교 건물을 지나자마자, 그는 두 갈래 길에서 망설이다가 비에르종에 가려면 왼쪽으로 꺾어야 할 것이라고 판단했다. 그가 가야 할 길을 가르쳐 줄 사람이 거기에는 아무도 없었다. 그는 자갈이 울퉁불퉁 깔린 점점 좁아지는 길로 말을 냅다 몰았다. 얼마 동안 전나무 숲을 따라가다가 마침내 한 마차꾼을 만나게 됐다. 몬느는 양손을 입에 갖다 대고 자신이 비에르종으로 가는 길에 제대로 들어섰는지를 그에게 물었다. 고삐를 바투바투 당겼으므로 말은 마냥 빠르게 달렸다. 그 사내는 몬느가 자기한테 무얼 묻는지 알아듣지 못했던 모양이다. 그는 애매한 몸짓을 하며 뭐라고 소리를 질렀다. 요행을 바라는 심정으로, 몬느는 가던 길을 그대로 계속 달려 나갔다.

다시 아무런 사건도 없고, 심심풀이거리도 없으며, 얼어붙은 드넓은 들판이 느닷없이 나타났다. 종종 산까치가 마차 소리에 화들짝 놀라서 날라올라 꼭대기도 보이지 않는 느릅나무 높은 데에 앉았다. 여행자는 그의 큰 담요를 망토처럼 어깨 주위에 감았다. 다리를 늘어뜨리고 마차 한쪽으로 팔꿈치를 기대며, 그는 아주 오래도록 꾸벅꾸벅 졸았던 모양이다…….

담요를 뚫고 스며드는 추위 때문에 다시 제정신을 차렸을 때, 몬느는 그새 풍경이 완전히 바뀌었다는 걸 알아차렸다. 이미 먼 지평선도 볼 수 없었고, 멀리 바라볼 수 없을 만큼 드넓고 새하얀 하늘도 사라졌다. 다만 높은 울짱을 두른 아직 푸른 빛이 감도는 몇몇 작은 목장들이 듬성듬성 보일 따름이었다. 좌우로는 도랑물이 얼음 밑으로 흘렀다. 모든 게 강에 가까워진 걸 예감케 했다. 높은 울짱 사이로 난 넓은 길은 움푹 파인 좁은 길과 다를 바 없었다.

조금 전부터 말이 제대로 달리지 못했다. 몬느는 채찍을 한 차례 내리쳐서 말을 재촉했지만, 말은 여전히 아주 느린 평보(平步)로 걸어갔다.[11] 키 큰 학생은 두 손을 마차 앞쪽에 기대어서 곁눈질로 말이 한쪽 뒷발을 저는 걸 발견했다. 곧바로 그는 매우 불안해져서 땅으로 뛰어내렸다.

"이젠 도저히 기차 시각에 맞춰 비에르종에 도착할 수가 없

---

11) 평보(平步, pas)는 승마 용어다. 속보(速步, trot)와 구보(驅步, galop), 측대보(側對步, amble) 등이 있다.

겠군."

그가 나지막하게 중얼거렸다.

그는 비에르종으로 가는 길이 아닌 다른 길로 들어서서 길을 잃었다는 불안한 생각을 억지로 떨쳐 버리려고 안간힘을 썼다.

오랫동안 말발굽을 꼼꼼히 살펴봤지만, 몬느는 거기에서 어떠한 상처의 흔적도 발견하지 못했다. 자세히 살펴보기 위해 말을 만져 보려고 하자, 몹시 겁을 집어먹은 말은 다리를 들어 어설프고 무거운 발굽으로 땅을 긁어 댔다. 그러자 그는 단지 말발굽에 자갈이 박혔을 뿐이라는 걸 마침내 알아내었다. 가축을 능란하게 다루는 소년과 같은 자세로, 그는 쭈그리고 앉아 왼손으로 말의 오른쪽 다리를 붙들어 자기 두 무릎 사이에 끼려고 꾀했지만 마차가 방해되는 까닭에 그러기가 어려웠다. 말은 두 번씩이나 그를 피해 몇 발자국 앞으로 걸어갔다. 그 바람에 발판이 그의 머리를 쳤고 바퀴에도 부딪혀서 그는 무릎에 상처를 입었다. 그래도 끝까지 단념하지 않고 계속 시도해서 마침내 겁먹은 짐승을 제압했다. 하지만 자갈이 너무 깊게 박혀 돌을 완전히 뽑아내려고 농부들이 사용하는 칼을 빼들어야만 했다.

간신히 그가 작업을 끝내고 고개를 들었다. 그러고는 반쯤 얼떨떨하고 시야가 흐려진 채, 날이 어두워지는 것을 깨닫고 몹시 놀랐다…….

몬느가 가던 길을 즉각 되돌아온 것은 전혀 다른 이유에서였다. 더 이상 헤매지 않으려면 우선 그렇게 하는 수밖에 없었다. 하지만 그는 지금 자신이 라모트로부터 아주 먼 곳에 왔을 거라는 생각이 들었다. 아닌 게 아니라, 그가 졸았던 사이 말은 옆길로 들어섰다. 요컨대 그 길은 결국 어떤 마을로 이어졌다……. 키 큰 소년은 발판 위로 다시 올라가, 참을성 없는 그 짐승의 고삐를 바특 바특 잡아당겼다. 그때, 무엇인가 끝장을 보려는, 모든 장애물에도 어딘가에 도달하려는 열렬한 욕망이 자기 마음속에서 자꾸만 커져 가는 걸 모든 사고력을 동원해 상상해 보라!

그는 말이 옆으로 비켜 속보(速步)로 달리도록 한 차례 채찍질했다. 어둠이 차츰 짙어 갔다. 움푹 파인 오솔길에는 이제 겨우 마차 한 대가 지나갈 수 있는 통로가 있을 뿐이었다. 때때로 울타리의 이운 나뭇가지가 바퀴에 끼어들어 뚝 하고 소리를 내며 부서지곤 했다. 날이 완전히 칠흑같이 어두워졌을 때, 몬느는 홀연히 가슴을 죄며 그 시각에 모두가 모이는 생트아가트의 식당을 생각했다. 그러자 화가 불끈 치밀었다. 그렇지만 본의 아니게, 이렇게 도망친 그는 곧바로 긍지와 환희를 깊게 느꼈다…….

9 휴식

말이 어둠 속에서 뭔가에 다리를 부딪혔는지 갑자기 걸음 걸이가 느려졌다. 몬느는 말이 두 번씩이나 머리를 위아래로 흔드는 걸 보았다. 그러고 나서 말은 콧구멍을 땅에 대고 무슨 냄새를 맡으려는 듯이 별안간 멈췄다. 말발굽 주위에서 물이 찰랑거리며 흐르는 소리가 들렸다. 개울이 길을 가로질렀다. 여름철에는 나지막한 개울이었던 것 같았다. 하지만 그때에 는 물줄기가 아주 세고 얼음도 얼지 않은 까닭에, 앞으로 말을 모는 게 상당히 위험할 수 있었다.

몬느는 고삐를 서서히 잡아당겨 몇 걸음 뒤로 물러섰다. 그러고는 매우 당황해 마차에서 몸을 일으켰다. 나뭇가지들 사이로 한 줄기 불빛을 본 것은 바로 그때였다. 마차가 멈춘 길에서 그 불빛까지 가려면 작은 목장 두세 개만 건너면 됐 다…….

마차에서 내린 그 학생은 말을 달래려고 얘기를 걸었다. 그리고 말을 뒤로 끌어서 말이 겁을 먹고 갑자기 머리를 치켜들지 못하게 했다.

"그래, 착하지! 자! 이제 우린 더 이상 갈 수가 없어. 이제 곧 우리가 어디에 도착한 건지 알게 될 거야."

그리고 그는 길 쪽을 향한 조그만 목장의 반쯤 열린 사립문을 자그시 밀쳐서 말과 마차를 안으로 들여보냈다. 다리가 부드러운 풀밭 속으로 빠졌다. 마차가 소리 없이 흔들렸다. 머리를 말머리에 바싹 갖다 댄 탓에, 그는 말의 열기와 헐떡이는 거친 숨소리를 느꼈다……. 그는 말을 목장 안쪽 끝까지 데리고 가서 등에다 담요를 덮어 줬다. 이어서 안쪽 울타리 가지들을 헤치면서 다시 외딴집의 불빛을 보았다.

하여튼 그는 목장 셋을 건너가야 했고, 두 발을 동시에 적셔야만 했던 드러나지 않은 작은 개울을 뛰어넘어야 했다……. 마침내 비탈 꼭대기에서 마지막으로 뛰어내린 후, 시골집 뜨락 안에 이르렀다. 돼지가 우리 안에서 꿀꿀거렸다. 언 땅에 내딛는 발자국 소리를 듣고 개가 무섭게 짖어 대기 시작했다.

문의 덧창은 열렸다. 몬느가 봤던 불빛은 벽난로에서 타는 나뭇단의 불빛이었다. 장작불 외 다른 불빛은 없었다. 집 안에서 마음씨 좋게 생긴 한 부인이 별로 놀란 기색도 없이 일어나 문가로 다가왔다. 바로 그때, 괘종시계가 7시 30분을 쳤다.

"죄송합니다, 아주머니. 제가 그만 댁의 국화 밭을 밟은 것 같은데요."

키 큰 소년이 말했다.

부인이 손에 사발을 든 채 멈춰 서서 그를 응시했다.

"사실 마당이 워낙 컴컴해 어디로 가야 할지 몰랐을 거예요."

그녀가 말했다.

침묵이 흘렀다. 몬느는 선 채로 마치 여관처럼, 삽화가 그려진 신문지들을 붙인 방의 벽과 남자 모자가 놓인 탁자를 바라봤다.

"주인이 계시지 않는군요?"

그가 앉으면서 말했다.

"곧 돌아올 거예요. 땔감을 가지러 갔거든요."

부인이 안심하는 태도로 대답했다.

"주인장한테 볼일이 있는 게 아닙니다. 어쨌든 우리는 매복하는 사냥꾼들입니다. 저는 빵을 조금 얻을까 해서 왔습니다."

그 젊은이는 의자를 난로에 가까이 놓으며 말을 이었다.

몬느는 시골 사람들의 집, 특히 외딴 농가에서는 매우 신중하고 요령 있게 말해야 한다는 사실을 알고 있었다. 그리고 무엇보다도, 자신이 그 지방 출신이 아니라는 걸 드러내서는 안 된다는 것도 알고 있었다.

"빵을요? 우린 당신한테 빵을 줄 수 없군요. 화요일마다 지나가는 빵 장수가 오늘은 오지 않았어요."

그녀가 말했다.

한순간, 자기가 마을 가까이에 있기를 바랐던 오귀스탱은 겁이 덜컥 났다.

"어느 지방의 빵 장수 말인가요?"

그가 물었다.

"그야, 비외낭세 빵 장수 말이지요."

부인이 놀란 표정으로 대답했다.

"정확하게 비외낭세는 여기서 얼마나 떨어진 곳에 있습니까?"

몬느는 몹시 불안해져 물었다.

"큰길로는 정확히 말씀드릴 수 없습니다만, 지름길로 가면 14킬로미터 남짓 될 거예요."

그리고 그녀는 비외낭세에 직장이 있는 딸이 매월 첫 일요일마다 걸어서 그녀를 보러 온다는 둥, 딸의 직장 상사들이 어떻다는 둥 수다를 늘어놓기 시작했다.

하지만 몬느는 매우 당황해 그녀 말을 가로막고는 말했다.

"비외낭세가 여기서 가장 가까운 마을입니까?"

"아뇨, 5킬로미터 떨어진 곳에 있는 레랑드가 가장 가까운 마을입니다. 하지만 그곳엔 상인들도, 빵 장수도 없답니다. 그곳에선 매년 성 마르탱 축제[12]에 여러 계층 사람들이 조금 모일 뿐이지요."

몬느는 레랑드라는 곳에 대해 들어 본 적이 없었다. 어이이벙벙한 나머지, 그 상황을 오히려 즐기는 자신을 발견했다. 한편 개수대에서 열심히 설거지하던 부인은 그의 모습에 호기

---

12) 성 마르탱은 투르 지방 사제였다. 처음에는 군인이었고, 혹한 중에 자기 외투를 둘로 잘라서 반은 거지한테 주었다는 성인이다. 해마다 11월 10일에 프랑스 여러 곳에서 이 축제가 열린다.

심이 어려 돌아봤다. 그리고 그녀는 그를 똑바로 쳐다보며 느긋하게 물어왔다.

"당신은 이 지방 사람이 아니지요……?"

바로 그때, 나무를 한 아름 안은 나이 든 농부가 난데없이 문에 나타나서 바닥에다 그걸 내동댕이쳤다. 부인은 마치 그가 귀머거리인 것처럼 그에게 아주 크게, 젊은이가 요구한 것을 설명했다.

"그래, 그거야 쉽지, 하여튼 가까이 오시게. 젊은이는 불을 쬐지 않는구먼."

그가 간단명료하게 말했다.

조금 뒤, 그들 두 사람은 난로 장작 받침쇠 곁에 자리를 잡았다. 늙은이는 나무를 난로 속에 넣으려고 쪼개고, 몬느는 아주머니가 내다 준 빵과 우유 한 사발로 요기를 했다. 그처럼 불안해하던 끝에, 이 초라한 집을 발견하게 된 게 기뻤던 우리의 여행자는 이제 이상한 모험도 끝났다고 생각하며, 벌써부터 그의 친구들과 함께 이 친절한 사람들을 얼마 후에 다시 보러 올 계획을 세웠다. 그는 이것이 단지 휴식인지, 아니면 이제 곧 다시 길을 떠나야 하는지를 몰랐다.

그는 곧바로 자신을 라모트에 가는 길로 안내해 주기를 부탁했다. 그리고 다른 사냥꾼들과 헤어졌고, 지금은 완전히 자신의 마차와 함께 길도 잃어버리게 됐다는 사정을 말했다.

그랬더니 부부는 하룻밤을 묵은 뒤, 적어도 내일 날이 밝으면 떠나라고 끈질기게 권유했다. 몬느는 어쩔 수 없이 그러기로 마음먹고 외양간에 말을 붙들어 매려고 밖으로 나갔다.

"오솔길에 팬 구멍을 조심하시게."

남자가 그에게 말했다.

몬느는 '오솔길'로 오지 않았노라고 사실대로 털어놓을 엄두를 내지 못했다. 자칫하다가는 그 친절한 사람한테 자신을 데려다 달라고 부탁할 뻔했다. 그는 문지방에서 잠시 머뭇거렸고 아직 그럴싸한 결단을 내리지 못하고 동요했다. 그러고 나서 어두컴컴한 마당으로 나갔다.

10 양 우리

거기가 어딘지 분간하려고 그는 자신이 아까 뛰어내렸던 비탈 위로 기어올랐다.

지나왔을 때와 마찬가지로, 그는 모르는 사이에 조금씩, 그리고 어렵사리 버드나무 울짱을 지나 풀을 헤치고 냇물을 건너서 목장 안쪽에 놓아두었던 마차를 찾으러 갔다. 마차는 이미 그곳에 없었다……. 움직이지 않은 채 그는 머리를 갸웃거렸다. 말 목에 바싹 매달아 놓은 방울 소리가 들릴 거라 생각하고, 밤에 들려오는 온갖 소리에 귀를 쫑긋 세워 들으려고 애썼다. 아무 소리도 나지 않았다……. 그는 목장을 한 바퀴 돌았다. 그 위로 마차 바퀴가 지나간 듯, 울타리는 반쯤 열리고, 반쯤 넘어진 채로 있었다. 말이 그곳으로 혼자 도망친 게 분명했다.

그가 길을 다시금 거슬러 몇 걸음 내디디자, 말에서 땅으로 미끄러졌을 게 틀림없는 담요가 발끝에 챘다. 그는 말이 그 방향으로 도망갔다고 결론을 내리고는 들입다 뛰기 시작했다.

마차를 기필코 다시 찾으려는 끈질기고 미친 듯한 일념 외에는 아무 생각도 없었다. 그는 얼굴이 새빨갛게 상기된 채, 공포에 거의 가까운 강렬한 욕망에 사로잡혀 냅다 달렸다……. 때때로 그의 발이 수레바퀴 자국에 부딪히기도 했다. 칠흑 같은 어둠 속에서 모퉁이에 이르자, 그는 울타리로 몸을 내던졌다. 하지만 이미 너무 녹초가 되어서 제때 멈추지 못해 팔을 앞으로 내민 채 가시덩굴에 쓰러졌다. 그 바람에 얼굴을 감싼 손이 찢어졌다. 이따금 그는 멈춰 서서 귀를 기울였으며 잽싸게 다시 달렸다. 한순간 그는 마차 소리를 들은 것 같았다. 하지만 그건 왼쪽으로 아주 먼 길을 지나가며 덜거덕거리는 짐마차였다…….

발판에 다친 무릎이 너무 욱신거리고 아파 멈출 수밖에 없었다. 순간, 다리가 뻣뻣해져 왔다. 그때 그는 말이 구보(驅步)로 달아나지만 않았다면, 벌써 훨씬 전에 다시 만났을 거라고 생각했다. 또한 마차를 이렇게 잃어버린 게 아니고, 누군가 다시 잘 찾을지도 모른다고 생각했다. 마침내 너무나 초주검이 된 나머지 화가 잔뜩 난 그는 겨우 다리를 질질 이끌며 왔던 길을 되돌아갔다.

마침내 그는 말을 찾으러 떠났던 출발 지점에 다다랐다고 생각했다. 곧바로 그가 찾았던 그 집의 불빛이 보였다. 깊숙한 오솔길이 울타리 안으로 트였다.

"저게 노인이 나한테 말했던 오솔길이군."

오귀스탱이 중얼거렸다.

그리고 울짱과 고갯길을 더 이상 넘지 않아도 된 게 내심 기뻐서, 그는 그 길로 접어들었다. 잠시 후, 에움길이 왼쪽으로 굽어서 불빛이 오른쪽으로 새어 나오는 것처럼 보였다. 드디어 길 교차 지점에 도달했다. 몬느는 초라한 집에 재빨리 돌아가려는 간절한 생각에 거기로 곧장 이어지는 것처럼 보이는 오솔길을 별다른 생각 없이 따라갔다. 하지만 그가 그 방향으로 열 걸음 남짓 걸어가자마자 이내 불빛이 사라졌다. 불빛이 울타리로 말미암아 감춰진 것 같기도 하고, 기다리기에 지친 농부들이 그들의 덧창을 자그시 닫은 거 같기도 했다. 그 학생은 용기를 내서 밭을 가로질렀고, 조금 전에 불빛이 반짝였던 방향으로 똑바로 걸었다. 그러고 나서 또 한 번 울타리를 건너려다 또 다른 오솔길에서 다시 넘어졌다…….

그렇게 해서 점점 대장 몬느의 발자취는 얽히고설켰으며, 그가 떠났던 농가 부부들과의 끈도 급기야 끊기고 말았다.

용기를 잃고 거의 파김치가 된 그는 절망 속에서도 하여튼 그 오솔길을 끝까지 따라가기로 작정했다. 그렇게 백 걸음쯤 걷자, 드넓은 잿빛 초원으로 빠져나가게 됐다. 거기서 이따금씩 노간주나무로 추정되는 그림자들과 계곡 아래 희미하게 보이는 건물 한 채를 발견하고 다가갔다. 가축 목장이거나 내버려둔 우리의 일종 같았다. 문은 삐걱거리는 소리를 내며 내려앉았다. 돌개바람이 구름을 휙 몰고 가자 달빛이 울타리 틈새로 흘렀다. 퀴퀴한 곰팡이 내음이 풀풀 풍겼다.

더 이상 마차를 찾아볼 겨를도 없이, 몬느는 땅에 팔꿈치를 대고 손에 머리를 파묻은 채, 축축한 짚 위에 드러누웠다. 허리띠를 푼 다음, 무릎을 배에 갖다 대고 웃옷 안으로 새우처럼 몸을 웅크렸다. 바로 그때, 그는 길에 내버려둔 말한테 씌웠던 담요를 생각했다. 자신이 가엾게 느껴졌고 자신에 대해 화가 울컥 치밀었기에 울고 싶은 강한 욕망에 사로잡혔다……

따라서 그는 다른 일을 생각하려고 애면글면했다. 뼛속까지 얼어붙은 그는 어떤 꿈이, 그가 아주 어렸을 때 꿨던 누구한테도 얘기한 적이 없는 꿈이라기보다는 어떤 환상의 기억이 새록새록 피어 올랐다. 어느 날 아침, 그는 반바지와 짤막한 외투가 걸린 자기 방에서 깨어난 게 아니라, 나뭇잎을 닮은 벽지가 발린 초록색이 감도는 긴 방에 누운 자신을 발견했다. 그 방에서는 아주 부드러운 불빛이 넘쳐나서 그걸 맛볼 거라고 생각했다. 첫 번째 창문 옆에서는 한 젊은 처녀가 등을 돌린 채, 그가 눈뜨기를 기다리는 듯 다소곳이 바느질을 하고 있었다……. 그는 침대 밖으로 나와 황홀한 저택 안을 걸어 다닐 힘이 없었으며, 다시 잠에 푹 빠지고 말았다……. 하지만 그는 다음번엔 일어나리라고 다짐했다. 아마 내일 아침에는……!

11 신비스러운 영지

새벽이 되자마자 그는 다시 걷기 시작했다. 그러자 부풀어 오른 그의 무릎이 아파 왔다. 고통이 워낙 심해져서 멈춰 앉아야만 했다. 더구나 그가 있었던 장소는 솔로뉴[13]에서 가장 휘휘한 곳이다. 아침나절 내내, 그는 지평선에서 양 떼를 몰고 가는 양치기 소녀만을 봤을 따름이다. 그는 그녀를 소리쳐 부르며 뛰어가려고 애썼지만 아무 소용이 없었다. 그녀는 그의 소리를 듣지 못하고 홀쩍 사라졌다.

그래도 그는 딱하리만큼 느린 걸음으로 가던 방향으로 마냥 걸어갔다……. 지붕 하나 없었고, 사람 코빼기 하나 비치지 않았다. 늪의 갈대에서 날아가는 도요새 소리마저도 없었다.

---

13) 파리분지 남쪽 지방에 위치한 이곳은 루아르 강과 셰르 강 계곡 중간에 있다. 완만한 높낮이와 삼림, 습지 등 많은 평야가 펼쳐져 있고, 목축과 수렵 등이 번성했던 곳이다.

완전히 인적이 뚝 끊어진 곳에 맑고 쌀쌀한 12월의 태양이 빛
났다.

마침내 그가 전나무 숲 위로 봉곳이 치솟은 회색 망루의 뾰
족탑을 무심코 발견했을 때는 오후 3시 무렵이었다.

"사용하지 않은 지 오래된 성곽이거나 사람이 살지 않는 어
떤 뾰족탑이겠지……!"

그가 혼자 중얼거렸다.

그는 별로 걸음을 재촉하지 않은 채 가던 길을 줄곧 갔다.
숲 모퉁이에 이르자, 두 흰 기둥 사이로 오솔길이 불쑥 나왔
다. 몬느는 그 길로 접어들었다. 몇 걸음 옮기다가 깜짝 놀라,
설명할 수 없는 혼란스러운 마음으로 우뚝 멈춰 서기도 했다.
그는 여전히 지친 걸음으로 걸었다. 고추바람으로 그의 입술
이 갈라져 터졌고 가끔씩 숨이 턱 막혀 왔다. 그런데도 어떤
이상야릇한 만족감과 흠뻑 도취될 정도로 거의 완벽한 안정
감, 그의 목적이 이뤄져서 이제는 행복만이 남았다는 확신이
그를 북받쳐 오르게 했다. 옛날 여름의 대축제[14] 전날 저녁, 사
람들이 축제를 위해 마을 거리에 일시적으로 전나무를 심는
바람에 그의 방 창문이 나뭇가지들로 가로막혔을 때, 기운이
쑥 빠졌던 느낌이 바로 이런 거였다.

"올빼미와 바람으로 가득 찬 이 낡아 빠진 비둘기 집에 도
착하니 얼마나 기쁜가……!"

---

14) 신이나 성인을 특별히 받들어 모시려고 교회에서 축제일로 정한 날이
다. 여름철의 중요한 축제일로는 만성절과 승천 기념일, 성 야곱 축제일 등
이 있다.

그가 혼잣말로 주절거렸다.

그러다 공연히 자기 자신에 대해 화가 난 그는 길을 되돌아가 가까운 마을까지 가는 것이 낫지 않을까 생각하며 멈춰 섰다. 얼마 전부터 그는 고개를 숙이고 생각에 잠겼고, 그제야 비로소 오솔길이 규칙적인 커다란 원 모양으로 빗질된 걸 알아차렸다. 그의 고향 사람들이 축제를 위해 그려 놓는 것과 비슷했다. 성모 승천일 아침, 그는 라페르테의 넓은 길을 쏙 빼닮은 길로 들어섰다……! 에움길에 이르자, 축제 옷차림을 한 사람들 무리가 6월이면 그러하듯이 먼지를 일으키며 나타났다. 하지만 그는 그걸 보고 별로 놀라지 않았다.

"이 적막하고 외진 곳에 축제가 있는 걸까?"

그가 혼자 웅얼거렸다.

첫 에움길까지 나아가자, 그는 다가오는 사람들의 목소리를 들었다. 그는 옆에 있는 빽빽하고 어린 전나무들 쪽으로 뛰어들어 새우처럼 몸을 웅크리고 숨을 죽이며 귀를 쫑긋 세웠다. 어린아이들의 목소리였다. 그들 한 무리가 바로 그의 곁을 지나갔다. 아마도 어린 소녀일 그들 중 한 명이 아주 얌전하고 매우 또렷한 목소리로 깜찍하게 재잘거렸다. 몬느는 그 말의 뜻을 이해할 수가 없는데도 미소 짓지 않을 수 없었다.

"딱 한 가지 걱정되는 게 있어. 말 문제야. 예를 들면, 다니엘이 큰 노란색 조랑말을 타는 걸 결코 막을 수 없을 거야! 그 누구도 우리가 뭘 하든 막을 순 없을걸? 우리는 뭐든 다 허락받은 거잖아……? 원한다면 해가 되는 일까지도 말이야……."

빈정거리는 소리로 소년이 대답했다.

그리고 그 목소리가 멀어져 갔을 순간, 이미 다른 어린아이들 한 무리가 다가왔다.

"얼음이 녹으면, 내일 아침 우리는 뱃놀이를 갈 거야."

작은 소녀가 말했다.

"하지만 허락받을 수 있을까?"

다른 소녀가 말했다.

"우리 맘대로 축제를 주최한다는 걸 너도 잘 알잖아."

"그런데 만약 프란츠가 자기 약혼녀랑 오늘 저녁에 돌아오면?"

"그래도 그는 우리가 원하는 대로 할 거야……!"

"아마도 결혼식이 있나 보군. 그런데 여기서는 법을 만드는 게 어린아이들인 모양이지……? 참 이상한 영지군!"

오귀스탱이 중얼거렸다.

그는 그들한테 어디서 술을 마시고 음식을 먹는지 물으려고 숨은 곳에서 나가고 싶었다. 그는 일어나 마지막 무리들이 멀어져 가는 걸 봤다. 무릎까지 오는 꼭 맞는 원피스를 입은 세 소녀는 턱 아래로 큰 리본을 매는 예쁜 모자를 쓰고 있었다. 셋 모두 목에 흰 깃털이 늘어져 있었다. 그 중 한 명이 반쯤 돌아서 약간 몸을 구부린 채, 손가락을 들고 곁에서 장황한 설명 중인 친구에게 귀를 기울였다.

"내가 그들한테 겁을 줄지도 몰라."

몬느는 자신이 걸친 갈기갈기 찢어진 농부의 겉옷과 생트아가트 학생의 바로크 풍 혁대를 보며 중얼거렸다.

그는 어린이들이 오솔길로 돌아올 때, 자기와 다시 마주칠까 걱정했다. 그곳에서 뭔가 물어볼까 차마 생각도 못 하고, '비둘기 집'으로 난 방향으로 전나무 숲을 가로질러 계속 걸어 갔다. 얼마 지나지 않아, 숲 가장자리에서 이끼 낀 조그만 담 벼락이 나타나는 바람에 그는 멈춰 섰다. 반대편 벽과 영지의 부속 건물들 사이에는, 장날 여관 마당처럼 마차들로 빼곡히 가득 찬 좁고 긴 마당이 있었다. 그곳에서 온갖 종류와 온갖 형태의 마차들이 모습을 드러냈다. 포장을 올린 좌석이 네 개 놓인 작고 멋들어진 마차들, 긴 의자가 있는 달구지들, 유행에 뒤떨어진 쇠시리 좌석을 단 부르보네 마차들, 심지어 유리창 이 열린 낡은 대형 사륜마차까지도 있었다.

몬느는 행여 사람들이 그를 알아볼까, 전나무 뒤에 숨어 무 질서한 그 장소를 살펴봤다. 마당 반대편으로는 긴 의자가 붙 은 높은 달구지의 마부석 바로 위에 부속 건물의 창문 하나가 반쯤 방싯이 열려 있었다. 항상 닫힌 덧창들이 즐비한 여러 외 양간들이 있는 영지 뒤쪽에서 볼 수 있듯이, 두 쇠창살이 이 창구를 가로막는 게 틀림없었다. 하지만 오랜 세월이 흐르는 동안, 쇠창살들은 떨어져 나갔다.

"저기로 들어가서 건초 속에서 한숨 자야지. 그리고 예쁜 소녀들을 놀라게 하는 일 없이 꼭두새벽에 살며시 떠나야지."

학생은 혼자 중얼거렸다.

그는 상처 입은 무릎 때문에 고통스럽게 담을 넘었다. 그러 고 나서 이 마차에서 저 마차로, 긴 의자가 있는 달구지 마부석에서 대형 사륜마차의 지붕으로 통과해서, 드디어 창문 높이에 다다랐다. 그리고 마치 출입문처럼 소리도 없이 그 창문을 자그시 밀었다.

그는 건초를 넣어 두는 헛간이 아니라 침실인 게 틀림없는 천장이 낮은 큰 방으로 들어갔다. 겨울 저녁의 희미한 어둠 속에서 그는 탁자와 벽난로, 심지어 큰 꽃병과 값이 나가는 물건들, 오래된 무기들이 쌓인 안락의자를 봤다. 방 안쪽에 커튼이 드리웠는데, 그건 알코브[15]를 가렸다.

몬느는 춥기도 하고 밖에 있는 사람들한테 들킬까 봐 창문을 자그시 닫았다. 그리고 안쪽에 쳐진 커튼을 걷으러 갔다. 거기에는 금박을 입힌 낡은 책과 현이 끊어진 비파, 뒤죽박죽이 된 채 던져진 촛대들이 여기저기 내팽개쳐진 나지막하고 커다란 침대가 있었다. 그는 알코브 안쪽으로 모든 것들을 밀어 넣은 다음, 휴식을 취하려고 침대에 드러누워 그가 뛰어들게 된 이 이상한 모험을 조금씩 곰곰이 생각하기 시작했다.

깊은 침묵이 영지 위를 내리눌렀다. 이따금 12월에 부는 돌개바람만이 윙윙거리는 소리를 냈다. 자리에 누운 몬느는 드디어, 이상한 만남과 오솔길에서 들린 어린이들의 목소리, 빽빽이 늘어선 마차들보다 먼저 생각난 건 겨울의 적막 속에 버려진 낡은 건물이나 아닐까? 하고 혼자 중얼거리게 됐다.

곧이어 바람이 그에게 희미한 음악 소리를 들려주는 것 같았다. 회한과 매혹으로 가득 찬 추억과 같은 소리였다. 그는

---

15) 벽면을 움푹하게 만들어 침대를 들여놓은 곳.

아직 젊은 어머니가 오후에 거실에서 피아노를 치고, 자기는 정원으로 난 문 뒤에서 밤이 깊도록 말없이 그 소리를 들었던 시절을 회상했다…….

'누군가 어디서 피아노를 치는 거 같은데?'

그는 생각했다.

하지만 그 질문에 대답할 새도 없이 녹초가 된 그는 금세 곤히 잠이 들어 버렸다…….

12 웰링턴의 방

그가 잠에서 깨어났을 때는 이미 밤이었다. 침대에서 추위에 떨며 잠을 못 이뤄 엎치락뒤치락하는 바람에, 검은 상의가 구겨져 몸에 감겼다. 청록색이 약간 감도는 희미한 불빛이 알코브의 커튼을 비췄다.

그는 침대 위에 앉아 커튼 사이로 머리를 쏙 내밀었다. 누군가 창문을 열고 벽이 움푹 들어간 곳에 초록색 베니스 풍 등불[16] 두 개를 매달아 놓았다.

몬느가 슬쩍 시선을 던지자마자, 층계참에서 숨죽인 발자국 소리와 낮은 얘기 소리가 들렸다. 그는 알코브 속으로 몸을 던졌다. 징을 박은 그의 구두가 벽에 바싹 밀어 놓았던 청동 물건들 중 하나에 부딪혀 소리가 났다. 순간, 매우 불안해져

---

16) 일종의 조명 램프이며, 색종이로 만든 둥근 초롱이다.

그는 숨을 죽였다. 발걸음 소리가 다가왔고 두 그림자가 방으로 미끄러져 들어왔다.

"소리 내지 마."

한 사람이 말했다.

"아! 그래도 그가 슬슬 깰 시간인데!"

다른 사람이 대답했다.

"그 사람 방은 잘 치웠겠지?"

"그럼, 다른 방들과 마찬가지로."

열린 창문이 바람에 덜컹거렸다.

"아니, 너 창문도 닫지 않았군. 벌써 바람이 등불 하나를 꺼 버렸어. 다시 불을 켜야 해."

첫 번째 사람이 말했다.

"뭐라고! 이런 시골에서, 아무도 없는 사막 같은 이런 곳에서, 이런 조명이 무슨 쓸모가 있지? 볼 사람이 아무도 없는데 말이야."

다른 사람이 게으름을 피우고 갑작스레 실망한 나머지 웅얼거렸다.

"아무도 없다고? 하지만 아직 밤에 도착할 사람들이 있단 말이야. 그들이 저 길에서 마차 안에 앉아 이 불빛들을 보고 아주 만족해할 거야!"

몬느는 성냥 긋는 소리를 들었다. 마지막 말을 했던 두목처럼 보였던 그 사람이 셰익스피어 연극에 나오는 무덤 파는 인부처럼, 느릿느릿 다시 말했다.

"너는 초록색 초롱들을 웰링턴[17] 침실에 켜 놓아. 붉은 것들도 역시 켜 놓고……. 너는 나만큼 여기를 잘 몰라!"

침묵이 흘렀다.

"……웰링턴이라니, 미국인인가? 그래, 초록색은 미국 색깔인가? 여행을 많이 해 본 희극 배우인 네가 더 잘 알겠지."

"아하! 그렇지! 그렇지! 여행이라니? 그래, 나는 여행했지! 하지만 아무것도 보지 못했어! 마차 안에서 뭘 보겠어?"

'희극 배우'가 대답했다.

몬느는 매우 조심스럽게 커튼 사이로 그들을 훑어봤다.

일을 지시하는 사람은 모자를 쓰지 않고 펑퍼짐한 윗도리에 파묻힌 것처럼 뚱뚱한 남자였다. 그는 여러 색깔 등불이 달린 긴 막대기를 손에 들고 있었다. 그리고 책상 다리를 한 채, 그의 동료가 일하는 걸 말없이 바라봤다.

그 희극 배우로 말하자면, 상상할 수 없을 만큼 꾀죄죄하고 몸집이 초라했다. 키가 크고 핼쑥하며 떨고 있는 그는 청록색 사팔뜨기 눈에, 이가 빠진 입술로 콧수염이 흘러내리고 있었다. 포석 위로 건져 낸, 물이 뚝뚝 떨어지는 익사자의 얼굴을 떠올리게 하는 모습이었다. 그는 윗도리를 벗은 채, 이를 딱딱 소리 나게 부딪쳤다. 말과 행동만 봐도 그는 자기 자신을 몹시 경멸하는 듯했다.

---

17) 1769년에 태어나 1852년에 죽은 영국의 장군이다. 스페인과 남 인도차이나에서 여러 번 프랑스 군대를 격파했고, 1815년에는 워털루에서 나폴레옹 군대에 결정타를 날렸다. 정치와 외교 분야에서 맹활약했고 프랑스 대사와 수상을 역임했다.

잠시 동안, 신랄하면서도 우스꽝스러운 모양으로 생각하는 듯하더니, 그는 자기 짝한테 다가가 양손을 벌리고 속내를 털어놓았다.

"내 말을 듣고 싶어⋯⋯? 나는 사람들이 이런 축제에 부려먹으려고 우리처럼 밥맛 떨어지게 하는 놈팡이들을 찾으러 갔다는 사실을 도대체 이해할 수가 없단 말이다 이거야, 이 친구야⋯⋯!"

하지만 속마음을 솔직하게 털어놓는 데에는 아랑곳하지 않고, 그 뚱뚱한 사내는 다리를 포갠 채 하품하고 태연하게 코를 훌쩍거리면서 그가 하는 일을 줄곧 바라봤다. 그러더니 등을 돌리고 어깨에 장대를 둘러메고 가 버렸다.

"자, 가지! 만찬을 하려면 옷을 갈아입을 시간이야."

그가 나지막하게 말했다.

보헤미안이 알코브 앞을 지나 그의 뒤를 따랐다.

"주무시는 어르신네, 당신은 나처럼 가엾은 분이더라도 깨시걸랑 후작 옷을 입기만 하면 됩니다. 그리고 가장무도회에 내려오세요. 왜냐하면 어린 신사들과 어린 아가씨들한테는 참으로 즐거운 일이니까요."

사내는 예의를 갖추면서 악의 없이 빈정거리듯 말했다.

"부엌에 소속된 우리 동료 말르와요는 당신한테 익살꾼 아를르캥으로 분장한 사람과 당신 하인인 키 큰 피에로를 소개할 참입니다."[18]

---

18) 이탈리아어 아를레키노에서 유래된 말이다. 이탈리아 희극에 등장하는

그는 더할 나위 없이 공손하게 장터에서처럼 빠르고 큰 소리로 덧붙였다.

유명한 배우이자 재담꾼의 전형이다. 검은 가면과 회색 모자를 쓰고, 현란한 복장을 하고 지팡이를 들고 나온다. 그런데 피에로는 흰색에 검은 물방울 무늬가 촘촘히 박힌 헐렁한 바지와 조끼를 즐겨 입는다.

13 이상한 축제

그들이 사라지자마자, 학생은 곧바로 자신이 숨었던 곳에서 나왔다. 그의 발은 꽁꽁 얼어서 곱았고 관절은 뻣뻣해졌다. 그래도 휴식을 취한 덕분에, 무릎은 나아진 것 같았다.

"저녁 먹으러 내려오라고? 식사에 내가 빠질 순 없지. 모든 사람들이 내 이름을 잊은, 그저 초대받은 손님이 돼야지. 게다가 나는 여기서 불청객이 아니야. 말르와요 씨와 그의 친구가 나를 기다리는 게 틀림없어⋯⋯."

그는 생각했다.

그가 칠흑같이 어두컴컴한 알코브에서 사뿟이 나오자마자, 푸른색 초롱불로 밝혀진 방 안에서 모든 것이 아주 뚜렷하게 보였다.

보헤미안이 이미 그걸 '달아 놓았다.' 외투들이 양복 걸이에 걸려 있었다. 금이 간 무거운 대리석 화장대 위에는 버려진 양 우리에서 하룻밤을 샜을지도 모를 그 소년이 멋쟁이로 변장하는 데 사용할 것들이 놓여 있었다. 벽난로 위에는 큰 촛대 옆에 성냥이 있었다. 마룻바닥을 왁스로 닦는 걸 잊어버렸는지, 몬느는 구두와 초라한 침대 밑에서 모래가 사각거리는 걸 느꼈다. 다시금 그는 오랫동안 버려졌던 집 안에 있는 것 같은 인상을 받았다……. 벽난로 쪽으로 가며 그는 커다란 종이 상자와 조그만 상자들 더미에 부딪혀서 자칫하면 넘어질 뻔했다. 그래서 팔을 내밀어 초에 불을 켰고 뚜껑을 열고 몸을 기울이며 들여다봤다.

옛날 젊은이들이 입던 옷이었다. 깃 높은 벨벳 프록코트와 앞이 완전히 트인 멋진 조끼들, 수많은 흰 넥타이, 금세기 초엽에 유행하던 왁스를 칠한 구두들이었다. 그는 감히 아무것에도 손댈 엄두를 내지 못했다. 하지만 덜덜 떨며 자기 몸에 묻은 먼지를 턴 다음, 그의 학생복 위에, 구겨진 깃을 떼어 낸 큰 외투들 중 하나를 걸치고, 징 박은 구두를 왁스 칠한 그럴싸한 무도화로 바꿔 신고, 모자를 쓰지 않은 채 내려갈 채비를 갖췄다.

그는 아무도 마주치지 않고 어두운 마당 안쪽 나무 계단 아래에 이르렀다. 밤에 부는 고추바람이 그의 얼굴을 때렸고 외투 자락을 추켜올렸다.

그는 몇 걸음 내디디자, 하늘의 희미한 빛으로 그곳 지형을 곧바로 알아봤다. 그는 부속 건물들이 옹기종기 모인 작은 뜨락 안에 있었다. 그곳에서는 모든 게 낡고 파괴된 것같이 보였다. 층계 아래에 있는 출입구들은 열려 있었다. 문들이 오래전부터 떨어져 나갔던 거였다. 벽에 검은 구멍처럼 뚫린 창문에도 유리를 끼워 넣지 않았다. 하지만 모든 건물들은 축제의 신비스러운 분위기를 물씬 자아냈다. 형형색색 반사 광선이 낮은 방 밑에 그득 찼다. 거기에 들판을 향해 비추도록 초롱들이 켜져 있었다. 누군가 마당을 빗질했고 제멋대로 자란 우거진 잡초들을 뽑아 놓았다. 마침내 귀를 기울인 몬느는 저 아래 희미하게 보이는 건물들 쪽에서 노랫소리 같기도 하고, 어린아이들과 처녀들 목소리 같기도 한 것이 들려오는 걸 느꼈다. 그 건물에서 바람이 장밋빛과 초록빛, 푸른빛을 머금은 열려 있는 창문들 앞에서 나뭇가지들을 산들산들 흔들었다.

그는 큰 외투를 입은 채, 사냥꾼처럼 몸을 반쯤 구부리고 귀를 기울이며 우두커니 섰다. 그때, 유독 앙바틈한 사람이 아무도 없을 것 같은 옆 건물로부터 난데없이 튀어나왔다.

그는 마치 은으로 만든 것처럼 어둠 속에서도 반짝거리고 활처럼 흰 둥그스름한 실크해트를 쓰고 있었다. 웃옷에는 머리카락까지 올라오는 깃이 달려 있었고, 조끼는 가슴이 많이 파였으며, 바지는 끝을 구두 밑으로 돌려 매는 끈으로 묶여 있었다……. 열다섯 살쯤으로 보이는 근사하고 미끈하게 생긴 그 사람은 바지 탄력으로 몸을 지탱하는 것처럼 발끝으로 쏜살같이 빠른 속도로 걸어갔다. 몬느를 보자 멈추지 않고 걸어가면서 기계적으로 크게 인사하고는, 오후가 시작될 무렵 몬느를 끌어들인 농장인지 성곽인지 혹은 수도원인지 모를 그 탑이 있는 중앙 건물 쪽 어둠 속으로 사라졌다.

잠깐 망설이다가 우리의 주인공은 호기심을 끄는 작달막한 사람 뒤를 사풋사풋 따라갔다. 그들은 정원이라고 할 수 있는 커다란 뜰을 지나, 큰 건물들 사이를 통과해 울타리를 쳐 놓은 양어장과 우물을 돌아서 마침내 중앙 건물 문턱에 다다랐다.

사제관 출입문처럼, 윗부분이 둥그렇고 못이 박혀서 중후한 멋을 풍기는 나무 문이 반쯤 방싯이 열려 있었다. 그 멋쟁이가 거기로 들어가자 몬느도 뒤를 따라갔다. 그리고 복도로 몇 걸음을 내딛자마자, 아무도 보이지 않는데도 까르르 웃는 소리와 노랫소리, 이름 부르는 소리와 쿵쿵거리며 뒤쫓아 가는 소리로 휩싸였다.

그 복도 바로 끝에 비스듬한 통로가 나 있었다. 몬느는 안까지 들어갈 것인지, 아니면 목소리가 들려오는 문을 열 것인지 망설였다. 그때, 서로 앞서거니 뒤서거니 걸어가는 소녀들이 안쪽으로 들어가는 게 보였다. 그는 그들을 보고 놓치지 않고 따라가려고 무도화를 신은 발끝으로 살금살금 달려갔다. 문이 열리는 소리가 들리자, 밤의 쌀쌀한 공기를 쐬며 달려와 아주 새빨갛게 된 열다섯 살쯤 되어 보이는 두 얼굴이, 앞 챙이 길고 턱에 거는 끈이 달린 커다란 모자 밑으로 보였다. 모든 것이 홀연히 밝아진 불빛 속으로 사라지려는 참이었다.

한순간 그녀들이 장난삼아 몸을 빙글빙글 돌린다. 그녀들이 입고 있는 헐렁하고 가벼운 스커트가 들렸다가 부풀어 오른다. 재미있게 생긴 긴 속바지 레이스가 언뜻 보인다. 한쪽 발끝으로 함께 돈 다음, 그녀들은 방으로 잽싸게 뛰어 들어가서는 문을 쾅 닫아 버린다.

잠시 황홀한 채, 몬느는 컴컴한 복도에서 비틀거린다. 그는 이제 들킬까 겁이 난다. 머뭇거리고 서투른 그의 행동거지 때문에, 까딱하다가 도둑으로 오인받기 십상일 터다. 마음을 다잡아 먹고 출구 쪽으로 돌아간다. 그때, 다시 복도 안쪽에서 발자국 소리와 어린아이들의 목소리가 들린다. 두 소년이 얘기하며 다가온다.

"곧 저녁 식사를 하게 될까?"

몬느는 침착하게 물었다.

"우리와 함께 가지. 그곳으로 안내할 테니."

가장 큰 껑다리가 대답했다.

큰 축제를 앞둔 어린아이들이 으레 그러하듯이, 그들은 한결같은 신뢰와 우정의 필요성을 느끼고 각각 몬느의 손을 잡았다. 그들은 아마 농부의 두 아들일 것이다. 식구들이 그들한테 가장 좋은 옷을 입혔을 터다. 양모 스타킹을 신고 장화가 보이도록 무릎 중간까지만 내려온 반바지를 걸쳤다. 푸른 벨벳 웃옷을 입고 이 웃옷과 같은 색 학생 모자를 쓰고 흰 넥타이를 매었다.

"너는 그녀를 아니?"

한 아이가 물었다.

"검은 원피스에 장식 깃을 달았어. 예쁘장한 피에로를 닮았다고 엄마가 나한테 말씀하셨어."

머리가 둥글고 눈이 순진한 제일 작은 아이가 말했다.

"도대체 누구 얘기지?"

몬느가 물었다.

"아, 프란츠가 찾으러 간 약혼녀 말이야……."

몬느가 뭐라고 말도 하기 전에, 이미 그들 셋은 강렬한 불꽃이 훨훨 타오르는 큰 방 문에 다다랐다. 식탁 대신 판자가 사각대 위에 놓였고 흰 식탁보가 깔려 있었다. 각양각색 사람들이 격식을 차리고 저녁 식사를 했다.

14 이상한 축제(계속)

천장이 낮은 넓은 식당에서 하는 식사는 시골에서 결혼식 전날 밤에 아주 멀리서 찾아온 친척들한테 대접하는 식사와 다를 바 없었다.

몬느의 손을 놓고 두 어린아이는 다른 어린아이들의 목소리와 접시에 부딪히는 숟가락 소리가 들리는 옆방으로 뛰어들어갔다. 몬느는 대담하게 당황하는 기색도 없이 의자를 넘어서 두 시골 할머니 옆에 앉았다. 곧바로 그는 왕성한 식욕으로 게걸스럽게 먹기 시작했다. 다만 얼마 있다가 그는 함께 식사하는 사람들을 보려고 고개를 들었으며 그들의 얘기를 경청했을 따름이다.

더구나 사람들은 그다지 얘기를 하지 않았다. 겨우 안면이 있는 정도인 듯했다. 어떤 사람들은 진짜 시골 구석에서, 다른 사람들은 먼 도시에서 온 것 같았다. 식탁을 따라 볼수염을 기른 몇 늙은이들과 옛날 선원들처럼 수염을 빡빡 깎아 버린 다른 늙은이들이 흩어져 앉아 있었다. 그들 곁에서는 하나같이 비슷하게 생긴 노인들이 식사를 했다. 똑같은 구릿빛 얼굴들에다 짙은 눈썹 아래 똑같이 초롱초롱한 눈 그리고 구두끈처럼 폭이 좁은 똑같은 넥타이를 매고 있었다……. 하지만 그 사람들이 이 지방이 아닌 더 먼 곳에서 여행한 것이 아님을 쉽게 알 수 있었다. 그들이 바람 속에서 혹은 소나기를 맞으며, 수천 번 앞뒤로 혹은 좌우로 흔들렸다면, 그건 밭 끝까지 고랑을 판 다음 쟁기를 돌리는 것과 같이, 위험이 없지만 힘겨운 여행 때문일 터였다……. 여자들은 거의 없었다. 주름 잡힌 모자 밑으로 얼굴이 호박처럼 둥글고 주름진 시골 노파 몇 명이 있었다.

함께 식사한 사람들 중에는 몬느가 편하고 믿음 직한 기분으로 대할 수 있는 사람은 단 한 사람도 없었다. 그는 훗날 이런 인상을 설명해 준 적이 있다. 즉 사람이 용서받을 수 없는 엄청난 잘못을 저질렀을 때, 큰 고통 속에서 이렇게 생각한다는 것이다.

"그렇지만 사람들 중에는 나를 용서할 이들도 있을 거야."

당신이 한 일은 모든 게 잘한 일이라고 우선적으로 납득하는 관대한 노인들과 할아버지와 할머니가 있을 거라고 사람들은 생각한다. 확실히 그 방에서 식사하는 사람들은 착한 사람들 가운데서 뽑혔다. 그들 말고는 고작 청소년들과 어린아이들이 있을 따름이었다……

그런데 몬느 곁에서 두 늙은 부인이 호들갑을 떨었다.

"모든 게 아무리 잘돼도, 약혼자들이 내일 3시 전에는 여기에 도착하지 못할 거야."

나이 많은 부인이 부드럽게 말한다는 게 오히려 예기치 않게 이상하고 날카로운 목소리가 됐다.

"입 좀 닥쳐, 날 화나게 할 셈이야?"

아주 조용한 목소리로 다른 사람이 말했다.

그녀는 뜨개질한 모자를 이마까지 내려 쓰고 있었다.

"계산해 보잔 말이야! 부르주에서 비에르종까지 기차로 한 시간 반, 비에르종에서 여기까지 마차로 28킬로미터니까……."

처음에 말했던 사람이 조금도 수그러질 낌새를 보이지 않고 다시 푸념했다.

말다툼은 계속 이어졌다. 몬느는 그 말을 한 마디도 놓치지 않고 경청했다. 이 평화로운 말싸움 덕택에, 사태가 막연하게나마 밝혀졌다. 성주의 아들인 프란츠 드 갈레는 — 그가 학생인지 선원인지 혹은 어쩌면 해군 지망생인지는 알 수 없었다……. — 부르주로 결혼할 젊은 처녀를 데리러 갔었다. 이상한 일은 매우 젊고 아주 변덕스러운 이 젊은이가 제멋대로 이 영지에서 모든 걸 휘둘렀다는 점이다. 그 괴짜는 그의 약혼녀가 오게 될 이 집이 축제 중인 궁전처럼 보이기를 원했다. 그 처녀의 도착을 축하하려고 본인이 직접 어린이들과 온화한 늙은이들을 초대했던 터다. 두 부인의 말다툼은 분명 이 점을 상세히 설명했다. 그녀들은 그 밖의 얘기는 알쏭달쏭한 상태로 놓아두고, 끊임없이 약혼자들이 돌아오는 문제를 얘기했다. 한 사람은 그다음 날 아침이라고 주장했고, 다른 한 사람은 그날 오후라고 빽빽거렸다.

"불쌍한 무아넬, 넌 여전히 정신 나간 소리만 하는군."

가장 젊어 보이는 부인이 평온하게 말했다.

"가엾은 아델, 여전히 황소고집이야. 너를 본 지가 사 년이나 됐는데, 털끝만큼도 변하지 않았어."

다른 여자가 어깨를 으쓱하며 아주 조용한 목소리로 대답했다.

그리고 그녀들은 조금도 화를 내지 않고 서로 우기기만 했다. 몬느는 모든 것을 더 알고 싶어서 부인들의 대화에 끼어들었다.

"프란츠의 약혼녀는 사람들이 말하는 것처럼 예쁩니까?"

놀라 어리둥절한 채, 그녀들은 그를 바라봤다. 프란츠 외에는 아무도 그 처녀를 보지 못했다. 프란츠 자신도 고작 툴롱에서 돌아오는 길에 습지라고 부르는 부르주의 어떤 공원에서 큰 슬픔에 잠긴 그녀를 만났을 따름이다. 방직공인 그녀의 아버지는 그녀를 집에서 내쫓아 버렸다. 그녀가 어찌나 아름답던지 프란츠는 그 자리에서 그녀와 결혼하기로 결심했다. 그건 참 이상한 얘기였다. 그런데 그의 아버지인 갈레 씨와 그의 여동생인 이본은 그에게 아무것도 동의하지 않았다……!

몬느가 조심스럽게 다른 질문들을 하려고 했을 때, 매력적인 남녀 한 쌍이 문 앞에 나타났다. 벨벳 상의와 밑자락 장식을 넓게 한 치마를 입은 열여섯 살 소녀와 깃 높은 예복과 신축성 있는 바지를 입은 젊은이였다. 그들은 두 사람이 하는 무도 스텝을 밟으면서 방을 가로질렀다. 다른 사람들이 그들을 뒤따랐다. 소매가 긴 옷을 입고, 검은 모자를 쓰고, 이가 빠진 입으로 히죽 웃는, 창백한 껑다리 광대에 뒤이어 또 다른 사람들이 소리를 지르며 지나갔다. 그 광대는 위태위태하게 성큼성큼 달렸다. 발걸음을 뗄 때마다 마치 깡충거리는 것 같았고 속이 빈 긴 소매가 펄럭였다. 처녀들은 그에게 약간 겁을 먹었고, 젊은이들은 그와 악수했다. 그는 찢어지는 소리를 지르면서 자기 뒤를 따라오는 어린아이들을 기쁘게 하려는 것처럼 보였다. 그러나 몬느 앞을 지나가면서 그는 반짝이지 않는 흐릿한 눈으로 그를 쳐다봤다. 그가 머리를 빡빡 깎은 것으로 보아 그가 조금 전에 등을 달아 주었던 보헤미안이며 말르와요 씨의 친구라는 걸 몬느는 알아차렸다.

식사가 끝나자 모든 사람들이 일어섰다.

복도에는 원무(圓舞)와 파랑돌[19] 춤판이 벌어졌다. 어디에선지 미뉴에트[20] 스텝을 밟을 수 있는 곡을 흉내 내어 연주하고 있었다……. 둥글고 크며 하얀 주름 동정이 있는 옷을 입었을 때처럼, 몬느는 그의 외투 깃 속에 머리를 반쯤 파묻고 자

---

19) 남프랑스에 있는 프로방스 지방의 전통춤이다. 갈르베라는 관악기와 타부란이라는 타악기에 맞추어 지그재그로 춤을 춘다. 가극 「아를르의 연인」에서도 나온다.

20) 우아하고 대단히 느린 4분의 3박자 프랑스 춤곡이다. 원래 농민의 춤이었으나 18세기에 궁중 무용으로 채택되었다. 격조가 있고 포근한 리듬이 특징이다.

기 자신이 다른 사람이 된 것처럼 느꼈다. 막이 오른 무언극이 여기저기서 벌어지는 극장 무대 뒤처럼, 즐거움에 사로잡힌 그도 역시 성곽 여러 복도를 지나가는 껑다리 피에로의 뒤를 따라가기 시작했다. 그는 이처럼 밤이 지새도록 각자 나름대로 특이하고 기묘한 의상을 걸치고 즐거워하는 사람들 사이에 섞였다. 가끔 그는 방문을 방싯 열었고, 그림을 투영하는 마력적인 초롱이 비치는 방 안으로 들어갔다. 어린아이들은 큰 소리로 환성을 질렀다……. 때때로 그는 사람들이 춤추던 거실 한구석에서 어떤 멋쟁이와 얘기를 나누기도 했고, 그다음 날 걸칠 의상에 대해 서둘러 정보를 제공받기도 했다…….

급기야 그는 자신한테 제공됐던 이 모든 즐거움에 약간 고통스러워졌다. 반쯤 벌어진 외투 사이로 그의 교복 상의가 보일까 두려워, 그는 그 집의 가장 평화롭고 어두운 곳으로 가서 잠깐 몸을 피했다. 거기에서는 피아노 소리가 들릴락 말락 희미했다.

그는 천장에 매달아 놓은 램프가 비추는 조용한 식당으로 들어갔다. 거기에서도 또한 잔치가 벌어졌는데, 꼬맹이들을 위한 축제였다.

낮은 의자 위에 올망졸망 앉은 아이들은 무릎 위에 사진첩을 펼쳐 놓고 한 장 한 장 넘겼다. 다른 아이들은 의자 앞 바닥에 옹기종기 쪼그리고 앉아 진지하게 의자 위에 그림을 펼쳐 놓았다. 또 다른 아이들은 난로 곁에 앉아서 아무 말도, 아무것도 하지 않았다. 하지만 그들은 드넓은 저택 저쪽에서 들려오는 왁자지껄한 축제 소리에 귀를 기울였다.

식당 문 하나가 활짝 열렸다. 바로 옆방에서 피아노 치는 소리가 들려왔다. 몬느는 호기심이 어려 고개를 내밀었다. 응접실 같은 방이었다. 어깨 위에 밤색 코트를 걸친, 부인인지 처녀인지 모를 여자가 등을 돌리고 론도인지 소곡인지 모를 곡을 대단히 부드럽게 치고 있었다. 바짝 붙은 의자 위에는 올망졸망한 예닐곱 소년과 소녀 들이 지각했을 때처럼 얌전하게, 하나의 그림처럼 줄을 지어 옹기종기 앉아 피아노 소리를 들었다. 이따금 그들 중 한 명이 양 손목으로 버티다가 일어나 땅으로 미끄러지듯 식당으로 빠져나가자, 그림을 다 본 아이들 중 한 명이 그 자리에 가서 앉았다…….

몬느는 이 축제에서 미친 듯이 키 큰 피에로의 뒤를 쫓아다녔다. 모든 것이 매혹적이면서도 열광적이고 광기 어렸던 그 축제가 끝난 뒤, 거기에서 몬느는 이 세상에서 느낀 가장 조용한 행복에 푹 잠겼다.

그 처녀가 마냥 피아노를 치는 동안, 그는 소리 없이 식당으로 돌아와 앉았다. 그러고는 식탁 위에 흩어진 빨간 색깔 두꺼운 책들 중 하나를 펼치고 건성으로 읽기 시작했다.

그러자 바닥에서 놀던 꼬마 중 한 명이 곧장 그에게 다가와서 그의 팔을 붙들고 그의 한쪽 무릎에 앉아 함께 책을 봤다. 다른 아이가 다른 쪽 무릎에 올라앉았다. 그때, 그는 이것이 옛날에 꿨던 꿈과 같다고 생각했다. 그가 결혼한 후의 어느 아름다운 저녁, 그는 자기 자신만의 집에 머무는 것이며, 그의 곁에서 피아노를 치는 미지의 매력적인 그 존재는 바로 자기 부인이라고 그는 한참 동안 상상했다…….

15 이본과의 만남

　다음 날, 몬느는 제일 먼저 채비한 사람들 중 한 명이었다. 누군가 그에게 충고해 줬던 것처럼, 그는 유행이 지나 검고 다조로운 예복을 입었다. 허리 부분이 꽉 죄고 어깨 윗부분이 부풀어 오른 재킷과 앞자락을 겹쳐 입는 조끼, 그의 근사한 구두를 뒤덮을 정도로 긴 나팔바지를 입고 실크해트를 썼다.

　그가 뜨락에 내려왔을 때, 아직 아무도 없었다. 몇 걸음을 걷자, 봄 같은 날씨에 마음이 싱숭생숭해서 몹시 흥분했다. 그해 겨울 중 가장 따뜻한 날이었다. 햇볕은 4월 초순처럼 따뜻했다. 서리가 녹아서 축축한 풀잎은 이슬을 머금은 듯이 반짝였다. 나뭇가지에서 작은 새들이 우짖었고, 때때로 포근하게 살살 부는 바람이 산책하는 몬느의 얼굴을 스치고 흘러갔다.

　초대받은 손님처럼, 그는 집주인보다 먼저 일어나 영지 마당으로 나갔다. 다정하고 즐거운 목소리가 그의 등 뒤에서

"오귀스탱, 벌써 일어났군요……?" 하고 소리쳐 줬으면 하고 끊임없이 생각했다.

하지만 그는 오랫동안 정원과 뜰에서 홀로 산책했다. 저기 중앙 건물 쪽에서는 창문에도, 뾰족탑에도 아무런 움직임이 없었다. 다만 둥그런 나무 문 두 짝이 일찌감치 열려 있었다. 꼭대기 창문 가운데 한곳에는 여름처럼 이른 아침 햇살이 비쳤다.

처음으로 몬느는 밝은 햇빛 속에서 영지 내부를 살펴봤다. 벽 잔해들이 황폐한 정원과 뜨락 사이에 있었고, 그곳에는 방금 누가 모래를 뿌려 놓고 갈퀴질을 해 놓았다. 그가 머물렀던 부속 건물 끝자락에는 관목들과 개머루가 우거진 가장 구석진 곳에 외양간들이 무질서하지만 기분 좋게 늘어서 있었다. 모든 평지에서는 보이지 않게 성곽을 에워싸는 전나무 숲이 성곽 위까지 뻗었고, 대신 동쪽에서는 바위와 전나무로 덮인 푸른 언덕을 아직도 볼 수 있었다.

정원에서 몬느는 양어장을 빙빙 둘러싸는 흔들거리는 나무 울타리에 잠시 기댔다. 가장자리에는 거품처럼 주름 잡힌 얼음이 엷게 얼었다. 하늘을 향해 서 있는 낭만적인 교복 차림의 자기 모습이 물 속에 반사됐다. 이어서 그는 또 다른 몬느를 본다고 생각했다. 농부가 모는 마차를 타고 줄행랑 친 학생이 아니라, 값비싸고 아름다운 책 속에 등장하는 매력적이고 소설에 나올 법한 멋진 존재를…….

그는 배가 고파서 부리나케 서둘러 중앙 건물로 걸어갔다. 어젯밤, 그가 저녁 식사를 했던 넓은 식당에는 한 시골 아낙네가 식사를 준비하고 있었다. 몬느가 식탁 위에 차려 놓은 찻잔 앞에 앉았다.

"당신이 첫 번째 손님이군요."

그녀가 그에게 커피를 따라 주며 말했다.

그는 돌연히 이방인이라는 게 알려질까 두려워 아무런 대답도 하고 싶지 않았고, 이미 예고된 아침 산책을 위한 배가 몇 시에 떠나는지를 단지 얼핏 물어볼 따름이었다.

"30분 전에는 떠나지 않을 겁니다. 아직 아무도 내려오지 않은걸요."

이게 대답이었다.

따라서 그는 선착장을 찾으러, 성곽 건물처럼 높이가 달라 옆면이 비대칭인 긴 성곽 주위를 마냥 어슬렁어슬렁 돌아다녔다. 그가 남쪽 면을 돌았을 때, 갑자기 저 멀리서 아름다운 경치를 이루는 가없는 갈대밭이 보였다. 늪의 물이 벽 밑을 적셨다. 여러 출입문 앞에는 출렁거리는 물결 위로 튀어나온 조붓한 나무 발코니들이 즐비했다.

한가한 그 산책인은 밧줄로 배를 끄는, 도로처럼 모래가 깔린 강가를 오랫동안 하염없이 거닐었다. 그는 호기심에 어려 버려지고 망가진 방과 바퀴가 달린 의자들, 녹슨 연장들, 깨진 꽃병들이 산더미처럼 쌓인 광으로 난, 먼지 낀 큰 유리문을 살펴봤다. 그때 홀연히 건물 저쪽 끝에서 모래를 사붓사붓 밟고 오는 발자국 소리가 들렸다.

두 여인이었다. 한 여자는 새우처럼 허리가 굽은 몹시 늙은 여자였고, 또 다른 여자는 날씬한 금발 처녀였다. 어젯밤의 온

갓 분장을 본 후인지라, 처음에는 그녀가 입은 매혹적인 옷이 특이하게 느껴졌다.

그 여자들은 잠깐 멈춰 서서 풍경을 바라봤다. 그때 몬느는 화들짝 놀라 훗날 무례해 보일지도 모를 이런 생각을 했다.

"저 여자가 틀림없이 사람들이 특별한 처녀라고 부르던 여자일 거야. 아마도 축제를 위해 불러온 여배우겠지."

그런데 두 여인은 그의 곁을 지나갔다. 몬느는 꼼짝달싹하지 않고 젊은 처녀를 톺아봤다. 훗날, 이따금 그는 잊어버린 그 아름다운 얼굴을 떠올리려고 필사적으로 노력하다가 잠들곤 했는데, 꿈속에서 그 여자와 닮은 처녀들이 줄지어 지나가는 걸 봤다. 한 여자는 그녀처럼 모자를 썼고, 다른 여자는 그녀처럼 약간 몸을 수그렸다. 또 다른 여자는 그녀처럼 시선이 해맑았고, 다른 여자는 그녀처럼 개미 허리를 지녔다. 또 다른 여자는 그녀처럼 눈이 푸르기도 했다. 하지만 그 여자들 중 누구도 바로 그 키 큰 처녀는 아니었다.

몬느는 숱 많은 금발 아래로 약간 짧으면서도 고통스러울 만치 가는 선으로 도드라진 그녀의 얼굴을 짬을 내어 봤다. 그녀가 몬느 앞을 지나갈 때 그녀의 옷차림도 봤는데 무척이나 꾸밈 없이 간단하고 검소했다…….

그는 그들을 따라가느냐 마느냐 갈팡질팡했다. 그때, 그녀가 알아채지 않을 정도로 살짝 그에게 돌아서면서 같이 가던 여인한테 말했다.

"제 생각엔 배가 늦지는 않을 거 같은데요……?"

그러자 몬느는 그녀들을 따라갔다. 쇠약해서 몸을 떠는 늙은 부인은 끊임없이 즐겁게 얘기했고 생글생글 웃음꽃을 피웠다. 처녀는 부드럽게 대답하곤 했다. 그리고 그들이 선착장으로 내려갔을 때, 그녀는 똑같이 때 묻지 않고 진지한 눈빛으로 몬느를 쳐다봤는데, 그 시선은 이렇게 말하는 것 같았다.

"당신은 누구죠? 이곳에서 뭘 하시나요? 나는 당신을 모른답니다. 그런데 당신을 아는 것처럼 느껴지는군요."

이제 초대받은 다른 손님들은 나무 사이 여기저기에 듬성듬성 흩어져서 배를 기다렸다. 놀잇배 세 척이 산책자들을 받을 준비를 하며 정박했다. 성 여주인과 그의 딸인 것처럼 보이는 두 여자가 지나가자 청년들이 한 명씩 정중히 인사했고, 그녀들은 고개를 숙였다. 이상한 아침! 이상한 들놀이! 겨울 해가 내리쬐는데도 날씨는 쌀쌀했다. 여자들은 당시에 유행하던 보아 뱀처럼 긴 털목도리로 목을 감고 있었다…….

늙은 부인이 강가에 오도카니 서 있었다. 어떻게 된 영문인지는 몰라도, 몬느는 성주의 딸과 같은 요트에 탔다. 그는 된바람에 펄럭이는 모자를 한 손으로 붙들고 갑판에 팔꿈치를 기댔으며, 바람막이 좌석에 앉은 그 처녀를 마음대로 바라봤다. 그녀도 역시 그를 쳐다봤다. 그녀는 그녀 친구들이 하는 얘기에 대꾸하고 생긋 미소를 지었으며, 입술을 지그시 깨물고 그녀의 파란 시선을 그에게 부드럽게 쏟았다.

가까워진 강둑에는 무거운 침묵이 깔렸다. 배는 조용한 기계 소리와 물소리를 내면서 달려갔다. 마치 한여름 같았다. 배는 별장들 몇 채가 자리 잡은 아름다운 정원에 댈 예정이었다. 그 처녀는 하얀 우산을 쓰고 거기에서 하염없이 산보할 참이었다. 저녁때까지 산비둘기들이 구구거리며 우짖는 소리가 들릴 터이다……. 하지만 홀연히 불어온 돌개바람 때문에 그 이상한 축제에 초대받은 사람들은 불현듯 12월을 떠올렸다.

배가 전나무 숲 앞에 도착했다. 선창에서 뱃사공 중 한 사람이 울타리 걸쇠를 벗기는 동안, 사람들은 서로 몸을 바싹 밀착한 채 잠깐 동안 기다려야 했다……. 장차 잃어버리게 될 그 처녀의 얼굴을 늪가에서 매우 가까이 마주 봤던 그 순간을 그가 계속해서 회상할 때마다, 몬느는 얼마나 가슴이 벅차올랐는지 모른다! 그는 자신의 눈에 눈물이 가득 고일 때까지 눈을 크게 뜨고 그 해맑은 옆 얼굴을 톺아봤다. 마치 그녀가 어떤 미묘한 비밀을 털어놓는 양, 그녀 뺨 위에 남은, 분을 조금 바른 자국이 보였던 것을 그는 기억하곤 했다…….

뭍에 오르자 꿈속에서처럼 모든 게 질서정연했다. 어린아이들이 기뻐 환성을 지르면서 달려가고, 많은 사람들이 무리를 형성해 숲을 가로질러 뿔뿔이 흩어졌다. 그동안 몬느는 자기보다 열 걸음 앞서 걸어가는 그 처녀를 따라 오솔길로 들어섰다.

그는 생각할 겨를도 없이 다짜고짜 그녀 곁으로 갔다.

"당신은 아름답군요."

그는 단지 이렇게 말했을 따름이다.

하지만 그녀는 걸음을 재촉했으며 아무런 대꾸도 하지 않고 옆길로 들어섰다. 다른 산책자들은 뛰었고, 큰길을 가로지르면서 놀았다. 각자 제멋대로 하릴없이 어슬렁거리면서 오로지 일시적인 기분에 들떠 행동했다. 그 청년은 실수와 무례함, 어리석음을 불러일으킨 자기 자신을 뼈저리게 뉘우쳤다. 그는 우아한 여인을 다시 보지 못할 거라고 생각하면서 정처 없이 베돌고 다녔다. 그때, 뜻밖에도 그녀는 그가 있는 곳으로 돌아왔다. 좁아서 지나가려면 비켜 서기도 힘든 곳이었다. 그녀는 장갑을 끼지 않은 고사리 같은 손으로 넓은 외투 자락을 여몄고, 발을 많이 드러낸 까만 구두를 신고 있었다. 그녀의 발목이 너무 가늘어서 이따금 다리가 꺾여 부러질까 걱정이 될 정도였다.

"부디 저를 용서해 주시겠습니까?"

이번에는 몬느가 대단히 나직하게 말하며 인사했다.

"용서해 드리지요. 하지만 나는 지금 어린아이들을 만나야 합니다. 그들이 오늘의 주인이니까요. 안녕히 가세요."

그녀는 진중하게 말했다.

오귀스탱은 그녀한테 잠깐만 더 머물러 달라고 간절히 부탁했다. 그는 그녀한테 어색하게 말했다. 그런데 그 목소리가 너무 불분명했고 혼란스러워서 그녀는 걸음을 천천히 늦춰 그의 얘기에 귀를 기울였다.

"나는 당신이 누구인지조차 모릅니다."

마침내 그녀가 말했다.

단조로운 말투로 한 마디 한 마디 툭 내뱉어 낸 말이었지만 말꼬리는 부드러웠다……. 그리고 나서 그녀는 입술을 약간 지그시 깨물며 무표정한 얼굴을 되찾았다. 그녀의 파란 눈은 먼 곳을 뚫어져라 톺아봤다.

"나 역시 당신 이름도 모릅니다."

몬느가 대답했다.

그들은 지금 가로수 없는 길을 따라갔다. 멀리서는 초대받은 손님들이 들판 한가운데 있는 외딴집 주위로 달려가는 게 보였다.

"'프란츠의 집'에 도착했어요, 이제 가 봐야겠습니다……."

그 처녀가 말했다.

"내 이름요……? 이본 드 갈레입니다……."

비로소 그녀는 머뭇거리다가 생긋 미소를 지으며 한순간 그를 응시하더니 말했다.

그리고 잽싸게 내빼 버렸다.

그때 '프란츠의 집'에는 아무도 살지 않았다. 하지만 다락방까지 초대받은 사람들로 그득 찼었다. 그 바람에 몬느는 자신이 서 있는 그곳을 살펴볼 만한 틈이 없었다. 사람들은 배에서 가져온, 추운 계절엔 매우 어울리지 않는 찬 음식을 게 눈 감추듯이 서둘러 먹었다. 아마도 어린아이들이 그렇게 결정한 것 같았다. 그리고 사람들은 다시 출발했다. 몬느는 갈레 양이 나오는 걸 보자마자, 그녀한테 다가가면서 조금 전에 그녀가 했던 말에 대해 대답했다.

"내가 당신한테 드릴 이름은 더 아름다울 겁니다."

그가 얼떨결에 말했다.

"뭐라고요? 어떤 이름인데요?"

여전히 엄숙한 태도로 그녀가 물었다.

하지만 그는 어리석은 말을 한 게 아닌가 걱정이 돼 대답하지 않았다.

"내 이름은 오귀스탱 몬느입니다. 학생이죠."

그는 말을 이었다.

"그래요! 공부하는 중이군요?"

그녀가 말했다.

그리고 그들은 잠깐 동안 다시 얘기했다. 천천히, 행복하게, 다정한 친구처럼, 그들은 오순도순 얘기를 나눴다. 그러다가 그녀의 태도가 느닷없이 돌변했다. 이제 덜 오만하고 덜 엄숙해진 그녀는 오히려 더 불안해 보였다. 그녀는 몬느가 말하려는 걸 지레짐작하는 것 같았고, 미리 겁을 먹은 것 같았다. 잠시 땅에 앉은 제비가 금방 다시 날아가려고 오들오들 떠는 것처럼, 그녀는 그의 곁에서 몹시 떨었다.

"그게 무슨 소용이 있나요? 그게 무슨 소용이 있을까요?"

그녀는 몬느의 계획에 부드럽게 대답했다.

그렇지만 마침내 그가 언젠가 아름다운 영지에 다시 찾아오도록 허락해 달라고 부탁했을 때, 그녀는 간단명료하게 대답했다.

"당신을 기다리겠어요."

그들은 선착장이 보이는 곳에 도달했다.

"우리 둘은 어려요. 우리는 어리석은 짓을 했어요. 이번에는 우리가 같은 배에 타서는 안 돼요. 잘 가세요. 따라오지 마세요."

그녀는 걸음을 멈추면서 불현듯 생각에 잠겨 푸념했다.

몬느는 그녀가 홀연히 떠나는 걸 보면서 어리둥절한 채 잠시 머뭇거리다가 다시 걷기 시작했다. 멀리서 초대받은 손님들 사이로 먼저 떠나려 했던 그 처녀가 걸음을 멈추고 그를 향해 돌아서서는 처음으로 오래오래 그를 물끄러미 바라봤다. 그게 이별의 마지막 신호였을까? 그에게 자기를 따라오지 말라는 것이었을까? 아니면 혹시 아직도 그에게 할 말이 남았던 거였을까……?

사람들이 영지에 다시 돌아오자마자, 이내 농장 뒤에 자리 잡은 비탈의 넓은 초원에서 조랑말 경주가 시작됐다. 축제의 마지막 놀이였다. 모든 사람들이 예상한 바에 따르면, 약혼자들은 제시간에 도착해 거기에 참석해야만 했다. 프란츠가 모든 걸 지휘할 예정이었다.

그런데 프란츠 없이 경주를 그냥 시작해야만 했다. 기수 복장을 한 소년들과 승마복 입은 소녀들이 리본을 단 날쌘 조랑말과 매우 늙고 순한 말을 이끌고 나왔다. 어린아이들의 고함과 웃음 소리, 내기를 거는 소리, 긴 종소리가 울렸다. 마치 작은 경기장처럼, 잘 깎아 놓은 초록빛 잔디밭 위에 온 것만 같았다.

몬느는 다니엘과 깃 달린 모자를 쓴 소녀들을 알아봤다. 그는 전날 저녁 숲 속 길에서 그들의 얘기 소리를 들었다……. 그는 우아한 장밋빛 모자와 커다란 밤색 코트를 군중들 틈에서 다시 찾으려고 안달이 났다. 때문에 다른 광경은 그의 눈에 들어오지 않았다. 하지만 갈레 양은 끝내 나타나지 않았다. 종의 난타 소리와 기쁨의 외침이 마지막 경기를 알렸을 때에도,

그는 여전히 그녀를 찾았다. 늙은 흰색 말을 탄 소녀가 승리했다. 그녀가 의기양양해서 말을 타고 지나갈 때, 그녀가 쓴 모자 깃털이 바람에 하느작하느작 나부꼈다.

그러고 나서 갑자기 모든 게 조용해졌다. 놀이들이 끝났는데도 결국 프란츠는 돌아오지 않았다. 사람들은 잠시 머뭇거리다 당황해서 상의했다. 급기야 그들은 짝을 지어 건물로 돌아가서 불안과 침묵 속에서 약혼자들이 돌아오기를 기다렸다.

16 프란츠 드 갈레

경주는 너무 일찍 끝났다. 4시 30분이었고 아직 날이 밝았다. 머릿속이 하루 동안 일어났던 이상한 사건들로 가득 찬 채, 몬느는 방으로 돌아왔다. 그리고 계속될 축제와 저녁 식사를 기다리면서 한가로이 탁자 앞에 털썩 주저앉았다.

초저녁 된바람이 다시 불었다. 급류처럼 으르렁거리는 혹은 폭포처럼 포효하는 바람이 지나가는 소리가 들려왔다. 벽난로 앞 철판이 이따금 달그락거리며 소리를 냈다.

처음으로 몬느는, 너무나 아름다운 하루가 끝날 무렵이면 느낄 수 있는 가벼운 불안감에 사로잡혔다. 불을 한소끔 피우겠다는 생각으로 벽난로 앞에 놓인 녹슨 철판을 들어 올리려고 했으나 말짱 허사였다. 따라서 그는 방 안을 정돈하기 시작했다. 자신이 걸쳤던 아름다운 옷을 옷걸이에 걸어 놓고, 거기에서 오래 묵을 준비를 하는 양, 뒤집힌 난로들을 벽에 붙여

가지런하게 놓았다.

하지만 항상 떠날 채비를 해야 한다는 생각에, 의자 등받이에다가 그의 윗도리와 다른 교복을 여행복처럼 조심스럽게 접어 놓았다. 그는 의자 밑에다 아직도 흙투성이인 징 박은 구두를 가지런히 정돈해 놓았다.

그런 후 그는 다시 돌아와 앉아서 자신이 조금 전에 정리해 놓은 방을 조용히 둘러봤다.

마차들이 즐비한 마당과 전나무 숲을 향한 유리창에는 결결이 빗방울이 줄을 그었다. 방 안을 정돈한 뒤, 평온해진 키 큰 소년은 더할 나위 없이 완벽한 행복을 느꼈다. 낯선 세계의 한가운데에서, 그가 선택한 방에서, 그는 자신이 신비스러운 이방인처럼 느껴졌다. 그가 얻었던 것은 그의 모든 기대치를 훌쩍 뛰어넘는 것이었다. 그리고 이제 돌개바람이 부는 곳에서 자기한테로 몸을 돌린 그 처녀의 얼굴을 상상하는 것만으로 그는 충분히 기뻤다…….

그런 꿈속에 잠겨 불을 켤 생각조차 하지 않은 채 밤이 됐다. 그의 방과 연결된 뒷방 창문 역시 마차들이 가득한 마당으로 향해 있었고 문은 바람 때문에 덜컹거렸다. 몬느가 문을 닫으러 갔을 때, 뒷방에서 탁자 위에 켜 놓은 촛불과 같은 불빛이 보였다. 그는 방문 사이로 고개를 내밀었다. 창문으로 들어온 게 틀림없는 어떤 사람이 거기서 조용히, 하릴없이 왔다 갔다 서성거렸다. 누가 봐도 아주 젊은 사람이었다. 그 사람은 모자를 벗고 어깨에 여행용 코트를 걸친 채, 견딜 수 없는 고통에 정신을 잃은 양 끊임없이 걸었다. 그가 활짝 열어 둔 창문으로 바람이 들어와서 그의 외투를 펄럭였다. 그가 불 가까이를 지나갈 때마다, 그의 멋진 프록코트에 붙은 근사한 금 단추가 반짝거리는 것을 보았다.

항구 술집에서 뱃사람들과 자발없는 계집들이 흥을 돋우려고 부르는 노래처럼, 그 사람은 일종의 뱃노래를 휘파람으로 불었다…….

얼마 동안 그는 불안해서 에돌다가 느닷없이 걸음을 멈췄고, 탁자에 몸을 굽혀 상자 속을 더듬어서 종이 여러 장을 꺼냈다……. 촛불 속에서 몬느는 옆 가르마를 탄 숱 많은 머리칼 밑으로 수염 없는 매부리코의 섬세한 옆 선을 봤다. 그자가 휘파람을 뚝 그쳤다. 창백해진 그는 입술을 반쯤 방싯 벌리고 마음에 심한 상처를 받은 것처럼, 거친 숨소리를 내뱉었다.

조심스럽게 물러날 것인가, 아니면 다가가서 친구처럼 부드럽게 어깨 위에 손을 얹어 말을 걸 것인가, 몬느는 망설였다. 그런데 그가 먼저 고개를 들어 몬느를 쳐다봤다. 그는 몬느를 한순간 자세히 톺아봤다. 이윽고 그는 별로 놀라지도 않고 다가와서 힘줘 말했다.

"이봐요, 나는 당신을 모르지만 만나서 반가워요. 당신이 여기 있으니 내가 당신한테 설명해 드리죠……. 자……!"

그는 도저히 어찌 할 바를 모르겠다는 표정을 지었다. 그가 '자.'라고 말했을 때, 그는 몬느의 주의를 끌려는 것처럼, 몬느의 재킷 뒤를 붙잡았다. 그러고 나서 자기가 뭘 말해야 할 건가를 곰곰이 생각하는 것처럼, 창문 쪽으로 고개를 돌리고 눈을 깜박거렸다. 그리고 몬느는 그가 몹시 울고 싶어 한다는 걸 알아차렸다.

그는 단번에 어린아이 같은 고통을 꾹 참았다. 여전히 창문을 뚫어지게 응시하면서 그는 방금 전과는 사뭇 다른 시르죽은 목소리로 말했다.

"자, 끝났습니다. 축제가 끝났단 말입니다. 당신이 그 사실을 사람들한테 알려 주러 내려가세요. 나는 혼자 돌아왔습니다. 내 약혼녀는 오지 않을 겁니다. 양심의 가책을 느끼고 두려워서, 믿음이 없어서 말이지요……. 어쨌든 선생, 당신한테 사정을 설명해 드리죠……."

하지만 그의 얼굴 전체가 일그러져서 그는 계속 말할 수가 없었다. 그는 아무런 설명을 하지 않았다. 불현듯 그가 몸을 돌려 어두컴컴한 곳으로 가서는 옷과 책으로 가득 찬 서랍을 방싯이 열었다가 다시 닫았다.

"떠날 채비를 할 거예요, 아무도 나를 막을 수 없어요."

그가 말했다.

그는 탁자 위에 세면 도구와 권총 한 자루 등 여러 가지 물건을 놓았다…….

몬느는 몹시 어리둥절해서 그에게 한 마디 말도 못 하고 악수도 청하지 못한 채 그대로 밖으로 나왔다.

아래층에서는 벌써 모든 사람들이 어떤 낌새를 알아차린 것 같았다. 거의 모든 소녀들이 옷을 갈아입었다. 중앙 건물에서는 이미 저녁 식사가 시작됐지만, 어디론가 출발을 앞둔 순간처럼 어수선하고 서두르는 눈치였다.

넓은 식당에서 꼭대기 방과 외양간까지 사람들의 왕래가 계속됐다. 식사를 끝낸 사람들은 무리를 지어 작별 인사를 나눴다.

"무슨 일이지?"

머리에 펠트 모자를 쓰고 냅킨을 조끼에 낀 채, 마파람에 게 눈 감추듯 허겁지겁 식사를 해치운 시골 소년한테 몬느가 물었다.

"떠나는 거죠. 느닷없이 결정됐답니다. 5시가 다 됐는데, 초대된 사람들만 덩그러니 남았습니다. 우리는 끝까지 기다렸지요. 약혼자들은 이제 돌아올 수 없답니다. 누군가 우리가 떠났으면…… 하고 말했어요. 그래서 모든 사람은 떠날 채비를 하는 거예요."

그가 대답했다.

몬느는 대꾸하지 않았다. 이제 떠나도 그만, 안 떠나도 그만이었다. 모험의 끝까지 가지 않았는가……? 이제는 그가 원했던 모든 것을 얻지 않았는가? 그제야 겨우 그날 아침에 나눴던 아름다운 대화를 편안하게 회상하기도 했다. 당장 떠나는 것만이 문제였다. 곧 그는 다시 돌아올 터였다. 이번에는 속임수를 부리지 않고…….

"우리와 함께 가려면 빨리 옷을 갈아입고 오시오. 잠시 후 마차에 말을 맬 겁니다."

그와 같은 또래인 젊은이가 말했다.

그는 방금 시작한 식사를 그대로 남겨 둔 채, 그가 아는 사실을 초대 손님들한테 알리는 것도 잊어버리고 다급하게 뛰어나갔다. 공원과 정원, 뜨락은 이미 칠흑 같은 어둠 속에 잠겨 있었다. 그날 저녁, 창문에는 초롱불조차 없었다. 하지만 결국 그날 저녁 식사는 결혼식이 끝난 마지막 피로연과 같았다. 술을 마신 듯 점잖지 못한 손님들이 노래를 부르기 시작했다. 건물에서 멀어져 감에 따라, 몬느는 이틀 전만 해도 그토록 우아하고 경이적이던 그 정원에서 카바레에서와 같은 노랫소리가 들려오는 걸 들었다. 바야흐로 혼란과 황폐함이 시작되려는 참이었다. 그날 아침, 그는 자기 모습을 비춰 봤던 양어장 옆을 지나갔다. 모든 게 이미 변한 것 같았다……. 단편적으로 들려오는 노래는 합창으로 되풀이됐다.

귀여운 탕녀여, 도대체 너는 어디에서 왔니?
네 모자는 찢어졌고
　네 머리칼은 헝클어졌고…….

그리고 다른 노래도 들렸다.

내 구두는 빨간색이야…….
잘 있어, 내 사랑이여…….

내 구두는 빨간색이야!
잘 가, 두 번 다시 만날 수 없으리!

그가 을씨년스러운 그 방의 계단 밑에 도착했을 때, 누군가가 어둠 속에서 부딪히며 내려와서는 그에게 말했다.

"안녕, 선생!"

그러고는 몹시 추운 것처럼 코트 속에 몸을 푹 파묻고 사라졌다. 그 사람은 프란츠 드 갈레였다.

프란츠가 그의 방에 놓아두었던 촛불은 아직 타는 중이었다. 아무것도 흩어지지 않았다. 눈에 쉽게 띄는 곳에 사연이 적힌 종이쪽지가 덜렁 한 장 놓여 있었다. 거기에는 다음과 같은 글이 적혀 있었다.

내 부인이 될 수 없다고 말이라도 하듯이 내 약혼녀가 사라졌어. 그녀는 공주가 아니라 재봉사였지. 내가 어떻게 될지 모르겠군. 나는 떠날 테야. 더 이상 살고 싶지 않아. 내가 작별 인사를 하지 못하더라도 이본은 나를 용서해 줄 테지. 어쨌든 그녀는 날 위해 아무것도 해 주지 못했을 테니까……

양초가 다 타 버렸다. 불꽃이 가물거리며 잠깐 기다가 금방 꺼져 버렸다. 몬느는 방으로 돌아와서 문을 꽝 닫아 버렸다. 몇 시간 전 대낮 동안, 그는 행복에 푹 빠져 그가 말끔히 정리해 놓았던 물건 하나하나를 어둠 속에서도 알아봤다. 그는 자기의 낡고 궁상맞은 옷과 단화부터 가죽 버클이 붙은 볼품없는 허리띠에 이르기까지 하나씩 하나씩 충실히 다시 찾았다. 그는 재빨리 옷을 벗고 자기 옷으로 갈아입었다. 하지만 그는 조심스럽게 빌려 입은 옷을 의자 위에 개 놓으면서도 방심해서 조끼를 벗는 걸 깜박 잊고 말았다.

창문 아래 마차들이 즐비한 마당에서는 북새통이 시작됐다. 마차가 뒤섞여 풀려나올 수 없는 혼란 속에서, 각자 마차를 끌어내리려고 서로 잡아당기고 밀며 고함을 크게 질렀다. 때때로 어떤 사나이가 마차 의자 위로, 큰 짐마차의 포장 위로 올라가기도 했고, 랜턴을 돌려놓기도 했다. 큰 초롱 불빛이 창문에 부딪혔다. 몬느 주위에는, 비로소 그에게는 모든 게 친근하게 눈에 익은 방이 꿈틀거렸고 생기를 되찾았다……. 그는 조심스럽게 문을 닫고, 아마도 다시는 결코 볼 수 없을 그 신비로운 장소를 그렇게 떠났다.

17 이상한 축제(끝)

어느 새, 숲 철책을 향해 마차 행렬이 어둠 속을 천천히 굴러갔다. 선두에는 염소 가죽을 걸치고 랜턴을 손에 든 남자가 수레 앞에 매어진 말의 고삐를 바투 잡아 몰았다.

몬느는 그를 태워 주겠다고 말했던 사람들을 다급하게 찾았다. 그는 서둘러서 떠나려고 했다. 영지에서 갑자기 혼자가 되어 버리지나 않을까, 혹은 그의 속임수가 탄로 나지 않을까 내심 두려웠기 때문이다.

그가 중앙 건물 앞에 이르렀을 때, 마차꾼들은 마지막 마차들에 태울 사람들을 고르게 배치했다. 그들은 승객 모두를 일어나게 해서 의자를 붙이거나 뒤로 물리기도 했다. 숄을 걸쳤던 젊은 처녀들은 다급해 어쩔 줄 모르고 후다닥 일어났으며, 담요들이 그녀들의 발치에 떨어졌다. 그러자 큰 초롱 쪽으로 머리를 낮추는 그녀들의 불안한 얼굴들이 보였다.

마차를 부리는 사람들 중에서 몬느는 아까 그를 데려다 주겠다고 제안했던 젊은 농부를 발견했다.

"타도 될까요?"

몬느가 그에게 소리쳤다.

"어디로 가는데, 친구?"

그를 알아보지 못하는 농부가 대답했다.

"생트아가트 쪽이에요."

"그럼 마리탱한테 한 자리를 부탁해야 돼."

그리하여 키 큰 학생은 늦어진 여행자들 사이에서 알지도 못하는 마리탱을 찾았다. 어떤 사람이 부엌에서 노래를 부르는 술꾼들 사이에 있는 그를 가리켜 줬다.

"저 작자는 '빈둥거리는 수다쟁이'지. 새벽 3시까지 저기에서 죽칠걸."

어떤 사람이 몬느한테 말했다.

잠깐 동안, 몬느는 영지 안에서 한밤중까지 술 취한 농부들이 노래 부르는 걸 들어야 할, 열기와 상심으로 가득 차 불안해할 소녀를 생각했다. 어느 방에 그녀가 있을까? 이 신비스러운 건물들 안에서 그녀 방 창문은 도대체 어디에 있을까? 하지만 몬느가 여기서 지체해 봐야 아무 소용이 없을 터였다. 떠나야만 했다. 일단 생트아가트로 돌아가면, 모든 것이 더 명확해질 테니까. 그는 더 이상 도망친 학생이 아닐 터이고, 다시 영지의 젊은 여인에 대해 생각할 겨를이 있을 것이다.

마차들이 하나씩 하나씩 빠져나갔다. 바퀴들이 큰길 모래 위에서 삐걱거렸다. 그리고 어둠 속에서 포근히 몸을 싼 여자들과 숄에 감싸인 채, 이미 잠에 곯아떨어진 아이들을 싣고 마차들이 모퉁이를 돌아 이내 사라지는 게 보였다. 또 다른 커다란 마차 한 대가 지나갔다. 어깨가 부딪힐 정도로 빼곡히 여자들을 실은 의자가 있는 마차 한 대가 몬느를 그 집 초입에 내버려둔 채 지나갔다. 그러자 작업복을 걸친 농부가 모는 낡은 대형 사륜마차밖에는 남지 않았다.

"타렴, 우리도 그쪽으로 가니까."

오귀스탱의 사정을 듣고 농부가 대답했다.

몬느는 가까스로 낡고 큰 사륜마차의 문을 방싯이 열었다. 마차 창유리는 흔들거리고 경첩이 삐걱거렸다. 마차 구석 긴 의자 위에는 아주 어린 두 아이, 즉 사내아이와 계집아이가 자고 있었다. 소음과 추위에 잠이 깨어 축 늘어진 채, 그들은 게슴츠레 몬느를 쳐다보다가 몸을 으스스 떨면서 그들이 있던 구석에 처박혀 다시 잠이 들었다…….

그새 낡은 마차가 출발했다. 몬느는 탈 때와는 달리 조용히 문을 닫고 조심스럽게 다른 쪽 구석에 자리를 잡았다. 그리고 창유리로 그가 떠나려 하는 장소와 그가 왔던 길을 알아내려고 온 힘을 쏟았다. 밤이긴 하지만, 그는 마차가 마당과 정원을 가로질러서 그가 머물렀던 방의 계단 앞을 지나 철책을 뛰어넘고 그 영지를 떠나 숲으로 들어가는 것으로 짐작했었다. 마차 창유리로 그는 오래된 전나무들의 줄기들이 재빨리 지나가는 걸 어렴풋이 알아봤다.

"우린 아마도 프란츠 드 갈레를 만나게 될 거야."

몬느는 가슴이 두근거리는 것을 느끼며 혼잣말로 중얼거

렸다.

좁은 길에 이르러서 마차는 장애물과 부딪히지 않으려고 갑자기 옆으로 비켜섰다. 어둠 속에서도 커다란 형체를 짐작할 정도로 길 한복판에 멈춰 선 대형 침대 마차[21]였다. 축제 장소 근처에서 최근 며칠 동안 방치된 게 틀림없었다.

그 장애물을 통과하자 말은 다시 속보로 떠났다. 몬느는 주위 어둠을 꿰뚫어 보려고 애면글면했다. 하지만 창문 밖으로 보이는 것이 없어 지루해질 무렵, 갑자기 숲 깊숙한 곳에서 섬광이 번쩍였고 뒤이어 폭발 소리가 들렸다. 말들이 구보(驅步)로 냅다 달리기 시작했다. 몬느는 처음에는 작업복 차림 마차꾼이 말들을 진정시키려고 애쓰는지, 아니면 반대로 그들을 자극해서 빨리 달리도록 했는지도 몰랐다. 그는 승강구 문을 열고 싶었다. 공교롭게도 손잡이가 바깥에 있어서 유리창을 내리려고 흔들어도 허사였다…… 어린아이들이 잠에서 깨어나 두려움에 떨며 아무 말도 하지 않고 서로 꼭 부둥켜안았다. 그리고 그가 얼굴을 창에 대고 창문을 흔드는 동안, 길모퉁이에서 흰 물체가 획 달리는 게 보였다. 살기가 등등하고 광기가 번득이는 그 축제의 껑다리 피에로, 바로 가장무도회 차림을 한 보헤미안이었다. 그는 두 팔로 어떤 사람의 몸을 가슴에 꽉 껴안고 있었다. 그러고는 모든 것이 감쪽같이 사라졌다.

어둠을 가로질러 아주 **빠른** 속도로 달리는 마차 안에서 두

---

21) 집시나 보헤미안 들이 세간살이 등을 싣고 여행도 하고 숙식을 해결하는 마차의 일종이다.

어린아이들은 금세 다시 잠들었다. 그 이틀 동안의 신비로운 사건들을 얘기할 사람은 아무도 없었다. 오랫동안 마음속으로 그가 보고 들었던 모든 것을 곰곰이 생각해 본 뒤, 워낙 초주검이 되고 마음이 서글퍼져서 그 젊은이도 슬픈 어린아이처럼 잠에 곤히 곯아떨어져 버렸다……

마차가 길에 멈춘 채, 몬느는 어떤 남자가 유리창을 두드리는 바람에 잠에서 깼다. 아직 동이 채 트기도 전이었다. 밤에 부는 칼바람이 그 학생의 뼛속까지 얼게 하는데도 마부는 어렵사리 문을 열고 소리쳤다.

"여기서 내려야 되네. 해가 뜨는구먼. 우린 지름길로 가려고 하네. 생트아가트는 아주 가까워."

반쯤 몸을 웅크린 채 몬느는 시키는 대로 했다. 그리고 무의식적으로 더듬거리며 그의 모자를 찾았다. 그것은 한쪽 구석, 마차 제일 어두운 곳, 잠든 두 아이의 발치에 굴러가 있었다. 그리고 그는 몸을 굽히고 나왔다.

"그럼 잘 가시게. 6킬로만 걸으면 돼. 자, 이정표가 저기 길가에 있어."

자기 자리에 다시 오르면서 마차꾼이 말했다.

아직 잠에서 깨어나지 못한 까닭에, 몬느는 웅크린 채 무거운 발걸음으로 이정표까지 걸어 나가, 다시 자려는 듯 팔짱을 낀 채 머리를 숙이고 그곳에 앉아 버렸다.

"아! 안 돼, 거기서 잠들면 안 돼, 날씨가 너무 춥거든. 자, 일어나, 조금만 걷게나……."

마차꾼이 고래고함을 쳤다.

술 취한 사람처럼 비틀거리며 키 큰 소년은 주머니에 손을 찌르고 어깨를 다시 움츠린 채 생트아가트로 가는 길로 어정 어정 느리게 걸어갔다. 그동안, 이상한 축제의 마지막 흔적인 낡은 사륜마차가 지름길 풀밭 위에서 조용히 덜커덩거리며 자갈길을 떠나 멀어져 갔다. 철책 위에서 나풀거리는 마차꾼 의 모자 외에는 더 이상 아무것도 보이지 않았다.

2부

1 굉장한 놀이

몬느와 나는 잃어버린 영지를 오랫동안 찾으려 했으나 돌개바람과 추위, 비나 눈 따위의 훼방으로 불가능했다. 우리는 겨울이 다 끝날 때까지 잃어버린 지방에 대해 다시 얘기를 나눌 수가 없었다. 2월의 짧은 낮과 5시쯤 되면 으레 우울하고 차가운 비로 바뀌곤 하는 된바람이 휘몰아치는 목요일[22]이 여러 차례 지나가는 동안, 중요한 일이라곤 아무것도 시작할 수 없었다.

그가 돌아왔던 오후 이후, 우리한테는 이제 친구가 없다는 이상한 사실 외에 몬느의 모험을 생각나게 하는 것은 도통 없었다. 쉬는 시간에 예전처럼 똑같은 놀이가 펼쳐졌으나 자스

---

22) 그당시 프랑스 초등학교와 중학교에서 목요일은 수업이 없어 노는 날이었다.

맹은 대장 몬느한테 아예 말을 걸지도 않았다. 내가 혼자였을 때처럼 저녁마다 교실 청소가 끝나면 마당에는 개미 새끼 한 마리도 보이지 않았다. 그러면 나는 내 친구 몬느가 정원에서 창고로, 마당에서 식당으로 오락가락하는 걸 봤다.

목요일 아침마다, 우리는 두 교실에 있는 책상 위에 각각 자리를 잡고 앉아, 벽장 속에서 영어 교과서들과 깨끗하게 다시 베껴 쓴 악보들 사이에서 몰래 살며시 끄집어낸 루소[23]와 폴 루이 쿠리에[24]의 작품을 읽었다. 오후에 어떤 손님이라도 찾아오면, 우리는 그를 피하려고 집을 나와 다시 교실을 독차지했다……. 때때로 키다리 무리가 지르는 고래고함 소리가 들렸다. 그들은 마치 우연인 것처럼 넓은 현관 앞에 잠시 멈춰서 이해할 수 없는 군대 놀이를 하면서 그 문을 두드리고는 훌쩍 가 버렸다……. 이런 서글픈 생활은 2월 말까지 마냥 이어졌다. 나는 몬느가 모든 걸 다 잊어버렸다고 생각하기 시작했다. 그때, 내 생각이 틀렸다는 것과 이런 우울한 겨울 생활의 단조로운 겉모습 아래에 엄청나게 큰 위기가 갈무리되고 있었다는 걸 나한테 증명이라도 하듯이, 무엇보다도 이상한 사건이

---

23) 장 자크 루소(1712~1778)는 프랑스 계몽주의의 핵심적인 사상가이자 영향력이 매우 큰 철학자이며, 19세기 프랑스 낭만주의 문학의 선구자이다. 주요 저서로는 낭만주의 냄새가 풍기는 서간체 연애 소설 『신 엘로이즈』, 소설 형식의 유명한 교육론 『에밀』, 인간의 자유와 평등을 정치하게 논한 『사회계약론』, 자신의 생애를 솔직하게 드러낸 『고백론』 등이 있다.
24) 폴 루이 쿠리에(1772~1825)는 그리스 문학에 관심이 있어 롱고스의 『다프니스와 클로에』를 번역했다. 풍자 서한문을 많이 내놓았으며, 팸플릿 작가로서 왕정 복고주의를 맹렬하게 공격했다.

일어났다.

그러니까 바로 그달 말쯤의 어느 목요일 저녁이었다. 이상한 영지로부터 온 최초의 소식, 곧 우리가 다시는 얘기하지 않았던 그 모험의 첫 파도가 우리한테까지 살며시 밀려온 것이었다. 우리는 완전히 잠에서 깨어났다. 내 조부모님들은 이미 떠나셨고, 단지 밀리와 아버지만이 우리와 함께 있을 따름이었다. 그분들은 학급 전체를 두 패로 갈라 버린 은밀한 반목에 대해서는 전혀 눈치 채지 못했다.

8시, 찌꺼기를 버리려고 문을 방싯 열었던 밀리가 얼떨결에 소리를 질렀다.

"어머나!"

그 소리가 너무나 분명하게 들려와서 우리들은 무슨 일인가 하고 잽싸게 달려 나갔다. 문턱에는 눈이 차곡차곡 쌓여 있었다……. 칠흑같이 어두운 탓에, 나는 눈이 얼마나 많이 쌓였는지 보려고 뜨락 쪽으로 몇 발자국 앞으로 나갔고, 내 얼굴 위에 미끄러지듯 내렸다가 금방 녹아 버리는 가벼운 눈송이를 느꼈다. 식구들이 나를 어서 빨리 들어오도록 채근했으며, 추운 듯 밀리는 문을 쾅 닫았다.

9시쯤, 우리는 2층으로 자러 갈 채비를 했다. 어머니는 벌써 손에 램프를 들고 계셨다. 그때, 뜨락 저쪽 끝 현관에서 세차게 두 번 두드리는 소리가 아주 또렷하게 들렸다. 그녀는 테이블 위에 램프를 다시 놓았고, 우리 모두는 귀를 쫑긋 세우며 바싹 긴장한 채로 섰다.

무슨 일이 일어났는지 보러 갈 생각은 엄두도 낼 수 없었다.

뜨락 중간까지 가기도 전에 램프가 꺼질 터이고 유리가 깨질 참이었다. 짧은 침묵이 흘렀다.

"이건 분명히……."

아버지가 말하려고 했다.

바로 그때, 라 가르 역으로 가는 길로 향한 식당 창문 아래에서 귀청을 찢는 듯 길게 끄는 호루라기 소리가 났다. 그 소리는 성당으로 가는 길까지 들렸을 터다. 그리고 즉시 손목 힘으로 바깥 쪽 창틀에 올라왔을 사람들이 내지르는 새된 소리가 간신히 유리로 가린 창문 뒤에서 터져 나왔다.

"저놈을 데려와! 저 녀석을 데려오란 말이야!"

건물 반대쪽 끝에서 똑같은 소리가 대답했다. 그놈들은 아마 마르탱 영감 밭으로 통과했을 것이다. 즉 그 밭과 우리 뜰 사이 낮은 벽 위로 기어올라 왔을 터이다.

"그놈을 데려와!"

그리고 여덟에서 열 명 정도의 낯선 사람들이 목소리를 꾸며 "그놈을 데려와!"라고 고래고함 지르는 소리가 도처에서 끊임없이 들려왔다. 바깥쪽 벽에 기대어 놓은 장작더미를 계단으로 삼고 기어오른 그들의 목소리는 창고 지붕 위에서 ― 헛간과 현관을 연결하는 둥근 꼭대기가 말 위로 올라타기에 편하게 해 주는 작은 담장 뒤에서 ― 사람들이 손쉽게 오르는 라 가르 역으로 가는 길 철책 담벼락 위에서도 들렸다. 마침내 그 뒤를 이어 정원 안에 늦게 도착한 한 무리가 이번에도 똑같이 외치며 북새통을 떨었다.

"돌격!"

그리고 우리는 창문들을 열어 놓은 휑하니 텅 빈 교실 안에서 울려 퍼지는 그들의 고함 소리를 들었다.

몬느와 나는 그 큰 집의 에움길과 통로를 너무 잘 알고 있었다. 따라서 우리는 누군지 알 수 없는 이 패거리들이 공격하는 중이었던 모든 지점을 지도로 보는 것처럼 아주 상세히 알았던 것이다.

사실 우리가 무서워했던 건 처음 순간뿐이었다. 호루라기 소리 때문에 우리 넷 모두는 부랑자와 보헤미안의 습격이라고 생각했다. 바로 보름 전부터, 성당 뒤에 자리 잡은 광장에는 키 큰 부랑자와 붕대로 머리를 싸맨 소년이 와 있었다. 또 수레 만드는 목수 집과 제철소에는 이곳 출신이 아닌 노동자 몇 명도 있었다.

하지만 침입자들이 소리 지르는 걸 듣자 우리들은 마을 사람들과 — 아마도 젊은이들도 끼었을 — 관계가 있다는 걸 단번에 알았다. 마치 배라도 습격하는 것처럼, 우리 집을 공격한 무리들 속에는 — 목소리로 알 만한 — 어린아이들의 찢어지는 듯한 소리도 확실히 있었다.

"아니! 그래, 이럴 수가……."

아버지가 외쳤다.

"도대체 무슨 일이에요?"

밀리가 시르죽은 목소리로 물었다.

그때 갑자기 정원 초입 울짱과 철책이 쳐진 벽에서 — 창문 쪽에서 — 들리던 고함 소리가 뚝 그쳤다. 십자형 유리창 뒤에서 호루라기 소리가 두 번씩이나 울렸다. 창고 위로 기어 올라온 사람들의 고함 소리와 정원을 공격한 뛰어든 자들의 소리가 조금씩 줄어들더니 이내 딱 멎었다. 식당 벽을 따라가며 그 무리들이 잽싸게 물러가는 소리가 들렸다. 그들의 발걸음 소리가 눈 때문에 작게 들렸다.

누군가가 분명히 그들을 해산시켰을 터다. 모두가 잠든 이 시간, 그들은 마을 어귀에 외따로 위치한 이 집을 조용히 공격하려고 생각했을지도 모를 일이다. 하지만 그들의 전투 계획은 엉망진창이 됐다.

정신을 가다듬을 여유를 되찾고 — 왜냐하면 잘 짜인 상륙 작전처럼 공격이 느닷없이 이뤄졌기 때문이다. — 밖으로 나갈 채비를 하자마자, 우리는 작은 철책에서 귀에 익은 목소리가 아버지를 부르는 소리를 들었다.

"쇠렐 선생님! 쇠렐 선생님!"

푸줏간 주인 파스키에 씨였다. 뚱뚱하고 앙바틈한 그 사람은 문지방에 신발을 문지르고 비벼 대며 눈이 많이 쌓인 짧은 윗도리를 털고 들어왔다. 그는 뜻밖에도 이상한 사건의 모든 비밀을 알아차린 사람처럼 교활하면서도 자못 당황한 표정이었다.

"나는 카트르루트[25] 광장 쪽 우리 집 뜨락에 있었어요. 염소 우리를 잠그러 가는 참이었지요. 그런데 느닷없이 눈 위에 우뚝 선 무엇을 보았답니다. 보초를 섰거나, 기습하려고 매복하

---

25) 카트르루트(Quatre-Routes)는 '사거리'라는 뜻이다. 이 소설에서 사거리는 '길'과 '마차', '말'과 마찬가지로 많이 등장하는데, 소통과 여행을 상징한다.

는 키가 큰 두 소년이었어요. 그들은 십자가를 향했고 내가 앞으로 나갔답니다. 두어 발자국 접근하니까, 근데 그들이 선생님 댁을 향해 쏜살같이 달려가 버리는 게 아니겠습니까. 아! 그래서 나는 지체하지 않고 초롱을 들고 그들한테, 쇠렐 선생님께 알리겠다고 말했습니다…….”

그리고 그는 자기 자신의 얘기를 다시 시작했다.

“우리 집 뒷마당에서 말입니다…….”

바로 그때 술상이 나왔다. 술 한 잔을 마시는 동안, 식구들은 그의 깜냥을 벗어난 자세한 내용까지도 그에게 물었다.

그는 우리 집에 오면서 아무것도 보지 못했다. 그가 쫓아 버린 두 전령한테서 경고를 받은 모든 사람들은 즉시 자취를 감춰 버렸던 것이다. 그 전령들이 누구인지 말할 것 같으면…….

“아마도 보헤미안들일 겁니다. 근 한 달 전부터 코미디를 공연할 가장 좋은 시기를 기다리며 광장에 진을 쳤거든요. 그들은 못된 짓을 꾸미지 않고는 못 배기지요.”

우리는 이런 모든 것들이 우리한테 별로 도움이 되지 않아, 몹시 놀라 어찌 할 바를 모르는 채 서 있었다. 그동안 그 사람은 술을 홀짝홀짝 마시고 다시 그의 얘기를 손짓 발짓까지 섞어 가며 들려주었다. 그때, 아주 주의 깊게 듣고 있던 몬느가 땅바닥에서 푸줏간 주인의 초롱을 들고는 이렇게 결단을 내렸다.

“가 봐야겠어요.”

그가 문을 열었고 쇠렐 선생님과 파스키에 씨, 나는 그의 뒤를 따랐다.

침입자들이 가 버려 이미 안심한 밀리는 엄격하고 꼼꼼한 사람들이 으레 그렇듯, 별로 호기심 없는 성격대로 말했다.

"가고 싶거든 가 봐요. 그런데 문을 꼭 잠그고 열쇠를 가져 가세요. 나는 자야겠어요. 램프를 켜 둘게요."

2 우리는 함정에 빠졌다

우리는 지독한 침묵 속에서 눈을 밟으며 출발했다. 몬느는 망을 씌운 랜턴에서 부채꼴로 퍼져 나오는 빛으로 앞을 비추며 나갔다……. 막 커다란 현관문을 나올 때였다. 체육관 벽에 기대 놓은 마을 공동 소유 저울 뒤에서 마치 놀란 자고새처럼 두건을 쓴 두 사람이 불쑥 튀어나왔다. 우리를 비웃는 건지, 아니면 거기서 하던 색다른 놀이가 재미있어서인지, 그것도 아니면 자극적인 흥분감과 따라잡힐까 하는 두려움 때문인지, 그들은 웃음 섞인 말을 두어 마디 지껄이며 달려갔다.

몬느가 눈 위에 그의 초롱을 내려놓고 나한테 소리쳤다.

"날 따라와, 프랑수아……!"

우리를 따라 달리는 걸 해낼 수 없는 나이 든 두 어른들을 그곳에 내버려둔 채, 우리는 두 그림자를 쫓아 들입다 달려갔다. 그들은 마을 아래쪽에서 잠시 돈 다음, 비에이유플랑슈의 길을 따라 일부러 성당 쪽으로 다시 올라갔다. 그들이 별로 서두르지 않고 속도를 바꾸지 않으며 달리는 덕분에, 우리는 힘들이지 않고 그들 뒤를 바투 따라갔다. 그들은 모두가 잠들어 소리 하나 나지 않는 성당 길을 가로질렀다. 그러더니 묘지 뒤 작은 골목들과 막다른 골목들이 어지럽게 갈래 져 섞갈리기 쉬운 길로 접어들었다.

그곳은 사람들이 '작은 모퉁이'[26]라고 부르는 날품팔이 노동자들과 여자 재단사들, 방직공들이 사는 구역이었다. 우리는 그곳을 잘 몰랐으며 밤에는 거기에 정녕코 간 적이 없었다. 그곳에는 낮에도 사람들이 거의 없었다. 날품팔이 노동자들은 나가서 없고, 방직공들은 집에 틀어박혀 있었기 때문이다. 그리고 이같이 아주 조용한 밤에는, 다른 구역보다도 훨씬 더 인적이 드물며 잠든 것같이 보였다. 따라서 어떤 사람이 갑작스레 나타나서 우리를 도와줄 만한 요행은 바랄 수도 없었다.

나는 마분지 상자처럼 되는대로 들어선 조붓한 집들 사이에 있는 길 하나밖에 몰랐다. 사람들이 '벙어리'라고 부르는 여자 재봉사 집으로 가는 길이었다. 우선 군데군데 포석이 깔린 아주 가파른 경사면을 올라가, 이어서 방직공들의 자그마한 마당과 빈 외양간 사이에서 두세 번 굽은 길을 휘감아 돌면, 오래전에 버려진 농가 마당이 막고 있는 막다른 큰 골목이 나온다. 벙어리 집에서 그녀는 물고기가 팔딱팔딱 뛰는 것처

---

26) 불어로 '프티 쿠앵(petit coin)'이라고 한다. 후미진 구석이나 한쪽 구석, 낙엽이나 눈 등이 쌓인 곳으로, 따라서 인생의 낙오자들이 모인 곳을 의미하기도 한다. 에피뇌이유 마을에 실제로 존재했다.

럼 손가락들을 활기차게 움직이면서 내 어머니와 조용히 대화를 나누다가 이따금 벙어리 특유의 짧은 소리를 내질렀다. 그러는 동안 나는 십자형 창유리로, 마을 가장자리 제일 끝집인 그 농가의 큰 벽과 아무도 지나가지 않는, 지푸라기가 하나도 없이 바삭바삭 메마른 안뜰을 늘 그렇게 에워싼 울타리를 보곤 했다…….

정체불명의 두 사람은 틀림없이 그 길을 따라갔을 것이다. 모퉁이를 돌 때마다 우리는 그들을 놓쳐 버릴까 우왕좌왕하고 전전긍긍했다. 하지만 놀랍게도 그들이 다음 골목 모퉁이로 돌아가기 전에, 우리는 그 모퉁이에 도착했다. 나는 '놀랍게도'라고 말했다. 골목들이 짧았다. 때문에 우리 시야에 들어오지 않는 동안 그들이 매번 발걸음을 늦춘 게 아니라면, 우리가 그들 뒤를 쫓는 게 불가능할 수도 있을 터였다.

결국 그들은 지체 없이 벙어리 집 가는 길로 접어들었다.

나는 몬느한테 소리쳤다.

"이젠 그들을 잡은 거나 마찬가지야, 막다른 골목이야!"

그런데 실제로는 그들이 우리를 잡은 꼴이 됐다……. 그들이 원하는 곳으로 우리를 이끌어 왔던 거였다. 담벼락에 이르자, 그들은 단호하게 우리 쪽으로 확 돌아섰다. 둘 중 한 명이 그날 저녁 이미 우리가 두 번씩이나 들었던 바로 그 호루라기를 획 불었다.

그러자 곧바로 소년 십여 명이 우리를 기다리려고 매복했던 것으로 보이는 버려진 농가 뜨락에서 홀연히 나왔다. 한통속인 그들은 모두 모자를 쓰고 목도리로 얼굴을 가리고 있었다…….

우리는 벌써부터 그게 누구인지를 알았다. 하지만 우리는 그 사건과 아무 관계도 없는 쇠렐 선생님한테는 절대 어떤 말도 하지 않기로 마음먹었다. 거기에는 들루슈, 드니, 지로다와 다른 아이들이 있었다. 우리는 싸우는 중에 그들이 싸우는 방법과 토막토막 끊기는 그들의 목소리를 알아차렸다. 다만 한가지가 도무지 미심쩍어 불안스러웠는데, 몬느가 그 때문에 몹시 두려워하는 것 같았다. 우리가 알지 못하는, 대장인 듯이 보이는 어떤 자가 거기 있었던 것이다…….

그는 몬느를 건드리지 않았다. 그는 정신없이 분투하는 부하들을 조용히 지켜봤다. 그 부하들은 머리끝부터 발끝까지 누더기를 걸친 채 눈 속을 뒹굴었다. 그들은 숨을 헐떡거리는 키 큰 소년한테 악착스럽게 덤벼들었다. 그들 중 두 녀석이 나를 맡았다. 내가 필사적으로 발버둥 치는 바람에, 그들은 나를 꼼짝 못하게 하는 데 꽤 애를 먹었다. 나는 땅바닥에 무릎을 꿇고 발뒤꿈치 위에 앉았다. 그들은 나를 뒷짐결박 지었다. 나는 두려우면서도 강한 호기심에 사로잡혀 이 상황을 톺아봤다.

몬느는 빙글빙글 돌며 그들을 눈 한가운데로 단박에 휙 내던지며 윗도리 단추가 이미 떨어져 나간 같은 반 네 소년을 해치웠다……. 정체불명 사나이는 두 다리로 버티고 아주 꼿꼿이 서서 재미있다는 듯이, 하지만 아주 침착하게 그 싸움의 결과를 유심히 지켜봤다. 때때로 쩌렁쩌렁하고 분명한 목소리로 되풀이하기도 했다.

"자…… 용기를 내……. 다시 붙어……. 계속해, 애들

아……."

지휘하는 사람은 확실히 그였다……. 그는 어디서 왔을까?
어디서 또 어떻게 그가 그들을 싸움에 끌어들였을까! 그게 우
리한테 수수께끼로 남았다. 그도 또한 다른 아이들과 같이 목
도리로 얼굴을 가리고 있었다. 적들을 해치운 몬느가 그를 위
협하며 다가갔을 때, 매우 확실히 보려고 그리고 그 사태에 대
처하려고 몬느가 취한 동작은 붕대처럼 그의 머리에 감긴 흰
천 조각을 벗겨 내는 것이었다.

"뒤를 조심해! 다른 놈이 하나 더 있어."

내가 몬느한테 소리친 건 바로 그때였다.

몬느는 몸을 돌릴 겨를이 없었고, 그가 등졌던 울타리에서
격다리 한 명이 난데없이 튀어나와 목도리로 손쉽게 내 친구
의 목을 감으며 내 뒤로 넘어뜨렸다. 곧이어 눈 속에 처박혔던
몬느의 적이던 네 명이 다시 와서 그의 팔다리를 꼼짝 못하게
한 다음, 밧줄로 손을 꽉 동여매고 목도리로 다리를 꽁꽁 묶었
다. 머리에 붕대를 바투 감은 젊은 사람은 몬느의 주머니를 샅
샅이 뒤졌다……. 맨 나중에 올가미를 가지고 온 사나이가 조
그만 촛불을 켜서 꺼지지 않도록 손으로 가렸고, 새로운 종이
를 발견할 때마다 대장은 내용을 검토하느라고 희미한 불빛
옆으로 가곤 했다. 마침내 그는 몬느가 돌아온 이후 애써 만들
고 표시해 놓은 지도를 펼치고는 기뻐서 외쳤다.

"이제야 찾았군. 지도가 여기 있어! 안내서가 여기 있단 말
이야! 이제 이 젠체하는 친구가 내가 상상하는 곳에 정말 갔었
는지를 알아봐야지……."

그의 부하가 촛불을 끄자 각자 자신의 모자와 허리띠를 주워 챙겼다. 그러더니 내 친구를 부리나케 풀어 줄 수 있도록 나를 풀어 준 다음, 등장할 때와 마찬가지로 모두 슬그머니 사라졌다.

"그 지도를 가지곤 아주 멀리 가진 못할 거야."

몬느가 일어서며 말했다.

그가 다리를 약간 절게 된 탓에, 우리는 천천히 다시 출발했다. 성당으로 가는 길에 쇠렐 선생님과 파스키에 영감님을 다시 만났다.

"너희들 뭐 본 것 없냐? 우리는 아무것도 못 봤어!"

그들이 말했다…….

지독한 어둠 때문에 두 사람은 아무것도 알아채지 못했다. 푸줏간 주인은 우리를 훌쩍 떠났고 쇠렐 선생님은 잽싸게 자러 들어갔다.

하지만 위층 우리 방에서 마치 전쟁에 패한 저녁의 두 전우처럼, 우리들은 낮은 목소리로 우리한테 일어난 일에 대해 의논하며 밀리가 켜 놓은 램프 불빛 속에서 오랫동안 찢어진 상의를 기웠다…….

3 학교에 나타난 보헤미안

이튿날, 어렵사리 잠에서 깨어났다. 8시 30분, 쇠렐 선생님이 들어오라고 신호했을 때, 우리는 숨을 헐떡이며 간신히 대열 속으로 부리나케 뛰어들었다. 지각한 터라 아무 자리에나 슬그머니 앉았다. 여느 때의 대장 몬느는 책과 노트, 펜을 가지고 팔꿈치를 맞대고 길게 줄지어 선 학생들 맨 앞에 서서 쇠렐 선생님한테 검사를 받곤 했다.

나는 대열 한가운데쯤에 우리 자리를 마련한 학생들의 말없는 친절에 화들짝 놀랐다. 쇠렐 선생님이 수업 시작을 잠시 늦추며 대장 몬느의 학용품을 검사하는 동안, 나는 호기심이 발동해 머리를 내밀고 사방을 살펴보면서 간밤의 적들을 찾아봤다.

내가 발견한 첫 번째 녀석은 어젯밤부터 내내 마음에 걸렸던 그놈이었다. 그 녀석을 바로 이 장소에서 보리라고는 예상조차 못 했다. 그는 여느 때 몬느가 늘 앉곤 했던 맨 앞자리에서 한 발을 돌계단 위에 떡 얹고, 한쪽 어깨와 어깨에 바특이 멘 가방 끝을 문틀에 대고 서 있었다. 갸름하고 아주 창백하며 약간 주근깨가 있는 그의 얼굴은 일종의 경멸과 즐거운 호기심으로 가득 넘쳐 우리 쪽으로 향했다. 흰 붕대가 그의 머리와 얼굴 한쪽을 온통 감고 있었다. 나는 그가 어젯밤에 우리한테서 지도를 훔쳤던 어린 보헤미안이며 그 무리 중 우두머리라는 사실을 알아차렸다.

이미 우리들은 교실에 들어가 각자 자리에 앉아 있었다. 새로 온 학생은 긴 걸상 왼쪽 기둥 옆에 앉았고, 몬느는 바로 그의자의 오른쪽 첫째 자리를 차지했다. 지로다와 들루슈, 첫줄에 앉은 다른 셋은 마치 모든 게 미리 계획됐던 것처럼 그에게 자리를 만들어 주려고 바특바특 죄어 앉았다…….

이따금씩 임시 학생들과 겨울날 운하가 꽁꽁 얼어 떠날 수 없었던 선원들, 눈 때문에 꼼짝달싹하지 못하는 여행자들이나 견습공들이 우리 교실을 거쳐 가곤 했다. 그들은 학교에 이틀이나 한 달 동안 머무르곤 했지만 그 이상 머무르는 경우는 드물었다…….첫 시간 동안, 내내 호기심의 대상이던 그들은 곧바로 잊히고 무시되어 여느 학생들과 다를 바 없었다.

하지만 그 친구만은 빨리 잊히지 않았다. 나는 아직도 그 이상한 친구와 그가 등에 짊어졌던, 가방 속에 넣어 가지고 온 갖가지 이상야릇한 보물들을 생생하게 기억한다. 낯설고 기이한 물건이란 맨 먼저 그가 받아쓰기를 하려고 꺼낸 '들여다보는' 요지경 펜대들이었다. 한 눈을 감고 손잡이 구멍 속을 보면, 흐릿하고 확대된 루르드[27] 대성당이나, 미지의 어떤 기념 건물이 나타났다. 그가 펜대들 중에서 하나를 고르면, 다른 것들은 곧바로 이 손 저 손으로 전해졌다. 다음은 컴퍼스와 재미있는 기구들로 가득 찬 중국식 필통이었는데, 그건 쇠렐 선생님이 볼 수 없도록 노트 밑으로 조용히 교활하게 손에서 손으로 거쳐 왼쪽 의자 쪽으로 옮겨졌다.

새 책들도 건네졌다. 나는 우리 도서관에서도 보기 드문 그 책의 표지에 있는 제목을 탐내듯 훔쳐보았다. '라 테프의 티티새들',[28] '갈매기 떼가 앉는 바위', '내 친구 브누아' 등등이었다.[29] 어떤 학생들은 어디서 온 건지도 모르는, 아마 훔친 것일지도 모르는 이 책들을 무릎 위에 놓고 한 손으로는 책장을 넘기고 다른 한 손으로는 받아쓰기를 했다. 다른 학생들은 그들의 정리 선반이 있는 구석진 곳에서 컴퍼스를 돌렸다. 쇠렐 선생님은 등을 돌린 채, 책상에서 창문까지 오락가락하며 받아쓰기를 계속했었다. 그동안 또 다른 학생들은 잽싸게 한쪽 눈을 감고 구멍이 뚫린 사이로 푸른색이 감도는 노트르담 드 파리[30]를 들여다봤다. 낯선 그 학생은 손에 펜을 들고 그의 주위에서 일어나는 비밀스러운 놀이에 만족하며 회색 기둥에다

---

27) 프랑스 남서부 피레네 지방의 한 마을이다. 1858년 소녀 베르나데트 수비루가 성모 마리아의 출현을 접한 이후 계속 기적이 일어난 것을 기념하는 성당이 세워져 있다. 전 세계적인 성지 순례지다.

28) 라 테프는 19세기에 세워진 정신병원 이름이다.

29) 청소년들을 위한 짜릿한 모험소설들이다.

30) 파리의 대성당인 노트르담 성당은 프랑스 고딕 예술의 가장 완벽한 걸작 중 하나다. 11세기에 계획되어 거의 백 년에 걸쳐 완성됐다.

갸름한 옆 얼굴을 기대고 눈을 깜빡거렸다.

하지만 교실 전체에 조금씩 불안한 기운이 감돌기 시작했다. 말인즉 학생들이 점차로 '옮겨 가게 했던' 물건들이 대장 몬느의 손에 전해졌는데, 그는 그 물건을 아랑곳하지도 않고 무심하게 그의 옆에 차곡차곡 쌓아 놓았다. 그건 어느 새인가 산처럼 쌓였다. 마치 우화를 담은 옛날 그림 속에 과학을 상징하는 여신의 발치에 널린 기하학적인 형형색색 물건 더미 같았다. 피할 수 없이 쇠렐 선생님은 이상한 물건들을 발견했고 학생들의 술책을 간파했다. 그는 우선 어젯밤 사건을 조사하려고 생각했을 터다. 보헤미안이 여기에 있는 것만으로도 선생님의 일은 쉽게 진행될 터였다……. 결국 놀란 쇠렐 선생님은 곧바로 대장 몬느 앞에서 걸음을 멈췄다.

"이게 모두 누구 거지?"

그는 집게손가락 위로 다시 덮힌 책의 등으로 '그 모든 것을' 가리키며 물었다.

"저는 이것에 대해 아무것도 모릅니다."

머리를 들지도 않고 무뚝뚝한 말투로 몬느가 대답했다.

바로 그때 낯선 그 학생이 불쑥 나섰다.

"제 것입니다."

그는 늙은 교사가 맞설 수 없는, 젊은 귀족 같은 크고 우아한 손짓으로 덧붙였다.

"선생님, 만일 선생님이 그것들을 살펴보고 싶으시면 맘대로 하십시오."

눈 깜짝할 사이에 아무 소리도 내지 않고 마치 방금 생긴 새로운 분위기를 흐트러지지 않게 하려는 것처럼, 반쯤 대머리에 반쯤 고수머리로 이상한 물건에다 고개를 기울이던 선생님과 조용하지만 의기양양한 태도로 필요한 설명을 했던 창백한 이 어린 학생의 주위로 모든 학생들이 호기심에 가득 넘쳐 미끄러지듯 몰려들었다. 그런데 완전히 따돌림 당한 채, 말없이 자리에 앉은 대장 몬느는 연습장을 펴고 눈살을 찌푸리면서 어려운 문제와 열심히 씨름했다.

우리는 이렇게 저마다 일에 몰두하면서 '십오 분'을 보냈다. 받아쓰기는 끝나지 않았고 교실은 호떡집에 불이 난 것처럼 북새통으로 변했다. 사실대로 말하면, 아침부터 휴식 시간이 이어졌다.

10시 30분이 되자 드디어 학생들이 진흙으로 덮인 어두운 운동장을 차지했다. 학생 무리는 새로 온 지도자가 그 놀이를 이끌어 나간다는 걸 금방 알아차렸다.

그날 아침부터, 보헤미안이 우리한테 가르쳐 주던 모든 새로운 즐거움 가운데에서 나는 가장 무자비한 것만을 기억했다. 큰 학생이 말이 되고 그들의 어깨 위에 가장 작은 학생들이 올라탄 일종의 기마 시합이었다.

두 그룹으로 나눠져 운동장 양 끝에서부터 출발한 그들은 강하게 부딪쳐 적을 땅에 쓰러뜨리려고 온 힘을 쏟으면서 서로서로 꽉 매달렸다. 기수들은 그들의 목도리를 올가미로 이용하거나 아니면 창을 던질 때처럼, 팔을 벌려 경쟁자를 말에서 떨어뜨리려고 필사적으로 용을 썼다. 그들 중에는 충돌을 용케 피하는 아이도, 균형을 잃은 채 발아래로 떨어지며 진흙 속에 뒹구는 기수도, 말이 다리를 붙잡아 반쯤 떨어지려 하는 아이도 있었다. 그러면 기수들은 다시 어깨 위에 기어 올라가 싸움에 열중하곤 했다. 팔다리가 유난히 긴 들라주 위에는 다갈색 머리털에 귀가 불쑥 튀어나온 머리에다 붕대를 감은 빼빼 마른 기수가 올라탔다. 그는 싸우는 두 패거리를 흥분시키기도 하고 폭소를 터뜨리면서 그의 말을 심술궂게 몰아가기도 했다.

교실 문턱에 선 오귀스탱은 불쾌한 표정으로 일단 이 기마전 놀이가 벌어지는 것을 물끄러미 바라봤다. 나는 어떻게 해야 좋을지 몰라 그의 곁에 마냥 서 있었다.

"약삭빠른 녀석이군. 오늘 아침부터 이곳에 온 것부터가 의심받지 않으려는 유일한 술책이었어. 그리고 쇠렐 선생님은 감쪽같이 걸려들었단 말이야!"

손을 주머니에 넣은 채, 그가 이를 꽉 악다물고 말했다.

몬느는 짧게 깎은 머리를 건들바람에 날리며, 얼마 전까지만 해도 자신이 대장을 맡았던 무리의 소년들을 다 쓰러트려 버릴 이 희극 배우에 대해 굉장히 투덜거리며 오래도록 서 있었다. 조용히 있던 나는 그에게 동의하는 걸 잊지 않았다.

운동장 구석구석에서는 지휘자가 없는데도 싸움이 끊임없이 이어졌다. 기어코 작달막한 아이들은 서로 올라탔고, 뛰어가 상대편과 부딪히기도 전에 쓰러지곤 했다……. 이윽고 운동장 한복판에는 놀이에 열중해 맴도는 한 패거리 외에는 아무도 서 있지 않았다. 그때 붕대를 감은 새로 온 대장이 불쑥 나타났다.

그러자 대장 몬느는 더 이상 참을 수가 없다는 듯이 머리를 숙이고 넓적다리에다 손을 얹은 채 나한테 소리쳤다.

"가자, 프랑수아."

이 느닷없는 결정에 화들짝 놀랐지만 나는 주저하지 않고 그의 어깨 위에 턱석 뛰어올랐고, 순간적으로 우리들은 얽히고설킨 그곳으로 뛰어들었다. 그때, 싸우던 학생들 대부분은 정신을 잃은 듯 고래고함을 치며 줄행랑쳤다.

"몬느다! 대장 몬느야!"

남은 사람들의 한복판에 이르자 몬느가 몸을 획 돌리면서 나한테 말했다.

"팔을 벌려, 어젯밤 내가 했던 것처럼 쟤들을 움켜잡아."

싸움에 도취해 승리를 확신한 나는 서로 싸우던 그들을 그대로 지나치다가 확 잡아당겼다. 그들은 큰 녀석의 어깨 위에서 잠깐 비틀거리다 진흙에 나뒹굴었다. 눈 깜짝할 사이, 들라주 위에 탔던 기수 외에는 아무도 서 있지 않았다. 그러나 몬느와 싸우기를 바라지 않던 그 학생도 허리를 뒤로 힘차게 펴며 벌떡 일어나 흰 붕대를 감은 기수를 내려놓았다. 마치 대장이 말고삐를 잡듯이, 자기 말의 어깨에다 손을 얹고 섰던 젊은 친구는 약간의 감동과 엄청난 감탄을 머금은 눈으로 대장 몬느를 톺아봤다.

"좋아, 훌륭하군."

그는 말했다.

그런데 바로 종이 울렸다. 뭔가 색다르고 신기한 장면을 기대하면서 우리들 주위에 모여들었던 학생들은 이내 뿔뿔이 흩어졌다. 그리고 적을 땅에다 내동댕이치지 못한 데 몹시 화가 난 몬느는 기분 나쁜 표정을 짓고 이렇게 말하며 돌아섰다.

"다음에 두고 보지!"

수업은 정오까지 이어졌다. 방학이 다가오는 양, 수업 중간중간에 즐거운 막간극과 대화가 뒤섞였는데, 희극 배우 학생이 중심이었다.

그는 그들 일행이 어째서 광장에서 추위 때문에 꼼짝 못하는지, 그리고 아무도 오지 않을지도 모르는 야간 공연을 생각조차 하지 않는지를 설명했다. 그의 동료들은 낮 동안 그가 기분을 전환하도록 그를 학교에 보내기로 결정했다. 그동안 그의 다른 동료는 서인도제도산(産) 새들과 영리한 염소를 돌보기로 했다. 이어서 그는 그들이 근처 일대를 여행한 얘기를 했고, 소나기가 마차의 형편없는 양철 지붕 위에 쏟아지면 바퀴를 밀어 올리려고 길섶으로 내려서야 했던 얘기도 했다. 구석에 올망졸망 앉은 아이들은 더 가까이에서 들으려고 자기 자리를 옮겼다. 소설 같은 얘기에 별로 관심 없는 녀석들은 이 기회를 난로 주변에서 몸을 녹이는 데 이용했다. 하지만 곧 그들한테도 호기심이 동해서 그들 자리를 지키려고 한 손을 난로 뚜껑 위에다 놓고 이 떠들썩한 무리들에 귀를 기울였다.

"너희들은 무얼 먹고 사니?"

학교 선생으로서는 약간 유치한 호기심을 품고, 쇠렐 선생님이 여러 질문을 쏟아 냈다. 마치 결코 그런 자질구레한 문제를 걱정하지 않았던 양, 그 소년은 잠깐 망설였다.

"제 생각에는 지난가을에 우리가 번 것으로 먹고사는 것 같아요. 아마도 계산하는 사람은 가나슈일 겁니다."

아무도 가나슈가 누군지 그에게 묻지 않았다. 하지만 어제 저녁, 나는 마음을 놓은 틈을 타 뒤에서 몬느를 공격해 넘어뜨렸던 키 큰 녀석을 떠올렸다…….

4 문제의 신비로운 영지는 어디에

오후에도 똑같은 놀이가 되풀이됐고, 수업 중에도 똑같은 무질서와 똑같은 속임수가 계속 이어졌다. 그 보헤미안은 다른 귀중한 물건, 즉 조개껍질과 장난감, 노래 책, 심지어 그의 가방 안쪽을 몰래 갉고 있는 작은 원숭이 같은 것들을 가져왔다……. 그때마다 쉬렐 선생님은 장난꾸러기 소년이 가방에 넣어 가지고 온 걸 조사하려고 수업을 중단해야만 했다……. 4시가 되자, 문제를 다 푼 유일한 학생은 몬느뿐이었다.

모든 학생들은 모르는 사이에 조금씩 밖으로 나갔다. 마치 밤과 낮이 이어지듯 단순하고 규칙적인 학교 생활을 만드는 수업 시간과 휴식 시간이라는 구분이 이젠 더 이상 없는 것 같았다. 여느 때, 우리는 4시 십 분 전쯤에 교실을 청소할 당번 두 명을 정해 두는데, 그것마저도 잊어버리기까지 했다. 통상 그 일은 빠뜨려지는 법이 없다. 그것이 수업 끝을 알리고 교실에서 빨리 나가는 방법이었기 때문이다.

우연히도 그날은 대장 몬느 차례였다. 아침부터 나는 그와 얘기하며 다른 당번 한 명은 보헤미안이라고 알려 줬다. 새로 온 학생들은 그들이 도착한 그날로부터 으레 청소 당번으로 지명되곤 했기 때문이다.

몬느는 오후에 간식으로 먹을 빵을 가지러 갔다가 곧바로 교실로 다시 돌아왔다. 보헤미안은 몬느를 오래도록 기다리게 했고 어둠이 내려 깔리기 시작하자 달려서 제일 늦게 도착했다…….

"너는 교실에 남아. 내가 그를 붙잡는 동안, 그가 나한테서 훔쳐간 지도를 다시 뺏어."

내 친구가 나한테 말했다.

나는 어슴푸레한 황혼에 책을 읽으면서 창문 곁 조그만 책상 위에 앉았다. 그리고 그들 둘 다 말없이 교실 의자를 옮겨 놓는 걸 봤다. 말수가 적고 표정이 딱딱한 대장 몬느는 뒤쪽에 단추 세 개가 달린 검정색 윗도리를 입고 허리띠로 허리를 바싹 졸라매었다. 보헤미안은 가냘프며 신경질적으로 생겼고, 부상자처럼 머리에 붕대를 감고 있었다. 그는 낮에는 내가 알아차리지 못했던, 여기저기 찢어져 형편없는 짤막한 외투를 입었다. 그는 거의 야성적이기까지 한 열기로 가득 차 미소를 옅게 머금은 채, 매우 서두르며 책상들을 들어 올리고 밀치곤 했다. 그는 어떤 특이한 놀이를 하는 것 같았는데, 우리는 그 놀이의 진짜 고갱이를 몰랐다.

그들은 마지막 책상을 옮겨 놓으려고 교실의 가장 어두컴컴한 구석으로 갔다.

바깥 창문으로는 아무도 그들이 싸우는 것을 보지도 듣지도 못할 그곳에서, 몬느는 손을 휘둘러 한 방에 적을 넘어뜨릴 수도 있었다. 나는 몬느가 그런 기회를 그대로 놓친 걸 도저히 이해하지 못했다. 문 옆으로 온 보헤미안은 일이 끝났다는 핑계로 즉시 달아날 터이고, 그러면 우리들은 그를 다시 만날 수가 없을 것이다. 그토록 오랫동안 다시 찾으려고 노력했고, 수집해 정리하려고 했던 지도와 온갖 정보가 우리한테서 바야흐로 사라질 참이었다…….

나는 이제나저제나 싸움 시작을 알리는 신호와 몸짓을 기다렸으나, 키 큰 소년은 꼼짝도 하지 않았다. 이따금 그는 뭔가 궁금하다는 태도로 보헤미안의 붕대를 이상할 정도로 뚫어지게 쳐다봤다. 해 질 녘 어슴푸레한 빛 아래서 보니, 그 붕대는 넓고 때가 탄 것처럼 보였다.

아무런 일도 일어나지 않고 마지막 책상까지 옮겨졌다.

하지만 그들이 교실 위쪽으로 올라가며 문턱에다 마지막으로 빗질하려는 순간, 머리를 숙이고 적을 쳐다보지도 않은 채, 몬느는 시르죽은 목소리로 말했다.

"당신의 붕대가 피로 붉게 물들었고 옷은 찢어졌군요."

보헤미안은 그의 말에 놀라지 않았다. 하지만 그렇게 말하는 걸 듣고 깊이 감격해 잠깐 그를 쳐다봤다.

"조금 전에, 그들이 운동장에서 당신의 지도를 뺏으려고 했죠. 그들은 내가 교실을 청소하러 여기로 오려 한다는 걸 알자, 내가 당신과 화해할 거라고 생각하며 나한테 대항했답니다. 하지만 그래도 나는 그 지도를 빼앗기진 않았습니다."

그는 몬느한테 귀중하게 접은 그 종이를 내주면서 자랑하듯이 말했다.

몬느는 나한테로 천천히 몸을 돌렸다.

"너도 들었지? 우리들이 그에게 함정을 파는 동안, 그는 우리를 위해 싸우고 부상을 입었어!"

우리 생트아가트 학생들 사이에는 엉뚱하게 들리는 '당신'이란 호칭을 그만두고서 몬느가 보헤미안한테 손을 내밀면서 말했다.

"넌 진정한 친구로구나!"

희극 배우는 몬느의 손을 잡고 한동안 말없이 당황한 표정으로 말을 잇지 못했다……. 하지만 곧 강한 호기심을 품고 말을 이어 갔다.

"그래, 너희들이 나한테 함정을 파 놓았다니! 그거 흥미로운데! 나는 짐작했지. 그래서 이렇게 생각했지. 그 지도를 빼앗아 완전히 보충해 놓은 걸 알면, 그들은 아주 놀랄 거야……."

"보충하다니?"

"아! 잠깐! 전부는 아니야……."

장난 같은 말투를 버리고 그는 우리한테 다가오면서 천천히 엄숙하게 덧붙였다.

"몬느, 이제 내가 너한테 말할 때가 됐어. 나 역시 네가 갔던 곳에 갔지. 나도 그 색다른 축제에 참석했어. 학교 아이들이 너의 신비로운 모험에 대해 나한테 얘기해 줬을 때, 오래된 그 영지를 잃어버린 것이 문제라는 걸 생각했을 때, 나는 그걸 확인하려고 너한테서 지도를 훔쳤지……. 하지만 나도 너와 마찬가지로 그 성 이름을 몰라. 나도 거기에 다시 갈 수는 없을 거야. 여기에서 거기까지 너를 인도해 갈 길을 완전하게 아는 건 아니야."

우리는 얼마나 많은 정열과 강렬한 호기심, 열렬한 우정으로 그에게 바투바투 다가갔던가! 몬느는 쉴 새 없이 열심히 그에게 질문을 퍼부었다……. 우리가 새로운 친구 곁에서 끈질기게 간청하면, 우리 둘은 그가 모른다고 주장하는 걸 털어놓게 할 것만 같았다.

"보면 알아, 보면 알지, 나는 너희들이 빼먹은 장소를 지도에다 기입했어……. 그게 내가 했던 전부야."

젊은 친구는 약간 진절머리를 내고 어리둥절한 모습으로 대답했다.

이윽고 감탄과 열광으로 가득한 표정을 짓고 우리를 바라보면서 그는 슬프고도 자랑스럽게 말했다.

"오! 미리 얘기해 둬야겠다. 나는 보통 아이들과는 좀 달라. 석 달 전, 내 머리에다 총을 쏘아 죽으려고 했어. 1870년대 센 강 기동 대원[31]처럼, 내가 이마에 붕대를 감은 이유야……."

"그리고 오늘 저녁, 싸우다가 상처가 도진 거구나."

몬느가 다정하게 말했다.

---

31) 1870년 프로이센과의 전쟁에서 결사 항전과 파리를 목숨 걸고 지키겠다는 정치 구호를 내세워 결성된 국민군의 한 부대이다.

하지만 상대편은 그 말을 들은 체도 않고 약간 과장된 말투로 넋두리를 울가망하게 늘어놓았다.

"죽고 싶었어. 하지만 성공하지 못했지. 그러니까 어린아이처럼, 보헤미안처럼 즐기기 위해 계속 살아갈 테야. 모든 걸 포기했어. 나한테는 아버지도, 누이도, 집도, 사랑도 더 이상 없단 말이야…… 오직 같이 놀 동무들만 남았을 뿐이지."

"친구들이 벌써 널 배반했단 말이지."

내가 말했다.

"그래, 그건 확실히 들루슈의 실수야. 그놈은 내가 너희들 편이 될 거라고 짐작했단 말이야. 그 녀석이 내 수중에 들어온 친구들의 질서를 문란하게 만들었어. 어제저녁, 너희들 그 돌격을 봤지. 얼마나 잘 움직이고 잘 행동했느냐 말이야! 어렸을 때부터 나는 그처럼 성공적으로 조직해 보지는 못했거든……."

그가 활기차게 대답했다.

그는 한순간 꿈꾸듯이 가만히 있다가 그에 대해 우리들이 품고 있는 의심을 확실히 풀어 주려고 덧붙였다.

"오늘 저녁, 내가 너희 둘한테 온다면, 그거야말로 다른 아이들과 함께하는 것보다 너희들과 함께 지내는 게 더 즐거울 거라는 걸 알았기 때문이야……. 오늘 아침에야 그걸 알아챘어. 하지만 특히 내가 싫은 건, 들루슈야. 열일곱 살 먹은 사내 녀석이 그런 생각을 하다니! 어떤 것도 그보다 싫진 않아……. 우리들이 그를 다시 붙잡는다고 생각하니?"

"물론이지. 그런데 넌 여기서 우리와 함께 지낼 거니?"

몬느가 말했다.

"몰라. 정말 그러고 싶어. 무섭도록 외로워. 친구라고는 가나슈밖에 없지……."

그의 모든 정열과 즐거움이 홀연히 사그라졌다. 잠깐 동안, 그는 언젠가 자살하고 싶은 생각이 갑자기 떠오르게 했던 바로 그 절망에 울가망하게 빠져들었다.

"내 친구가 돼 줘. 나는 너희들의 비밀을 알고, 그 비밀을 모든 사람에게서 지켜 왔어. 너희들이 잃어버린 길을 다시 가게 할 수 있단 말이야……."

그가 엄숙하게 말했다.

"이미 한 번 겪었던 것처럼, 내가 지옥과 아주 가까이 함께 할 그날을 위해 내 친구가 돼 줘……. 내가 너희들을 부르면 대답하겠다고 맹세해. 내가 이렇게 부를 때,(그는 이상한 고함을 내질렀다. 우?우!) 몬느, 네가 맨 먼저 맹세해!"

우리들은 맹세했다. 어린아이들인 우리는 둘 다 단순한 것보다 더 엄숙하고 진지한 것에 마음이 쏠렸기 때문이다.

"돌아가자, 이제 내가 너희한테 마지막으로 해야 할 얘기를 모조리 하지. 너희들한테 그 영지의 젊은 처녀가 축제를 보내러 가곤 하는 파리 집을 가르쳐 줄게. 그 축제는 부활절과 성신강림 축일, 6월 때로는 겨울날의 며칠을 말하는 거야."

그 순간, 어둠 속에 있는 큰 문으로부터 낯선 목소리가 몇 번씩이나 들렸다. 우리는 그게 운동장을 가로지를 엄두를 내지 못하는, 아니면 어떻게 지나갈지 모르는 가나슈, 바로 그 보헤미안의 목소리라고 짐작했다. 성급하고 불안한 목소리로 그는 때로는 몹시 크게, 때로는 아주 낮게 외쳤다.

"우?우! 우?우!"

"말해 줘! 빨리 말해!"

몬느가 부들부들 몸을 떨면서 복장을 고치고 밖으로 나가려는 젊은 보헤미안한테 소리쳤다.

그 소년은 우리들한테 재빨리 파리 주소를 가르쳐 줬다. 우리는 그 주소를 낮은 목소리로 되풀이했다. 이윽고 그는 우리들을 형언할 수 없는 혼란 속에 내팽개치고 철책 문 뒤에 있는 그의 친구를 다시 만나려고 어둠 속으로 들입다 뛰어나갔다.

5 운동화를 신은 남자

그날 밤, 새벽 3시 무렵, 마을 한가운데 살던 여관 주인인 들루슈 과부가 불을 피우려고 일어났다. 그녀 집에 함께 살던 시동생 뒤마가 4시에 길을 떠나야만 했다. 옛날에 화상을 입은 탓에 오른손이 오그라든, 슬프고 마음씨가 착한 그 여자는 어두컴컴한 부엌에서 커피를 끓이려고 부랴부랴 서둘렀다. 살을 에는 듯이 매서운 날씨였다. 짧은 윗도리 위에 낡은 목도리를 두른 그녀는 한 손에는 불이 켜진 양초를 들고, 또 다른 ─ 오그라든 ─ 한쪽 손으로는 앞치마를 걷어 올려 불꽃을 보호하려고 했다. 이어서 빈 병과 비누통으로 어지러운 마당을 지나 닭장으로 사용하는, 장작을 쌓아 두는 곳간 문을 방싯이 열어 나무를 약간 꺼내려 했다……. 하지만 그녀가 문을 열자마자, 짙은 어둠 속에서 갑작스레 나타난 한 사람이 학생 모자를 세차게 휘둘러 촛불을 끄고는 사람 좋은 그 여자를 넘어뜨린 다음, 쏜살같이 달아났다. 그 바람에 화들짝 놀란 수탉과 암탉 들이 요란하게 소동을 피웠다.

잠시 후, 다시 정신을 차린 과부 들루슈는 그제야 알아차렸다. 그 남자는 자루 속에 살이 가장 통통하게 오른 병아리 열두 마리를 넣어 가지고 잽싸게 달아났다.

형수가 내지르는 새된 비명 소리를 듣고 뒤마가 냅다 달려왔다. 그가 확인한 바에 따르면, 도둑놈은 들어오면서 작은 마당 문을 가짜 열쇠로 열었으며, 그 쪽문을 다시 닫지도 않고 같은 길로 도망쳤다. 뒤마는 밀렵자와 날치기꾼을 다루는 데 능수능란했다. 그는 곧 자신의 마차용 큰 호롱을 밝혀서 한 손에 들고, 다른 손에는 총알을 장전한 소총을 잡고 — 운동화를 신은 게 분명한 그 도둑의 — 매우 희미한 발자취를 찾으려고 온 힘을 쏟았다. 그 자취는 라 가르 역으로 가는 길까지 남았다가 한 작은 목장 울짱 앞에서 사라져 버렸다. 그는 어쩔 수 없이 거기서 수색을 그만두고 고개를 치켜들고 멈춰 섰다……. 그때, 같은 길 위로 전속력으로 들입다 달려 줄행랑치는 마차 소리가 멀리서 들렸다…….

한편 과부 아들인 자스맹 들루슈는 잠자리에서 일어나 어깨 위에 모자가 달린 외투를 급히 걸치고 운동화를 신고 마을을 살펴보려고 나갔다. 모두가 잠들었고, 모든 게 해가 뜨기 전 어둠과 깊은 고요 속에 푹 잠겨 있었다. 카트르루트에 다다른 그는 — 삼촌과 마찬가지로 — 리오드 언덕 위에서 전속력으로 딥다 달리는 마차 소리만을 아주 멀리서 들었다. 약삭빠르고 허풍이 심한 소년인 그는 마치 몽뤼송[32] 교외에서 들을 수 있는, 듣기 괴롭고 목구멍 깊숙이에서 나오는 발음으로 우리한테 얘기할 때처럼 혼잣말을 했다.

"그놈들은 라 가르 역 쪽으로 떠났어. 하지만 마을을 벗어났다고 해서 그놈들을 '덮쳐 잡지' 말라는 법은 없지."

그리고 그는 이전과 같이 조용한 밤의 정적 속에서 성당 쪽으로 가려고 몸을 돌렸다.

광장에 자리 잡은 보헤미안들의 집마차[33] 안에서 불빛이 새어 나왔다. 누군가 아픈 사람이 있는 게 틀림없었다. 무슨 일인가 물어보려고 다가가려 했으나, 그때 운동화를 신은 한 소리 없는 그림자가 프티코앵을 빠져나와서 아무것도 못 본 채 마차 계단을 향해 전속력으로 달려갔다…….

가나슈의 걸음걸이를 알아본 자스맹은 서슴없이 그 불빛 속으로 들어가 작은 목소리로 물었다.

"어이! 무슨 일이야?"

---

32) 셰르 남쪽에 실제로 있었던 마을이며, 독특한 사투리를 사용한다.
33) 집을 겸한 마차(roulotte), 즉 집마차는 이 소설에서 중요한 의미를 지닌다. 붉은 커튼이 쳐지고 문이 닫힌 집마차는 마차로서는 뿌리가 없이 움직이는 집이자 도피를 상징하며, 집으로서는 프란츠와 가나슈가 세상살이에서 비롯한 온갖 아픔과 고통, 절망을 멀리 할 수 있는 피난처를 상징한다. 집마차는 이 소설에서 "신비로운 통로이고, 우리가 길을 잃은 신비한 나라의 대합실과도 같이 보이는 하잘것없는 초라한 집"으로 표현된다. 그것은 현실과 꿈, 생트아가트와 사블로니에르 성 문턱 역할을 하는 시적이고 미학적인 거소다. 프란츠와 가나슈는 집마차를 타고 현실에서 동심 놀이를 다시 시작한다. 게다가 환상과 현실이 동거하고, 모험과 안정의 이중적 융합을 오롯이 담는 특이한 보물창고다. 놀이 동무인 집마차는 프란츠와 가나슈의 분신 그 자체다.

얼이 빠지고 머리가 헝클어진 채, 이가 빠진 가나슈가 멈춰서 그를 보았다. 그러고는 두렵고 헐떡거리는 바람에 비참하게 입을 일그러뜨리면서 짧은 숨을 헐떡이며 말했다.

"아픈 사람은 내 동무야……. 어제저녁에 싸워 상처가 덧났거든……. 그래서 수녀님을 찾으러 가는 길이야."

사실 자스맹 들루슈는 매우 호기심이 동했으나 다시 자려고 집으로 돌아갔다. 그러다 마을 중간 지점에서 부랴부랴 서둘러 가는 한 수녀를 만났다.

아침이 되고, 생트아가트의 몇몇 주민들이 밤새 잠을 못 잔 탓에 하나같이 붓고 충혈된 눈으로 문을 열고 나왔다. 집집마다 노발대발하는 소리가 터졌고, 화약 도화선처럼 순식간에 마을 전체로 퍼져 갔다.

새벽 2시 무렵, 지로다의 집에서는 헌 짐마차가 멈춰 서서 부드럽게 소리를 내며 가볍게 떨어졌던 짐들을 바삐 싣는 소리가 들렸다. 집 안에는 여자 두 명밖에 없었는데, 그들은 움직일 엄두조차 내지 못했다. 낮에 가금장을 열어 보고서야 문제의 짐들이 토끼와 닭 들이란 걸 알았다……. 학교의 첫 번째 휴식 시간 동안, 밀리는 세탁실 문 앞에서 반쯤 타 버린 성냥개비 몇 개를 발견했다. 침입자들은 우리 집에 대해 잘 몰랐으므로 들어올 수 없었다는 결론이 나왔다……. 페뢰와 부자르동, 클레망의 집에서는 처음에 돼지도 몽땅 털렸다고 생각했다. 하지만 여기저기 채소밭에서 채소를 열심히 파헤치는 돼지들을 오전 중에 찾아냈다. 모든 돼지들이 그 기회를 틈타 짤막하게 밤 산책을 하려고, 열어 놓은 문을 이용했던 것이다……. 집 대부분이 가축을 도둑맞았다. 하지만 거기에서 제외된 집도 있었다. 짐승을 기르지 않는 빵집 주인 피뇨 부인은 빨랫방망이와 염료 500그램을 도둑맞았다고 하루 종일 빽빽거렸으나 증명할 수 없었고, 따라서 조서에 기입하지도 않았다.

이 광란과 두려움, 두서없는 수다는 오전 내내 이어졌다. 교실에서 자스맹은 어젯밤에 자신이 맞닥뜨린 일을 미주알고주알 얘기했다.

"아! 그놈들은 교활했어. 하지만 만약 우리 삼촌이 그놈들 중 한 녀석만 만났다면, 내가 그놈을 토끼 잡듯이 쏘아 버렸을 텐데!"

그가 우리를 쳐다보면서 말했다.

"삼촌이 가나슈를 만나지 않았던 게 다행이야. 그가 머리통을 쏘았을지도 모르거든. 삼촌과 데새뉴가 그러던데 역시 그놈들은 모두 한통속이래."

그리고 우리를 바라보며 덧붙였다.

그렇기는 하지만, 아무도 우리의 새 친구들을 의심할 생각은 털끝만큼도 하지 않았다. 자스맹이 그의 삼촌한테 가나슈가 도둑과 똑같은 운동화를 신었다고 말한 것은 다음 날 저녁이었다. 그 사실을 경찰에 알릴 만한 가치가 있다는 데 그들 의견이 일치했다. 따라서 첫 번째 여가 시간에 극비로 경찰서 형사 반장한테 그걸 알려 주기로 결정했다.

여러 날이 지났다. 하지만 상처가 약간 덧난 젊은 보헤미안은 끝내 나타나지 않았다.

그날 저녁, 성당 광장에서 우리들은 그 마차의 붉은 커튼 뒤로 비치는 램프 불만을 봤을 뿐, 아무것도 보지 못한 채 그 주위를 어슬렁어슬렁 베돌았다. 불안과 흥분으로 가득 찬 우리들은 신비한 통로로도 보이고, 우리가 길을 잃은 지방의 대합실과도 같아 보이는 그 하잘것없는 숙소에 감히 접근조차 못한 채 머물렀다.

6 무대 뒤에서의 말싸움

지난 며칠 사이에 일어났던 수많은 일들로 이런저런 불안과 근심이 많았다. 우리는 하도 정신이 없어, 3월이 왔고 따뜻한 바람이 분다는 사실조차도 아예 주목하지 못했다. 하지만 그 모험이 있은 후 사흘째 되는 날 아침, 나는 뜨락으로 내려오면서 갑작스레 봄이 온 걸 온몸으로 느꼈다. 미지근한 물과 같이 감미로운 산들바람이 담을 넘어 흘러왔고, 밤새 소리 없이 조용히 내리는 가랑비는 모란 잎사귀들을 촉촉하게 적셨다. 정원에서 파헤쳐진 흙은 진한 내음을 풀풀 풍겼고, 창문 밖 바로 옆 나무에서는 노래를 배우려고 애쓰는 듯 새가 우짖는 소리가 들려왔다…….

첫 휴식 시간에 몬느는 떠돌이 학생이 구체적으로 가르쳐 준 여정을 곧장 시험해 보자고 말했다. 나는 그 친구들을 다시 볼 때까지, 또 날씨가 아주 좋아질 때까지……. 그리고 생트아가트의 양자두나무가 모두 꽃필 때까지 기다리자고 매우 힘들게 그를 설득했다. 조붓한 골목길의 낮은 담장에 기대어 서서 주머니에 손을 찌르고 모자도 쓰지 않은 채, 우리는 서로 얘기를 나눴다. 때로는 바람 때문에 추워 사시나무처럼 덜덜 떨었고, 때로는 포근한 기운이 부풀어 올라 우리 마음속 깊이 켜켜이 자리 잡은 그 어떤 오랜 열정을 일깨워 주기도 했다. 아, 형제이자 동무인 여행자여, 우리는 둘 다 얼마나 행복이 가까이에 있었으며, 거기에 도달하려면 길을 떠나는 것만으로도 충분하다고 생각했던가……!

점심시간 동안, 12시 30분쯤 카트르루트 광장에서 연달아 울리는 북소리가 들렸다. 눈 깜짝할 사이, 우리는 손에 냅킨을 든 채 작은 쇠창살 문의 입구로 나왔다……. 가나슈는 '날씨가 화창한 걸 보고' 그날 저녁 8시에 성당 광장에서 굉장한 공연이 열릴 거라고 알려 줬다. 만약을 대비해 '비를 피하기 위한' 천막이 세워질 참이었다. 흥미를 끄는 긴 프로그램이 소개됐다. 바람이 방해했지만 새로운 북소리에 박자를 맞춰 소개되는 '무언극…… 노래…… 말 위에서의 곡예……' 등에 대한 설명을 우리는 간간 알아들었다.

저녁 식사 동안, 개회를 알리는 큰 북소리가 창문 밑에까지 울렸고 유리창을 뒤흔들었다. 조금 후, 교외에 사는 사람들이 몇 명씩 떼를 지어 왁자지껄하게 얘기하면서 성당 광장 쪽을 향해 지나갔다. 그리고 우리 둘은 초조한 나머지 발을 동동 구르면서 어쩔 수 없이 식탁 앞에 앉아야만 했다.

9시쯤, 드디어 작은 철문에서 발걸음이 부딪히는 소리와 숨 막히는 듯한 웃음소리가 들렸다. 여교사들이 우리를 찾아왔던 것이다. 칠흑 같은 어둠 속에서 우리는 떼를 지어 코미디를 상연하는 장소로 떠났다. 저 멀리서 큰 불처럼 조명으로 장식된 교회 벽이 보였다. 그리고 그 임시 무대 문 앞에 켜진 등불 두 개가 건들바람에 살살 하느작거렸다.

내부에는 계단식 좌석이 원형 경기장처럼 마련되어 있었다. 쇠렐 선생님, 여교사들, 몬느와 나는 가장 아래쪽 의자에 자리 잡았다. 빵집 주인 피뇨 부인, 잡화 상인 페르낭드, 마을의 끼 있는 소녀들, 제철공들, 부인네들, 꼬마들, 농부들 그리고 또 다른 사람들이 층을 지어 앉은, 크고 검은 천이 덧씌운 그 장소가 진짜 서커스 단이 왔을 때처럼 매우 좁다는 것을 나는 다시 한 번 확인했다.

공연은 이미 반 이상이 진행됐다. 무대 위에서 작고 영리한 염소 한 마리가 컵 네 개 위에 얌전하게 발을 놓았다가, 다음에는 컵 두 개 위에, 또 그다음에는 오로지 컵 하나 위에 올라서는 게 보였다. 생기 없는 눈에 입을 약간 벌리고 불안하게 우리 쪽을 바라보면서 막대기로 살짝 때려 그 염소를 부드럽게 유도하는 사람은 다름 아닌 가나슈였다.

보헤미안들의 집마차와 무대가 통하는 곳에 서로 다른 등불 두 개가 있었다. 그 곁 걸상 위에는 얇은 검은색 윗도리를 입고 이마에 붕대를 감은 채 앉아 있는 무대 감독인 우리 친구가 보였다.

우리들이 다시 자리에 앉자마자 다친 그 젊은이는 조랑말에 올라타고 무대 앞을 여러 번 돈 다음 공연장에 뛰어올랐다.

그리고 괴상한 옷차림을 한 말은 마을에서 가장 친절하고, 그 무리에서 가장 용기 있는 사람을 지적할 때는 우리들 중 한 사람 앞에 머물렀다. 그리고 가장 거짓말을 밥 먹듯이 하고, 가장 인색하거나 '혹은 가장 연애를 잘하는……' 사람을 찾으라고 할 때는 언제나 피뇨 부인 앞에 우뚝 멈춰 섰다. 그리고 그녀 주위에서는 웃음소리와 새되게 고함치는 소리, 스패니얼 개를 뒤쫓는 거위 떼처럼 꽥꽥거리는 소리가 들려왔다.

막간에는 무대 감독인 보헤미안 소년이 쇠렐 선생님과 잠시 얘기하러 왔다. 그는 탈마[34]나 레오타르[35]에 대해 얘기하는 것을 자랑스럽게 여기지 않았다. 우리는 모두 그가 털어놓는 걸 흥미롭게 들었다. 그는 다시 아문 그의 상처와 긴 겨울 동안 준비한 이 공연에 대해 푸념을 늘어놓고, 새롭고 다양한 공연을 할 수 있기에 그달 말 전에는 떠나지 않을 거라고 말했다.

그 공연은 굉장한 무언극으로 마무리됐다.

막간이 끝날 무렵, 보헤미안 소년은 우리와 헤어졌다. 그리고 집마차 입구로 되돌아가려고, 무대 위까지 밀려든 사람들 사이를 통과해야만 했다. 그 무리 중에서 우리는 갑자기 자스맹 들루슈를 발견했다. 부인들과 끼 있는 소녀들이 비켜 줬다. 그들은 이상하고 사내다운 검은 옷을 입은 그 부상자의 모습을 보고 완전히 매료됐다. 자스맹으로 말하자면, 방금 여행에서 돌아온 듯한 차림으로 낮으면서도 활기 띤 목소리로 피

---

34) 프랑스 비극 배우다.
35) 19세기 프랑스의 유명한 곡예사다.

뇨 부인과 속내 얘기를 나눴다. 분명히 들루슈가 허리띠를 차고 낮은 깃에 통바지를 입었더라면, 훨씬 확실하게 피뇨 부인을 사로잡았을 것이다……. 그는 매우 잘난 체하며 몹시 어색한 듯한 태도로 조끼를 두 엄지손가락으로 뒤쪽으로 젖혔다. 보헤미안이 지나갈 때, 내가 듣지는 못했지만 그는 화가 난 동작으로 욕설과 우리 친구에 대한 도전적인 말인 게 틀림없는 뭔가를 피뇨 부인한테 큰 소리로 말했다. 왜냐하면 내 친구가 돌아서서 침착성을 잃지 않으려는 태도로 그를 쳐다봤을 때, 내 친구를 비웃으면서 자기편을 만들려고 그 옆에 자리 잡은 사람들의 옆구리를 팔꿈치로 찔렀기 때문이다……. 더군다나 순식간에 모든 일이 일어났다. 따라서 그것을 알아차린 건 같은 관람석에 앉았던 사람들 중에서는 오직 나 혼자뿐이었다.

무대 감독인 보헤미안 소년은 집마차 입구를 가린 장막 뒤에서 가나슈와 합류했다. 사람들은 곧 2부 공연이 시작될 거라고 믿고 각자 제자리로 돌아갔고 큰 침묵이 흘렀다. 관객들의 소곤거리는 소리가 거의 들리지 않게 됐을 때, 갑자기 무대 뒤에서 말다툼 소리가 들려왔다. 무슨 말을 하는지를 알아들을 수가 없었다. 하지만 우리는 그 두 목소리를 분간할 수 있었다. 키 큰 젊은이의 목소리와 젊은 남자의 목소리였다. 키다리는 설명하고 자기를 정당화하는 말을 늘어놓았고, 젊은 사람은 분개하고 슬퍼하며 꾸짖었다.

"하지만 못난 놈아! 왜 나한테 말을 안 했어……."

그가 말했다.

모든 사람들이 귀를 기울였는데도 그다음은 들리지 않았

다. 모든 목소리가 갑자기 뚝 끊겼다. 말싸움은 낮게 이어졌다. 하지만 높은 계단식 좌석에 올망졸망 앉은 장난꾸러기들이 빽빽거리는 고래고함 소리를 마구 지르기 시작했다.

"조명을, 막을 올려!"

그러고는 발을 동동 구르기 시작했다.

7 보헤미안이 붕대를 풀다

이윽고 세 조각으로 제대로 들어맞지 않게 붙여 놓은 꺽다리 피에로의 얼굴 ── 주름이 깊게 패고 때로는 기뻐서, 때로는 슬퍼서 눈을 크게 뜨기도 하는, 봉합용 풀을 온통 덕지덕지 붙인 ── 이 막 사이로 천천히 미끄러지듯이 나타났다. 그는 복통이라도 있는 양 배를 오그리고, 너무 조심스럽고 두렵기라도 한 것처럼 발끝으로 조심조심 걸으며, 무대에 질질 끌리는 매우 긴 소매 속에 손을 꼼짝 못하게 넣은 채 무대에 등장했다.

이제 와서 그때의 무언극 주제가 무엇이었는지를 나로선 꾸며 낼 수가 없을 터다. 나는 단지 그 서커스에 그가 나타난 후, 헛되지만 안간힘을 다해 두 발로 섰다가 곧바로 넘어졌다는 사실만을 기억할 따름이다. 그는 다시 일어나려고 했다. 하지만 그는 어찌할 도리가 없었다. 그는 넘어졌다. 또 그는 계속해서 줄기차게 넘어졌고, 한꺼번에 네 의자에 둘러싸여 꼼짝할 수 없었다. 넘어질 때마다, 그는 무대 위에 있는 큰 테이블을 조금씩 끌고 다녔다. 그는 원형 무대 난간을 넘어서 관객들 발 위에까지 넘어지기도 했다. 관중들 중에서 뽑힌 보조자두 명이 간신히 그의 발을 붙들어 맨 다음, 굉장한 노력을 기울여 그를 일으켜 세웠다. 이어서 그는 넘어질 때마다 새된 짧은 비명을 질렀다. 매번 다양했으며 비탄과 만족이 골고루 뒤섞인, 차마 견딜 수 없는 짧은 비명이었다. 대단원에 가서는 의자를 차곡차곡 쌓아 놓은 곳으로 기어 올라가서 매우 느리게 높은 곳에서 뚝 떨어졌다. 그의 날카롭고 긴, 비참한 승리의 외침 소리는 그가 추락하는 시간만큼이나 오랫동안 이어졌고, 그때마다 여자들의 공포에 질린 비명 소리가 들렸다.

무언극의 2부가 계속되는 동안, 이유는 잘 모르겠지만, 나는 '넘어지는 가엾은 피에로'[36]를 오롯이 다시 떠올려 본다. 나는 그가 그의 소매 속에서 톱밥으로 속을 가득 채운 작은 인형을 꺼내 가지고 희비극을 완벽하게 흉내 낸 걸 기억한다. 결국 그는 인형 배 속에 쌓인 모든 톱밥을 입으로 꺼낸 다음, 작지만 가련한 소리를 지르면서 인형의 배를 끈적끈적한 액체로

---

36) 1908년 9월 20일 저녁, 알랭푸르니에는 처음으로 「넘어지는 사람」이라는 연극을 뮤직홀에서 본다. 깊은 감명을 받은 그는 곧장 자크 리비에르한테 "그런 인물과 얼굴을 창조하고 주인공의 얼굴과 행동, 외침을 그처럼 강렬하게 표현하는 인간은 천재임에 틀림이 없다."라는 편지를 보낸다. 또한 그는 자신의 어머니한테 보낸 편지에서 「넘어지는 사람」의 내용을 꼼꼼하게 설명한다. 특히 넘어지고 추락하는 주인공의 행위와 모습, 의미에 큰 충격을 받았다고 말한다.

가득 채웠다. 엄청난 주의를 끄는 동안, 모든 관객들이 입술을 늘어뜨리고 불쌍한 피에로의 손에 들린 몹시 홀쭉하고 끈적 끈적한 인형을 쳐다보는 동안, 그는 갑자기 인형의 팔을 잡더 니 자스맹 들루슈의 얼굴을 향해 관중 사이로 인형을 힘껏 던 졌다. 그런데 결국 그의 귀에만 끈적끈적한 액체를 묻혔다. 액 체는 바로 턱 밑에 자리를 잡은 피뇨 부인의 젖퉁이에 납작하 게 찰싹 달라붙었다. 빵집 여주인은 엄청난 비명을 질렀다. 그 녀는 뒤로 심하게 쾅 넘어졌다. 그 바람에 옆에 자리 잡은 모 든 여자들도 세차게 나뒹그러졌고 그 통에 걸상이 부서졌다. 빵집 주인, 페르낭드, 슬픈 들루슈 과부, 그리고 스무 명의 다 른 여자들이 다리를 허공 위로 내던지고 웃음과 비명, 박수갈 채 속에서 엉덩방아를 찧었다.

한편, 무대에다 얼굴을 대던 그 위대한 어릿광대는 인사하 려고 다시 일어나 말했다.

"신사 숙녀 여러분, 감사합니다!"

그런데 바로 그 순간, 그 무언극이 시작할 때부터 엄청난 소 란 속에서도 말없이 그리고 한층 더 몰두하는 듯했던 대장 몬 느는 느닷없이 일어서더니, 더 이상 참을 수 없다는 듯이 내 팔을 붙잡고 고래고함을 쳤다.

"저 보헤미안을 봐! 쳐다보란 말이야! 마침내 그자가 누군 지 알았어."

심지어 보기도 전에, 마치 오래전부터 나도 모르는 사이에 내 생각 속에 자리를 잡아서 막이 내리는 순간만을 기다렸던 것처럼, 나는 알아차려 버린 거였다! 집마차 입구 등불 곁에

선 그 정체불명의 젊은이는 붕대를 풀고 어깨에 외투를 걸치고 있었다. 희미하고 약한 빛 속에서, 그 옛날 영지의 침실에서 흐릿한 촛불에 비춰 본 것처럼, 매우 섬세하고 콧수염 없는 코가 뾰족한 얼굴이 보였다. 입술을 반쯤 벌린 창백한 그는 조그만 지도책 같은 어떤 빨간 앨범을 성급하게 뒤적였다. 관자놀이에 그어진 머리카락 밑에 감추어진 상처 자국을 제외하면, 몬느가 나한테 자세하게 묘사한 그대로, 알려지지 않은 영지의 약혼자였다.

우리가 알아차리도록 하려고 그가 자신의 붕대를 이처럼 풀어 버린 것이 분명했다. 하지만 몬느가 그렇게 움직이고 소리를 지르자, 그 젊은이는 알았다는 시선을 우리한테 던졌다. 그리고 마치 여느 때 웃는 것과 같이 막연한 슬픔을 머금은 미소를 씽긋 짓고는 집마차 안으로 들어가 버렸다.

"그리고 그 다른 사람도! 내가 어떻게 그를 바로 알아보지 못했지! 그는 그 축제의 피에로였는데……."

몬느가 흥분해서 말했다.

몬느가 보헤미안한테 가려고 계단식 좌석을 내려갔다. 하지만 이미 가나슈가 무대와 모든 통로를 막아 놓았다. 서커스 등불 네 개가 하나씩 하나씩 꺼지기 시작했다. 우리는 줄지어 놓은 의자들 사이에 모여 천천히 나가는 군중들을 따라가야만 했고 어둠 속에서 초조하게 서야 했다.

드디어 간신히 밖으로 나오자, 대장 몬느는 집마차를 향해 들입다 달려가 발판을 타고 올라선 다음 문을 쾅쾅 두드렸다. 하지만 이미 모든 문이 닫혔다. 조랑말과 염소, 영리한 새 들

을 넣어 둔 마차 안이 그러하듯이, 커튼을 드리운 마차 안에는
모든 사람이 돌아와 잠을 자기 시작했다.

8 경찰들!

　우리는 어두컴컴한 길로 상급반 교실 쪽으로 돌아가는 남자들과 부인들 무리와 합류해야만 했다. 이번에 우리는 모두 걸 알았다. 축제 마지막 날 저녁, 몬느는 키 큰 하얀 그림자가 숲 속으로 달아나는 것을 본 적이 있었다. 그런데 그게 바로 가나슈였다. 그는 절망한 약혼자를 거둬서 함께 줄행랑쳤다. 그 약혼자는 위험과 놀이, 모험으로 가득 넘친 그 야성적인 생활 방식을 받아들였다. 그에게 어린 시절이 다시 시작되는 듯했다…….

　프란츠 드 갈레는 지금까지 우리한테 그의 이름을 남몰래 숨겨 왔다. 그리고 정녕코 그의 부모 집으로 강제로 끌려갈까 두려워서 영지의 길을 모르는 척했다. 그런데 왜 그는 그날 저녁 우리가 모든 걸 알아차리게 하고 싶었고, 우리가 모든 진실을 추측하도록 내버려둔 걸까……?

구경꾼 무리가 뒤늦게 느릿느릿 마을로 가는 동안, 대장 몬
느는 얼마나 많은 계획을 세웠던 건가. 목요일인 다음 날, 그
는 아침부터 프란츠를 찾아가기로 굳게 마음먹었다. 그러고
는 두 사람 모두 그곳을 향해 떠날 참이다! 축축이 젖은 길을
걸어가는 여행은 얼마나 멋질까! 프란츠는 모든 것을 설명할
지도 모를 터다. 그러면 모든 일이 다 잘될 것이다. 가장 경이
로운 모험이, 중단됐던 그곳에서 바야흐로 다시 시작될 참이
었다…….

나로 말하자면, 형언할 수 없는 부푼 마음으로 어둠 속을 걸
었다. 목요일의 기다림이 주는 희미한 기쁨으로부터 시작해
서 우리가 막 찾아낸 그 엄청난 발견, 우리한테 실패로 끝난
그 좋은 기회에 이르기까지, 그 모든 게 뒤섞여 무척이나 나를
기쁘게 했다. 그리고 지금도 눈에 선하게 밟힌다. 나는 그만
뜬금없이 관대해져서 지긋지긋하게 구애하던 공증인의 딸들
중에서도 가장 못생긴 딸한테로 다가가 자연스럽게 손을 내
밀어 내 팔짱까지 끼게 했다.

쓰라린 추억들! 짓밟히고 공허함을 머금은 희망!

다음 날, 우리는 아침 8시부터 잘 닦인 구두를 신고 번쩍이
는 허리띠를 매고 새 학생 모자를 쓴 채로 성당 광장으로 달려
갔다. 그때까지 나를 바라보며 웃던 대장 몬느가 소리를 꽥 지
르면서 텅 빈 광장으로 잽싸게 달렸다……. 임시 무대와 마차
들이 있던 자리에는 깨진 항아리와 누더기 조각들밖에는 아
무것도 없었다. 보헤미안들이 떠난 것이었다…….

차갑게 느껴지는 바람이 살짝 불었다. 자갈이 많아 상태가

좋지 않은 길에 발을 내디딜 때마다, 우리는 휘청거리면서 끊임없이 넘어질 것만 같았다. 몬느는 미친 듯이 두 번씩이나, 처음에는 비외낭세의 길로, 다음에는 생루데부아의 길로 돌진하려 했다. 그는 우리 친구들이 오직 방금 떠났기를 바라면서 눈 위에 손을 올려놓았다. 하지만 어떻게 된 걸까? 마차 열대가 남긴 바퀴 흔적이 광장에서 뒤죽박죽되더니, 딱딱하게 굳은 길에서 지워졌다. 맥이 싹 빠진 우리는 거기에 그대로 머물 수밖에 없었다.

그 목요일 아침, 우리가 마을 쪽으로 돌아오는 동안, 어젯밤 들루슈한테서 정보를 입수한 네 기마 경찰은 광장으로 쏜살같이 달려가며 마치 마을을 정찰하는 용기병[37]처럼 모든 탈출구를 지키려고 길에 뿔뿔이 흩어졌다······. 하지만 이미 때는 늦었다. 닭 도둑인 가나슈는 ㄱ의 친구와 냅다 달아났다. 경찰들은 목 졸라 죽인 닭을 마차 안에 싣던 그들도, 그도, 그 누구도 발견하지 못했다. 갑자기 집마차 안에 먹을 게 떨어졌을 때, 자스맹의 경솔한 말에서 낌새를 눈치 챈 프란츠는 가나슈와 그 자신이 무슨 짓을 해서 먹거리를 구했는지를 알아차린 게 틀림없었다. 수치심과 두려움으로 가득 찬 그는 공연 일정을 중단한 다음, 경찰이 오기 전에 줄행랑치기로 결정했다. 다만 그는 이제 더 이상 그의 아버지 영지로 끌려갈까 걱정하지 않게 됐다. 그래서 그는 사라지기 직전에 우리한테 그의 붕대

---

37) 루이 14세는 용기병을 프랑스 마을 각 집마다 주둔시켜 신교도를 색출하고 박해하는 임무를 담당하게 했다.

를 풀어 보이고 싶었던 것이다.

단 한 가지가 여전히 불분명했다. 어떻게 가나슈는 가축을 훔치는 동시에 그의 친구가 앓은 열병을 치료하려고 수녀를 불러왔단 말인가? 그런데 이 모든 게 사실은 그 불쌍한 악당 놈이 꾸며 낸 얘기는 아닐런지? 그는 한편으로는 도둑이자 뜨내기 방랑자였다. 하지만 또 다른 한편으로는 좋은 녀석이었던 셈이다……

9 잃어버린 에움길을 찾아서

우리가 다시 돌아왔을 때, 햇빛 때문에 아침의 옅은 안개는 홀연히 스러졌다. 문 앞에 나온 주부들은 양탄자를 털거나 수다를 떨었다. 그리고 들판과 숲, 마을 어귀에서는 내 기억에 남은 가장 빛나는 봄날의 아침 꽃이 이제 한창 피어나기 시작했다.

아침나절 동안, 상급반 학생들 모두는 상급 과정 수료와 사범학교[38] 입학 시험을 준비하려고 목요일 아침 8시까지 와야만 했다. 가만히 있지 못할 정도로 불안과 시름으로 가득 찬 몬느와 몹시 실망한 나, 즉 우리 두 사람이 돌아왔을 때, 학교는 휑하니 텅 비어 있었다⋯⋯. 신선한 햇빛이 벌레 먹은 먼지

---

38) 초등교원 양성기관으로 프랑스 각 현에 설치되어 있다. 졸업생에겐 초등교원 자격증이 주어진다. 수업 기간은 사 년이며, 파리와 세이블, 상크루 등에 있다.

투성이 걸상 위와 칠이 벗어진 평면구형도(平面球型圖) 위로 미끄러져 들어왔다.

창문 곁 나뭇가지 사이로 새들이 서로 뒤를 쫓으며 사풋사풋 놀았고, 다른 학생들은 작은 목장이나 숲으로 달려갔다. 불안전하지만, 보헤미안 — 거의 빈 우리 가방 속에 남은 마지막 재산 또는 다른 모든 것을 전부 시험해 보고 남은 마지막 열쇠 뭉치의 열쇠 — 이 확인한 불충분한 여정을 가능한 한 빨리 시도하고 싶은 격렬한 열정 때문에 우리는 밖으로 나갈 수밖에 없었다. 어떻게 책을 앞에 놓고 실망을 곱씹으면서 그곳에 앉아 있단 말인가……. 그건 우리 힘으로는 도저히 어쩔 수 없는 일이었다! 확실히 돌아오지 않을 누군가를 기다리는 것처럼, 몬느는 이리저리 걷다가 창문 곁으로 가서는 정원 안을 쳐다본 다음, 다시 돌아와서 마을 쪽을 바라보기도 했다.

"좋은 생각이 났어. 생각났어. 거기는 아마 우리가 생각하는 것처럼, 그렇게 멀지는 않을 것 같아……. 프란츠는 지도 위에 내가 표시한 길 대부분을 지워 버렸어. 아마도 내가 잠든 사이, 말이 쓸데없이 길게 우회했다는 걸 뜻할 거야……."

마침내 그가 나한테 말했다.

나는 낙담해서 하릴없이 머리를 숙이고 한 발은 땅에 대고, 다른 한 발은 흔들면서 큰 탁자 모서리에 걸터앉았다.

"하지만 마차를 타고 네가 돌아올 때, 네 여행은 밤새도록 계속됐잖아?"

"우리는 자정에 떠났어. 새벽 4시, 나는 생트아가트 서쪽 6 킬로미터 지점 근처에서 내렸단 말이야. 그동안 나는 동쪽에

있는 라 가르 역으로 가는 길로 갔었지. 그러니까 생트아가트
와 잃어버린 그 지방 사이에서 6킬로미터는 빼고 계산해야
해. 사실, 공유지의 그 숲을 나오면 8킬로미터가 넘지 않는 거
리일 거야."

그는 생기가 넘쳐나게 대답했다.

"네 지도에 빠진 게 바로 8킬로미터인 거구나."

"그건 그래. 숲 어귀는 여기서 6킬로미터 거리야. 걸음이 빠
른 사람은 오전 중에 걸어갈 수 있어⋯⋯."

그때, 무슈뵈프가 왔다.

그는 다른 아이들보다 공부를 더 열심히 해서가 아니라, 그
와 같은 환경에서 두드러지기 위해 착한 학생이 되려고 안절
부절 못하는 학생이었다.

"나는 너희 둘만 있다는 걸 알고 있었어. 다른 놈들은 그 공
유지의 숲으로 갔어. 새 둥지를 아는 자스맹 들루슈가 선두에
섰어."

그가 의기양양하게 말했다.

그리고 좋은 학생이 되려고 하는 그는 탐험 여행을 결심하
고 다른 아이들이 우리 반과 쇠렐 선생님, 우리들을 헐뜯는 내
용을 모조리 털어놓기 시작했다.

"그놈들이 숲 속에 있다면, 틀림없이 나는 지나가면서 그들
과 만날 거야. 나 역시 가니까. 12시 30분쯤 돌아오겠어."

몬느가 말했다.

무슈뵈프는 어안이 벙벙했다.

"너는 안 가니?"

절반쯤 열린 문 앞에 잠시 멈추어 서더니 오귀스탱이 나한테 물었다.

그 문틈을 통해, 햇볕 때문에 미적지근해진 공기와 함께 고함 소리, 부르는 소리, 새가 지저귀는 소리, 우물가 돌에 부딪히는 물통 소리, 멀리서 들리는 회초리 소리가 어스름한 교실 안으로 들려왔다.

"안 돼. 굉장히 가고 싶긴 하지만 쇠렐 선생님 때문에 갈 수 없어. 너나 빨리 가. 나는 초초하게 널 기다릴게."

내가 말했다.

그는 애매한 몸짓을 하며 희망에 가득 넘쳐 잽싸게 떠났다.

10시쯤 쇠렐 선생님이 도착했다. 검은 알파카 조끼를 벗고 단추가 채워지고 큰 주머니가 달린 낚시꾼용 짧은 외투를 입고, 밀짚 모자를 쓰고 바지 자락을 조여 매려고 행전을 매고 있었다. 선생님은 교실에 아무도 없는 걸 보고도 그리 놀라지 않는 것 같았다. 아이들이 "우리가 필요하면 선생님이 우리를 찾아오겠지!"라고 했다는 걸 무슈뵈프가 세 번씩이나 되풀이했지만 그는 들으려 하지 않았다.

그리고 지시했다.

"일용품을 챙겨. 챙이 있는 학생 모자를 써라. 이번엔 우리가 그들을 찾으러 가자꾸나…… 프랑수아, 너 거기까지 걸어가겠니?"

나는 그렇다고 말했고 우리는 곧바로 떠났다.

물론 무슈뵈프가 쇠렐 선생님을 인도하면서 그들한테 새

피리³⁹⁾를 사용할 참이었다……. 다시 말하자면, 그는 새집을 찾는 아이들이 있는, 큰 나무가 촘촘히 에워싼 숲을 잘 아니까, 이따금 큰 소리를 질러야 했다.

"자, 어서! 어이! 지로다! 들루슈! 어디 있니……? 거기 있니……? 찾았어……?"

나는 줄행랑을 놓은 학생들이 그쪽으로 달아나려고 할 경우를 대비해서 숲 기슭을 따라가라는 지시를 무척이나 즐거운 마음으로 받아들였다.

그런데 보헤미안이 고치고 우리가 몬느와 함께 여러 번 공부한 지도에 따르면, 이 숲 가장자리에서부터 지도 위에 간단한 선으로만 나타나는 길, 즉 흙길이 시작되어 영지 방향으로 향하는 것 같았다. 오늘 아침, 내가 그 길을 톺아서 찾는다면……! 그러면 정오 전에 그 잃어버린 저택으로 가는 길에 이르게 될지도 모른다고 나는 나 자신을 설득하기 시작했다…….

경이로운 산책……! 글라시를 지나 물랭⁴⁰⁾을 휘감아 돌 때부터 나는 내 두 동반자, 즉 전쟁터에 나선 것 같은 쇠렐 선생님 — 주머니에서 낡은 권총을 찾는 것 같았다. — 과 배반자 무슈뵈프와 헤어졌다.

마치 한 하사가 순찰하다가 길을 잃은 것처럼, 나는 지름길

---

39) 새를 유인하려고 새 소리를 흉내 낼 때 흔히 사용하는 피리다.
40) 물랭(moulin)은 방앗간을 지칭한다.

을 빠져서 생애 처음으로 혼자서 들판을 지나 숲 기슭에 다다랐다.

몬느가 슬쩍 봤던 그 신비로운 행복 가까이에 선 내 모습이 눈에 선하다. 내 위대한 모험 동료인 몬느가 탐험을 떠난 동안, 나 역시 아침나절 내내 그 지방에서 가장 시원하고 가장 지밀한 장소인 이 숲 기슭을 샅샅이 더듬어 뒤진다. 그곳은 옛날에 강바닥이었던 것 같았다. 나는 이름을 잘 모르지만 오리나무인 것 같은 나무의 낮은 가지들 아래로 지나갔다. 조금 전, 오솔길 끝에 자리 잡은 울타리를 뛰어넘었고, 군데군데 난 쐐기풀을 짓밟고 큰 쥐오줌풀을 짓이기면서 나뭇잎 밑에 깔린 푸른 풀밭이 펼쳐진 큰 냇가에 이르렀다. 거기엔 잎들 밑으로 흐르는 길이 있었다.

이따금 나는 몇 걸음 가다가 가느다란 모래톱 위에 발을 올려놓고 고요 속에서 새가 우짖는 소리를 듣는다. ― 꾀꼬리라는 생각이 들었지만, 그게 저녁에만 운다는 생각이 들어 내 짐작이 틀렸다고 생각한다. ― 어떤 새는 고집스레 똑같은 지저귐만 되풀이할 따름이다. 아침의 목소리와 그늘 속의 나직한 얘기 소리, 오리나무 사이로 여행하는 감미로운 초대, 바로 그것이다. 보이지는 않지만 끈질긴 그 새가 나뭇잎 아래에서 나를 따라온다.

생애 처음으로 나는 모험의 길에 나 홀로 섰다. 쇠렐 선생님의 지도 아래 내가 찾은 건 물 속에 버려진 조개도 아니고, 선생님도 모르는 야생 난초 같은 것들도 아니다. 우리가 종종 갔던 마르탱 영감의 밭처럼, 쇠창살과 잡초로 덮여서 찾는 데 시간이 많이 걸리는 바싹 마른 연못도 역시 아니다……. 나는 그보다 한결 신비로운 그 어떤 걸 찾는다. 여러 책들에서 문제가 된 통로이며, 지쳐서 초주검이 된 왕자가 찾지 못하고 입구가 막혀 버린 옛길이다. 그걸 톺아서 찾아내는 건 아침의 가장 한가한 시간이다. 그동안, 11시를 넘어 12시가 되는 것도 까맣게 잊은 지가 꽤 오랜 때였다……. 무성하게 잎이 우거진 잔가지 속에서, 얼굴 높이 나뭇가지들을 머뭇거리면서 불규칙적으로 손을 크게 벌려 헤치다가, 안 보였던 그 길을 마치 길고 어두컴컴한 길처럼 갑작스레 본다. 그 출구는 매우 작고 둥글며 빛나고 있다.

내가 그러길 원하고 이렇게 도취한 동안, 갑자기 나는 한 목장이 있는 어느 공터에 서 있다. 나는 거기가 단지 공유지에 지나지 않는 장소의 끝이라는 걸 생각하지도 못한 채, 가없이 먼 곳에 다다랐다고 생각한다. 내 오른쪽 나뭇더미 사이로는 그늘 속에 웅성거리는 관리인 집이 있다. 양말 두 켤레가 창문 난간에 널려서 마르고 있다. 지난 여러 해 동안, 우리가 숲 어귀에 왔을 때, 우리는 늘 길고 어스름한 길 끝에 있는 한 점 불빛을 가리키면서 "저기가 관리인 집이야. 발라디에 집이지." 라고 말했다. 우리는 거기까지 정녕코 간 적이 없었다. 거기까지 가는 것이 특별한 탐험이라도 되는 양, 이렇게 얘기하는 걸 몇 번 듣기도 했다.

"저 아이는 관리인 집에까지 갔었대……!"

이번에 나는 발라디에 집까지 갔으나 아무것도 발견하지 못했다.

나는 지금까지 느끼지 못했던 더위와 피곤한 다리 때문에 고통을 느끼기 시작했다. 내가 혼자서 돌아갈 걸 걱정하는데, 바로 그때 쇠렐 선생님이 부르는 소리에 뒤이어 나를 부르는 무슈뵈프의 목소리와 다른 아이들의 목소리가 가까이서 들렸다…….

여섯 명이 한 무리를 이룬 키다리들이었다. 그중에서 배반자 무슈뵈프만이 의기양양했다. 지로다, 오베르제, 들라주, 그밖의 다른 아이들도 있었다……. 새 피리 소리 덕분에, 어떤 아이들은 공터 한복판에 외따로 서 있는 야생 벚나무로 기어올라갔다. 다른 아이들은 청딱따구리 둥지를 꺼냈다. 눈이 붓고 때가 낀 저고리를 입던 멍청이 지로다는 위가 있는 지점인 내복 속에 새끼 새를 감췄다. 그의 친구들 중 두 녀석은 쇠렐 선생님이 다가오자 후다닥 달아나 버렸다. 들루슈와 꼬마 코팽일 터이다. 그들은 처음에 장난삼아 우스갯소리로 '무슈바슈!'[41]에 대해 대답했고, 숲 속 메아리가 무슈바슈를 되풀이했다. 무슈뵈프는 어설프게 자신의 본분을 알고 화를 버럭 내며 호통쳤다.

"내려와야 돼, 알잖아! 쇠렐 선생님이 저기에 계셔……."

모두가 재빨리 입을 다물고 숲 속으로 말없이 냅다 달아났다. 그들은 숲 속을 속속들이 알던 까닭에, 맞닥뜨리리라곤 꿈에도 생각할 수 없었다. 대장 몬느가 간 곳은 역시 아무도 몰

---

41) 무슈뵈프(Moucheboeuf)의 뵈프(boeuf)는 '수소'를 뜻한다. 바슈(vache)는 '암소'라는 말인데, 여기에서는 놀리려고 뵈프 대신 바슈라고 했다.

랐다. 그의 목소리도 들은 사람이 없었다. 따라서 그를 찾는 일은 그만두어야만 했다.

피곤했고 얼굴이 흙색 같은 우리가 고개를 숙인 채, 느리게 생트아가트로 가는 길에 접어들었을 때는 정오가 좀 넘어서 였다. 숲 어귀에서 우리는 마른 땅에다 구두에 묻은 진흙을 털고 문질렀다. 태양이 견딜 수 없을 정도로 쨍쨍 내리쬐기 시작했다. 이미 전처럼 서늘하고 빛나는 봄날 아침은 아니었다. 오후에나 들을 소리가 들려오기 시작했고, 이따금 길섶에 있는 인기척 없는 농가에서 수탉이 슬픈 목소리로 꼬끼오 하고 울어 댔다. 애절한 외침! 글라시의 내리막길에서 점심을 마치고 밭에서 일을 다시 시작한 농부들과 얘기를 나누려고 우리는 잠시 멈췄다. 그들은 울타리에 팔꿈치를 기댔다.

쇠렐 선생님은 그들한테 말했다.

"유명한 말썽꾸러기들! 자, 지로다 꼴을 좀 보십시오. 저 녀석은 내복 속에다 새끼 새를 넣었지요. 새끼 새들이 그 안에다 마음대로 싸겠지요. 얼토당토않은 일이지……!"

농부들이 웃었는데, 나한테는 나 자신의 허약한 몸을 비웃는 것처럼 들렸다. 그들은 머리를 좌우로 주억거리며 웃음통을 터뜨렸으나 그들이 잘 아는 어린 소년들을 진짜로 나쁘게 여기지는 않았다.

쇠렐 선생님이 대열 선두에 다시 서자, 농부들이 우리한테 말했다.

"너희들이 잘 아는 그 키다리가 지나갔어……. 돌아오는 길에 그랑주의 마차와 마주친 모양이야. 아마 그 녀석을 태워 주었겠지. 그 녀석은 흙이 잔뜩 묻고 옷이 찢어진 채, 여기 그랑 주로 가는 길 초입에서 내렸지! 우리가 오늘 아침 너희들이 지나가는 걸 보았는데 아직 돌아가지 않았다고 말했더니, 그 녀석은 생트아가트로 천천히 가 버렸어."

실제로 피곤해 녹초가 된 우리는 글라시의 다리 기둥 위에 앉아 대장 몬느가 돌아오기를 기다렸다. 쇠렐 선생님이 어디 갔었느냐고 묻자, 그는 자기도 역시 수업을 빼먹은 학생들을 찾으러 갔다고 대답했다.

그리고 내가 아주 낮은 소리로 그에게 물었더니 실망해서 고개를 절레절레 흔들면서 말했다.

"아냐! 아무것도! 비슷한 거라고는 아무것도 없었어."

점심 식사를 끝낸 후, 몬느는 문이 닫혀 어둡고 텅 빈 교실에서 가장 밝은 곳에 있는 큰 책상에 앉아, 머리를 팔에 파묻고 오랫동안 슬프고도 깊은 잠을 곤히 잤다. 저녁때가 되자 오랜 생각에 잠겼다가, 무슨 결심을 한 것처럼 어머니한테 편지를 썼다. 패배해 버린 한낮의 서글픈 끝에 대해 내가 기억하는 건 이게 전부다.

10 빨래하기

우리는 예년보다 너무 빨리 온 봄을 미리 즐겼다.

월요일 저녁, 한여름 때와 같이 수업이 끝난 4시 이후, 우리는 숙제를 하려고 했다. 그리고 좀 더 밝은 곳을 찾아서 뜨락에 큰 책상 두 개를 내놓았다. 하지만 날씨가 갑자기 흐려졌고 금세 빗방울이 공책 위에 뚝뚝 떨어지기에 잽싸게 다시 들어갔다. 우리는 어두컴컴하고 드넓은 방에서 큰 창문으로, 찌푸린 하늘에서 구름이 뿔뿔이 흩어져 도망가는 걸 조용히 쳐다봤다.

그때, 우리와 함께 격자창 문고리에 한 손을 올려놓고 내다보던 몬느는 마음속에서 일어나는 회한을 못 배기겠다는 듯이 넋두리를 늘어놓았다.

"아! 내가 라벨에투알의 마차를 타고 길을 달릴 때는 지금과 다른 쪽으로 구름이 흘러갔었지."

"어느 길에서 말이야?"

자스맹이 물었으나 몬느는 대답하지 않았다.

"나는 말이야, 기분을 바꾸려고 억수같이 쏟아지는 장대비 속에서 큰 우산에 몸을 피한 채 마차를 타고 여행하는 걸 좋아했지."

내가 말했다.

"집에서처럼, 마차를 타고 달리며 책을 읽으면 한결 좋지."

다른 아이가 덧붙였다.

"비는 오지도 않았어. 더욱이 책 따위는 읽고 싶지도 않았지. 나는 그 지방 경치만 볼 생각이었단 말이야."

몬느가 대답했다.

이번에는 지로다가 문제의 마을이 어디인가 물었으나 몬느는 다시 입을 옹다물었다.

자스맹이 말했다.

"나는 알아……. 늘 얘기하는 예의 그 유명한 모험을……!"

그는 마치 자신이 약간 비밀스러운 장소에 갔다 온 것처럼, 넌지시 떠보는 듯이 그리고 젠체하는 듯한 말투로 얘기했다. 하지만 아무런 소용이 없었다. 자스맹이 나서서 말을 했으나 몬느는 묵묵부답이어서 별다른 결과가 없었다. 그리고 밤이 되자, 각자는 차가운 소나기를 맞으며 겉옷을 머리 위에 뒤집어쓰고 들입다 달려갔다.

그 뒤, 목요일까지 마냥 비가 내렸다. 그리고 바로 그 목요일은 지난 주 목요일보다 한층 더 애달팠다. 온 들판은 고약한 겨울 날씨처럼 온통 차가운 안개 속에 흠뻑 젖었다.

지난 주 밀리는 쨍쨍한 햇볕에 속아서 빨래를 했다. 하지만 마당 울타리에 말리는 건 물론 다락방에 줄을 매어 말리는 것조차도 생각할 수 없었다. 그만큼 공기는 습하고 차가웠다.

쉬렐 선생님과 요모조모 상의한 다음, 교실에 빨래를 널고 때마침 목요일이기에 난로를 피우자는 생각이 불현듯 떠올랐다. 부엌과 식당 연료를 절약하려고 난로 위에다 밥을 지을 참이었고, 우리는 온종일 상급반 넓은 교실에서 지내려고 했다.

처음에 ― 나는 아직 너무 어렸다! ― 나는 이 새로운 일을 마치 어떤 축제로 여겼다.

서글픈 축제……! 난로의 모든 열이 빨래를 말리느라 소모돼 살을 에는 듯 추웠다. 운동장에는 언제 그칠 줄 모르는 겨울의 는개가 살풋이 내렸다. 아침 9시부터 너무 지루했던 나는 대장 몬느를 거기서 다시 만났다. 우리는 큰 현관 창문에 말없이 고개를 기대고, 마을 저쪽 꼭대기에 있는 카트르루트로 가는 길을 지나가는 장례 행렬을 물끄러미 바라봤다. 푸줏간 주인이 보헤미안의 보초병을 발견했던 장소인 큰 십자가 아래에 자리 잡은 보도 위로, 우마차에 실려 온 관이 내려졌다! 그렇게도 공격을 잘 지휘했던 젊은 지휘관은 지금쯤 어디에 있을까……? 사제와 성가 대원들은 평소와 마찬가지로 거기에 안치된 관 앞으로 다가섰다. 구슬픈 노랫소리가 우리한테까지 울려 퍼졌다. 개울에 흐르는 누런 물처럼, 완전히 흘러가 버릴지도 모를 그날 하루 동안의 유일한 구경거리였다.

"이제 나는 짐을 싸야겠어. 쉬렐, 너도 알아야 해. 지난 목요일, 어머니한테 편지를 썼어. 남은 공부를 파리에서 마치겠다고 말이야. 오늘이 바로 떠날 날이야.”

몬느가 느닷없이 말했다.

그는 머리 높이 창살에 팔을 괴고 마을을 바라봤다. 돈이 많고 또 아들이 하겠다는 대로 다 해 주는 그의 어머니가 그렇게 하라고 하더냐고 묻는 건 쓸데없는 일일 터다. 그리고 그가 왜 갑자기 파리로 가고 싶은지 캐물어 보는 것도 역시 부질없는 일일 것이다…….

하지만 모험을 향해 떠나곤 했던 생트아가트라는 이 다정하고 아늑한 지방을 완전히 떠난다는 것이 어떤 두려움과 회한을 느끼게 한 건 확실한 것 같았다. 나 역시 처음에는 그렇게 느끼지 않았지만 애달픈 감정이 강하게 북받쳐 오는 걸 느꼈다.

“부활절이 얼마 남지 않았어!”

그가 한숨을 푹 내쉬며 나한테 설명하느라고 말했다.

“거기서 그 여자를 찾으면, 금방 나한테 편지를 쓸 거지?”

내가 물었다.

“물론 약속하지. 넌 내 친구고 또 형제 아니니……?”

이어서 그는 내 어깨 위에 손을 얹었다.

이제 모든 게 끝났다는 걸 나는 조금씩 이해했다. 그는 파리에서 학업을 끝내길 원했기 때문이다. 나는 앞으로 결코 키 큰 내 친구와 함께 있을 수 없게 된 것이다.

잃어버린 모험의 자취가 있을 게 틀림없는 파리의 그 집에서나마 우리가 다시 만나리라는 희망은 없었다……. 그렇게도 슬퍼하는 몬느의 모습을 보자니, 내 희망조차 가당찮다는 걸 알았다!

내 부모님은 그 사실을 알아차렸다. 쇠렐 선생님은 처음엔 몹시 놀란 표정이었으나 곧바로 오귀스탱의 해명이 옳다고 인정했다. 말 그대로 주부인 내 어머니 밀리는 특히 몬느 어머니가 평소와는 달리 흐트러진 우리 집 모습을 보게 될 것을 정말로 걱정했다······. 맙소사! 짐을 눈 깜짝할 사이에 챙겼다. 우리는 층계 아래에 놓인 그의 나들이 구두를 찾았다. 옷장 속에서 내복 몇 벌과 공책들, 교과서들을 찾았다. 열여덟 살 소년이 이 세상에서 가진 건 그게 전부였다.

정오에 몬느 어머니가 마차를 타고 도착했다. 그녀는 오귀스탱과 함께 다니엘 카페에서 점심을 먹었다. 이어서 말한테 먹이를 주고 수레를 달자마자, 별 설명도 없이 그를 데리고 훌쩍 떠나갔다. 문턱에서 우리는 그들한테 작별 인사를 했다. 그리고 마차는 카트르루트를 휘감아 돌아서 홀연히 사라져 버렸다.

문 앞에서 구두를 턴 다음, 밀리는 어지러워진 걸 정리하려고 추운 식당으로 다시 들어갔다. 나로 말하자면, 여러 달 만에 처음으로 긴 목요일 저녁나절을 홀로 보냈다. 내 청춘이 그 낡은 마차와 함께 영원히 떠나 버린 것 같은 느낌이었다.

11 내가 배반하다…….

무엇을 할까?

날씨가 조금 개었다. 이제 곧 햇볕이 날 것만 같았다.

문이 열리는 소리가 넓은 집 안에서 났다. 이윽고 침묵이 다시 흘렀다. 이따금 아버지가 난로에 넣을 석탄을 양동이에 담으려고 마당을 가로질러 갔다. 나는 빨랫줄에 널린 흰 내복들을 봤다. 나는 빨래를 말리는 곳으로 바뀌어 버린 그 장소에 들어가서 학년말 시험과 함께 점차 내 유일한 관심이 된 사범학교 입학시험을 대비해야만 했다. 하지만 그 슬픈 장소에 다시 들어가고 싶다는 생각은 털끝만큼도 나지 않았다.

이상스럽게도, 권태감에 괴로워하면서도 뭔지 모를 해방감을 느꼈다. 몬느가 떠났고 모든 모험이 실패로 끝나자, 나는 나를 세상 사람처럼 행동하도록 만들지 않았던 그 정체불명의 집념과 영문도 모르는 그 야릇한 걱정들로부터 자유로워진 것 같았다. 몬느가 떠났으니, 나는 더 이상 그와 함께하는 모험의 동반자도, 흔적을 찾아 떠나는 사냥꾼 형제도 아니었다. 다른 아이들과 마찬가지로 다시 마을의 한 개구쟁이로 되돌아갔다. 그건 식은 죽 먹듯이 쉬웠다. 가장 자연스러운 내 성격에 따라가기만 하면 되는 일이었다.

루와 집안 막내아들이 밤 세 알을 헝겊 끝에다 단단히 매달아 돌리다가 공중으로 홱 내던지면서 진흙투성이 길을 지나갔는데, 그 밤알이 우리 집 마당에 뚝 떨어졌다. 나는 워낙 심심했던 참이라, 담 밖으로 두세 번 그 밤알을 던져 주는 장난을 쳤다.

나는 그가 갑자기 이 유치한 장난을 그만두고 비에이유플랑슈 쪽 길에서 오는 짐마차를 향해 달려가는 걸 보았다. 그는 마차를 세우지도 않고 마차 뒤로 날렵하게 기어 올라갔다. 그게 들루슈의 작은 짐마차와 그의 말이라는 걸 단박에 알아차렸다. 자스맹이 몰았고, 뚱보 부자르동은 서 있었다. 그들은 목장에서 돌아오고 있었다.

"우리와 함께 가자, 프랑수아!"

몬느가 가 버렸다는 걸 이미 아는 자스맹이 빽빽거렸다.

그럴 수밖에! 아무한테도 알리지 않고 나는 덜덜거리는 마차 위에 올라가서는 다른 사람처럼 마차 한가운데 설치된 기둥에 기대어 섰다. 그는 우리를 들루슈 과부 집으로 데리고 갔다…….

이제 우리는 식료품점과 여관을 함께 운영하는 마음씨 좋은 아주머니 집 가게 뒷방에 옹기종기 모여 있다. 하얀 태양 광선이 낮은 창을 통해 양철 상자와 식초 통 위로 미끄러져서 흘러온다. 뚱보 부자르동은 창문턱에 걸터앉아 호탕하게 너털웃음을 지으면서 우리를 향해 돌아선 다음 숟가락 모양 비스킷을 먹는다. 손이 닿는 거리에 있는 통 위에는 상자 하나가 열렸고 빼먹은 흔적이 있다. 꼬마 루와는 자못 기쁨에 못 이겨서 고함을 내지른다. 별로 품은 없지만 일종의 친근감이 우리 사이에 움텄다. 자스맹과 부자르동은 이제부터 내 친구가 될 터이고 나는 그 모습을 마음속에 그린다. 내 생활의 흐름이 한꺼번에 뒤바뀌었다. 몬느가 아주 오래전에 떠난 것 같고, 그의 모험은 슬프게도 끝나 버린 옛날 얘기처럼 생각된다.

꼬마 루와는 마루 밑에서 먹다 남은 술병을 가지고 온다. 들루슈가 우리한테 조금씩 권한다. 잔이 하나밖에 없기에 우리 모두는 같은 잔을 돌려 가면서 마신다. 내가 사냥꾼이나 농부의 풍습에 익숙하지 않기나 한 것처럼, 그들은 친절하게도 나한테 첫 잔을 마시도록 한다……. 하지만 나한테는 그게 오히려 약간 거북살스럽다. 이어서 그들이 몬느에 대해 얘기하게 됐을 때, 나는 그러한 거북함을 떨쳐 버리고 태연함을 되찾기 위해 내가 그의 얘기를 안다는 걸 보여 주고, 또 그걸 조금 얘기해 주고 싶은 욕망에 사로잡힌다. 지금은 모든 게 끝났으니, 여기에서 그의 모험에 대해 털어놓는다고 해서 그에게 무슨 해를 끼치겠는가…….

내가 그 얘기를 잘못 지껄인 걸까? 그 얘기는 내가 기대한 만큼 효과를 가져 오지 않는다. 어떤 것에도 놀라지 않는, 마음씨 좋은 시골 사람인 내 친구들은 조금도 놀라지 않는다.

"그건 결혼식이었지, 뭐!"

부자르동이 시큰둥하게 말한다.

들루슈는 프레브랑주[42]에서 그보다 더 이상한 결혼식을 한 번 본 적이 있었다.

성이라고? 거기에 대해 얘기하는 걸 들은 그 지방 사람들을 확실히 찾을 수 있다는 것이다.

소녀라고? 몬느는 군대 복무[43]를 마쳐야만 그녀와 결혼할 수 있다는 것이다.

"그 뜨내기 보헤미안한테 털어놓는 대신, 자기 계획을 우리한테 얘기하고 보여 줬어야 하는데……!"

그들 중 한 명이 덧붙인다.

그들의 호기심을 끌지 못해 난처하게 된 나는 그들의 호기심을 자극할 기회를 호시탐탐 엿본다. 나는 그 보헤미안이 누

---

42) 프레브랑주(Préveranges) 성(城)을 'Pré(초원)+vers(향하여)+anges(천사들)'의 조합으로 여긴다면, '천국으로 가는 초원'으로 해석할 수도 있다. 실제로 셰르 지방 남쪽에 있는 이 지명에는 '세상의 끝'이라는 의미가 있다. 바로 그 상징성 때문인지, 이 지명은 이 소설에서 무려 다섯 번에 걸쳐 반복된다.

43) 당시 프랑스의 성년 남자는 18세부터 이 년간 병역에 복무할 의무가 있었다.

구인지, 또 그가 어디에서 왔는지, 그의 이상한 운명에 대해 설명하기로 마음을 먹는다……. 부자르동과 들루슈는 어느 것도 듣고 싶어 하지 않는다.

"모든 걸 저지른 건 그놈이었어. 그렇게 친절한 친구였던 몬느를 무뚝뚝하게 만든 것도 그 녀석이었지! 우리 모두를 학도 호국단처럼 편성한 다음, 야간 공격과 돌격이라는 어리석은 짓거리를 꾸민 것도 바로 그놈이었어……."

"내가 가혹하게 그놈을 경찰에 고발했다는 걸 너도 알지. 그 마을에서 나쁜 짓을 한 것도. 그 후에도 또 나쁜 짓을 할 놈들이 그 일당이지……!"

자스맹이 부자르동을 바라보며 머리를 조금 흔들면서 지껄인다.

나도 그들 의견에 거의 동감이다. 우리가 그렇게도 신비롭고 비극적으로 사건을 생각하지 않았다면, 아마도 모든 게 전혀 다르게 돌아갔을 터다. 우리는 모든 걸 잃어버린 프란츠의 영향을 받은 것이다…….

내가 이런 생각에 잠긴 동안, 가게에서 떠들썩한 소리가 들렸다. 자스맹 들루슈가 통 뒤에다 몇 방울 남은 그의 작은 병을 잽싸게 숨긴다. 뚱보 부자르동은 창문 위에서 뛰어내리다가 굴러다니는 먼지투성이 빈 병을 딛고는 하마터면 두 번씩이나 넘어질 뻔한다. 꼬마 루와는 숨이 반쯤 넘어가도록 웃음꽃을 피우면서 재빨리 나가려고 그들을 뒤에서 세차게 밀어낸다.

무슨 일이 일어났는지 잘 알지도 못한 채, 나는 그들과 함께 줄행랑친다. 우리는 마당을 건너 사다리를 타고 건초를 넣어 둔 다락을 기어 올라간다. 나는 우리더러 아무짝에도 쓸모없는 놈이라고 빽빽거리며 아우성치는 부인의 고래고함을 듣는다……!

"엄마가 그렇게 빨리 돌아올 거라고는 생각조차 하지도 않았는데."

자스맹이 아주 시르죽은 목소리로 얘기했다.

나는 그때서야 비로소 우리가 남몰래 과자와 술을 훔쳐 먹으려고 몰래 거기에 갔다는 사실을 알게 된다. 인간과 속내를 털어놓는다고 믿었다가, 갑자기 나와 대화를 나눈 게 사람이 아니라 원숭이였다는 사실을 안 나는 난파당한 사람처럼 몹시 환멸을 느낀다. 나는 그 다락방을 떠날 생각 외에는 다른 어떤 것도 하지 않는다. 나는 거기에서의 그 모험들 때문에 그만큼 더 불쾌하다. 게다가 어둠이 깔린다……. 그들이 나를 뒤로 나가게 하고, 두 정원을 지나서 늪을 돌아가게 한다. 나는 카페 다니엘의 빛이 반사되는 축축한 진창길에 들어선다.

나는 이날 보낸 저녁을 자랑으로 생각하지 않는다. 이제 카트르루트로 빠져나온다. 하지만 뜻밖에도 모퉁이 길에서 나한테 미소 짓는 근엄하고도 우애 깊은 한 얼굴을 본다. 마지막 인사 같은 손짓을 한다. 그리고 마차는 홀연히 사라져 버린다…….

슬프고도 아름다운 이 겨울에 부는 바람처럼, 차가운 고추 바람이 불어 내 웃옷은 펄럭거린다. 이미 모든 게 전처럼 수월하지 않다는 생각이 든다. 저녁을 먹으려고 나를 기다릴 드넓은 교실에서 갑자기 불어온 바람이 난로가 발산하는 미지근한 열기를 빼앗는다. 식구들이 방랑자처럼 행동한 내 오후 시간을 나무라는 동안, 나는 마냥 떤다. 과거의 규칙적인 생활로 되돌아가려고 평소 내 자리를 찾아 식탁에 앉는다. 하지만 마음의 위안조차 얻을 수 없다. 이날 저녁에는 상을 차리지 않았다. 각자는 어두운 교실에서 자기 무릎 위에 음식을 놓고 식사한다. 나는 말없이 난로에다 구운 빵 과자를 먹는다. 목요일을 학교에서 보냈다는 것에 대한 일종의 벌인 게 틀림없는 빵 과자는 벌건 난로 위에서 타고 있었다.

그날 저녁, 나는 내 방에서 홀로 슬픔의 밑바닥에서 북받쳐 오는 후회를 억누르려고 부랴부랴 잠자리에 든다. 그러나 한밤중에 나는 두 번씩이나 잠을 깬다. 한 번은 한 방에서 몬느가 자다가 갑자기 뒤척이는 버릇 때문에 들리곤 했던 옆 침대의 삐걱거리는 소리가 들린 것 같았기 때문이고, 또 한 번은 망보는 사냥꾼같이 가벼운 발걸음 소리가 다락방 구석을 가로지르는 것 같았기 때문이다……

12 몬느한테서 온 편지 세 통

평생 동안 나는 몬느한테서 편지 세 통밖에는 받지 못했다. 나는 그 편지들을 아직 옷장 서랍 속에 간수해 두었다. 나는 그것들을 다시 읽을 때마다, 옛날에 느꼈던 것과 똑같은 슬픔에 아련히 잠긴다.

첫 편지는 그가 떠난 지 이틀 후에 나한테 도착했다.

사랑하는 나의 프랑수아

오늘 파리에 도착하자마자, 요전에 가르쳐 줬던 그 집으로 갔어. 그런데 아무것도 보지 못했지. 어느 누구도 없었어. 영원히 아무도 없을 거야.

프란츠가 말했던 집은 조붓한 이 층 저택이야. 갈레 양 방은 이 층인가 봐. 높은 곳 창문들은 나무들로 완전히 가렸어. 하지만 인도로 지나가면 아주 잘 보이지. 커튼이 모조리 내려졌어.

언젠가는 이본 드 갈레의 얼굴이 열린 커튼 사이로 나타날 거라고 생각하니 그야말로 미칠 것만 같았어.

집은 큰 거리에 있어…… 이미 푸른색이 감도는 나무에는 비가 조금씩 내렸어. 끊임없이 지나가는 전차의 종소리가 분명하게 들리곤 했지.

거의 두 시간 동안, 나는 창문 밑을 왔다 갔다 산책했지. 거기에는 술집이 하나 있어. 폭력을 휘두르는 깡패로 오인받는 건 좋지 않을 것 같아서 술을 마시려고 술집에 들어갔지. 희망은 없었지만 주위를 다시 살펴봤어.

밤이 되었어. 창문이란 창문엔 모두 불이 켜졌지만 그 집 창문만은 불이 켜지지 않았어. 확실히 거기엔 아무도 없었던 거야. 하지만 부활절은 다가오고 있어.

내가 막 떠나려는 순간, 어린 소녀인지 아니면 젊은 부인인지 — 확실히 알 수는 없었지만 — 한 여자가 비에 젖은 벤치에 와서 앉았어. 그녀는 작은 흰색 깃이 달린 검은 옷을 입고 있었어. 내가 떠날 때까지 그녀는 저녁 날씨가 쌀쌀한데도, 여전히 꼼짝하지 않고 거기 있었지. 나는 그녀가 뭘 그리고 누굴 기다리는지도 알지 못했어. 너도 알다시피, 파리에는 나처럼 정신 나간 사람들로 가득 찼어.

오귀스탱

시간이 흘렀다. 나는 부활절인 월요일 아침과 그 후 일어난 오귀스탱의 소식을 — 부활절의 큰 열기가 지나가면 그처럼 조용했기에, 여름을 기다리는 것 외에는 있을 수 없는 것처럼 보이는 날들 — 기다렸지만 오지 않았다. 6월은 지독한 더위와 시험 기간을 몰고 왔다. 마을은 숨이 턱턱 막히는 습기에 휩싸여 무더웠고, 그 더위는 바람결에도 흩어지지 않았다. 밤이 돼도 더위는 조금도 수그러들지 않았고 나는 한층 괴로움에 시달렸다. 내가 몬느의 두 번째 편지를 받은 건 견딜 수 없는 6월이었다.

189X년 6월

내 사랑하는 친구

드디어 온갖 희망이 깡그리 사라져 버렸다는 것을 어제저녁에서야 알았어. 그 당시에는 거의 느끼지 못했던 고통이 그때야 솟구쳐 올랐지.

매일 저녁, 모든 게 제대로 되지 않았는데도, 희망을 걸고 생각에 잠겨 동정을 살피려고 그 의자에 앉으러 가곤 했지.

어제저녁 식사를 끝낸 후, 밤은 칠흑같이 어두워 숨 막힐 듯했어. 사람들이 인도 위 나무 아래에서 서로 얘기를 나눴지. 불빛에 파란색을 드러낸 검은 잎사귀들 위로 아파트 삼 층과 사 층에는 불이 밝혀졌단 말이야. 여름철 무더위 때문에 여기저기에 창문들이 아주 활짝 열렸지……. 식탁 위에는 불을 켜 놓은 램프가 보였고, 6월의 무더운 어둠이 가까스로 물러나면서 방 안쪽까지 거의 훤히 보였어……. 아! 이본 드 갈레의 깜깜한 창문에도 불이 켜진다면, 나는 층계를 올라가서 문을 두드리고 들어갔을 텐데…….

내가 너한테 말했던 처녀는 나처럼 그날도 거기에서 기다렸거든. 나는 그녀가 그 집을 알 것 같아서 그녀한테 물어봤지.

"예전에 이 집에서 한 처녀와 그녀 오빠가 방학을 보내러 오곤 한 걸 알아요. 하지만 그녀 오빠가, 사람들이 정녕코 그를 다시 찾을 수 없도록 부모님 성으로부터 멀리 도망쳤고, 그 처녀도 결혼했다는 걸 알지요. 이 아파트 문이 닫힌 걸 당신한테 설명하자면 이렇습니다."

그녀가 말했어.

그래서 나는 그곳을 떠났어. 보도 위에 열 발짝을 떼어 놓았을 때, 나는 하마터면 넘어질 뻔했지. 밤에 — 마지막 밤이었지. — 마당에 있던 아이들과 부인들이 조용해져서 내가 잠을 자려는데, 길에서 삯마차가 굴러가는 소리가 들렸어. 그것들은 가끔 지나갈 뿐이었지. 하지만 마차 한 대가 지나가면 나는 다음 걸 기다리곤 했지. 아스팔트 위에서 울리는 말굽 소리와 방울 소리…… 그건 이런 소리를 되풀이하는 것 같았어. 황폐한 도시, 잃어버린 내 사랑, 한없이 계속되는 밤, 여름, 지독한 열기 등등이라고 얘기하는 것 같았어. 쇠렐, 내 친구여, 나는 너무 크나큰 슬픔에 빠져 견딜 수가 없단다.

오귀스탱

어쨌든 속내를 거의 털어내지 않는 편지이지 않은가! 몬느는 왜 자신이 그렇게 오랫동안 소식을 주지 않았는지, 이제 자신이 뭘 하려는 것인지 나한테 도통 말하지 않았다. 나는 그의 모험이 끝났으므로 그가 자신의 과거와 인연을 끊은 것처럼 나와도 인연을 끊은 것 같은 인상을 받았다. 아닌 게 아니라 내가 그에게 아무리 편지를 쓴다고 해도 말짱 소용이 없었다. 나는 더 이상 답장을 받지 못했다. 내가 초등학교 교사 자격증을 받았을 때, 고작 축하한다는 한 마디뿐이었다……. 9월에 나는 학교 친구를 통해 그가 방학 동안 라페르테당지용에 있는 그의 어머니 집에 머문다는 사실을 알았다. 하지만 바로 그해, 비외낭세에 있는 플로랑탱 삼촌의 초대를 받아서 우리는 삼촌 집에서 휴가를 지내야만 했다. 그리고 몬느는 내가 그를 만나 보기도 전에 파리로 다시 떠났다.

정확하게 말해 11월 말경, 새 학기가 시작됐다. 나는 부르주 사범학교를 다니지 않고 다음 해에 초등학교 교사로 임명받을 생각으로, 내키지 않는 열의로, 상급반 교사 자격증을 얻기 위해 다시 공부를 시작했다. 그 무렵 나는 오귀스탱한테서 정녕코 받지 못할 거라고 생각했던 편지 세 통 중 마지막 편지를 받았다.

그는 편지에 이렇게 썼다.

나는 그 창문 밑을 아직도 지나다니지. 실낱같은 희망도 없지만 미친 듯이 기다리지. 가을의 추운 일요일, 어둠이 깔리면 그 추운 거리를 돌아보지 않고 내 방으로 다시 돌아갈 생각도, 창 덧문을 닫을 결심도 할 수 없었어.

나는 대문 앞에 나와서 죽은 아들이 혹시 돌아오지나 않을까 하고 눈 위에다 손을 대고 라 가르 역 쪽을 바라봤다는 생트아가트의 미친 여자처럼 마냥 우두커니 있었어.

의자에 앉아서 덜덜 떨며 처량하게, 누군가 부드럽게 내 팔을 움켜잡는 걸 상상하는 걸 즐기곤 했지……. 나는 다시 돌아가겠지. 그러면 그제야 그녀가 나타날 것만 같았어.

"내가 좀 늦었지요."

그녀는 이렇게 간단히 말하겠지.

그런 생각을 하면 온갖 고통과 번민이 깡그리 사라진단 말이야. 우리는 집으로 들어가겠지. 그녀의 털외투는 완전히 꽁꽁 얼어 버렸고 모자 베일은 촉촉하게 젖었어. 바깥 안개 내음을 머금고 그녀가 난로에 다가오는 동안, 나는 불꽃을 향해 구부린 그녀의 아름다운 옆모습과 서리 맞은 금발을 보겠지…….

아! 뒤쪽에 드리운 커튼 때문에 그 유리창은 하얄 뿐이야. 그리고 잃어버린 영지의 처녀가 창문을 연다면, 나는 그녀한테 더 이상 할 말이 없어.

우리의 모험은 끝났어. 올겨울은 무덤처럼 생명이 없구나. 아마 우리가 죽으면, 우리의 죽음만이 우리한테 실패한 이 모험의 끝과 후일담, 실마리를 줄 테지.

쇠렐, 나는 언젠가 너한테 나를 기억해 달라고 부탁했지. 지금은 거꾸로 나를 잊는 게 더 나을 거야. 모든 걸 잊어버리는 게 더 나을 거야. 모든 걸 잊어버리는 게 한결 좋을 거야.

A. M.

겨울이 다시 찾아왔다. 지난겨울이 신비로운 생활로 말미암아 활기가 넘쳤던 만큼, 이번 겨울은 죽은 거나 마찬가지였다. 보헤미안들이 없는 성당 광장, 4시에는 학생들이 떠나 버리는 학교 운동장……. 내가 혼자서 흥미를 잃고 공부하곤 했던 교실……. 2월이 되어 내린 그 겨울의 첫눈은 지난 일 년 동안의 우리 모험담을 깡그리 묻었고, 모든 발자취를 흩어 놓아 마지막 흔적까지 사라지게 했다. 그리고 몬느가 그의 편지에서 나한테 부탁했던 것처럼, 나는 모든 것을 잊으려고 애면글면했다.

3부

1 떡 감기

담배를 피우는 것, 머리카락을 곱슬거리게 하려고 설탕물을 바르는 것, 길에서 보충수업 반에서 돌아오는 여자아이들에게 달려들어 느닷없이 포옹하는 것, 지나가는 수녀들을 비아냥거리려고 울짱 뒤에서 "생뚱맞게 모자 쓴 여자들!"이라고 소리치는 것, 그런 건 그 지방 모든 악동들이 몽니로 즐기는 기쁨이었다. 그런데 스무 살이 되면, 이런 악동들은 완전히 마음을 고쳐먹고 때로는 감수성이 매우 풍부한 젊은이가 되기도 한다. 문제의 불량배가 이미 애늙은이거나 생기 없이 이운 모습일 때나, 그 지방 부인들을 두고 수상한 말썽거리에 열중할 때나, 다른 사람들을 웃기려고 질베르트 포클랭에 대해 이러쿵저러쿵 여러 어리석은 우스갯소리를 할 때에는 사태가 사뭇 심각해진다. 하지만 결국 그 경우에도 아직 절망적이라고 할 수 없다…….

자스맹 들루슈의 경우가 그랬다. 무슨 까닭인지는 모르지만, 그는 틀림없이 시험에 합격하려는 어떠한 욕구도 없어 보였고, 모든 사람들이 그가 포기하길 바랐던 상급반 공부를 마냥 했다. 시간이 나면 가끔 그는 뒤마 삼촌과 함께 미장이 일을 배웠다. 그리고 자스맹 들루슈와 부자르동, 조수의 아들인 드니라는 무척 얌전한 다른 소년은 내가 항상 사귀고 싶어 했던 유일한 꺽다리들이었다. 왜냐하면 그들은 '몬느 시절' 친구들이었기 때문이다.

게다가 들루슈 쪽에서도 내 친구가 되고 싶다고 진심으로 바랐다. 결국 대장 몬느의 적이었던 그는 학교에서 대장 몬느가 되기를 원했다. 적어도 그의 부관이 되지 못했던 걸 아마 후회했을 터다. 부자르동보다는 덜 우둔한 그는 우리 생활에 몬느가 가져온 특별한 모든 것을 느꼈던 걸로 생각된다.

그리고 나는 이따금 그가 이렇게 되풀이하는 걸 들었다.

"대장 몬느가 그렇게 말했어……."라든가 아니면 "아! 대장 몬느의 얘기지……." 등이다.

게다가 자스맹은 우리보다 훨씬 남자다웠다. 애늙은이 같은 그 녀석은 우리한테 그의 우월성을 확고하게 해 줄 흥미로운 보물들을 마음대로 이용했다. 이름이 신경을 거슬리게 하는 베칼리라는 긴 흰털 잡종 개를 데려오기도 했다. 애당초 그 개는 다른 운동에 남다른 재능이 없었지만 돌을 멀리 던지면 곧잘 물어오곤 했다. 자스맹은 중고로 산 낡은 자전거를 가져오기도 했다. 그리고 수업이 끝난 저녁때가 되면 가끔씩 우리를 태워 줬다. 하지만 그는 제 깜냥대로 자전거를 가지고 끼가 넘치는 그 지방 처녀들을 음흉하고 심술궂게 꼬드기는 걸 더 좋아했다. 마지막으로 무엇보다도 그가 좋아했던 건 어떤 수레에나 매달 수 있는 눈먼 하얀 털 당나귀였다.

그 당나귀는 뒤마 것이었다. 그는 여름에 우리가 셰르 강변으로 멱 감으러 갈 때면, 자스맹한테 그걸 빌려 주곤 했다. 이런 경우, 그의 어머니가 우리한테 레모네이드 한 병을 주었다. 우리는 의자 밑 마른 수영복 사이에 그걸 넣어 뒀다. 그리고 상급반에 있는 여덟 내지 열 명 남짓 키다리 학생들인 우리는 쇠렐 선생님을 모시고 일부는 걸어서, 일부는 당나귀가 끄는 수레에 올라탄 채로 떠났다. 셰르 강변으로 가는 길이 너무 파였으면, 우리는 그 마차를 그랑퐁 농장에 맡겨 놓기도 했다.

내가 이런 소풍에 대해 자질구레한 것까지도 시시콜콜 기억하는 데에는 그럴 만한 까닭이 있다. 우리가 걸어서 뒤따라가는 동안, 자스맹의 당나귀는 우리의 수영복과 짐 꾸러미, 레모네이드를 나르고 쇠렐 선생님을 셰르 강변으로 모셔 갔다. 8월이었다. 우리는 방금 시험을 끝냈다. 모두가 그렇게 생각했던 것처럼, 시험에 대한 걱정으로부터 해방되어 여름과 행복도 오로지 우리 모두의 것이었다. 목요일의 즐거운 오후가 시작되자마자, 무엇 때문인지 그리고 왜 그랬는지 모르겠지만 우리는 마냥 노래하면서 길을 그냥 사풋이 걸었다.

걸어가는 도중, 때 묻지 않은 이 풍경 속에 그림자 하나가 어른거렸다. 우리 앞을 걸어가는 질베르트 포클랭이었다. 그녀는 허리가 개미처럼 날씬했고, 미니스커트와 높은 구두를 신고, 말괄량이가 처녀로 바뀔 때처럼 상냥하면서도 도발적

인 표정을 지었다. 그녀가 길을 벗어나 에움길로 들어섰다. 아
마 우유를 가지러 가는 모양이었다. 꼬마 코팽이 곧바로 자스
맹한테 그녀를 따라가자고 제안했다.

"내가 그 여자를 껴안는다고 해도 처음이 아닐 거야……"

자스맹이 얼결에 말했다.

이어서 그는 그녀와 그녀 친구들에 대해 여러 가지 외설적
인 얘기들을 늘어놓기 시작했다. 그러는 동안, 우리는 쇠렐 선
생님을 당나귀가 끄는 마차를 타고 앞에 가도록 내버려 뒀다.
모든 무리는 허풍을 떨면서 이끌려 길을 걸었다. 하지만 한 번
은 거기에서 한 무리가 이탈하기 시작했다. 들루슈는 달아나
는 그 계집아이를 우리가 보는 앞에서 공격하는 게 선뜻 내키
지 않았는지, 50미터 넘어는 접근하지 않았다. 수탉과 암탉의
꼬꼬댁 소리, 여자의 환심을 사려는 휘파람 소리가 잠깐 들렸
다. 따라서 우리는 쫓아가던 걸 포기하고 약간 기분이 불쾌해
서 가던 길을 되돌아왔다. 우리는 뙤약볕이 쨍쨍 내리쬐는 길
에서 뛰어야만 했고, 더 이상 노래를 부르지 않았다.

우리는 셰르 강을 빙빙 둘러싸는 바싹 마른 버드나무 숲에
서 옷을 홀러덩홀러덩 벗어 던지고 수영복으로 갈아입었다.
버드나무 덕분에 남의 눈에는 띄지 않았지만, 태양을 피할 수
는 없었다. 모래와 말라붙은 진흙을 밟으며, 우리는 셰르 강의
같은 줄기에 파 놓은 그랑퐁 샘 속에 차가워지도록 담가 놓은
들루슈 과부의 레모네이드 병만을 생각했다. 샘 바닥에는 항
상 청록색 풀과 쥐며느리 같은 벌레 두세 마리가 있었다. 하지
만 물이 어찌나 깨끗하고 투명했는지 낚시꾼들은 가장자리에

서 두 손으로 물을 퍼마시려고 서슴없이 무릎을 꿇었다.

맙소사! 그날도 여느 때와 다를 게 없었다……. 모두가 옷을 갈아입고 우리는 둥그렇게 모여 책상다리를 하고 올망졸망 앉아, 받침대가 없는 큰 유리컵 두 개에 차게 식은 레모네이드를 나눠 마셨다. 그것은 각자한테 다 돌아오지 않았다. 그 때 학생들은 목구멍을 짜릿하게 하면서 오히려 갈증을 돋우기만 할 만큼의 적은 양을 쇠렐 선생님한테 권했다. 그래서 차례차례로 우리가 처음에는 거들떠보지도 않던 샘으로 갔고, 느릿느릿 맑은 물의 표면으로 얼굴을 가까이 가져갔다. 하지만 모두가 이러한 시골 사람들 방식에 익숙한 건 아니었다. 나와 마찬가지로 많은 학생들이 충분히 목을 적시지 못했다. 어떤 아이들은 그 물을 마시기 싫어서였고, 다른 아이들은 쥐며느리를 삼킬 것 같은 두려움에 목이 답답해졌기 때문이고, 또 어떤 아이들은 흐르지 않는 물이 너무 깨끗해서 넋이 나가 정확하게 수면과의 거리를 계산할 수가 없어 입과 얼굴을 동시에 적신 다음 코로 물을 들이마실까 두려워서였고, 또 다른 아이들은 그러한 모든 이유를 한꺼번에 생각했기 때문이다……. 그게 무슨 상관인가! 셰르 강의 바싹 마른 기슭에서는, 그곳에서 나오는 모든 신선함이 막혀 버린 것 같았다. 따라서 지금도 여전히 어디에서든지 샘이라는 말만 나오면, 내가 오랫동안 생각해 온 것은 바로 그 샘이었다.

해가 떨어질 무렵이 돼서야, 우리는 올 때와 마찬가지로 우선은 설렁설렁 집으로 향했다. 큰길로 가려면 올라가야 하는 그랑퐁의 길은 겨울에는 개울이었고, 여름에는 큰 나무 울타리 사이 그늘 속에 솟은, 여기서기 웅덩이가 파이고 커다란 뿌리들이 잘려서 통행이 불가능한 움푹 들어간 길이었다. 먹 감으러 왔던 아이들 중 일부는 놀이 삼아 그 길로 갔다. 하지만 우리들, 다시 말해 쇠렐 선생님과 자스맹, 다른 친구들은 인근 평지로 평행하게 이어지는 부드러운 모랫길을 따라갔다. 어둠 속에서 보이지는 않지만, 우리 가까이에서 그리고 우리 위에서 다른 아이들이 떠들고 웃는 소리가 들렸다. 그동안 들루슈는 어른들한테나 어울릴 법한 얘기를 마냥 늘어놓았다……. 큰 울타리나무 꼭대기에서는 밤벌레들이 귀뚤귀뚤 소리를 내며 나뭇잎 주위에서 움직이는 것이 보였다. 이따금 그 벌레 중 한 마리가 굴러떨어지거나 갑자기 윙윙거리는 소리를 냈다. 조용하고도 아름다운 여름날 저녁……! 희망도, 그렇다고 뭘 바랄 것도 없는 초라한 시골 들놀이의 귀가……. 자신은 그럴 생각이 아니었을 테지만, 이러한 고요함을 뒤흔들어 놓은 건 역시 자스맹이었다…….

우리가 언덕 꼭대기, 즉 견고한 성의 유적들이라고 불리는 커다랗고 오래된 바윗돌 두 개가 남은 장소에 이르렀을 때, 자스맹은 그가 방문했던 영지, 그중에서도 비외낭세 근처 거의 폐허가 돼 버린 사블로니에르 영지에 대해 드디어 털어놓았다. 그는 거드름을 피웠고, 어떤 말을 늘어놓을 때는 혀를 굴리는 알리에 지방 특유의 억양으로, 부자연스러운 겉치레를 떨며 발음을 생략하기도 했다. 그러면서 몇 년 전, 그 낡은 영지에 있는 폐허가 된 성당 안에 다음과 같은 말을 새긴 묘석을 봤다고 말했다.

신과 왕과 애인한테 충성했노라

기사 갈루아, 여기에 잠들다

"허어! 이거! 뭐라고!"

쇠렐 선생님은 자스맹의 말투 때문에 어깨를 가볍게 으쓱
거리며 약간 거북해했지만, 우리가 어른처럼 말하도록 내버
려두었다.

그러자 마치 그곳에서 자신의 삶을 보냈던 것처럼, 자스맹
은 그 성에 대해 끊임없이 묘사했다.

비외낭세에서 돌아오는 길이면, 뒤마와 그는 전나무 위로
보이는 낡은 회색 탑 꼭대기에 대해 여러 번 호기심이 생겼다
는 것이다. 그 숲 속 한가운데에는 주인이 없을 때 들어가 볼
수 있는 무너진 건물의 모든 미로가 존재한다는 거였다. 어느
날, 그들이 마차에 태워 준 그곳 문지기는 그들을 이상한 영
지로 안내했다. 하지만 그때 이후로 모든 게 무너졌고, 농장과
조붓한 별장밖에는 거의 남은 게 없다는 소문이 나돌았다. 그
집에 사는 사람은 변함없이 언제나 반쯤 파산한 늙은 퇴역 장
교와 그의 딸이었다.

그는 마냥 얘기했다……. 또 줄곧 얘기를 이어 갔다……. 나
는 내가 아는 걸 털어놓는다고 생각하지 못하고 주의 깊게 들
었다. 그런데 불현듯 그때, 이상한 일이라도 일어난 것처럼,
자스맹은 결코 한 번도 그에게 떠오른 적 없던 어떤 생각에 충
격을 받은 듯, 나한테로 돌아서면서 내 팔을 꽉 붙잡았다.

"그래, 그런데 생각났어. 몬느가, 알다시피, 대장 몬느 말이

야, 갔던 데가 바로 그곳이었어."

그가 말했다.

내가 아무 말도 하지 않았기에 그가 덧붙였다.

"바로 그렇구나. 문지기가 그 집 아들, 생각이 유별난 괴짜에 대해 말한 것이 기억나······."

나는 더 이상 그의 말에 귀를 기울이지 않았다. 처음부터 그가 정확하게 추측했고, 몬느와 멀어진 이래 모든 희망과도 멀어진 내 앞에 마치 익숙한 길처럼 이름 없는 그 영지로 가는 길이 쉽고 명확하게 열렸다는 것을 이제 막 알았기 때문이다.

2 플로랑탱 삼촌 집에서

나는 꿈이 많으며 폐쇄적인 성격에다 불행했던 만큼 결의를 단단히 굳혀야 했다. 그 중대한 모험의 결말이 나 한 사람한테 달렸다는 사실을 비로소 느끼게 됐을 때, 나는 우리 집에서 늘 하는 말로 '결심'을 했던 거다.

결정적으로 내 무릎의 통증이 완전히 멎은 건 그날 저녁이었다고 기억된다.

사블로니에르 영지가 있는 비외낭세에는 쇠렐 선생님의 모든 친척들이 살고 있었다. 그중에는 우리가 이따금 9월 말경에 들르곤 했던 그곳에서 상점을 운영하는 상인인 플로랑탱 삼촌도 있었다. 온갖 시험에서 해방된 나는 기다리고 싶지 않아 곧바로 삼촌을 보러 가기로 작정했다. 하지만 어떤 좋은 소식을 몬느한테 알릴 것 같지 않아서, 확실해질 때까지는 아무것도 알려 주지 않기로 마음먹었다. 사실 절망에 빠진 그를 또 다시 더 깊은 절망에 빠지게 한들 무슨 소용이 있는가?

방학의 마지막 며칠을 보냈던 비외낭세는 우리를 그곳에 데려다 주려고 마차를 빌릴 수 있을 때에만 아주 드물게 갔던, 내가 아주 오랫동안 두고두고 좋아했던 지방이다. 옛날에 거기에 살았던 친척과 약간 불화가 있었다. 때문에 밀리를 마차에 올라타게 하려면 매번 수없이 구슬리고 달래야만 했다. 그래서 나는 밀리의 그러한 반목이 아주 걱정스러웠다……! 그리고 일단 도착하자마자, 내 넋을 앗아 가는 수많은 재미있고 즐거운 일들로 가득 찬 생활 속에서 삼촌들과 사촌자매들, 사촌형제들 사이에서 정신을 잃어버릴 정도로 뛰어놀았다. 우리는 플로랑탱 삼촌과 쥘리 숙모 집에 내렸다. 그분들한테는 내 나이 또래 피르맹이라는 아들과 딸이 여덟 명 있었다. 큰딸과 둘째 딸은 마리루이즈와 샤를로트인데, 어림잡아 열일곱 살과 열다섯 살쯤이었다. 그들은 솔로뉴 마을 어귀에 자리 잡은 성당 앞에서 아주 큰 상점을 운영했다. 그 잡화점은 철도역에서 30킬로미터 떨어진 외딴 지방에 고립된 모든 성주와 사냥꾼 들한테 상품을 공급했다.

그 상점에는 향신료와 루앙에서 생산된 면직물 판매대들이 설치됐고, 수많은 창들은 길 쪽으로 나 있었고, 유리문은 성당 널찍한 광장 쪽으로 향했다. 하지만 이상하게도, 사실 그 가난한 지방에서는 흔한 일이긴 하지만, 상점 전체에 마룻바닥 대신 밟아 잘 다져진 흙이 깔려 있었다.

뒤쪽으로 방이 여섯 개나 있었고, 각 방은 동일 품목들로 그득 차 있었다. 모자와 채소, 램프 들을 넣어 둔 방……. 더 이상 무엇을 알 수 있을 것인가? 어릴 때, 나는 잡동사니들로 그득 찬 미로를 지나다녔고, 경이로운 물건들을 모조리 보는 데에 결코 질리지 않을 것 같았다. 이어서 그 시절에는 그곳에서 보낸 방학만이 진짜 방학이라고 생각했다.

가족들은 상점으로 문이 난 큰 부엌에서 살았다. 그 부엌 벽 난로에선 9월이 끝날 무렵이면 커다란 불꽃이 활활 타올랐다. 꼭두새벽에 사냥꾼들과 밀렵자들은 플로랑탱 가게에 사냥감을 팔려고 왔다가 목을 축였다. 그새 일찌감치도 일어난 어린 딸들은 뛰고, 소리를 지르며 '상티봉'[44]을 매끄러운 머리 위에 서로 뿌려 주곤 했다. 벽에는 빛이 노랗게 바랜 옛날 사진이 걸려 있었다. 내 아버지가 ── 교복을 입은 그를 알아보기에는 상당히 시간이 걸렸다. ── 사범학교 친구들 한가운데 있는 게 그 옛날 단체 사진에서 보였다…….

우리는 아침나절을 그곳에서 보냈으며, 플로랑탱 삼촌이 달리아 꽃을 가꾸고 뿔닭을 키운 그 뜨락에서도 시간을 보냈다. 우리는 비누 상자를 깔고 앉아서 커피를 볶기도 했고, 정성껏 포장된 갖가지 물건으로 가득 찬 상자를 풀었는데 그 물건들의 이름은 여전히 알 수가 없었다…….

농부들이나 이웃 성곽 마부들이 하루 종일 상점에 득실거렸다. 9월의 안개가 깔리는 시골구석에서 온 짐수레는 문 앞에 멈췄고 유리문에서 물방울이 떨어지곤 했다. 그러면 부엌

---

44) 상티봉(sent-y-bon)은 어린아이들이 즐겨 쓰는 말이며 '냄새가 좋다'라는 뜻을 지닌 향수의 일종이다.

에서는 시골 여자들이 얘기를 풀어 놓았고, 나는 잔뜩 호기심을 품고 그들이 수다 떠는 걸 전부 듣곤 했다…….

하지만 저녁 8시 이후, 초롱불을 비추며 외양간에서 김을 뿜어내는 말에게 건초를 가져다 줄 때면 모든 상점은 깡그리 우리 것이 됐다!

내 사촌누이들 중 맏이이지만 키가 작은 편인 마리루이즈는 상점에서 산더미처럼 쌓인 시트를 접어서 정돈하곤 했다. 그녀는 우리를 부추겨서 자신을 즐겁게 하도록 했다. 그러면 피르맹과 나, 모든 딸들은 가게 램프 밑에서 커피 제분기를 돌리기도 하고, 계산기 위에서 힘겨운 재주를 곧잘 부렸다. 이따금 피르맹은 회녹색 트롬본을 찾으러 다락방에 가기도 했는데, 땅이 굳으면 춤추기에 안성맞춤이었기 때문이다…….

지난 해, 나는 갈레 양이 바로 그 시각에 불쑥 와서 우리가 어린아이 같은 행동을 했던 걸 불현듯 간파했을지도 모른다고 생각하니 얼굴이 붉어졌다……. 하지만 내가 그녀를 처음으로 보게 된 건, 8월의 어느 날 어둠이 내리기 직전인 저녁이었다. 그때 나는 마리루이즈와 피르맹과 함께 조용히 얘기를 나누고 있었다…….

비외낭세에 도착한 날 저녁부터 나는 사블로니에르 영지에 대해 플로랑탱 삼촌한테 물었다. 그는 이렇게 얘기를 털어놓았다.

"거긴 이제 더 이상 영지가 아니야. 모두 팔려 버렸지. 사냥꾼들이 샀는데, 사냥터를 넓히려고 낡은 건물들을 모조리 헐

어 버렸단다. 성문 앞 큰 마당은 이제 히스[45]와 가시양골담초
가 무성하게 자란 벌판에 지나지 않는단다. 옛날 주인은 조붓
한 이층집 한 채와 농장만 겨우 갖고 있을 뿐이야. 너는 여기서
갈레 양을 볼 기회가 있을 게야. 그녀는 이곳으로 식료품을 구
하러 오지. 어떤 때는 말을 타고 오기도 하고, 어떤 때는 마차
를 이용하기도 해……. 그런데 항상 똑같이 늙은 벨리제르[46]
라는 말을 타고 오지. 이상야릇하기 짝이 없는 마차야!"

나는 워낙 당황해서 더 자세하게 알려면 뭘 물어야 할지 몰
랐다.

"하지만 그들은 아직도 부자인가요?"

"그래, 갈레 씨는 엉뚱한 생각으로 가득 찬 괴짜 소년인 자
기 아들을 즐겁게 해 주려고 축제를 열었단다. 아들을 즐겁
게 하려고 뭘 할지 곰곰이 생각하곤 했어. 파리 여자들을 부른
적도 있고……. 파리 젊은이들과 그 밖에도 누구든지 오게 했
지…….

갈레 부인이 죽을 무렵, 사블로니에르 성은 거의 폐허가 됐
지. 그때까지도 그들은 아들을 즐겁게 하려고 무던히 애썼고,
그에게 모든 환상을 채워 주려고 온갖 노력을 했지. 아마 작년

---

45) 북유럽과 남아프리카 지중해 연안이 원산지이며, 묵은 땅에서 자라는 석
남과에 딸린 좀나무다. 겨울에서 봄에 걸쳐 흰빛 또는 옅은 붉은 빛을 머금
은 작은 종 모양 꽃이 핀다. 잎은 작고 빽빽하게 나며, 차나 맥주의 풍미를
내는 데 사용된다.
46) 6세기 쥐스티니엥 황제 시절에 실존한 유명한 장군의 이름이다. 그는 전
투에서 큰 승리를 거두었지만, 말년을 비참하고 외롭게 지냈다. 작가는 장
군의 운명과 이 늙은 말의 처지를 연관시켜 상징성을 도드라지게 한다.

겨울이었지. 아니, 그전 겨울이었어. 어마어마한 가장무도회를 열었어. 절반은 파리 사람들을, 절반은 시골 사람들을 초대했단다. 그들은 굉장한 옷들과 장난감, 말과 배를 사거나 빌려왔지. 언제나 프란츠 드 갈레를 기쁘게 하려고 그랬지. 그가 결혼할 거라고 했고, 거기서 그의 약혼 축하연이 열릴 거라고도 했어. 하지만 그는 너무 젊었어. 따라서 모든 게 한꺼번에 깨졌단 말이야. 이어서 그는 줄행랑쳤고 아무도 그를 다시는 볼 수 없게 됐지……. 성 여주인은 저세상으로 갔고, 갈레 양은 갑자기 선장 출신인 늙은 아버지와 단둘만 남게 된 거야."

"그녀는 결혼하지 않았나요?"

마침내 내가 물었다.

"아니, 그런 말을 들은 적이 없어. 네가 구혼자가 돼 보겠니?"

삼촌이 너스레를 떨었다.

아주 난처해진 나는 가능한 한 간단하고 조심스럽게 가장 좋은 내 친구 오귀스탱 몬느가 아마 구혼자 중 한 사람이 될 거라고 넌지시 일러 줬다.

"아! 그가 재산을 중요시하지 않는다면, 꽤 괜찮은 혼담이 될 게야……. 내가 갈레 씨한테 다리를 놓아 줄까? 그는 사냥에 쓸 탄환을 조금 사려고 가끔 여기에 오지. 그때마다 그에게 오래된 브랜디를 대접하곤 한단다."

삼촌이 웃으며 말했다.

하지만 나는 삼촌에게 아무 말도 하지 말고 기다려 보자고 부탁했으며, 나 자신도 몬느한테 알리는 걸 서두르지 않았다.

나는 그처럼 되풀이되는 황홀한 기회로 말미암아 오히려 약간 불안했다. 그러한 불안 때문에, 바로 그 처녀를 직접 보지 않고는 몬느한테 아무것도 알리지 않으려고 마음먹었다.

나는 오래 기다리지 않아도 됐다. 다음 날 저녁 식사 시간 조금 전, 어둠이 슬슬 깔리기 시작할 때, 8월이라기보다 오히려 9월에나 볼 수 있을 쌀쌀한 안개가 땅거미와 함께 살며시 내려왔다. 잠시 손님이 없을 것 같아, 피르맹과 나는 마리루이즈와 샤를로트를 보러 상점으로 갔다. 나는 내가 평소보다 이른 시기에 비외낭세에 오게 된 비밀을 그들한테 솔직히 고백했다. 계산대 위에 팔꿈치를 괴거나, 양손을 왁스 입힌 나무 판자 위에 짚고 앉아서, 우리들은 그 신비로운 처녀에 대해 아는 사실들을 서로 털어놓았다. — 하지만 그런 얘기를 나눈다고 해서 건질 만한 것은 아예 없었다. — 바로 그때, 바퀴 소리가 나서 우리는 고개를 획 돌렸다.

"그 여자가 왔어, 그 여자야."

그들이 나지막한 소리로 주절거렸다.

잠시 후, 유리문 앞에 정말로 이상한 마차가 멈췄다. 우리가 그 지방에서 지금까지 한 번도 본 적 없고, 주조해서 둥글게 만든 발판이 달린, 작은 시렁이 붙은 낡은 농장 마차였다. 늙은 백마는 길에서 언제든 풀을 뜯어 먹고 싶은 듯이 터벅터벅 걸을 때마다 고개를 숙이곤 했다. 그리고 의자 위에는 — 나는 진심으로 솔직하게 그렇게 말했지만, 내가 뭘 말하고자 하는지를 잘 안다. — 이 세상에 결코 존재할 수 없는 가장 아름다운 처녀가 앉아 있었다.

　나는 여태까지 그처럼 우아함과 중후함이 서로 잘 어우러지는 걸 본 적이 없었다. 그녀의 의상이 허리를 어찌나 가냘프게 보이도록 했는지 그녀는 부러질 것만 같았다. 그녀는 들어오면서 큰 밤색 외투를 벗어 어깨 위에 걸쳤다. 처녀들 중에서도 가장 위엄을 지닌 자태였고, 부인들 가운데서도 가장 가냘픈 모습이었다. 숱이 많은 금발은 그녀 이마와 섬세하고 정교하게 만들어진 얼굴 위를 무겁게 눌렀다. 워낙 해끔한 얼굴에는 뙤약볕에 그을어 좌우에 빨간 홍조가 생겨 있었다……. 나는 그처럼 아름다운 얼굴에서 단 하나의 결점을 겨우 발견했다. 슬프거나 실망했을 때나, 무언가 깊은 생각에 잠긴 순간, 그 밝은 얼굴에는 마치 아무도 모르게 중병에 걸린 것처럼 약간 붉은 반점이 조금 생겼다. 그래서인지 그녀를 쳐다본 사람들이 쏟아 내는 모든 찬사는 일종의 연민으로 대체되었다. 갑작스레 그런 생각이 들자, 슬픔이 한층 가슴을 에는 듯했다.

　그녀가 천천히 마차에서 사붓이 내려왔다. 마리루이즈가 자연스럽게 나를 그녀한테 소개해 줬다. 그녀와 서로 얘기를 나누는 동안, 내가 발견한 건 이게 고작이었다.

　우리는 그녀한테 밀랍을 바른 의자를 내밀었다. 그동안 그녀는 계산대에 등을 대고 의자에 앉았고 우리는 서 있었다. 그녀는 상점을 잘 알았으며 매우 좋아하는 것 같았다. 그녀가 왔다는 사실을 알고 곧바로 쥘리 숙모가 나왔다. 숙모는 배 위로 양손을 깍지 끼고 농가 상인답게 헝겊 모자를 쓴 머리를 끄덕이며 얌전하게 얘기했다. 그래서 내가 그녀와 얘기를 나누게 될 기회가 — 약간 떨렸지만 — 늦어졌다…….

그 대화는 아주 간단했다.

"그래요, 당신은 이제 곧 교사가 되겠군요?"

갈레 양이 불쑥 말했다.

내 숙모는 상점을 아스라이 밝혀 주는 우리 머리 위에 놓인 도자기 램프를 켰다. 나는 그 처녀의 부드럽고 해끔한 얼굴과 그처럼 천진난만한 파란 눈을 톺아봤고, 시원시원하고 진지한 그녀 목소리에 얼마나 놀랐는지 모른다. 그녀가 얘기를 멈췄을 때, 그녀 눈은 다른 곳에 고정된 채 대답할 때까지 더 이상 움직이지 않았다. 그녀는 입술을 약간 지그시 깨물었다.

"아버지가 원한다면, 나도 가르칠 텐데요! 당신 어머님처럼 유아반 아이들을 가르칠 텐데요…….."

갈레 양이 얼결에 푸념했다.

그녀는 사촌들이 나에 대해 했던 얘기를 그대로 들려주면서 미소를 지었다.

"시골 사람들은 항상 나한테 예절 바르고 상냥하며 잘 도와준답니다. 나도 그들을 매우 좋아하죠. 하지만 내게 그들을 좋아할 자격이 과연 있을까요……? 그런데 그들은 여교사에 대해서는 트집을 잡고 인색하답니다. 그렇지 않나요? 펜대를 잃어버렸다든가, 노트가 너무 비싸다거나, 아이들이 공부하지 않는다든가 하는 얘기들이 끊임없이 터져 나오지요……. 내가 교사라면 나는 그들과 토의할 테고, 결국 그들은 날 좋아하겠죠. 약간 힘이 들긴 하겠지만요…….."

그녀는 줄곧 속내를 풀어놓았다.

그리고 웃음기 없이 어린아이 같은 모습으로 다시 생각에 잠겼고, 그녀의 파란 눈은 움직이지 않았다.

우리 셋 모두는 그녀가 예민한 것들과 비밀스럽고 미묘한 것, 책 속에서만 말할 수 있는 것들을 너무 편안하게 털어놓아서 오히려 거북살스러웠다. 잠시 침묵이 흘렀고, 이어서 천천히 대화가 시작됐다…….

그녀의 생애에는, 뭔지 통 모르겠지만, 신비로운 어떤 것과 대치되는 지독한 시름과 원한이 서린 것 같았다.

그 처녀가 마냥 넋두리를 이어 갔다.

"그다음에 나는 내가 아는 지혜를 나이에 걸맞게 소년들한테 가르쳐 줄 거예요. 쇠렐 씨, 당신이 보조 교사가 되면 당신도 그렇게 하겠지만, 나도 그들이 온 세상을 돌아다니려는 욕망을 품게 하지는 않을 참입니다. 나는 그들한테 바로 가까이에 있지만 깨닫지 못하는 행복을 찾으라고 가르칠 거예요……."

마리루이즈와 피르맹도 나처럼 어안이 벙벙했다. 우리는 한 마디도 하지 않고 가만히 있었다. 그녀는 우리가 어색해한다는 걸 느끼고, 하던 말을 중단하고 입술을 지그시 깨문 다음 고개를 숙였다. 그러고 나서 마치 그녀가 우리를 놀리기라도 하는 것처럼 미소를 지으며 하소연을 늘어놓았다.

"내가 지금 여기 플로랑탱 부인 상점 안에서 이 등불 아래에 있고 내 늙은 말이 문 밖에서 나를 기다리는 동안, 어떤 키 큰 젊은이는 미친 사람처럼 어딘가 이 세상 끝에서 나를 찾아다닐 거예요. 만약 그가 날 본다면, 틀림없이 믿으려고 하지 않을 테지요, 그렇겠지요……?"

그녀가 웃는 모습을 보자 나는 대담해졌다. 이때야말로 얘기를 꺼낼 절호의 기회라고 느껴서 나는 웃으며 넌지시 말을 꺼냈다.

"혹시 내가 그 미친 청년을 안다면 어떻게 하겠어요? 만약 정신 나간 청년을 안다면?"

그녀는 나를 톺아봤다.

바로 그 순간, 문에 달린 종이 울리고 마음씨 좋은 두 부인이 바구니를 들고 느닷없이 들어왔다.

"'식당'으로 가시지요. 그쪽이 조용할 거예요."

부엌문을 밀며 숙모가 우리한테 말했다.

갈레 양이 거절하고 곧바로 떠나겠다고 하자, 숙모가 덧붙였다.

"갈레 씨도 여기 계세요. 난롯가에서 우리 그이와 얘기를 나누고 계시지요."

여전히 8월이었지만 넓은 부엌에서는 전나무 장작이 불꽃을 보이며 타닥타닥 소리를 내며 줄곧 타고 있었다. 그곳에도 역시 도자기 램프가 켜졌다. 나이와 추억의 무게에 짓눌린 사람처럼, 거의 침묵하며 눈이 움푹 들어가고 면도를 말끔하게 한 온화해 보이는 한 늙은이가 삼촌과 마주한 채 브랜디 두 잔을 놓고 앉아 있었다.

삼촌이 인사했다.

"프랑수아!"

마치 우리 사이에 강이나 수 헥타르에 이르는 지대가 놓인 것처럼, 시골 장사꾼의 고래고함 소리로 그가 빽빽거렸다.

"다음 주 목요일 오후, 셰르 강변에서 할 놀이 계획을 짜는 참이야. 어떤 사람은 사냥하고, 어떤 사람은 낚시하고, 어떤 사람은 춤추고, 어떤 사람은 수영하겠지……! 아가씨, 말 타고 오세요. 물론 갈레 씨와 함께 말이지요. 제가 모든 걸 준비할 테니…….

그리고 프랑수아! 네 친구 몬느를 데리고 오렴. 몬느 맞지? 몬느라고 부르는 게 맞지?"

그는 마치 그 일만을 골똘히 생각하는 듯 덧붙였다.

갈레 양은 갑자기 백지장처럼 창백해져서 벌떡 일어났다. 바로 그 순간, 나는 몬느가 옛날에 그 이상한 영지에 있는 연못 옆에서 그의 이름을 가르쳐 줬다는 사실을 불현듯 생각해 냈다…….

그녀가 떠나려고 나한테 손을 내밀었다. 그때 우리 사이에는 수많은 말을 한 것보다도 더 분명하고, 오로지 죽음만이 깨뜨릴 수 있을 만큼 비밀스러운 서로에 대한 이해와 위대한 사랑보다 더 감동적인 우정이 생겨났다.

……그다음 날 새벽 4시, 피르맹은 뿔닭을 기르는 마당으로 향한 내 작은 방문을 계속 두드렸다. 날은 아직 어두웠다. 내가 도착하기 전날 저녁, 나는 내 방을 꾸미려고 상점에서 가져다 놓은, 아주 새롭고 자그마한 성상(聖像)들이 복잡하게 놓인 탁자 위에서 내 옷가지와 구리 촛대를 찾는 데 몹시 애를 먹었다. 나는 마당에서 피르맹이 내 자전거 바퀴에 공기를 집어넣는 소리와 숙모가 부엌에서 불을 불어서 지피는 소리를 들

었다. 내가 길을 떠날 땐, 겨우 해가 떠오르려는 참이었다. 하지만 오늘은 온종일 해야 할 일들이 턱없이 많았다. 우선 나는 귀가가 늦어진 걸 설명하려고 생트아가트에서 점심을 먹을 터이고, 다시 냅다 달려 날이 저물기 전까지, 라페르테당지용에 머무는 내 친구 몬느의 집에 도착해야만 했다.

3 유령

나는 자전거로 그렇게 오랫동안 달려 본 적이 없었다. 이번이 처음이었다. 하지만 오래전부터 무릎이 아팠는데도 나는 자스맹한테서 남몰래 자전거 타는 법을 배웠다. 보통 젊은이한테, 자전거는 무척 흥미를 끄는 기구다. 하지만 4킬로미터 정도만 달려도 땀투성이가 되고 비참하게 다리를 질질 끌고 다니는 나처럼 가엾은 소년한테 자전거는 어떨 것 같은가……! 언덕 꼭대기에서 쭉 내려와서 움푹 파인 풍경 속으로 파묻혀야 했고, 먼 길은 마치 날갯짓하듯 갈라졌다가 가까이 다가가자 꽃처럼 피어났으며, 한순간에 한 마을을 통과하며 마을 전체가 눈 깜짝할 사이에 사라진다……. 그때까지 나는 꿈 속에서만 그처럼 매혹적이고 경쾌한 달리기를 해 봤던 것이다. 나는 언덕을 몇 개 넘으면서도 기운이 철철 넘쳐났다. 굳이 말하자면, 내가 그처럼 도취한 건 몬느가 사는 지방으로 가는 길이었기 때문이다…….

"마을 어귀에 닿기 전에, 큰 풍차 바퀴가 하나 도는 게 보일 거야…….."

몬느는 나한테 이렇게 말한 적이 있다.

전에 자기 마을을 설명할 때, 그는 그게 어디에 사용되는지 몰랐거나, 그렇지 않으면 아마도 내 호기심을 한결 자극하려고 일부러 모르는 체했을 터다.

내가 드넓은 목장에서 바람에 빙글빙글 돌아가면서 이웃 논밭에 물을 대는 큰 풍차를 본 건, 8월 말의 그날, 해가 저물 즈음이었다. 목장의 포플러 나무 뒤로 이미 변두리 지역의 초입이 나타났다. 개천을 따라서 크게 구부러진 길의 넓은 모퉁이를 돌아서자, 풍경이 밝아지며 탁 트였다…….. 다리 위에 다다른 나는 마침내 마을의 큰길을 발견했다.

목장 안 갈대 속에 몸을 숨겼던 암소들이 지나갔고 소들의 방울 소리가 들렸다. 그동안 자전거에서 내려 양손으로 핸들을 잡은 채, 나는 매우 중대한 소식을 전해 주려고 찾아온 마을을 쳐다봤다. 집들은 마치 고요한 저녁에 배들이 닻을 내리고 정박하듯, 조붓한 나무다리가 놓인 길과 나란히 흐르는 개천가에 쭉 줄지어 있었다. 어느 집 부엌에서나 불을 지피는 시간이었다.

그때 나는 그 같은 평온을 흔들러 온 게 아닌가 하는 두려움에 사로잡혀 뭔지 알 수 없는 후회스러운 감정이 끓어올라 금세 용기를 잃기 시작했다. 갑작스럽게 내 마음이 한결 약해지는 순간, 나는 라페르테당지용의 작은 광장에 사는 무아넬 대고모가 불현듯 떠올랐다.

그녀는 대고모들 중 한 명이었다. 자식들은 모조리 죽었다. 나는 그들 중 막내인, 교사가 되려던 껑다리 에르네스트를 잘 알았다. 재판소 서기인 늙은 무아넬 대고모부는 아들이 죽자마자 곧바로 돌아가셨다. 대고모는 견본 조각을 기워 만든, 양탄자가 깔리고 종이 수탉과 암탉, 고양이로 덮인 식탁이 있는 이상하고 조붓한 집에 혼자서 살았다. 그런데 그 집 벽에는 오래된 학위증과 고인들의 초상화들, 죽은 사람의 머리칼로 묶어 놓은 메달이 붙어 있었다.

숱한 시름과 슬픔에 잠긴 그녀는 별나면서도 착했다. 그 집이 있는 작은 광장에 들어섰을 때, 나는 반쯤 방싯 열린 문에다 대고 큰 소리로 대고모를 불렀다. 늘어선 세 방들 중 맨 끝 방에서 새된 작은 외침이 흘러나오는 걸 들었다.

"아니, 이게 누구야!"

그녀는 커피를 불 위에 엎질렀다. ── 어째서 그녀가 그 시간에 커피를 끓이게 됐을까? ── 그리고 기다릴 틈도 없이 돌연히 나타났다…… 활처럼 몸을 뒤로 젖힌 그녀는 몽골 여자나 오텐토트 족[47] 여자처럼, 넓고 튀어나온 이마 훨씬 위쪽으로, 테 없는 햇빛 가리개 모자를 뒤로 젖혀 쓰고 있었다. 그녀는 몇 개 남지 않은 아주 작은 이를 드러내 놓고 킥킥대며 웃음주머니를 흔들었다.

---

47) 아시아 여자와 아프리카 여자를 각각 등장시켰다. 몽골 여자는 주름 잡힌 이마를, 호텐토트(Hottentote) 족 여자는 엄청나게 굵은 허리를 나타낸다.

하지만 내가 그녀를 껴안자, 그녀는 등 뒤로 간 내 손을 어색하게 서둘러 붙잡았다. 우리 둘밖에 없기에 비밀 같은 행동이 전혀 필요 없는데도 내 손에 조그마한 동전 하나를, 감히 내가 쳐다볼 수는 없지만 1금 프랑[48]이 틀림없을 동전 하나를 쥐어 줬다……. 이어서 내가 무슨 이유인지 묻고 감사하다는 말을 하고 싶은 듯 보이자, 그녀는 나를 떼밀고는 소리쳤다.

"괜찮아! 아! 내가 그걸 잘 알아!"

그녀는 항상 가난했고, 늘 남한테 빚을 졌으며, 언제나 돈을 물 쓰듯이 낭비했다.

"나는 늘 멍청하고 언제나 불행했지."

그녀는 별로 괴로워하는 기색도 없이, 일부러 꾸며 내는 소리로 너스레를 떨었다.

자기와 마찬가지로 푼돈이라도 나한테 요긴할 거라 생각하는 선량한 그녀는 온종일 아껴 둔 쥐꼬리만 한 돈을 내가 입을 열기도 전에 내 손에 살짝 쥐어 주었던 것이다. 그녀는 나를 항상 이런 방식으로 반겼다.

저녁 식사 역시 예전처럼 이상했고 — 슬프고 동시에 별나기도 했다. — 언제나 촛불은 손에 닿을 곳에 있었다. 그녀는 이따금 그걸 들고 나가 나를 어둠 속에 남겨 두기도 했으며, 어떤 때에는 깨지고 이가 빠진 접시나 꽃병으로 가득 찬 작은 식탁 위에 놓아두기도 했다.

---

48) 금 프랑 (franc-or) 동전은 금과 맞바꿀 수 있다. 1928년에 이 제도가 제정됐으며, 1금 프랑은 현 시세로는 얼추 3유로에 해당된다.

"이건 1870년에 프러시아 군인들이 가져갈 수 없으니까 손잡이를 깨뜨려 버린 거란다."

그녀가 말했다.

그때 나는 비극적인 사연을 가진 꽃병을 다시 보며, 비로소 우리들이 옛날에 거기에서 저녁을 먹고 자던 기억이 오롯이 되살아났다. 아버지는 내 무릎을 고쳐 줄, 이온에 있는 전문의한테 나를 데리고 갔다. 해 뜨기 전, 지나가는 특급열차를 타야만 했다……. 나는 옛날의 서글픈 저녁 식사와 붉은색 술이 담긴 술병 앞에 팔꿈치를 기대던 늙은 서기의 갖가지 얘기들을 뚜렷이 기억했다.

나는 또한 무서웠던 일도 생생하게 기억했다……. 저녁 식사 후, 난로 앞에 앉은 대고모는 귀신 얘기를 하려고 아버지를 따로 불러 앉혔다.

"내가 돌아섰거든……. 아! 가엾은 루이야, 그런데 뭘 봤겠나? 글쎄, 머리칼이 회색인 한 여자가……."

그녀는 그런 무서운 얘기들을 머릿속에 심어 넣으면서 시간을 보냈다.

그날 저녁에도 저녁 식사를 마친 후, 자전거를 타고 와 피곤했던 나는 무아넬 대고모부가 입었던 긴 바둑판 무늬 잠옷을 입고 큰 방에서 잠을 청했다. 그때 그녀는 내 머리맡에 와서 굉장히 비밀스럽고 새된 목소리로 얘기를 풀어놓기 시작했다.

"가여운 프랑수아, 내가 지금까지 아무한테도 하지 않은 얘기를 너한테 해 주마……."

나는 생각했다.

"내가 하러 온 일은 잘한 거야, 그러니 십 년 전처럼, 또 하룻밤 내내 무서워 떨게 생겼군……!"

따라서 나는 귀를 쫑긋 세웠다. 그녀는 자기 자신한테 얘기하는 것처럼, 자기 앞을 똑바로 바라보면서 고개를 끄덕였다.

"무아넬과 함께 어떤 잔치에서 돌아오던 길이었어. 가엾은 에르네스트가 죽은 후, 우리 두 사람이 처음으로 참석한 결혼식이었지. 거기서 사 년 동안이나 만나지 못했던 내 여동생 아델을 만났지! 그런데 무아넬의 늙은 부자 친구가 사블로니에르 영지에 있는 그의 아들 결혼식에 그녀를 초대한 거야. 우리는 마차를 한 대 빌렸는데 돈이 꽤 많이 들었단다. 한겨울 아침 7시쯤, 다시 돌아오려고 길을 나섰지. 해가 떠올랐어. 사람이라고는 단 한 명도 없었거든. 그런데 길 위에서 갑자기 내가 뭘 보았겠니? 키가 작달막하고 눈이 부실 정도로 잘생긴 한 청년이 길에 우뚝 서서 꼼짝하지 않은 채, 우리가 오는 걸 쳐다봤어. 점점 다가가서 봤지, 잘생긴 그의 얼굴을 봤지. 어찌나 새하얗고 아름다웠는지, 무섭기까지 하더구나……!

내가 무아넬의 팔을 붙들었을 때, 나는 사시나무처럼 몹시 떨고 있었어. 나는 그게 하느님이라고 생각했어……!

그래서 무아넬한테 얼떨결에 말했지.

'좀 봐요! 유령이 나타났어요!'

그가 화를 버럭 내면서 낮은 목소리로 대답했어.

'나도 뚫어지게 봤어! 좀 조용히 해, 이 수다쟁이 할망구야……!'

그는 어쩔 줄 몰랐고, 때마침 마차가 섰어……. 아주 가까이서 보니, 그의 얼굴은 백지장처럼 몹시 창백했고, 이마에는 땀이 줄줄 흘렀지. 더러운 베레모를 쓰고 긴 바지를 입고 있었단다. 우리는 이렇게 말하는 그의 부드러운 목소리를 들었지.

'저는 남자가 아니에요, 소녀입니다. 도망쳤어요. 기진맥진해서 견딜 수가 없군요. 어르신들, 저를 마차에 제발 좀 태워 주실래요?'

곧바로 그녀를 태워 줬지. 자리에 앉자마자 그녀는 의식을 잃었단다. 누구에 대해서 얘기하는지 알겠니? 사블로니에르 영지의 청년, 바로 우리를 결혼식에 초대한 프란츠 드 갈레의 약혼녀였어!"

"하지만 결혼식은 없었잖아요. 약혼녀가 줄행랑쳐서 말이에요!"

내가 말했다.

"물론, 못 했지."

그녀는 나를 쳐다보며 몹시 당황해서 나한테 넋두리를 늘어놓았다.

"결혼식이 아예 없었지. 가엾게도 정신 나간 그 여자가 우리한테 설명했던 대로 머릿속으로 너무 많은 광기 어린 생각들을 했기 때문이야. 그 여자는 불쌍한 방직공의 딸이었지. 그녀는 그런 행복이 자기한테는 불가능하다고 생각했던 거야. 그 청년이 자기에 비해 너무 어렸고, 그가 자기한테 한 얘기들이 모두 깜짝 놀랄 만한 것이어서 공상에 지나지 않는다고 생각했던 거지. 마침내 프란츠가 그녀를 데리러 왔을 때, 발랑틴은 무서웠던 게야. 날씨가 춥고 된바람이 부는데도, 그녀는 부르주에 있는 대주교 저택의 정원에서 그녀 언니와 함께 산책했지. 그때 그 청년은 동생을 사랑하는 만큼이나 아마 예의를 차리느라고 그녀 언니한테 온갖 관심을 보였다는 거야. 그 바람에 정신없는 그 여자는 뭔지 모를 일을 저질러 버렸지. 그녀는 집에 숄을 가지러 가겠다고 말했어. 그러고는 그가 자기를 따라오지 않는다는 걸 알고, 남자 옷으로 갈아입고 걸어서 파리로 부리나케 달아났다는 거야. 약혼자는 그녀가 사랑했던 한 남자와 다시 결합하게 됐다는 편지를 그녀한테서 받았다는군. 하지만 그건 사실이 아니었지…….

'내가 그의 부인이 되는 것보다는 희생자가 되는 편이 더 행복해요.'

그녀가 나한테 주절주절 말했지. 그런데 바보 같은 친구는 그녀 언니와는 결혼할 생각이 전혀 없었어. 그래서 권총 한 발을 자기한테 쏘았지. 사람들이 숲 속에서 그의 피를 봤다는 거야. 그런데 그의 시신을 끝내 찾을 수가 없었다는군."

"그래서 불쌍한 아가씨를 어떻게 하셨어요?"

"우선 술을 한 모금 마시게 한 후, 먹을 걸 줬지. 그러고 나서 우리는 집으로 돌아왔고, 그 여자는 난로 곁에서 잠을 곤히 잤어. 겨우내 오랫동안, 그 여자는 우리 집에 머물렀어. 날이 밝으면 온종일 재단하고, 바느질하고, 모자를 고치기도 하고, 집 안을 열심히 쓸고 닦기도 했지. 저기 보이는 벽지를 다시 붙여 준 것도 바로 그녀야. 그녀가 온 뒤로 제비들이 밖에 집을 지었어. 하지만 저녁때, 어둠이 깔리고 그녀의 하루 일과

가 끝나면, 아무리 꽁꽁 얼어붙은 지독한 날씨라 할지라도 그녀는 항상 뭔가 구실을 붙여서 마당과 정원, 문지방으로 나가곤 했어. 거기서 그녀가 하염없이 실컷 울곤 하는 게 보였지.

'이봐! 도대체 무슨 일이야? 응?'

'아무것도 아니에요, 무아넬 부인!'

그러면서 그 여자는 다시 들어오곤 했어.

'당신은 대단히 예쁜 하녀를 구했군요. 무아넬 부인.'

이웃 사람들이 말하곤 했단다.

3월이 되자, 우리가 여러 번 만류했는데도 그녀는 한사코 파리로 가겠다는 거야. 나는 그녀가 다시 꿰맨 옷들을 줬지. 무아넬은 기차표를 사 주고 돈도 약간 줬단다.

그녀는 우리를 잊지 않았어. 그녀는 파리 노트르담 사원 옆에서 재봉사로 일한대. 우리가 사블로니에르 영지에 대한 소식을 아무것도 모르는지 물으려고 아직도 우리한테 편지를 보내곤 한단다. 한 번은 그런 생각에서 벗어나게 해 주려는 심정으로, 그 영지는 팔려서 헐렸고, 아들은 영원히 사라졌고, 딸은 결혼했다고 그녀한테 답장을 보냈단다. 이 모든 게 사실이라고 생각할 거야. 그때부터 발랑틴도 자주 편지를 보내지 않더구나……."

새된 소리가 나는 작은 목소리로 무아넬 대고모가 나한테 말한 건 유령 얘기가 아니었다. 그런데도 나는 몹시 불안했다. 우리는 떠돌이 프란츠한테 형제와 같이 힘이 돼 주겠다고 굳게 맹세했다. 그리고 지금 그 기회가 나한테 주어진 셈이다…….

　하지만 그 순간, 내가 방금 들은 얘기를 몬느한테 말해 주면, 다음 날 아침 그가 느낄 기쁨을 깨뜨리는 건 아닐까? 결코 도저히 성공할 수 없는 일을 몬느한테 시켜 본들 무슨 소용이겠는가? 우리는 사실 그 처녀의 주소를 알게 됐지만, 온 세상을 떠돌아다니는 그 보헤미안을 어디에서 찾는단 말인가……? 미치광이들은 미친광이들과 함께 있도록 놔두는 법이다. 들루슈와 부자르동이 틀린 게 아니었다. 몽상에 빠진 프란츠가 우리를 얼마나 불행하게 만들었던가! 따라서 나는 오귀스탱 몬느와 갈레 양이 결혼하는 걸 보지 않고서는 아무 얘기도 하지 않기로 마음먹었다.

　일단 이런 식으로 결심했지만, 나한테는 아직까지도 불길한 예감에서 비롯한 고통스러운 인상이 남았다. 내가 재빨리 쫓아 버리려고 하는 그 바보같이 터무니없는 인상.

　초는 거의 다 타들어 갔다. 모기 한 마리가 윙윙거리며 날았다. 잘잘 때만 벗는 벨벳 모자를 쓴, 머리를 약간 숙인 무아넬 대고모는 두 팔꿈치를 무릎 위에 대고 얘기를 다시 풀기 시작했다……. 이따금 그녀는 갑자기 고개를 쳐들고 내가 무슨 생각을 하는지 알려고 한 것처럼, 혹은 내가 잠이 들었는지 확인하려는 듯 나를 흘깃 쳐다봤다. 마침내 베개에 머리를 댄 나는 곤히 조는 체하며 눈을 감아 버렸다.

　"어머나! 잠들어 버렸네……."

　대고모가 어렴풋하게 약간 실망한 듯이 말했다.

　나는 그녀가 불쌍해져서 항의하듯 너스레를 떨었다.

"절대 아니에요! 대고모, 진짜로……."

"정말이야! 모든 것이 너한테는 별로 재미가 없을 거라는 걸 잘 알지. 네가 알지도 못하는 사람 얘기만 늘어놓았으니……."

그녀가 말했다.

비겁하지만 이번에는 나도 아무런 대답을 하지 않았다.

4 기쁜 소식

　다음 날 아침 내가 큰길에 도착했을 때, 그날은 방학 중에서도 활짝 갠 아주 평온한 날씨였고, 참으로 평화롭고 따뜻한 바람 소리가 마을 전체를 지나갔다. 그래서인지 나는 굉장히 기쁜 소식의 전달자가 되리라는 즐거움과 자신감을 되찾았다…….

　오귀스탱과 그의 어머니는 옛날 학교 건물에서 살고 있었다. 오래전에 은퇴했고 아주 많은 유산을 남긴 그의 아버지가 죽은 뒤, 몬느는 늙은 교사가 이십 년 동안 아이들을 가르쳤으며, 그 자신도 읽기를 배운 그 학교를 사고 싶어 했다. 건물 모습이 마음에 들어서가 아니라, 옛날에 읍사무소였던 이 학교가 큰 정방형 집이었기 때문이다. 길 쪽으로 위치한 일 층의 큰 창문들은 너무 높아서 어느 누구도 안쪽을 들여다볼 수가 없었다. 그리고 나무 한 그루 없고, 높은 체육관이 들판으로 향하며 시야를 가리는 뒷마당은 내가 지금까지 본 것 중에서 가장 메마르고 가장 황폐하게 버려진 학교 마당이었다…….

문이 네 개씩이나 달린 복잡한 복도에서, 나는 정원 쪽에서 방학의 이른 아침부터 말린 게 분명한 속옷들을 한가득 가지고 들어오던 몬느 어머니를 만났다. 그녀의 희끗희끗한 머리칼은 반쯤 헝클어져서, 머리칼 타래가 얼굴에 부딪혔다. 고풍스러운 머리 모양에 낡은 모자 아래 반듯한 얼굴은 밤새도록 한숨도 자지 못한 것처럼 지치고 부석부석 부어 있었다. 그리고 그녀는 뭔가 생각에 잠긴 태도로 슬픈 듯이 고개를 숙였다.

하지만 갑자기 내가 눈에 띄자, 그녀는 나를 알아보고 생긋 미소를 지었다.

"때 맞춰 잘 왔어요. 보다시피 오귀스탱이 여행을 간다고 해서 빨아 넌 속옷을 말려 걷어 오는 길이에요. 어젯밤 그 아이를 위해 돈 계산을 하고 소지품을 챙기느라 한숨도 자지 못했어요. 기차가 5시에 떠난다니까, 아마 그때까지는 전부 준비가 될 거예요…….”

그녀가 그처럼 확실한 태도를 보이는 것으로 보아, 그녀 자신이 결정한 것 같았다. 그런데 몬느가 어디로 가게 될지는 그녀조차도 분명히 모르는 것 같았다.

"올라가요. 그 아이는 읍사무소에서 편지를 쓰고 있을 거예요.”

그녀가 말했다.

나는 잽싸게 계단을 올라가서 읍사무소 현관이 보이는 오른

편 문을 열고 들어갔다. 드넓은 방은 마을 쪽과 들판 쪽으로 각각 창이 두 개씩 났고, 벽에는 그레비와 카르노, 두 대통령[49]의 빛바랜 초상화들이 걸려 있었다. 방 안쪽을 전부 차지하는 긴 교단 위에는, 초록 양탄자가 깔린 책상 앞으로 아직도 읍의원들의 의자들이 놓여 있었다. 중앙에는 읍장이 사용했던 낡은 안락의자가 있었다. 몬느는 그 의자에 앉아 유행에 뒤떨어진 하트 모양 사기 잉크병에 펜을 적시며 편지를 쓰고 있었다. 긴 방학 동안 몬느는 주위를 돌아다니지 않을 때에는, 연금 생활을 하는 마을 퇴직 교사한테나 자못 어울리는 이 장소에 노상 틀어박혀 지냈다…….

그는 나를 보자마자 내가 생각한 만큼 부리나케 서두르지 않고 일어났다.

"쇠렐 아닌가!"

그는 아주 놀란 태도로 단지 그렇게 말했을 따름이다.

여전히 뼈가 앙상한 얼굴에다 머리를 짧게 빡빡 깎은 키 큰 청년이었다. 손질을 안 해서 덥수룩해진 콧수염이 입술 위를 덮기 시작했다. 항상 변함없이 진실해 보이는 눈빛…….. 하지만 그 옛날 불탔던 열정은 엷은 안개의 베일에 가린 것 같았다. 물론 가끔은 과거의 열정으로 그 베일이 사라질 때가 있을 테지만…….

그는 나를 보자 매우 놀라 어찌 할 바를 모르는 것 같았다.

---

49) 그레비 대통령은 1879년에서 1887까지, 카르노 대통령은 1887년에서 1894까지 각각 재임했다.

나는 단번에 교단 위로 올라갔지만, 이상하게도 그는 나한테 손을 내밀 생각조차 않았다. 뒷짐을 지고 테이블에 몸을 기대며, 몹시 거북한 표정으로 나를 향해 돌아섰다. 멍하게 나를 쳐다보며 그는 나한테 할 말을 찾기에 골몰했다. 예나 지금이나 은둔자들과 사냥꾼들, 모험가들에게 말을 천천히 시작하는 버릇이 있는 것처럼, 그는 자기를 설명하는 데 필요할지 모를 적당한 말을 아랑곳하지 않고 결정하곤 했다. 그런데 내가 그 앞에 있는 지금, 단지 그는 필요한 말을 괴로운 듯 여러 모로 생각하기 시작했을 따름이다.

그런데도 나는 내가 무슨 일로 왔고, 내가 어디에서 어젯밤을 보냈으며, 몬느 어머니가 아들의 여행을 준비하는 걸 보고 얼마나 놀랐는지 명랑하게 몬느한테 털어놓았다…….

"아! 엄마가 벌써 너한테 말씀하셨니……?"

그가 물었다.

"그래. 내 생각에 긴 여행은 아닌 것 같은데? 오래도록 여행할 건 아니지?"

"아니야, 아주 긴 여행이야."

나는 내가 조금 전에 이해하지 못했던 결정을 말 한 마디로 취소한다고 생각하자, 한순간 당황해 아무 말도 하지 못했다. 나는 감히 어떤 말도 할 수 없었고, 내 역할을 어디서부터 시작해야 할지 알지도 못했다.

하지만 자기 자신을 정당화하려는 사람처럼 마침내 그 스스로 말을 꺼냈다.

"쇠렐! 생트아가트에서의 내 이상한 모험이 나한테 뭘 의

미했는지 너는 잘 알지. 그건 내가 희망을 품고, 내가 사는 존재 이유였어. 그 희망을 잃어버린 지금 내가 뭣이 될 수 있지……? 모든 사람들과 같은 방법으로 어떻게 살아간단 말인가!

모든 게 끝났고, 잃어버린 영지를 찾는 것 또한 헛수고에 지나지 않는다는 사실을 알았을 때, 나는 파리에서 살아 보려고 안간힘을 썼지. 그런데 한번 낙원에 들어갔었던 사람이 어떻게 세상 사람들과 똑같이 살지? 다른 사람한테는 행복인 것이 나한테는 하찮은 우스갯거리로 보인단 말이야. 그리고 내가 진지하고 단호하게 다른 사람처럼 살기로 결정했던 그날부터, 나는 끝없이 계속되는 후회를 하게 된 거야……."

나는 교단 위에 놓인 의자에 앉아 고개를 숙이고, 그를 바라보지 않고 그의 얘기를 경청했다. 나는 이해하기 어려운 설명을 어떻게 받아들여야 할까를 생각할 뿐이었다.

"그래, 몬느, 잘 설명 좀 해 봐! 무엇 때문에 긴 여행을 떠나려 하는 거지? 사죄할 무슨 잘못을 저질렀어? 약속을 지키려고 하는 건가?"

내가 물었다.

"물론 그렇지. 내가 프란츠한테 했던 약속을 너도 기억하지……?"

"아! 단지 그 일 때문이었나……?"

나는 마음이 가벼워져서 말했다.

"그것만이 문제지. 아마도 속죄해야 할 잘못일 거야. 동시에 두 사람한테……."

한동안 침묵이 흘렀다. 그사이에, 나는 내 얘기를 시작하기로 결심하고 어떻게 얘기를 꺼내야 할 것인지 생각했다.

"내 생각으론, 오로지 설명이 필요하단 거야. 물론 다시 한번 갈레 양을, 단지 딱 한 번만이라도 그녀를 다시 보고 싶다는 생각이 들어……. 지금도 확신하지만, 내가 이름 없는 영지를 발견했을 때 나는 이제는 결코 다시는 접근할 수 없는 높은 차원과 완벽함, 순수함의 경지에 도달했지. 언젠가 너한테 보냈던 편지에도 썼을 거야. 오로지 죽음 속에서만 그 아름다운 시절을 다시 발견할 거야……."

그가 다시 넋두리를 올가망하게 풀어놓았다.

나한테로 다시 다가오며 그는 이상하게 활기를 띠고 변한 말투로 말을 이어 갔다.

"하지만 잘 들어 봐, 쇠렐! 새로운 계획과 멀고 먼 여행, 내가 저질렀고 속죄해야 할 실수는 어떤 의미에서 옛날의 모험이 아직도 마냥 계속된다는 얘기지……."

잠깐 동안, 그는 괴로운 듯 그 추억들을 되찾으려고 애면글면했다. 지난번에는 말할 기회를 놓쳤기에, 이번 만은 결코 그러고 싶지 않아서 우선 말을 꺼냈다. 그러느라 이번에는 내가 너무 빨리 얘기한 꼴이 됐다. 그래서 결국 나는 그의 고백들을 듣지 않은 것을 훗날 뼈저리게 후회했다.

하여튼 나는 조금 전에 준비해 뒀던 말을 했지만 더 이상 어울리지 않는 말이었다. 나는 겨우 고개를 약간 들었을 뿐, 아무런 몸짓 없이 말했다.

"만약에 내가 그 어떤 희망도 사라지지 않았다는 걸 너한테 알려 주러 왔다면……?"

그가 나를 뚫어지게 응시했다. 이윽고 그는 느닷없이 시선을 돌리며, 내가 이전에 그렇게 얼굴을 붉히는 사람을 본 적이 없을 정도로 심하게 얼굴을 붉혔다. 관자놀이를 크게 얻어맞은 것처럼, 핏대가 치솟았고 상기됐다…….

"도대체 무슨 말을 하고 싶은 거니?"

마침내 겨우 알아들을 정도의 시르죽은 목소리로 그가 물었다.

그때 나는 단숨에 내가 아는 것과 내가 했던 행동을 얘기했다. 그리고 어떤 식으로 보자면, 나는 나를 그에게 보낸 사람이 거의 이본 드 갈레나 다름없다고 얘기했다.

그러자 그는 무서우리만큼 창백해졌다.

이런 얘기를 하는 내내, 그는 갑작스러운 습격을 받고 어떻게 방어할 것인지, 숨을 것인지 아니면 도망갈 것인지 결정하지 못한 사람의 태도로 고개를 약간 움츠리고 말없이 들었다. 내 기억으로는 그가 오직 한 번만 내 얘기를 중단시켰을 따름이다. 내친 김에 나는 지나가는 소리로 모든 사블로니에르 영지가 파괴됐으며, 예전 영지들이 더 이상 존재하지 않는다고 그에게 말했다.

"아! 거봐……(마치 그의 행동과 그가 빠졌던 절망을 정당화할 기회를 엿봤던 것처럼) 너도 아는구나. 이제 아무것도 없다는 걸……."

나는 손쉽게 그에게 남은 고통을 사라지게 할 거라고 자신했다. 그리고 얘기를 끝내려고 플로랑탱 삼촌이 시골에서 들놀이를 개최한다는 사실과 갈레 양이 말을 타고 그곳으로 올 예정이라는 것, 몬느도 거기에 초대됐다는 걸 그에게 털어놓았다……. 하지만 그는 완전히 어찌 할 바를 모르는 것처럼 보였고, 계속해서 어떤 대답도 하지 않았다.

"즉시 여행을 취소해야만 해, 네 어머님한테 알려 드리러 가자꾸나……."

나는 싱숭생숭해서 말했다.

우리 둘은 내려갔다.

"그 시골 들놀이 말이야……? 거기 꼭 가야 하니……?"

그가 무척이나 망설이며 나한테 물었다.

"그럼, 물을 필요도 없이 당연히 가야지."

내가 즉시 대꾸했다.

그는 어깨를 떠밀려 가는 사람같이 걸었다.

아래층에서 오귀스탱은 어머니에게, 내가 점심과 저녁을 먹고 여기서 하룻밤 묵은 뒤, 다음 날 자신도 자전거를 빌려 타고 비외낭세로 나를 따라갈 것이라고 알렸다.

"아! 참 잘됐어."

마치 그런 소식들이 그녀의 모든 예견을 확실하게 한 것처럼, 그녀는 고개를 끄덕이며 너스레 쳤다.

나는 삽화가 그려진 달력 아래 옛날 식민지에서 보병으로 근무했던 몬느 삼촌이 먼 여행에서 가지고 온 수단 산(産) 가죽 부대와 장식용 단도 들이 진열된 조붓한 식당에 앉았다.

오귀스탱은 식사 전에 잠깐 나 혼자만 그곳에 남겨 놓았다. 그의 어머니가 짐을 꾸렸던 옆방에서 그가 약간 낮은 목소리로 짐을 풀지 말라고 ── 왜냐하면 그의 여행이 연기됐을 뿐이니까…….── 어머니한테 얘기하는 소리를 나는 들었다.

5 들놀이

나는 비외낭세 길 위로 달리는 오귀스탱의 뒤를 쫓아가기
가 무척이나 힘들었다. 그는 자전거 선수처럼 들입다 달렸다.
언덕배기에서도 자전거에서 내리지 않고 그대로 잽싸게 달렸
다. 어젯밤의 설명할 수 없던 망설임에 뒤이어, 신경질적으로
가장 빨리 도착하고 싶은 안달과 흥분이 갑작스레 일어났던
것이다. 나는 그것 때문에 약간 불안했다. 내 삼촌 집에서도
그는 싱숭생숭해서 안절부절못했다. 다음 날 아침 10시쯤, 우
리가 강가로 떠나려고 채비를 끝내고 마차에 탄 순간까지, 그
는 어떤 것에도 흥미를 느낄 수 없는 것처럼 보였다.

여름이 한풀 꺾인 8월 말이었다. 벌써 속이 텅 비고 노랗게
된 밤송이들이 하얀 길을 덮기 시작했다. 여정은 그다지 길지
않았다. 우리가 가는 셰르 강 가까이에 있는 오비에 농장은 사
블로니에르 영지 너머로 2킬로미터밖에 떨어지지 않았다. 때

때로 우리는 플로랑탱 삼촌이 대담하게도 갈레 씨 이름으로 초대한, 마차를 타고 가는 다른 손님들과 말을 타고 가는 젊은 이들을 만나곤 했다⋯⋯. 옛날처럼 그는 부자들과 가난한 사람들, 성주들과 농부들을 뒤섞어서 초대하려고 안간힘을 썼다. 발라디에 관리인 덕분에, 우리는 이전부터 내 삼촌과 아는 사이인 자스맹 들루슈가 자전거를 타고 오는 걸 보게 되었다.

"저기, 우리가 파리까지 가서 찾는 동안, 모든 열쇠를 쥐고 있던 녀석이 온단 말이야. 절망적이야!"

몬느가 그를 알아보고 푸념했다.

그는 들루슈를 볼 때마다 사정없이 앙심을 내뿜었다. 그와 반대로, 우리와 다시 친해질 필요성을 절실하게 느낀 들루슈는 끝까지 우리가 탄 마차 곁을 바투 따라왔다. 가엾게도 그는 별로 큰 효과가 없는데도 옷치장에 돈을 꽤나 많이 뿌렸다. 해진 재킷 앞자락이 자전거의 흙받기에 부딪혔다⋯⋯.

그는 친절하게 보이려고 무리하게 안간힘을 썼다. 하지만 그의 늙수그레한 얼굴은 누구 마음에도 들지 않았고, 오히려 나한테 애매한 연민의 정을 불러일으켰다. 하지만 그날, 내가 연민을 느끼지 않은 사람이 있었던가⋯⋯?

그 들놀이를 떠올릴 때마다, 나는 숨 막히는 듯이 어두운 회한을 느끼지 않을 수 없다. 나는 너무 빨리, 그날을 즐거워했던 것이다! 모든 게 우리가 행복하도록 너무나 완벽하게 꾸며진 것 같았다. 그런데도 우리는 정녕코 행복하지 않았다⋯⋯!

하지만 셰르 강변은 얼마나 아름다웠던가! 우리가 멈췄던 강가에는 언덕이 완만한 경사를 이뤘고, 마치 조붓한 정원처럼 조그마하고 푸른 목장들과 버드나무 숲 사이에 울짱이 자리 잡고 있었다. 건너편 강쪽 강변은 회색빛 바위로 덮인 가파른 언덕이었다. 그리고 제일 먼 강변에는 전나무 숲 사이로 뾰쪽 탑이 봉긋이 솟은 낭만적이고 작은 성곽들이 다소곳이 눌러앉아 있었다. 때때로 저 멀리 프레브랑주 성 사냥개 무리가 울부짖는 소리가 들려왔다.

때로는 하얀 조약돌이 깔렸고, 때로는 모래로 뒤덮인 작은 길들의 미로로 우리는 그곳에 도착했다. 강가에 있는 천연 샘에서 솟는 물이 그 길들을 시내로 만들었다. 우리가 지나갈 때, 야생 까치밥나무 가지들이 살포시 우리 소매를 붙잡았다. 때때로 우리는 계곡 바닥의 시원한 어둠 속으로 잠기기도 했고, 때로는 그와 반대로 울타리가 끊어져 모든 계곡의 밝은 빛 속에 흠뻑 빠지기도 했다. 우리가 가까이 다가갔을 때, 강변의 다른 먼 곳에서는 바위에 걸터앉은 한 사내가 느릿느릿 낚싯줄을 던지기도 했다. 정말로 얼마나 좋은 날씨인가!

우리는 자작나무 덤불숲이 만들어 놓은 움푹한 풀밭 위에 자리 잡았다. 한없이 놀라고 만들어진 것같이 보이는 그곳에는 짧게 깎은 넓은 잔디가 깔려 있었다.

우리는 말들을 마차에서 풀어 오비에 농장으로 데리고 갔다. 우리는 숲 속에서 준비해 온 식량들을 풀기 시작했고, 잔디 위에는 삼촌이 가져온 접이 테이블을 세웠다.

그때, 누군가 자원한 사람들이 큰길 어귀에 가서 늦게 도착하는 사람들한테 우리가 있는 장소를 알리도록 했다. 나도 곧바로 자원했다. 몬느는 나를 따라왔고, 우리는 사블로니에르 영지 쪽에서 오는 여러 오솔길과 큰길이 만나는 지점인 현수교 옆에 도착했다.

우리는 이리저리 걸으면서 옛날 일을 얘기했다. 그럭저럭 무료함을 달래려고 애쓰며 사람들을 기다렸다. 낯선 농부들이 키가 크고 리본을 맨 딸을 데리고 비외낭세에서 마차를 타고 왔다. 그러고는 개미 새끼 한 마리도 오지 않았다. 아니, 당나귀가 끄는 마차를 타고 어린아이 세 명이 왔다. 그들은 전에 사블로니에르 영지에서 일했던 정원사의 아이들이었다.

"걔네들을 전에 본 적이 있는 거 같군. 내 생각으로는, 쟤네들이 옛날에 축제 첫날 저녁, 내 팔을 붙잡고 나를 저녁 식사에 데리고 갔던 아이들인 것 같아⋯⋯."

몬느가 주절거렸다.

하지만 그 순간, 마차를 끄는 당나귀가 더 이상 가려고 하지 않아서 어린아이들은 마차에서 내렸다. 그들은 당나귀를 찌르거나 끌어당기고 힘껏 차기도 했다. 그러자 실망한 표정을 지으면서 몬느는 뭔가 잘못된 것 같다고 말했다⋯⋯.

나는 그들이 길에서 갈레 씨와 갈레 양을 만났는지 물어봤다. 한 아이가 모른다고 대답했다.

"제 생각으로는, 봤어요, 선생님."

다른 아이가 대답했다.

그리고 더 이상 물어봐도 별로 진척이 없었다. 마침내 그들이 잔디밭 쪽으로 내려갔다. 어떤 녀석들은 말고삐를 바투 당겼고, 다른 녀석들은 마차 뒤를 밀었다. 우리들은 다시 기다렸다. 몬느는 예전에 그토록 찾아 헤맸던 그 처녀가 오는 걸 뭔가 두려운 생각으로 기다리면서, 사블로니에르 영지 길모퉁이를 뚫어지게 톺아봤다. 좀 전에 그는 자스맹한테 보여 준 이상하고도 사뭇 우스꽝스러운 신경질에 사로잡혔다. 우리가 멀리 있는 길을 보려고 올라갔던 작은 언덕 아래쪽 잔디밭 위에서, 우리는 들루슈가 잘 보이려고 애쓰는 한 무리 초대 손님들을 언뜻 봤다.

"잘도 떠들어 대는 등신 같은 녀석 좀 봐."

몬느가 나한테 푸념했다.

"하지만 내버려둬. 불쌍한 녀석, 하고 싶은 대로 하라지."

나는 그에게 대답했다.

오귀스탱은 감정을 가라앉히지 못했다. 저쪽에서 산토끼인지 아니면 다람쥐인지가 덤불에서 난데없이 튀어나왔다. 자스맹은 자신이 침착한 걸 확실히 보여 주려고 그 녀석을 쫓아가려는 척했다.

"자, 잘한다! 이제야 뛰어가는군……. 진짜 나만큼 용감한 놈도 없다는 식으로 말이야!"

몬느가 너스레쳤다.

이번에는 내가 웃음통을 참을 수 없었다. 몬느도 웃었다. 하지만 그 웃음꽃은 불과 한순간의 일이었다.

다시 십오 분이 지나갔다.

"만약에 그녀가 오지 않는다면……?"

그가 말했다.

"그녀가 약속했잖아. 조금만 더 참아!"

내가 대답했다.

그는 다시 망보기를 시작했다. 하지만 견딜 수 없는 기다림을 더 이상 계속할 수 없었는지 마침내 그가 하소연했다.

"내 얘길 들어봐. 나는 다른 사람들과 함께 내려갈 테야. 지금은 나한테 맞서는 그 어떤 게 있는 거 같아. 여기 머문다면, 그녀가 결코 오지 않을 것 같이 느껴져. 잠시 후 이 길 끝에서 그녀가 나타난다는 건 있을 수 없는 일인 것 같단 말이야."

그는 나를 혼자 남겨 두고 잔디밭 쪽으로 가 버렸다. 나는 심심한 걸 달래려고 수백 미터 남짓한 좁은 길을 뚜벅뚜벅 걸어갔다. 그러자 첫 모퉁이에서, 이본 드 갈레가 승마복을 입고 늙은 백마를 타고 올라오는 게 보였다. 그 말이 그날 아침에는 어찌나 기운이 팔팔했는지 빨리 못 달리게 하려고 그녀는 말고삐를 늦추어야만 했다. 말 앞에서는 갈레 씨가 고통스럽게 묵묵히 걸었다. 분명히 그들은 길에서 교대로 차례차례 늙은 말을 타고 온 게 틀림없었다.

그녀는 혼자 남은 나를 보고 미소 짓고는 재빨리 말에서 사뿟 내리더니, 말고삐를 아버지한테 맡기고 달리고 있는 나한테로 왔다.

"혼자 계시는 걸 보니 무척 기쁘군요. 저는 늙은 벨리제르를 당신 외엔 누구한테도 보여 주고 싶지 않았고, 그 말을 다른 말과 함께 있게 하고 싶지도 않아요. 저 말은 너무 추하고 몹시 늙었어요. 따라서 항상 저 말이 다른 말 때문에 상처 입지 않을까 두렵답니다. 그런데 나는 저 말밖에 타지 않아요. 저 말이 죽으면, 더 이상 말을 타지 않을 작정입니다."

그녀가 넋두리를 늘어놓았다.

몬느의 경우와 마찬가지로, 갈레 양한테서 나는 그토록 매혹적인 생기와 겉으로는 평온한 우아함에도, 그 밑에는 조바심과 거의 불안이라고 해도 좋은 것이 아울러 깔려 있다는 걸 느꼈다. 그녀는 여느 때보다 빠르게 말했다. 그녀의 뺨과 광대뼈가 새빨갛게 상기됐는데도, 그녀 눈언저리와 이마에는 군데군데 그녀의 온갖 괴로움을 읽을 백지장 같은 창백함이 박혀 있었다.

우리는 벨리제르를 길섶 작은 숲 속에 있는 나무에 매어 놓기로 했다. 늙은 갈레 씨는 여느 때처럼 말 한마디도 하지 않고, 안장에 매단 가죽 주머니에서 끈을 꺼내 내가 적당하다고 생각한 것보다 약간 아래쪽에다 매었다. 나는 잽싸게 농장에서 건초와 귀리, 짚을 보내겠다고 약속했다…….

그러고 나서 갈레 양은 옛날처럼 내가 생각한 대로 잔디밭에 다다른 다음, 몬느가 그녀를 처음 봤던 호수 제방 쪽으로 내려갔다.

오른팔을 아버지한테 맡기고, 왼손으로는 입던 큼직하고 가벼운 외투 앞자락을 걷어 올리며, 그녀는 진지하면서도 어린아이 같은 표정을 짓고는 초대 손님들이 머무는 장소로 걸어갔다. 나는 그녀 곁에서 걸었다. 흩어졌거나 멀리서 놀던 초대인들은 일어서서 그녀를 맞이하러 모여들었다. 각자 그녀가 다가오는 걸 쳐다봤다. 그동안 짧은 침묵이 흘렀다.

몬느는 젊은 사람 무리에 섞여 있었다. 큰 키를 빼고는 그가 그 친구들과 구분되는 게 아무것도 없었다. 그런데 그 무리 사람 대부분이 그와 마찬가지로 키가 컸다. 그는 주의를 끌 만한 행동을 아예 하지 않았다. 전혀 움직이지 않았고, 한 발자국도 앞으로 내딛지 않았다. 나는 그가 회색 옷을 입고 꼼짝달싹하지 않은 채, 그토록 아름다운 처녀가 다가오는 것을 다른 사람들처럼 뚫어지게 응시하는 걸 봤다. 마침내 머리를 얌전하게 빗은 친구들 속에서 농부처럼 빡빡 깎은 거친 머리를 가리기 위한 것처럼, 무의식적이고 거북스럽게 그는 손으로 머리를 긁었다.

이윽고 한 무리 사람들이 갈레 양을 에워쌌다. 그녀가 모르는 청년들과 처녀들이 그녀한테 소개됐다……. 내 친구 차례가 왔다. 그가 불안했던 것만큼 나 역시 불안했다. 따라서 나 스스로 그를 소개하려고 마음먹었다.

하지만 내가 미처 말을 꺼내기도 전에, 그 처녀는 작심한 듯 놀라울 만큼 근엄한 태도로 그에게 다가갔다.

"나는 오귀스탱 몬느를 알아요."

그녀가 말했다.

그러고는 몬느한테 손을 내밀었다.

6 즐거운 게임(끝)

거의 쉴 새 없이, 새로운 사람들이 이본 드 갈레한테 인사하려고 다가와서 두 남녀는 어쩔 수 없이 떨어져야만 했다. 더군다나 점심 식사를 할 때, 불행하게도 그들은 같은 식탁에 앉을 수 없었다. 하지만 몬느는 자신감과 용기를 되찾은 것 같았다. 나는 들루슈와 갈레 씨 사이에 우두커니 혼자 앉았는데, 멀리 떨어진 곳에서 나한테 손을 흔들어 우정을 표시하는 내 친구를 여러 번 바라봤다.

그날 하루가 저물어 갈 무렵, 여러 가지 놀이와 먹 감기, 수다 떨기, 근처 연못에서의 뱃놀이 등이 여기저기에서 대충 이뤄지는 즈음에서야, 몬느는 가까스로 다시 그 처녀와 얼굴을 마주했다. 우리는 가져온 정원용 의자에 앉아 들루슈와 함께 얘기를 나눴다. 젊은이 무리에서 따분하고 지루했던지, 갈레 양이 생각 끝에 불쑥 일어나서 우리한테 다가왔던 터다. 나는 지금도 또렷이 기억하는데, 그녀는 우리한테 어째서 다른 사람들처럼 오비에 호수에서 뱃놀이하지 않느냐고 물었다.

"우린 이미 오후부터 몇 바퀴나 돌아다닌걸요. 하지만 별로 재미가 없고 너무 단조로워서 금방 지쳐 버렸습니다."

내가 속내를 보였다.

"그렇다면 어째서 강으로 가지 않나요?"

그녀가 되물었다.

"물살이 너무 세요. 자칫하면 떠내려갈 위험이 크답니다."

"예전처럼 석유 엔진이 장착된 보트나 증기선이라도 있으면 괜찮을 텐데."

몬느가 말했다.

"그건 이제 없어요. 팔아 버렸거든요."

그녀가 거의 알아들을 수 없을 정도로 풀이 죽어 시르죽은 목소리로 말했다.

그리고 왠지 모를 거북한 침묵이 흘렀다.

이걸 기회로 삼아, 자스맹이 갈레 씨를 다시 만나러 가겠다고 했다.

"나는 그분이 어디 계시는지 잘 알지요."

그가 냉큼 말했다.

얼마나 기이한 인연인가! 닮은 구석이라고는 전혀 없는 두 사람이 서로한테 마음이 끌려서 아침부터 줄곧 함께했다. 저녁때, 갈레 씨는 잠깐 나를 따로 불러서 재주가 넘치고 공손하며 인품이 훌륭한 친구를 뒀다고 얘기했다. 심지어 그는 그에게 벨리제르라는 존재 비밀과 그를 숨겨 둔 장소까지 모두 털어놓았던 게 분명했다.

　나도 자리를 뜰까 생각했다. 하지만 두 사람이 자못 거북스럽고 불안하게 서로 마주 봐서 떠나지 않는 게 나을 것 같다고 판단했다…….

　자스맹이 보여 준 신중한 배려와 내가 애써 신경을 쓴 조심성은 아무짝에도 소용이 없었다. 그들은 얘기를 나눴다. 그러나 변함없이, 그 자신도 도통 이해할 수 없는 집요함으로 몬느는 옛날의 모든 경이로운 것들만 줄곧 읊어 댔다. 그럴 때마다, 처녀는 애타게 괴로운 듯 모든 게 사라졌다고 그에게 되풀이해서 하소연해야만 했다. 그토록 이상야릇하고 복잡한 옛날 저택이 헐렸다는 것과 큰 못은 물이 바싹 말라 진흙으로 메워졌다는 것, 근사한 옷을 입은 어린아이들은 뿔뿔이 흩어져 버렸다고 푸념했다…….

　"아!"

　몬느는 그저 절망에 찬 소리만 낼 따름이었다. 마치 사라진 모든 것 하나하나가, 그녀와 내가 어떻게 생각하든지 간에, 자신이 옳다고 인정하는 것 같았다…….

　우리는 나란히 걸었다……. 나는 우리 세 사람을 덮쳐 왔던 슬픔을 덜어 주려고 온 힘을 쏟았지만 말짱 헛일이었다. 몬느는 강박관념에 빠져서 거친 질문으로 또다시 같은 화제로 되돌아갔다. 그는 옛날에 그가 봤던 모든 것이 어떻게 됐는지 물었다. 소녀들과 낡은 4인승 마차의 마부, 경주용 조랑말 등 옛날에 자신이 보았던 모든 것들에 대한 정보를 마냥 요구했다.

　"조랑말도 역시 팔렸습니까? 영지에는 말이라고는 더 이상

없나요……?"

그녀는 이제 더 이상 말이 없다고 대답했다. 그녀는 벨리제르에 대해서는 입 밖에도 꺼내지 않았다.

그러자 그는 자기 방 안에 있던 갖가지 물건들을 떠올렸다. 촛대들과 큰 거울, 줄이 끊어진 낡은 비파……. 그는 이상하리만큼 열정적으로 모든 것에 대해 꼬치꼬치 따져 물었다. 마치 잠수부가 물속 깊은 곳에서 조약돌과 해초를 건져 내는 것처럼, 그의 아름다운 모험에는 이제 아무것도 남지 않았다는 것, 그리고 그 처녀가 그들 두 사람의 만남을 꿈이 아니라고 증명하는 잔해를 가져오지 않았다는 걸 확신하고 싶은 것 같았다.

갈레 양과 나는 슬픔을 머금고 그저 미소 짓지 않을 수 없었다. 마침내 그녀는 마음을 단단히 다지고서 그에게 속내를 털어놓고 하소연하기로 작정했다.

"아버지와 내가 가엾은 프란츠를 위해 꾸며 줬던 아름다운 성을 당신은 다시 보지 못할 거예요. 우리는 그가 원하는 걸 해 주려고 살아왔답니다. 그는 진짜 기이하고 매력적인 사람이지요! 하지만 그의 결혼식이 깨어진 날 저녁, 모든 것은 그와 함께 깡그리 사라져 버렸답니다.

우리가 모르는 사이에 아버지는 파산했어요. 프란츠는 빚을 지고 있었답니다. 그의 오랜 친구들은 그가 사라진 걸 알자 곧장 우리한테 빚을 갚으라고 독촉했습니다. 우리는 가난해졌고, 어머니는 시름시름 앓다가 끝내 돌아가셨습니다. 며칠 만에 우리는 친구들을 모조리 잃었죠.

프란츠가 죽지만 않고 돌아오면 얼마나 기쁠까요. 그가 그의 친구와 약혼녀를 되찾는다면 얼마나 좋을까요. 중단된 결혼식이 이뤄지면 얼마나 행복할까요. 그러면 아마 모든 게 옛날처럼 될 거예요. 그렇다고 과거가 다시 살아날까요?"

"어느 누구도 알 수 없는 법이지요!"

생각에 잠긴 몬느가 대답했다.

그리고 그는 더 이상 아무것도 묻지 않았다.

벌써 약간 노랗게 된, 짧게 깎인 잔디밭 위를 우리 셋은 소리 나지 않게 걸었다. 오귀스탱이 영원히 잃어버렸다고 생각했던 그 처녀가 바로 그의 오른쪽에 있었다. 그가 무례한 질문을 하나씩 할 때마다, 그녀는 매혹적인 얼굴에 근심을 띠고 천천히 그에게 고개를 돌려서 대답하곤 했다. 한 번은 그에게 얘기하며 신뢰감과 나약함을 가득 드러낸 몸짓으로 부드럽게 그와 팔짱을 끼기조차도 했다. 뭣 때문에 대장 몬느는, 이방인처럼, 자기가 찾는 것을 하나도 발견하지 못한 사람처럼, 다른 그 어떤 것에도 흥미를 느끼지 못한 사람처럼 거기에 있었을까? 오히려 삼 년 전이었더라면, 그는 이 행복을 공포와 광기 없이 지탱할 수 없었을 터였다. 그 순간 그의 마음속에 존재한 행복해지려는 의욕에 대한 그의 공허감과 무기력, 소외감은 도대체 어디에서 비롯한 걸까?

우리는 그날 아침 갈레 씨가 벨리제르를 매어 놓았던 작은 숲 가까이로 갔다. 태양은 저물어 가며 풀밭에 우리 그림자를 길게 드리웠다. 잔디밭 저쪽 끝에서, 멀리서는 확실하게 들리지 않았지만, 소녀들과 놀이꾼들의 목소리가 행복한 웅성거림이 되어 들려왔다. 더할 나위 없이 기막힌 정적 속에서 우리는 말을 잃은 채 오도카니 섰었다. 바로 그때, 숲 다른 쪽인 오비에 농장과 강가 농장 쪽에서 홀연히 노랫소리가 들려왔다. 젊은이의 목소리였다. 멀리서 누군가가 그의 가축을 물 먹이는 곳으로 몰고 가면서 리듬이 무용곡 같은 곡을 불렀다. 하지만 그 사람은 아주 오래된 슬픈 발라드처럼 끝을 길게 늘이며 구슬픈 가락을 뽑았다.

내 구두는 빨간색이야…….
영원히 안녕, 내 사랑이여…….
내 구두는 빨간색이야…….
영원히 안녕, 다시 만날 수 없으리……!

몬느는 고개를 들어서 귀를 기울였다. 축제의 마지막 저녁, 모든 게 이미 무너져 버렸던 그때, 모두가 파김치가 됐을 때, 이름 없는 영지에서 늦게 돌아가던 농부들이 부르던 곡 중 하나였다……. 이제는 결코 돌아오지 않을 그 아름다운 날들 — 무엇보다도 비참하지만 — 의 아련한 추억일 뿐이었다.

"그런데 저 소리 들리지요? 아! 누가 부르는지 보러 가야겠어요."

몬느가 나직한 목소리로 말했다.

그는 곧바로 작은 숲으로 들어갔다. 거의 동시에 노랫소리가 뚝 그쳤다. 잠시 후, 그 사내가 멀리 가면서 가축들에게 부는 휘파람 소리가 들렸다. 그러고는 더 이상 아무 소리도 들리지 않았다…….

나는 그 처녀를 쳐다봤다. 생각에 잠기고 초주검이 된 그녀는 몬느가 방금 사라졌던 수풀 속을 뚫어지게 봤다. 그 후에도 그녀는 대장 몬느가 영원히 가 버린 그 길을 생각에 잠겨 얼마나 여러 번 쳐다보곤 했던가!

그녀는 나한테로 돌아섰다.

"그는 행복하지 못해요."

그녀는 비통하게 푸념을 늘어놓았다.

그녀가 덧붙였다.

"아마 나는 그를 위해 아무것도 할 수 없을 거예요……."

나는 몬느가 농장까지 단번에 뛰어갔다가 숲 속으로 돌아오면서 우리 얘기에 갑자기 끼어들까 두려워 대답을 망설였다. 하지만 그녀한테 용기를 북돋워 주기로 했다. 따라서 키 큰 친구를 거칠게 다루는 것을 두려워하지 말라고 그녀한테 말했다. 그는 어떤 비밀로 말미암아 절망하는 게 틀림없었다. 그는 자신에 대해선 그녀한테도, 다른 누구한테도 고백하지 않을 참인 것 같았다. 그때 갑자기 다른 쪽 숲에서 비명 소리가 들렸다. 우리는 계속해서 말발굽 소리와 간간이 싸우는 소리를 들었다……. 나는 즉시 늙은 벨리제르에게 어떤 사단이 났다는 걸 알아채고, 떠들썩한 소리가 마냥 들려오는 장소로 냅다 달려갔다. 갈레 양이 나를 멀리서 뒤쫓아 왔다. 저쪽 잔디밭 쪽에서도 우리가 움직이는 걸 주목하는 게 틀림없었다. 내가 덤불 속으로 들어가는 순간, 사람들이 달려오는 소리가 들렸기 때문이다.

너무 낮게 매어 놓은 탓에, 늙은 벨리제르의 앞발이 밧줄에 휘감겼다. 산책하는 도중, 그 소리를 듣고 온 갈레 씨와 들루슈가 다가갔을 때, 말은 꼼짝달싹 못하고 있었다. 말은 자기에게 주어진 괴상망측한 먹이를 보자 겁먹고 흥분해서는 미친 듯이 날뛰었던 것이다. 두 사람이 말을 풀어 주려고 온 힘을 쏟았으나 너무 서툴렀다. 그들은 말발굽에 차일까 무서워하면서도 오히려 말을 단단히 옭아매는 결과를 만들었다. 오비에서 돌아오던 몬느가 우연히 그들이 있는 곳에 온 건 바로 그 순간이었다. 그처럼 서투른 솜씨에 화가 난 몬느가 그들을 밀쳐 내는 바람에, 그들은 하마터면 덤불 속에 굴러떨어질 뻔했다. 몬느는 조심스럽게 손을 잽싸게 놀려서 벨리제르를 풀어 줬다. 너무 늦게 풀어 줘서 이미 상처가 생겼다. 힘줄을 다치거나 분명히 어딘가 으깨진 모양이었다. 가엾게도 고개를 떨어뜨렸고 안장은 등에서 반쯤 흘러내렸으며 다리를 배 밑으로 접어 부들부들 떨었기 때문이다. 몬느는 허리를 굽히고 말을 쓰다듬으면서 조용히 살펴봤다.

그가 고개를 다시 들었을 땐, 거의 모든 사람이 거기 모여 있었다. 하지만 그는 아무한테도 눈길을 주지 않았다. 그는 화가 나서 얼굴이 새빨개졌다.

"도대체 누가 이 따위로 매어 뒀지! 온종일 등에다가 안장을 놓아둔 채로 말이야? 기껏해야 수레나 끌면 좋을 저 늙은 말에다 안장을 올려놓다니."

그가 목청을 높였다.

모든 걸 자신이 뒤집어쓸지도 모른다고 생각한 들루슈가 뭔가 말하려고 했다.

"닥쳐! 게다가 네 탓도 있으니까. 나는 네가 안장을 풀어 주며 멍청하게 바투바투 고삐를 잡아당기는 걸 봤어."

그는 또다시 몸을 웅크리고 손바닥으로 말의 관절을 쓸어 주기 시작했다.

지금까지 아무 말이 없던 갈레 씨가 그렇게 가만히 있는 게 잘못인 줄 알았는지, 더듬더듬 말했다.

"해군 장교들은 습관이……. 내 말은……."

"아! 이게 당신 말입니까?"

노인 쪽으로 고개를 돌리며 새빨개진 몬느는 어느 정도 흥분을 가라앉히면서 말했다.

나는 그가 말투를 바꿔 사과할 것이라고 생각했다. 그는 잠시 숨을 고르더니, 이어서 나는 그가 사태를 더 악화하고, 모든 걸 영원히 깨뜨려 버릴 정도로 절망적이고도 씁쓸한 짓을 기쁜 마음으로 하는 걸 봤다.

그는 당돌하게도 이렇게 내뱉었다.

"그래도 당신을 칭찬할 수 없습니다."

누군가 제안했다.

"혹시 시원한 물에……. 냇가에서 찬물로 씻기면……."

"아직 걸을 수 있을 때, 얼른 이 늙은 말을, 머뭇거릴 시간이 없어요! 외양간으로 데려가야 할 거예요. 절대로 다시는 거기서 나오게 하지 마세요."

몬느가 앞 사람 말에는 대꾸도 하지 않고 말했다.

곧장 여러 청년들이 도우려고 나섰다. 하지만 갈레 양은 그들한테 고맙다고 하면서 강하게 사양했다. 금방이라도 눈물을 흘릴 듯 얼굴이 새빨갛게 된 그녀는 모든 사람들과 그녀를 감히 쳐다보지 못하는 당황한 몬느한테까지도 작별 인사를 했다. 그녀는 말을 이끌고 가기보다는 오히려 말한테 더욱 가까이 가 마치 팔짱을 끼는 것처럼 고삐를 바특 붙잡았다…….

늦여름 바람이 사블로니에르 영지의 길에 그처럼 미지근하게 불어오기에 5월이 아닐까 싶었다. 울타리 나뭇잎들이 남쪽에서 불어오는 미풍에 하느작하느작 나부끼며 흔들렸다…….

우리는 그녀가 팔을 반쯤 외투 밖으로 내놓고 고사리 같은 손으로 두꺼운 가죽 고삐를 바투 움켜쥐고 그렇게 떠나는 것을 봤다. 그녀 아버지가 힘겹게 그녀 곁에서 고통스럽다는 듯이 터벅터벅 걸었다…….

야회의 슬픈 결말! 사람들은 각자 하나씩 하나씩 자기 짐들과 식기들을 챙겼다. 의자를 접었고 테이블을 분해했다. 짐과 사람을 실은 마차들이 모자를 벗고 손수건을 흔드는 사람들과 함께 떠났다. 마지막으로 우리들은 우리와 마찬가지로 말 없이 쓰디쓴 후회와 커다란 실망을 되씹는 플로랑탱 삼촌과 함께 그 자리에 남았다.

우리도 역시 매우 활발하고 멋진 밤색 말이 이끄는, 스프링이 아주 좋은 마차를 타고 떠났다. 바퀴가 길모퉁이 모래 속에 파묻혀서 삐걱거렸다. 뒤쪽 좌석에 앉은 몬느와 나는 늙은 벨리제르와 주인들이 지름길로 들어서 막 사라지는 걸 봤다…….

하지만 내 친구는 ─ 세상에서 가장 울 줄 모를 거라고 생각한 그 사람은 ─ 걷잡을 수 없이 흐르는 눈물로 범벅이 된 얼굴을 갑자기 내 쪽으로 확 돌렸다.

"좀 세워 주지 않겠어요? 신경 쓰지 마세요. 걸어서라도 혼자 돌아갈 테니까요."

그는 플로랑탱 삼촌의 어깨에 손을 얹으며 말했다.

그리고 마차 흙받기에 손을 짚고 단번에 땅으로 뛰어내렸다. 어이없게도 오던 길을 되돌아선 그는 달리기 시작해서 방금 우리가 지나온 작은 길까지 냅다 달려갔다. 사블로니에르 영지로 가는 길을 달려간 것이다. 그는 옛날 그가 가 본 적 있는 전나무 사이로 난 그 길을 통해 낮은 나뭇가지 밑에 몸을 숨긴 부랑자처럼, 낯모르는 아름다운 아이들의 신비로운 이야기 소리를 들었던 그 길을 통해 영지까지 간 게 틀림없었다……

그리고 그가 흐느껴 울면서 갈레 양한테 청혼한 건 바로 그날 저녁이었다.

7 결혼식 날

2월 초 어느 목요일, 돌개바람이 쌩쌩 불어 대는 몹시 추운 어느 목요일 오후다. 3시 30분에서 4시 사이다……. 마을 근처를 에워싼 울타리 위에는 빨래들이 정오부터 널려 된바람에 마르고 있다. 집집마다 식당 불빛이 바니시 칠한 장난감이 놓인 선반 전체를 비춘다. 노는 데 질린 어린아이는 엄마 곁에 앉아서 결혼식 날에 대해 얘기해 달라고 채근한다…….

행복해지는 것을 원하지 않는 사람은 다락방으로 들어가 버리기만 하면 된다. 그러면 그는 저녁때까지 난파선이 쉭쉭 소리를 내며 신음하는 걸 듣게 될 터다. 아니면 밖으로 나가 길을 걷기만 하면 된다. 그러면 바람은 갑작스럽고 뜨거운 키스처럼 그의 목도리를 입술에 부딪히게 해서 그를 울릴지도 모를 일이다. 하지만 행복을 사랑하는 사람한테는 진흙투성이 길섶 사블로니에르 영지의 집이 있다. 그런데 바로 그곳에,

내 친구 몬느가 정오부터 부인이 된 이본 드 갈레와 함께 들어 갔다.

약혼 기간은 오 개월 동안 이어졌다. 첫 만남에 우여곡절이 많았던 것만큼이나 약혼 기간은 더할 나위 없이 평온했다. 몬느는 자전거나 마차를 타고 사블로니에르 영지에 뻔질나게 왔다. 벌판과 전나무 숲으로 난 큰 창가에서 책을 읽거나 바느질하던 갈레 양은 일주일에 두 번 이상 커튼 뒤로 빠르게 지나가는 그의 커다란 그림자를 갑자기 보곤 했다. 그는 항상 그가 옛날에 가 본 적 있는 에움길로만 다녔기 때문이다. 그의 과거를 — 무언으로 — 암시하는 유일한 것이었다. 행복은 그의 이상야릇한 괴로움을 잠재우는 것 같았다.

자질구레한 사건들이 이 조용한 오 개월 동안에 일어났다. 나는 생브누아데샹이라는 조그마한 마을에 교사로 임명됐다. 생브누아는 마을이라고 할 수 없는, 들판에 흩어진 농장들로 이뤄졌다. 학교 건물은 길가 언덕에 완전히 고립되어 있었다. 나는 무척이나 외로운 생활을 했다. 하지만 밭을 가로지르면 사블로니에르 영지로 가는 데는 걸어서 고작 사십오 분밖에 안 걸린다.

들루슈는 이제 비외낭세에서 벽돌 공사 청부업자인 그의 아저씨 집에 살고, 곧 주인이 될 참이다. 그는 뻔질나게 나를 보러온다. 몬느는 갈레 양 부탁으로 지금은 그에게 매우 친절하게 대한다.

이런 사실은 결혼 하객들이 모두 떠난 다음, 오후 4시쯤 우리 둘이 어떻게 해서 함께 베돌았는지 설명해 준다.

결혼식은, 전나무에 반쯤 가리고 아직 허물어지지 않은 근처 언덕 위 사블로니에르 영지의 오래된 작은 성당에서 정오에 아주 조용하게 거행됐다. 점심 식사가 게 눈 감추듯이 끝나자, 재빨리 몬느 어머니와 쇠렐 선생님, 밀리와 플로랑탱 삼촌 그리고 다른 사람들은 마차에 올라탔다. 자스맹과 나만이 덩그러니 남았다……

우리들은 옛날에는 성곽이 있었지만 지금은 헐려 버린 큰 황무지 가장자리에 자리 잡은 사블로니에르 영지 뒤에 있는 숲 언저리를 에돈다. 이렇다 할 이유도 깨닫지 못하고 고백할 수도 없이, 우리는 불안한 생각에 잔뜩 휩싸인다. 이리저리 산책하는 동안, 산토끼 우리와 집토끼들이 살짝 긁어 댄 모래 고랑과 팽팽하게 당겨진 올가미…… 그리고 밀렵꾼의 흔적…… 등을 가리킴으로써 우리의 복잡한 생각을 떨쳐 버리려고, 우리 불안을 잊으려고 하지만 말짱 도루묵이다. 하지만 멈추지 않고 끊임없이 덤불 가장자리로 돌아오곤 한다. 거기에서는 문이 자그시 닫힌 조용한 집이 보인다……

전나무 숲으로 향한 커다란 격자창 아래에는 잡초들이 바람에 휩쓸리며 뒤덮는 목조 발코니가 있다. 불을 켜 놓은 듯 불빛이 유리창에 비친다. 결결이 그림자가 지나간다. 주위를 에워싼 밭과 채소밭, 옛날 부속 건물을 남겨 둔 농장도 온통 침묵과 적막으로 휩싸인다. 소작인들은 그들 주인의 행복을 축하하려고 덩달아 마을로 떠난다.

때때로 거의 비나 다름없는 습기를 머금은 바람이 우리 얼굴을 촉촉이 적시고 어렴풋이 들리는 피아노 소리를 우리

한테 전해 준다. 저쪽에서, 문이 닫힌 집에서 누군가 연주한
다. 나는 조용히 들어 보려고 잠시 말을 멈춘다. 처음에는 너
무 멀리서 자신의 기쁨을 힘겹게 노래하는 떨리는 목소리 같
다……. 방에서 자기 장난감을 몽땅 꺼내 친구 앞에 펼쳐 놓은
소녀의 웃음소리 같기도 하다. 또한 나는 아름다운 옷을 입고
그것을 보여 주러 와, 맘에 들지 몰라 하는 어떤 부인의 두려
운 기쁨을 생각하기도 한다……. 또한 내가 모르는 그 곡은 역
시 기도이고, 너무 잔인하지 말라는 행복에 대한 간청이며, 행
복 앞에서 무릎을 꿇는 몸짓이기도 하다…….

나는 생각한다.

"마침내 그들은 행복하구나. 몬느가 저기 그녀 옆에 있으니
까……."

그걸 알고 믿는다는 건, 나처럼 정직한 아이의 기쁨을 충분
하게 흡족시켜 주고도 남는 법이다.

바로 그 순간, 바다 안개와 같은 들판의 바람으로 얼굴을 적
신 채, 완전히 생각에 잠긴 나는 누군가 내 어깨를 건드리는
걸 느낀다.

"들어 봐!"

자스맹이 소리를 아주 죽이면서 말한다.

나는 그를 쳐다본다. 그는 나한테 움직이지 말라고 신호한
다. 이어서 그 자신 역시 고개를 기울인 채, 눈썹을 찌푸리고
귀를 기울인다…….

8 프란츠가 부르는 소리

"우? 우!"

이번에는 나도 듣는다. 내가 이미 옛날에 들은 적 있던, 처음은 높고 뒤는 낮은, 두 음표 신호이자 뭔가를 부르는 소리다……. 아! 나는 불현듯 기억한다. 학교 철문에서 젊은 친구를 부르던 키다리 희극 배우의 외침이다. 언제, 어디든 우리가 따르도록 맹세하게 했던 프란츠가 불렀던 소리다. 오늘 그 친구가 여기서 뭘 요구하는 걸까?

"왼쪽 큰 전나무 숲에서 나는 소리야. 틀림없이 밀렵자일 거야."

내가 나지막하게 중얼거린다.

자스맹은 고개를 주억거린다.

"그게 아니라는 걸 너도 잘 알잖아."

그가 말한다.

이어서 더욱 낮게 주절거린다.

"그들 두 놈이 오늘 아침부터 이곳에 와 있어. 11시에 뜻밖에도 성당 옆 밭에서 두리번거리면서 망을 보는 가나슈를 발견했어. 그는 나를 보자 부리나케 도망쳤지. 그들은 아마 멀리서 자전거를 타고 왔을 거야. 왜냐하면 등 한 가운데까지 온통 흙투성이였으니까……."

"그러면 그들이 뭘 찾을까?"

"나도 전혀 몰라. 그렇지만 확실한 건 우리가 그들을 내쫓아야 한다는 거지. 그들이 이 근처에서 어슬렁어슬렁 베돌게 놓아둬서는 안 돼. 그렇지 않으면 여러 미친 짓거리가 다시 벌어질 테니까……."

나도 고백은 하지 않았지만 그와 같은 의견이다.

"가장 좋은 방법은 그들을 만나 원하는 게 뭔지 알아보고, 차분하게 알아듣도록 타이르는 거야……."

내가 말한다.

우리는 느릿느릿 말없이, 외침 소리를 따라 허리를 구부리고 덤불숲을 지나 넓은 전나무 숲에까지 들어간다. 여기저기서 규칙적으로 긴 외침 소리가 더없이 구슬프게 들린다. 하지만 그 소리는 우리 둘 모두한테 불길한 전조처럼 여겨진다.

규칙적으로 심어 놓은 나무들 사이로 시선이 모든 걸 포착하는 전나무 숲에서는 누구를 습격하는 일이나 보이지 않게 앞으로 쫓아가는 것이 매우 어려운 노릇이다. 우리는 시도조차 하지 않는다. 나는 숲 모퉁이에 자리 잡는다. 자스맹도 나와 마찬가지로 내려다보는 자세로 반대쪽 모퉁이에 자리 잡는다. 직사각형 숲 외곽 양쪽에서 보헤미안들 중 한 명이라도 도망치려고 할 때, 소리쳐 불러 세우도록 준비를 갖춘다. 그와 같이 자리를 잡자, 나는 온순한 정찰자로서 내 역할을 수행하기 시작한다.

나는 불러본다.

"프란츠! 프란츠! 두려워할 거 없어. 나야, 쇠렐이야. 너하고 얘기하고 싶어……."

한동안 침묵이 흐른다. 나는 다시 큰 소리로 말하기로 작정한다. 그 순간, 내 시야가 완전히 미치지 못하는 전나무 숲 한가운데서 어떤 목소리가 명령한다.

"지금 있는 곳에 그대로 있어. 그쪽으로 갈 테니까."

나는 마치 간격이 좁아진 것 같은 커다란 전나무 숲 사이로 점점 다가오는 한 젊은이의 그림자를 똑똑히 알아본다. 그는 허름한 흙투성이 옷을 입고 있는 것 같다. 낡은 자전거의 집게핀이 바지 아랫단을 얽어매고, 오래된 모자가 제멋대로 길게 자란 머리카락 위에 얹혀 있다. 이제 해쓱한 그의 얼굴이 보인다. 그는 울었던 것 같다.

그는 결연하게 나한테 다가오며 자못 거만하게 묻는다.

"왜 그래?"

"프란츠, 너 여기서 뭘 하는 거야? 뭣 때문에 행복한 저들을 못살게 굴려고 왔느냐 말이야? 뭘 원하는 거야? 말해 봐."

이렇게 단도직입적으로 물으니, 그는 약간 얼굴을 붉히고 말을 더듬거리며 대답할 따름이다.

"불행해, 난, 불행하단 말이야."

이윽고 그는 팔에 머리를 파묻고 나무줄기에 기댄 채, 괴로운 듯 흐느끼기 시작한다. 우리는 전나무 쪽으로 조금 더 들어간다. 그곳에는 지독한 침묵이 흐른다. 숲 가장자리 큰 전나무에 막혀서 바람 소리조차 들리지 않는다. 규칙적으로 심어 놓은 나무들 사이로 소년의 흐느낌을 억누르는 듯한 소리가 끊임없이 자지러지다가 서서히 가라앉는다. 나는 그의 발작이 진정되길 기다린다.

　나는 그의 어깨에 손을 얹고 타이른다.

　"프란츠, 나와 함께 가자. 너를 그들 곁으로 데려갈 테니. 그들은 잃어버렸다가 다시 찾은 아이처럼 너를 반길 거야. 그러면 모든 게 끝나는 거야."

　하지만 그는 내 말을 도통 들으려 하지 않는다. 불행하고 고집이 세며 화가 난 그는 눈물에 목이 멘 소리로 다시 푸념을 늘어놓는다.

　"그러면 몬느는 이제 나한테 관심이 없는 거니? 내가 그토록 부르는데도 어째서 대답하지 않는 거니? 왜 그는 약속을 지키지 않는 거야?"

　"이봐, 프란츠, 환상과 어린아이같이 철딱서니 없게 장난하는 시절은 지나갔어. 네가 좋아하는 이들, 즉 네 누이와 오귀스탱 몬느의 행복을 어리석은 짓으로 망가뜨리면 안 되는 거야."

　내가 하소연했다.

　"너도 알다시피, 오로지 그만이 날 구할 수 있어. 그만이 내가 찾는 발자취를 다시 찾을 거야. 가나슈와 나는 삼 년 동안이나 프랑스 방방곡곡을 누볐지만 아무런 소득이 없었어. 네 친구밖에는 아예 믿을 사람이 없어. 그런데 그가 더 이상 대답을 않는단 말이야. 이제 그는 그의 사랑을 되찾았어. 그렇다면 이제 왜 내 생각을 해 주지 않지? 그는 길을 떠나야 해. 이본이 그를 떠나게 해 줄 거야……. 지금까지 내가 어떤 부탁을 해도 거절한 적이 없었으니까."

그는 먼지와 흙으로 뒤덮인 얼굴에, 더러운 눈물 자국으로 얼룩진, 녹초가 된 애늙은이 같은 소년의 얼굴을 나한테 보였다. 그의 눈가에는 주근깨가 끼었다. 그의 턱수염은 덥수룩했고 지나치게 긴 머리칼은 더러운 깃 위까지 드리웠다. 양손을 주머니에 찔러 넣은 채, 그는 후들후들 떨었다. 그는 더 이상 옛날의 누더기를 걸친 왕자가 아니었다. 심정적으로 틀림없이 옛날보다 더 어린아이일 터였다. 거만하고 몽상적인 데다가 절망에 빠진 어린아이였던 것이다. 하지만 그 어린애다움이 이미 늙어 버린 그 소년한테는 견딜 수 없는 지독한 고통이었다……. 옛날에는 그에게 그처럼 오만한 젊음이 있었기에, 이 세상 온갖 광기가 허용됐다. 이제 보면, 우선 그는 성공적으로 살지 않은 까닭에 동정을 받을 만했다. 그리고 고집을 드러내며 낭만적인 젊은 주인공이라는 어처구니없는 역할을 한다고 비난받을 만도 했다……. 결국 내 의도와는 달리, 나는 애틋한 사랑을 가진 우리의 아름다운 친구 프란츠가 그의 친구 가나슈와 마찬가지로 먹고 살려고 도둑질을 한 게 틀림없다고 생각했다……. 젠체하는 그 강한 자존심이 거기에 굴복하다니!

"만약 며칠 뒤, 너를 위해서만 여행에 나설 거라고 내가 너한테 약속한다면……?"

곰곰이 오랫동안 생각해 본 뒤, 나는 속내를 털어놓았다.

"그는 성공할 거야, 그렇지? 너도 그렇게 믿지?"

프란츠가 이를 딱딱 부딪치며 물었다.

"나도 그렇게 생각해. 그와 함께라면 모든 게 가능할 거야!"

"그런데 내가 그걸 어떻게 알지? 누가 나한테 그걸 알려 주지?"

"정확하게 일 년 뒤, 이 시각에 네가 여기로 오면 돼. 그러면 너는 네가 사랑하는 그 처녀를 여기서 만날 거야."

이렇게 말함으로써 나는 신혼부부를 괴롭히지 않고 나 자신이 무아넬 대고모한테 가서 물어보고 서둘러 그 처녀를 찾으려고 생각했다.

그 보헤미안은 정말 놀랄 만큼 믿음의 의지를 보이며 나를 똑바로 뚫어봤다. 열다섯 살, 그는 아직까지 옛날과 똑같은 열다섯 살 소년 그대로였다! 우리가 생트아가트에서 교실을 쓸고 닦던 때였고, 우리 셋이서 천진난만하고 무서운 맹세를 했을 때의 나이였다.

절망감에 다시 사로잡혀서 그는 이렇게 애달프게 하소연했다.

"그렇다면 우린 떠나겠어."

가슴이 꽉 죄는지, 그는 다시 떠나게 될 주위 숲을 둘러보았다.

"사흘 뒤, 우리는 독일로 가는 길 위에 있을 거야. 우리는 여기서 멀리 떨어진 곳에 우리 마차를 놓고 왔어. 서른 시간 동안이나 쉬지 않고 걸어왔지. 결혼식 전, 우리는 몬느를 데리고 그가 예전에 사블로니에르 영지를 찾았던 것처럼, 그와 함께 내 약혼녀를 찾으러 가려고 시각에 맞춰서 도착할 생각이었지."

이윽고 무섭고도 천진난만한 어린아이 같은 생각에 다시 사로잡힌 그는 떠나가면서 말한다.

"네 친구 들루슈를 불러들여. 만약에 내가 그를 만나게 된다면, 끔찍한 일이 벌어질 테니까."

나는 전나무 사이로 점점 사라져 가는 그의 희미한 그림자를 응시했고, 자스맹을 불러 함께 주위를 다시 살펴봤다. 그와 거의 동시에, 우리는 저쪽에서 오귀스탱이 집 덧문을 닫고 오는 걸 봤다. 우리는 그의 이상한 태도에 내심 화들짝 놀랐다.

9 행복한 사람들

휠씬 후에야 나는 거기서 일어났던 모든 일을 자세히 알게
됐다…….

사블로니에르 영지의 거실에는 오후부터 마냥 몬느와 내
가 아직도 갈레 양이라고 부르는 그의 부인 둘만 남아 있었다.
모든 초대 손님들은 홀연히 떠났다. 늙은 갈레 씨는 집 안 공
기를 환기하려고 문을 활짝 열어 놓았다. 한순간, 거센 바람이
집 안으로 들어와서 구슬픈 소리를 내었다. 이어서 그는 비외
낭세로 갔는데, 열쇠로 모든 문을 잠그고 소작인한테 몇 가지
를 지시하려고 저녁 식사 때에나 돌아올 예정이었다. 젊은 부
부한테는 밖에서 나는 어떤 소리도 더 이상 들리지 않는다. 들
판 쪽에서 잎이 떨어진 장미 가지가 유리창을 톡톡 두드릴 뿐
이다. 표류하는 배 안에 있는 두 여행자처럼, 그들 두 연인은
행복과 함께 겨울의 된바람 속에 갇힌다.

"불이 꺼질 것 같아요."

갈레 양이 말했다.

그녀가 장작을 쌓아 놓은 곳에서 장작 한 개비를 꺼내려고
하자, 몬느는 잽싸게 달려와 불 속에 나무를 넣었다.

이윽고 그는 그녀가 앞으로 내민 손을 붙든다. 차마 입에 담
을 수 없는 중대한 소식 때문에 그런 것처럼, 그들은 숨을 죽
이고 마주 섰다.

넘쳐흐르는 강물 소리처럼 바람 소리가 우르릉거렸다. 이
따금 물방울이, 기차 창문에 떨어질 때처럼 유리창에 대각선
으로 선을 그렸다.

그러자 그녀가 재빨리 내뺐다. 그녀는 복도 문을 열고 이상
야릇한 미소를 지으며 표표히 사라졌다. 잠시 오귀스탱은 희
미한 불빛 속에 혼자 우두커니 남았다⋯⋯. 조붓한 괘종시계
에서 나는 똑딱 소리가 생트아가트 식당을 불현듯 떠올리게
했다⋯⋯. 그는 틀림없이 이렇게 생각했을 터다.

"내가 그토록 찾아 헤맸던 이 집과 옛날에 이상한 사람들이
오가며 수군거렸던 복도가 바로 이곳이구나⋯⋯."

바로 그 순간, 몬느는 집 바로 근처에서 프란츠의 첫 외침
소리 — 그 후 갈레 양은 자기도 그 소리를 들었다고 나한테
말했다. — 를 들었다.

그때 젊은 부인은 자기가 지녔던 놀라운 물건들을 그에
게 보여 주려고 했지만 소용없었다. 소녀 시절 장난감과 어렸
을 때 찍은 모든 사진들이었다. 작업복을 입은 그녀와 프란츠
가 함께 엄마 무릎 위에 앉아 있었다. 그녀는 얼마나 예뻤는

지……. 다음에는 깜찍하고 얌전한 옷을 입은 옛날 사진을 전부 보여 줬다.

"날 보세요! 내 생각으로는 당신이 생트아가트 학생 시절에 나를 만날 무렵까지 내가 입었던 옷이 바로 이것 같아요……."

하지만 몬느는 이제 아무것도 보려고도, 들으려고도 하지 않았다.

그렇지만 한순간, 그는 상상할 수 없는 분에 넘치는 행복 속에 있다는 생각에 사로잡힌 것 같았다.

"당신이 여기 있군. 당신이 식탁 옆을 지나가면서 손을 거기에 잠시 짚고 있군……."

그는 ─ 단지 말하는 것만이라도 현기증이 나는 것처럼 ─ 시르죽어 가는 목소리로 말했다.

그리고 또다시 덧붙였다.

"우리 엄마는 젊었을 때, 나한테 얘기하려고 상체를 이렇게 약간 웅크리곤 했지요……. 그리고 엄마가 피아노 칠 때에는……."

그러자 갈레 양은 밤이 깊어지기 전에 피아노를 치겠다고 제안했다. 하지만 거실 한쪽 모퉁이는 피아노를 치기에는 너무 어두워서 촛불을 켜야만 했다. 불그스레한 등불의 갓이 양쪽 광대뼈가 빨개진 그 처녀의 얼굴을 한층 더 붉게 만들었다. 커다란 불안을 예고하는 조짐이었다.

저쪽 숲 가장자리에 있던 나는 바람 소리에 실려 오는, 부르르 떨리는 노랫소리를 들었다. 바로 그때, 전나무 숲 속에서 우리한테 다가온 미친 두 사람이 질렀던 두 번째 외침 소리 때문에 이내 노랫소리는 스러져 버렸다.

오래도록 몬느는 시름없이 창문을 내다보면서 그녀가 치는 피아노 소리에 귀를 기울였다. 그는 연약하고 불안에 가득 찬 그 부드러운 얼굴 쪽으로 몸을 여러 번 획 돌렸다. 이윽고 그는 이본한테 다가가서 매우 가볍게 그녀 어깨 위에 손을 얹었다. 그녀는 목덜미에 쏟아지는 그의 애무를 부드럽게 느꼈는데 어떤 식으로 응해야 할지를 몰랐다…….

"해가 지네요. 덧문을 닫을 테니 계속해서 피아노를 쳐 주시오……."

마침내 그가 말했다.

그때 어둡고 거친 마음속에 무슨 일이 일어났을까? 나는 그런 의문을 이따금 나 자신한테 던지곤 했으며 너무 늦게야 그 답을 알았다. 알려지지 않은 양심의 가책일까? 설명할 수 없는 시름일까? 자기 손에 그처럼 꽉 붙든 엄청난 행복이 곧바로 사라지는 것을 볼까 두려워서였을까? 그렇지 않으면 그가 얻었던 그 놀라운 것을 가차 없이 땅에 내팽개치고 싶은 무시무시한 유혹일까?

한 번 더 자기 부인을 쳐다본 다음, 그는 말없이 그리고 천천히 바깥으로 나왔다. 우리는 그가 숲 가장자리에서 처음에는 약간 망설이다가 덧문을 자그시 닫고 또 다른 문을 닫은 후, 우리 쪽을 멍하니 쳐다보다가 우리한테로 들입다 달려오는 걸 봤다. 그는 우리가 더 많은 걸 숨기려고 생각하기 전에 우리 근처까지 쏜살같이 도착했다. 그는 최근에 심어 놓은, 목

장 끝을 이루는 작은 나무 울타리를 뛰어넘으며 우리를 알아
봤다. 그는 뒷걸음질을 쳤다. 나는 그의 살벌한 걸음걸이와 쫓
기는 짐승 같은 행동을 지금도 생생하게 기억한다……. 그는
작은 시내 쪽에 있는 울타리를 뛰어넘으려고 왔던 길을 되돌
아가는 척했다.

"몬느……! 오귀스탱……!"

내가 그를 불렀다.

하지만 그는 고개조차 돌리지 않았다. 그때 그를 붙들 유일
한 방법이 불현듯 생각났다.

"프란츠가 저기 있어, 멈춰!"

내가 외쳤다.

마침내 그가 멈춰 섰다. 그리고 숨을 거칠게 몰아쉬며, 내가
뭐라고 얘기할까 생각할 틈도 주지 않고 말했다.

"그가 거기에 있어! 그가 뭘 요구했지?"

"그는 불행해. 그가 잃어버렸던 걸 다시 찾으려고 방금 너
한테 도움을 요청했어."

내가 대답했다.

"아!"

그는 고개를 떨어뜨리면서 이렇게 하소연했다.

"그럴 줄 알았어. 그 생각을 아무리 억누르려고 안간힘을
썼지만 소용없다는 걸 알고 있었어……. 그런데 그는 어디 있
지? 빨리 말해."

나는 방금 프란츠가 떠났고, 이제는 도저히 그를 다시 만날
수 없다고 말했다. 그것 때문에 몬느는 크게 실망했다. 그는

머뭇거리다가 두세 발자국 옮기더니 우뚝 멈춰 섰다. 결정을 내리지 못하고 우물쭈물하고 무척이나 속이 상한 듯했다. 나는 내가 그의 이름을 걸고서 그 청년한테 했던 약속을 그에게 말했고, 일 년 후 같은 장소에서 만나자는 약속을 했다고 털어놓았다.

여느 때 하염없이 조용하던 오귀스탱은 이제 이상하게 안절부절못하며 신경이 곤두선 듯 초조했다.

"아! 왜 그런 일을 했어! 그래, 나라면 틀림없이 그를 구할 거야. 하지만 지금 당장 해야 한단 말이야. 내가 그를 만나야 하고, 그에게 얘기해야 해. 그리고 용서를 구하고, 모든 걸 속죄해야만 해……. 그렇지 않으면 난 여기에 있을 수 없어……."

그가 푸념을 늘어놓았다.

그는 사블로니에르 집 쪽으로 돌아섰다.

"네가 그에게 한 철딱서니 없는 어린아이 같은 약속 때문에, 지금 넌 네 행복을 파괴하려 해."

내가 넋두리를 풀어 놓았다.

"아! 그게 약속뿐이라면 좋을 텐데……."

그가 얼떨결에 말했다.

그렇기 때문에, 나는 어떤 다른 게 두 청년을 연결하고 있음을 알게 됐지만 그게 뭔지 추측할 수 없었다.

"어쨌든 이제 쫓아갈 시간은 없어. 그들은 지금 독일로 갈 거야."

내가 말했다.

그가 막 대답하려고 할 때, 머리를 풀어헤친 채 공포로 가득 찬 어떤 얼굴이 우리 앞에 불쑥 나타났다. 갈레 양이었다. 그녀는 부랴부랴 달려온 게 틀림없었다. 얼굴이 땀에 흠뻑 젖어 있었기 때문이다. 이마와 오른쪽 눈 위가 찢어졌고, 머리카락 속이 피범벅인 것으로 보아 넘어져서 다친 게 분명했다.

파리 빈민가에서 행복하고 단란하며 성실하게 보이던 부부가 길에 내려와서 싸우는 것을 경찰이 말리는 장면을 봤던 기억이 불현듯 내 머릿속에 떠올랐다. 그런 충격적인 장면은 식사하는 도중이라든가 일요일 외출하기 직전이라든가 아들 생일을 축하하려는 순간이라든가, 아무 때나 별안간 떠오르는 법이다……. 그러면 모든 것은 금방 잊히고 불시에 뒤죽박죽이 돼 버린다. 그런 소란 속에서 남녀는 단지 가련한 두 악마에 지나지 않는다. 아이들은 눈물을 흘리면서 부모한테 들러붙어 매달리다시피 그들을 꼭 껴안으며 입을 좀 다물고 싸우지 말라고 애원하는 것이다.

갈레 양이 몬느 곁에 왔을 때, 그녀는 겁먹고 불쌍한 아이들 중 한 명을 문득 생각나게 했다. 그녀 친구들과 마을 사람들, 모든 세상 사람들이 그녀를 쳐다보는 것 같았고, 그럼에도 그녀는 달려와서 이처럼 머리를 풀어헤치고 흐느끼며 넘어져 먼지투성이가 되었을 것이라고 생각했다.

하지만 몬느가 거기 있었고 이번에는 적어도 그가 자기를 버리지 않을 것이라는 걸 알게 되자, 그녀는 그의 팔짱을 끼고는 눈물을 흘리면서도 어린아이처럼 깔깔 웃지 않을 수 없던 것이다. 그들은 서로 아무 말도 하지 않았다. 하지만 그녀가 손수건을 꺼내자, 몬느는 부드럽게 손에 받아 쥐었다. 조심스럽게 정성을 들여서 그는 그녀 머리칼에 말라붙은 피를 닦아 줬다.

"이제 돌아가지."

그가 말했다.

나는 두 사람이 되돌아가게 내버려 뒀다. 겨울 밤바람이 그들의 얼굴을 세차게 후려쳤다. 그는 걷기가 어려운 곳에서 그녀를 부축했고, 그녀는 미소를 머금고 급히 잠시 떠났던 그들의 집으로 향했다.

10 '프란츠의 집'

전날 밤의 야단법석은 일단 그런대로 행복하게 마무리되는 듯했으나, 그다음 날 내심 털어 버릴 수 없는 불안감에 사로잡혀 안심할 수 없었던 나는 온종일 학교에 틀어박혔다. 저녁 수업에 이어 '자습 시간'이 끝나자마자, 즉시 나는 사블로니에르 영지로 향해 떠났다. 그 집으로 이르는 전나무 숲 속 길에 다다랐을 때, 벌써 어둠이 깔렸다. 이미 덧문은 모조리 닫혀 있었다. 결혼식 다음 날, 나는 너무 늦은 시각에 나타나 폐를 끼칠까 걱정됐다. 문이 닫힌 그 집에서 누군가가 나오기를 기다리며, 집 주위 밭과 정원 가장자리를 매우 늦게까지 마냥 서성거렸다……. 하지만 내 희망은 꺾였다. 이웃 소작 농가에서조차 아무런 인기척이 없었다. 나는 몹시 불길한 생각에 사로잡혀 집으로 돌아올 수밖에 없었다.

다음 날인 토요일도 여전히 불안한 생각뿐이었다. 저녁 무렵, 나는 반코트와 지팡이, 길을 가며 먹을 빵 한 조각을 급히 챙겼다. 이미 어두워졌을 때, 전날 저녁처럼, 사블로니에르 영지의 모든 문이 이미 닫혔는지 보려고 그곳에 도착했다…….
이 층에서 희미한 불빛만 보였을 뿐, 아무 소리도 들리지 않았고 무엇 하나 움직이지 않았다……. 하지만 이웃 소작 농가 마당에 이르자, 그 집 문이 열렸고 커다란 부엌에 불이 켜진 게 보였다. 저녁 식사를 하는 시간, 나는 사람들이 습관적으로 나누는 얘기 소리와 발자국 소리를 들었다. 물어볼 필요도 없이 그것 때문에 안심했다. 그 집 사람들한테 어떤 것도 얘기할 수 없었고, 아무것도 물을 수 없었다. 따라서 돌아서 망을 보면서 문이 열리면 오귀스탱의 커다란 그림자가 결국 나타나는 것을 볼 생각으로 하릴없이 기다렸지만 말짱 헛수고였다.

내가 사블로니에르 영지의 문에서 벨을 누르려고 작심한 건 일요일 오후가 겨우 지나서였다. 벌거숭이가 된 언덕을 올라가자, 멀리서 겨울의 일요일 저녁 기도회를 알리는 종소리가 들렸다. 지독한 외로움과 더할 나위 없는 슬픔을 느꼈다. 무엇인지 모를 서글픈 예감이 애절하게 나를 사로잡았다. 처음 벨을 눌렀을 때, 갈레 씨가 혼자 나타난 걸 보고 나는 흠칫 놀랐다. 그가 나한테 거의 속삭이듯이 말하기를, 이본 드 갈레가 심한 열 때문에 누웠고, 몬느는 금요일 아침 긴 여행을 떠났으며, 그가 언제 돌아올지는 모른다는 거였다…….

몹시 당황하고 매우 애달픈 그 노인이 나한테 들어오라는 말을 하지 않아서, 곧바로 나는 그에게 작별 인사를 했다. 문이 다시 자그시 닫히자, 가슴이 조이는 듯 아파 나는 극심한 혼란 속에 빠져 잠시 계단에 섰었다. 햇빛을 받으며 슬프게도 바람에 하느작하느작 나부끼는 등나무의 말라빠진 가지를 멍하게 바라봤다.

몬느가 파리에서 지낸 이후, 지녀 왔던 남모르는 지독한 시름이 마침내 절정에 다다랐다. 결국 내 친구는 꼼짝달싹도 하지 않는 행복으로부터 스스로 달아나야만 했다…….

급기야 매주 목요일과 일요일마다 나는 이본 드 갈레의 소식을 물으러 갔다. 회복기에 들어선 그녀는 저녁에도 나한테 들어오라고 간청했다. 나는 밭과 숲 쪽으로 낮고 큰 창문이 난 거실 난로 앞에 그녀가 앉은 걸 봤다. 그녀는 내가 생각하는 것만큼 창백하지는 않았다. 반대로 눈 밑에 새빨간 반점이 뚜렷하게 있는 것으로 보아 열이 몹시 심했고, 극심한 흥분 상태에 빠진 것 같았다. 게다가 그녀는 무척이나 허약해진 것처럼 보였는데도 외출할 때처럼 옷을 입고 있었다. 그녀는 말하지 않았지만 이따금 한 마디 한 마디씩 할 때마다, 마치 아직 행복이 사라진 게 아니라는 걸 자기 자신한테 타이르기라도 하는 듯이 이상하리만큼 생기가 있었다……. 나는 우리가 무슨 얘기를 했는지 도저히 기억하지 못한다. 다만 한참 망설이다가, 몬느가 언제 돌아올 건지 물었던 것만 기억난다.

"그가 언제 다시 돌아올지 나도 몰라요."

그녀가 격렬하게 대답했다.

그녀의 눈 속에 애원하는 빛이 서렸고, 나는 더 이상 물어볼 수 없었다.

나는 종종 그녀를 보러 다시 갔다. 다른 곳보다 유난히 빨리 어두워지는 천장이 낮은 응접실 난롯가에서 그녀와 종종 얘기를 나눴다. 그녀는 그녀 자신과 그녀의 감춰진 고통에 대해 누구한테도 결코 속내를 드러내지 않았다. 하지만 그녀는 생트아가트에서 보냈던 우리의 학생 시절에 대해서는 지겨워하지도 않고 꼬치꼬치 캐물었다.

그녀는 다 큰 아이들의 비참한 얘기를 거의 어머니와 같은 관심으로, 다정하고 진지하게 들었다. 그녀는 우리의 무모하고 위험하기 짝이 없는 어린아이 같은 행위에도 전혀 놀라는 것 같지 않았다. 아버지 갈레 씨한테서 물려받은 사려 깊은 애정을 지녔기에, 그녀 오빠의 눈물겨운 모험에 대한 얘기를 들으면서도 그녀는 도통 지루해하지 않았다. 내 생각에, 과거 그녀가 느꼈던 유일한 후회는 몬느와 깊은 속내를 충분히 얘기해 보지도 않았다는 점인 것 같았다. 이러지도 저러지도 못하는 큰 곤궁에 빠졌을 때, 그는 다른 사람한테는 물론이거니와 그녀한테조차 무엇 한 가지도 털어놓지 않았고, 스스로가 이제 더 이상 구제될 방법 없이 파멸했다고 제멋대로 판단해 버렸다. 곰곰이 생각해 보니, 그거야말로 그 처녀가 떠맡고자 했던 무거운 짐이었다. 그녀의 오빠처럼 대단히 공상적인 사람을 도와줘야 하는 위험한 짐이었다. 내 친구 대장 몬느가 과거에 보여 줬던 모험심에 관여하게 될 때 생기는 문제로 짊어져야 할 엄청나게 힘든 짐이었다.

오빠가 어린 시절에 꿨던 꿈에 대해 간직해 왔던 믿음과 적어도 스무 살까지 그 속에서 살았던 오빠의 단편적인 꿈을 그를 위해 간직해 왔던 배려로, 그녀는 어느 날 나한테 가장 감동적이고, 그리고 거의 가장 신비롭다고 할 만한 증거를 제공했다.

가을의 마지막 무렵처럼 쓸쓸한 4월의 어떤 저녁이었다. 약한 달 전부터 예년보다 빨리 온 따뜻한 봄 날씨가 이어졌다. 젊은 부인은 갈레 씨와 함께 자신이 좋아하는 산책을 오랫동안 했다. 하지만 그날은 노인이 지쳤다. 날씨가 추웠지만, 그녀는 때마침 한가한 나한테 함께 가 달라고 부탁했다. 사블로니에르 영지에서 연못을 따라 2킬로미터 남짓 더 나갔을 때, 별안간 폭풍과 비, 우박이 우리한테 갑자기 들이닥쳤다. 끝없이 내리는 장대비를 피하려고 우리는 헛간에 들어가서 어두워진 경치를 바라보며 생각에 잠겨 서 있었다. 우리한테 바람이 몹시 불어와 추웠다. 나는 몸에 찰싹 달라붙은 옷을 입은, 창백해지고 엄청나게 괴로운 표정을 짓는 그녀를 다시 봤다.

"돌아가야겠어요. 우린 너무 오래 걸었어요. 무슨 일일까요?"

그녀가 말했다.

하지만 놀랍게도 헛간을 드디어 떠나게 됐을 때, 젊은 부인은 사블로니에르 영지로 돌아가지 않고, 가던 길을 계속해 가면서 나더러 따라오라고 했다. 한참을 걷다 보니, 우리는 프레브랑주로 가는 길섶에 외따로 떨어진 내가 본 적 없는 어떤 집 앞에 이르렀다. 그 기와집은 동네에서 고립된 것을 제외하면, 그 지방에서 흔히 볼 수 있는 중산층들이 사는 작은 집이었다.

이본 드 갈레의 태도로 봐서 그 집은 그들 소유인 것 같았고, 긴 여행을 하는 동안 내내 버려둔 것처럼 보였다. 그녀는 몸을 구부려 철문을 열고는 인기척 없는 집을 불안스럽게 서둘러 살펴봤다. 길고 느린 겨울 저녁이 끝날 동안, 어린아이들의 놀이터로 제공되었던 풀이 우거진 그 마당은 소나기로 말미암아 웅덩이가 파여 있었다. 굴렁쇠가 물웅덩이에 빠져 있었다. 어린아이들이 꽃과 콩을 심은 화단에는 작대비가 내려서 흰 조약돌이 길게 뻗었다. 그리고 마침내 우리는 비에 흠뻑 젖은 문지방 위에 소나기를 맞은 한 배의 병아리들이 바싹 웅크리는 모습을 발견했다. 어미닭의 뻣뻣해진 날개와 더러운 깃 아래에서, 병아리들은 거의 죽어 있었다.

비참한 광경을 보고서 젊은 부인은 숨 막히는 듯이 외마디 비명을 질렀다. 그녀는 물이나 진흙이 튀어도 아랑곳하지 않고 몸을 구부려 죽은 병아리 사이에서 아직까지 생명이 붙어 있는 병아리 새끼들을 골라내어 외투 자락으로 감쌌다. 이윽고 우리는 그녀가 가진 열쇠로 문을 열고 그 집으로 들어갔다. 문 네 개가 좁은 복도 쪽으로 열렸고, 바람이 쉭쉭거리며 들이쳤다. 이본 드 갈레가 우리 오른편 첫 번째 문을 열고 나를 어둑어둑한 방 안으로 들어가게 했다. 거기에서 잠깐 망설인 후, 나는 큰 거울과 붉은 명주로 만든 시골풍 이불이 덮인 조붓한 침대를 봤다. 그 집 나머지 부분을 잠깐 돌아본 후, 그녀는 솜털로 덮인 바구니에다 아픈 한 배의 병아리들을 담아 가지고 금세 돌아왔다. 자못 조심스럽게 바구니를 명주 이불 밑으로 집어넣었다. 꼭두새벽이나 황혼에 볼 수 있는 희미한 햇빛이 우리 얼굴을 한결 창백하게 했고, 황혼을 더욱더 어둡게 만들었다. 우리는 이상한 집에서 추위에 덜덜 떨며 괴로운 듯이 우두커니 서 있었다!

때때로 그녀는 따뜻한 기운이 있는 둥우리 속을 들여다보고 다른 병아리를 죽이지 않으려고 이미 죽은 병아리를 끄집어냈다. 그때마다 지붕 밑 방 깨진 유리창으로 들어오는 된바람 소리인지, 낯선 어린아이들의 수수께끼 같은 슬픔인지 구분할 수 없는 뭣인가 조용하게 신음 소리를 내는 것같이 느껴졌다.

"여기가 어렸을 때 프란츠가 살던 집이에요. 그는 모든 사람들한테서 멀리 떨어진 곳에서 마음이 내킬 때 놀고 장난치며 사는 혼자만을 위한 집을 항상 갖고 싶어 했어요. 우리 아버지가 그런 공상을 몹시 특이하고 흥미롭다고 생각해서 거절하지 않았던 거예요. 목요일이든 일요일이든, 프란츠는 마음이 내키면 아무 때나 어른처럼 혼자서 이 집에 살러 오곤 했지요. 근처에 사는 농가 어린아이들이 그와 함께 놀러 와서 오빠를 도와 살림을 꾸려 갔고 정원에서 일하기도 했지요. 황홀한 놀이였어요! 저녁이 돼도 오빠는 혼자 자는 걸 결코 무서워하지 않았고요. 우리는 그걸 보고 너무 감탄했기에, 아예 불안해할 생각조차 하지 않았어요."

마침내 내 여자 친구가 나한테 속내를 털어놓았다.

"오래전부터 지금까지 이 집은 텅 비었어요. 나이가 들고 슬픔으로 충격 받은 갈레 씨는 오빠를 다시 찾으러 나서지도 않았고, 기억조차 하려 하지 않았답니다. 그래 봤자 뭘 할 수 있겠어요?"

그녀는 한숨을 쉬며 하소연했다.

"나는 자주 여기에 오곤 해요. 이 근처에 사는 작달막한 농부 아이들이 옛날과 마찬가지로 뜨락으로 놀러 오지요. 그들이 프란츠의 옛날 친구라고 상상하는 건 즐거운 일이에요. 아직 어린아이인 데다, 자신이 선택한 약혼자와 함께 그가 곧 돌아올 거라고 상상하는 일도 즐겁답니다. 이 아이들은 나를 잘 알아서 나는 그들과 함께 잘 놀아요. 이 한 배의 병아리들도 우리 것이죠……."

이제까지 남한테 전혀 내색하지 않던 이 모든 엄청난 슬픔, 그처럼 미치광이인 데다 매혹적이며 탄복해 마지않던 오빠를 잃어버린 엄청나고 지독한 시름. 그녀는 나한테 그것들을 고백하려고 그와 같은 장대비를 맞으며 어린아이같이 달려와야만 했다. 따라서 나는 아무런 대꾸를 하지 않고 단지 마음속으로 흐느끼며 그녀의 얘기를 들었다…….

병아리들을 집 뒤 널판자 헛간에다 다시 넣고 문과 철책을 모두 자그시 닫은 다음, 그녀는 슬픈 듯이 내 팔을 다시 붙들었고 나는 그녀를 데리고 돌아왔다.

여러 주, 수개월이 훌쩍 흘러갔다. 지나간 시절! 잃어버린 행복! 내 친구가 도망친 뒤, 우리 청춘 시절의 요정이자 공주, 신비로운 연인이던 그녀를 위해 그녀의 슬픔을 달래 줄 얘기를 하고, 그녀의 팔을 붙들어 줘야 하는 일이 나한테 생겨났던 것이다. 그 시절에 대해, 수업을 마친 다음 저녁마다 생브누아 데 샹의 언덕에서 주고받던 대화에 대해, 말해야 할 것을 결코 말하지 말자고 서로 약속했던 그 산책에 대해, 이제 내가 과연 무슨 말을 할 수 있단 말인가? 이제 내적 세계 외에는 보지 않을 것처럼, 눈꺼풀을 내려뜨고 나를 쳐다보던 두 눈동자와 아름답고 해쓱해진 얼굴에 대한 추억도 절반쯤은 이미 지워져 버렸다. 하지만 나는 그 추억 외에는 다른 어떤 것도 간직한 게 없다.

그리고 이제는 결코 존재하지 않을 것 같은 봄과 여름 내내, 나는 그의 충실한 친구 ── 입 밖으로는 내뱉지 않았으나 뭔가를 기다리는 친구 ── 로 남았다. 여러 차례, 우리는 오후에 프란츠 집에 다시 갔다. 그녀는 바람을 좀 통하게 하고 젊은 주인이 다시 돌아와도 습기가 차지 않도록 하려고 문들을 전부 열어 놓았다. 그녀는 가끔 사육장에 사는 반쯤 야생적으로 돼 버린 날짐승들을 돌보기도 했다. 목요일이나 일요일, 우리는 근처 시골 꼬마들과 함께 열심히 놀았다. 그들의 고함과 웃음은 버려진 그 작은 집을 더욱 스산하고 한층 더 공허하게 하는 것 같았다…….

11 빗속의 대화

    방학 중인 8월, 나는 사블로니에르 영지와 그 젊은 부인한 테서 멀리 떨어져야만 했다. 나는 방학 두 달을 꼬박 생트아가 트에서만 보내야 할 참이었다. 나는 보송보송 메마른 커다란 운동장과 체육관, 횅하니 빈 교실을 다시 보았다……. 모든 것이 대장 몬느의 기억을 고스란히 되살려 줬다. 모든 것이 이미 끝나 버렸지만, 우리가 겪었던 젊은 시절 추억으로 그득 넘쳤다. 노란 햇살이 길게 이어지는 낮에는, 몬느가 오기 전 옛날처럼, 나는 자료실이나 아무도 없는 교실에 혼자 마냥 틀어박혔다. 책을 읽거나 편지를 쓰거나 추억에 촉촉이 젖어 지내거나 했다……. 아버지는 멀리 낚시를 나가곤 했고, 밀리는 옛날처럼 거실에서 바느질하거나 피아노를 쳤다……. 더할 나위없이 쥐 죽은 듯 조용한 교실에는 초록색 종이 왕관이 박힌 상장들이 찢어져 널브러져 있었다. 값비싼 책의 표지들이 여기저기 흩어져 있었으며 칠판도 깨끗이 지워져 있었다. 모든 것은 이미 학기가 끝났고 상장도 수여됐다는 걸 말해 주었다. 모든 것이 가을과 10월의 새 학기, 새로운 노력을 기다리고 있음을 알려 주었다. 나는 우리 젊은 시절 역시 끝났고, 그 시절 행복도 잃어버렸다고 생각했다. 나 역시 사블로니에르 영지로 돌아갈 날과 다시는 영원히 돌아오지 않을지도 모르는 오귀스탱의 귀환을 간절히 기다렸다…….

밀리가 신부에 대해 나한테 물었을 때, 내가 어머니한테 알려 줄 행복한 소식이 하나 있었다. 어머니가 항상 나의 가장 은밀한 생각을 적바림해 적중시킴으로써 나를 갑자기 곤란하게 만들어 버리기에, 나는 순진하면서도 심술궂게 시치미를 뚝 떼고 마냥 퍼붓는 어머니의 질문을 두려워했다. 나는 내 친구 몬느의 젊은 부인이 10월에 엄마가 될 것이라는 사실을 알려 주면서 모든 얘기를 중단시켜 버렸다.

마음속으로 나는 이본 드 갈레가 중대한 소식을 나한테 알려 주던 그날을 회상했다. 잠시 침묵이 흘렀다. 젊은 남자로선 왠지 약간 당황한 순간이었다. 내가 너무 뒤늦게야 그 극적인 사건에 감동한다는 생각이 들었다. 따라서 나는 아무 생각 없이 어색한 분위기에서 벗어나려고 곧바로 이렇게 말했다.

"당신은 이제 무척이나 행복해지겠군요?"

그러자 그녀가 어떤 저의나 후회, 회한과 유감도 없이 행복에 겨운 아름다운 미소 꽃을 피우며 대답했다.

"그래요, 퍽이나 행복하답니다."

여름 방학의 마지막 일주일은 보통 가장 아름답고 낭만적인 나날들이다. 그 일주일 동안 자주 장대비가 쏟아져 내렸고 집집마다 불을 지피기 시작했으며 여느 때 같으면 내가 비외 낭세에 있는 습기가 가득 찬 전나무 숲에서 사냥하며 보냈을 나날이었다. 하지만 그해, 나는 곧장 생브누아데샹으로 다시 돌아갈 채비를 했다. 피르맹과 쥘리 숙모, 비외낭세의 사촌 누이들은 내가 대답조차 하기 싫을 정도로 너무나 많은 질문들을 퍼부었다. 일주일에 걸친 시골 사냥꾼들과의 황홀한 생활을 이번에는 단념할 수밖에 없었다. 수업 시작 나흘 전, 나는 학교 사택으로 다시 돌아왔다.

어두워지기 전에 나는 벌써 노란 나뭇잎으로 잔뜩 뒤덮인 운동장에 들어섰다. 마부가 떠나자, 소리가 낭랑하게 잘 울려 퍼지는 '폐쇄된' 식당에서 엄마가 나한테 마련해 준 식료품 꾸러미를 서글픈 심정으로 풀었다……. 마지못해 변변치 않은 식사를 가볍게 한 다음, 마음이 울가망하고 불안해져 반코트를 입고 사블로니에르 영지로 열병에라도 걸린 듯 곧장 산책을 나갔다.

도착한 첫날 저녁부터 나는 불청객이 되고 싶지 않았다. 하지만 그 젊은 부인의 창문에만 불이 켜진 영지 주위를 에돌고 나서, 나는 지난 2월보다는 훨씬 대담하게 건물 뒤쪽 정원 울타리를 뛰어넘어, 어두워지기 시작한 울짱에 기대 놓은 벤치에 가서 앉았다. 이 세상에서 나를 가장 열광시켰으며 가장 불안하게 만들었던 존재의 바로 곁에 있다고 생각하니, 거기 있는 것만으로도 마냥 행복할 따름이었다.

어둠이 깔렸고 는개가 촉촉이 내리기 시작했다. 나는 고개를 숙이고 내 구두가 조금씩 물에 젖어 반짝이는 것을 멍하니 바라봤다. 어둠이 이제 막 나를 에워싸고 신선한 공기는 내 꿈을 방해하지 않은 채 감쌌다. 부드럽고 슬프게, 나는 그날과 같은 어느 9월 저녁, 생트아가트 진흙 길에서 느낀 추억을 더듬었다. 안개가 잔뜩 끼었던 광장, 펌프장으로 가며 휘파람을 불던 푸줏간 소년, 불이 켜진 카페, 방학이 끝날 무렵 우산 같은 덮개가 씌워진 즐거워 보이는 마차를 타고 플로랑탱 삼촌 집에 왔던 사람들…… 나는 그런 것들을 하나씩 하나씩 곱씹었다.

나는 처량하게도 혼자 중얼거렸다.

"내 친구 몬느와 그의 젊은 부인이 행복하지 못한데, 이 모든 행복이 과연 무슨 소용일까……."

바로 그때, 문득 고개를 드니 내 발치 앞에 그녀가 와 있었다. 모래밭을 사붓거리면서 걸어온 그녀의 발자국 소리는 내가 울타리에서 떨어지는 물방울 소리로 혼동할 만큼 가벼웠다. 그녀는 머리와 어깨에 검은 양모 숄을 뒤집어쓰고 있었다. 는개가 그녀 이마 위 머리카락을 뽀얗게 만들었다. 아마도 그녀는 정원 쪽으로 난 창문으로 나를 훔쳐봤을 터다. 그렇게 그녀는 살포시 나한테로 왔다.

옛날에 내 어머니도 불안해하면서 나를 찾으러 와서는 이렇게 말씀하셨다.

"들어가야지."

하지만 밤에 빗속을 산책하는 것이 취미인 그녀는 다정하게 말했다.

"감기 들겠어요!"

그러고는 나를 상대로 오래오래 얘기하며 거기에 머물렀다…….

이본 드 갈레는 타오르는 듯한 뜨거운 손을 나한테 내밀었다. 그녀는 나를 사블로니에르 성으로 데리고 들어가는 것을 단념하고, 이끼가 끼고 녹청색을 드러낸 벤치의 덜 젖은 부분에 살며시 앉았다. 반면 나는 벤치에 한쪽 무릎을 기대고 서서 그녀 얘기를 들으려고 그녀한테 몸을 수그렸다.

그녀는 내가 그렇게 방학을 빨리 끝맺고 온 것에 대해 처음에는 다정하게 나를 꾸짖었다.

"나는 당신 얘기 상대가 되기 위해 훨씬 일찍 왔어야만 해요."

내가 대답했다.

"사실 그래요. 나는 아직도 외톨이예요. 오귀스탱이 아직 돌아오지 않았거든요……."

그녀가 아주 낮게 시르죽은 목소리로 푸념했다.

후회와 숨 막히는 자책으로 한숨을 내쉬며 나는 천천히 얘기하기 시작했다.

"그처럼 고상한 머릿속에 얼마나 많은 광기가 가득 찼는지! 아마도 모험에 대한 취미가 그 어떤 모든 것보다 엄청나게 강한 모양이지요……."

하지만 젊은 부인은 내 말을 가로막았다. 이어서 그날 저녁 그 자리에서, 그녀는 처음이자 마지막으로 몬느에 대해 나한테 얘기했다.

"내 친구 프랑수아 쇠렐, 그렇게 말하지 마세요. 허물은 우리한테만, 아니, 나한테만 있어요. 우리가 한 짓을 생각해 보세요……. 우리는 그에게 말했지요. '여기 행복이 있다. 네 청춘 시절에 네가 찾던 것이 여기 고스란히 있다. 네 꿈의 전부였던 처녀가 바로 여기 있다!'라고 말이에요. 우리가 억지로 끌어온 사람이 어떻게 망설임과 두려움, 공포에 사로잡히지 않을 수 있겠으며, 어떻게 달아나고 싶은 유혹을 뿌리치겠어요!"

"이본, 당신 자신이야말로 바로 그 행복이고, 바로 그 처녀라는 걸 스스로 잘 알았죠."

내가 낮게 속삭였다.

"아! 제가 잠시나마 어떻게 그런 오만한 생각을 했을까요. 그런 생각이야말로 모든 일의 원인이었던 거예요."

그녀는 한숨을 지으며 말했다.

"저는 그를 위해 아무것도 할 수 없을 거예요. 제가 당신한테 얘기했었죠. 그가 그토록 나를 찾았으니까, 그리고 내가 그를 사랑하니까, 나는 그의 행복을 만들어 줘야만 한다고 말이에요. 마음속으로 나도 그렇게 생각했답니다. 하지만 내가 그의 열기와 불안, 신비로운 회한을 가까이에서 봤을 때, 나는 내가 다른 여자들처럼 가련한 부인에 지나지 않는다는 걸 알았어요……. '나는 당신한테 어울리는 사람이 못됩니다.' 결혼식 날 밤과 그 이튿날 새벽, 그는 되풀이해서 하소연했어요. 나는 그를 위로하고 안심시키려고 애썼지요. 하지만 아무것도 그의 고통을 가라앉힐 수 없었답니다. 그때, 나는 속내를 털어놓았답니다. 만약 당신이 정녕코 떠나야만 한다면, 그리고 어느 것도 당신을 행복하게 해 줄 수 없는 순간에 내가 당신한테 온 거라면, 그리고 당신이 마음을 잡아서 내 곁으로 돌아올 때까지 잠시 당신이 나를 떠나야만 한다면, 나는 당신한테 떠나라고 하고 싶군요…….”

어둠 속에서 나는 그녀가 시선을 들어 나를 보는 걸 봤다. 그녀가 나한테 한 것은 일종의 고해성사와 같은 거였다. 그녀는 내가 그것을 인정해 줄지, 아니면 잘못했다고 나무랄지 불안하게 기다렸다. 하지만 나는 뭐라고 말할 텐가? 마음속으로 자신을 용서해 달라고 하면, 분명히 용서받을 수 있을 때에도 용서를 빌기보다는 항상 벌을 받고자 한, 서투르고 야성적인 옛날의 대장 몬느를 다시 봤다.

물론 이본은 우격다짐으로라도 양손으로 그의 머리를 붙들고 그에게 이렇게 말했어야만 했을 터다.

“당신이 무슨 짓을 했어도 상관없어요. 나는 당신을 사랑해요. 모든 남자는 죄인 아닌가요?”

물론 그녀는 관용과 희생정신을 보여 그를 그처럼 모험의 길로 가게 한 점에서는 아주 잘못했다……. 하지만 내가 어떻게 그런 선의와 사랑을 비난할 수 있는가……!

긴 침묵의 순간이 흘렀다. 그동안, 마음속으로 괴로웠던 우리는 울짱과 나뭇가지 위에 차가운 빗방울이 뚝뚝 떨어지는 소리를 들었다.

“그래서 이튿날 아침, 그는 떠났어요. 차후에는 어떤 것도 더 이상 우리를 갈라놓지는 않을 거예요. 긴 여행을 떠나기 전에 젊은 부인을 남겨 놓고 가는 남편처럼, 나를 포옹해 줬을 뿐이에요…….”

그녀는 말을 이어 갔다.

그녀는 일어섰다. 나는 그녀의 뜨거운 손과 팔을 붙들었다. 우리는 칠흑같이 어두컴컴한 길을 다시 올라갔다.

“하지만 그는 당신한테 편지 한 장도 보낸 적이 없지요?”

“한 번도 없어요.”

그러자 지금쯤은 프랑스나 독일의 어느 길을 가고 있을, 그 모험의 나날에 대한 생각이 불현듯 떠올라서 우리 두 사람은 처음으로 그에 대한 얘기를 하기 시작했다. 자세하게는 기억하지 못하지만, 옛 인상이 우리 기억 속에 완연히 새록새록 되살아났다. 그러는 동안 우리는 우리 추억들을 보다 잘 주고받으려고 느릿느릿 걸어서 집까지 이르렀다……. 오래도록 ― 정원 울타리에 다다를 때까지 ― 어둠 속에서 나는 젊은 부인의 낮게 울리는 아름다운 목소리를 들었다. 나는 옛 열광을 되살리며 깊은 우정으로, 우리를 버리고 간 그 친구에 대해 지치지 않고 그녀한테 털어놓았다…….

12 무거운 짐

나는 월요일에 수업을 시작해야만 했다. 토요일 저녁 5시 무렵, 겨울 채비를 하려고 나무를 패고 있는데, 영지에서 온 한 부인이 학교 운동장으로 들어섰다. 그녀는 사블로니에르 영지에서 딸이 태어났다는 사실을 나한테 알리러 왔다. 난산이어서 저녁 9시에 프레브랑주에서 산파를 불러와야 했고, 자정에는 다시 의사를 데리러 비에르종으로 마차를 보냈다는 것이다. 의사는 수술 도구를 사용해야만 했다. 신생아는 머리에 상처를 입었고 몹시 울었지만, 생명에는 지장이 없는 것 같았다. 지금은 이본 드 갈레가 몹시 쇠약하지만, 엄청난 용기로 고통을 잘 버텨 냈다고 했다.

하여튼 그 기쁜 소식을 듣자마자, 나는 하던 일을 그대로 놓아두고 달려가 허겁지겁 다른 외투로 갈아입고, 사블로니에르 영지까지 마음씨 좋은 그 여자를 뒤따라갔다. 상처를 입은 둘 중 한 명이라도 잘지 모른다고 생각되어, 나는 조심조심 이층으로 가는 좁은 나무 계단을 살며시 올라갔다. 파김치가 됐지만 행복한 표정을 짓는 갈레 씨가 임시로 커튼을 쳐 놓은 요람이 있는 방으로 나를 들어가게 했다.

나는 그때까지 신생아가 있는 집에 들어가 본 적이 한 번도 없었다. 그것은 나한테 얼마나 이상하고 신비롭고 경사롭게 보였던가! 진짜 여름날 저녁과 같은 아주 아름다운 저녁이어서, 갈레 씨는 뜨락으로 난 창문을 활짝 열어 놓았다. 내 곁에서 창문 난간에 팔을 기댔던 그는 몹시 지치고 행복한 표정으로 어젯밤의 극적인 순간을 나한테 상세히 얘기했다. 얘기를 듣던 나는 그때 낯선 누군가가 그 방 안에 우리와 함께 있다는 걸 어렴풋이 느꼈다…….

커튼 아래에서 어린아이가 빽빽거리며 긴 울음 소리를 내기 시작했다. 그러자 갈레 씨는 나직하게 말했다.

"저 아이가 저렇게 보채고 우는 건 머리에 난 상처 때문이지요."

기계적으로 — 아침부터 그렇게 해서 이제는 이미 습관이 된 것 같았다. — 그는 커튼이 드리운 작은 요람을 나풋나풋 흔들기 시작했다.

"벌써 앙증맞게 방시레 웃을 줄 알지요. 손가락도 쥐어요. 당신은 아이를 보지 못했죠?"

그는 말했다.

그가 커튼을 열었다. 나는 부풀어 오르고 불그스레한 작은 얼굴과 수술 도구 때문에 길게 늘어지고 이상해진 작은 머리를 봤다.

"괜찮대요. 의사 말로는, 전부 저절로 나을 거래요……. 당신 손가락을 쥐 보세요. 아이가 쥘 거예요."

갈레 씨가 말했다.

나는 거기에서 내가 모르던 세계를 발견했다. 전에는 결코 경험하지 못했던 이상한 기쁨으로 가슴이 벅차오르는 것을 느꼈다…….

갈레 씨는 젊은 부인이 있는 방문을 조심스럽게 반쯤 방싯이 열었다. 그녀는 자지 않고 있었다.

"들어가 보세요."

그가 말했다.

그녀는 금발을 흐트러뜨리고 상기된 얼굴로 누워 있었다. 그녀는 지친 표정으로 웃음꽃을 살짝 피우며 나한테 손을 내밀었다. 나는 딸을 칭찬했다. 약간 쉰 목소리로, 평소답지 않게 거친, 전투에서 방금 돌아온 사람의 거친 목소리로 그녀는 씽긋 웃으며 말했다.

"그래요. 하지만 아이한테 상처를 입혔어요."

나는 그녀를 피곤하게 하지 않도록 곧바로 그 자리를 떠나야만 했다.

다음 날 일요일 오후, 나는 신명이 나서 부리나케 사블로니에르 영지로 갔다. 문에는 핀으로 꽂아 놓은 쪽지가 붙어 있어서 벨을 누르지 못했다.

벨을 누르지 마시오.

도대체 어떻게 된 일인지 종잡을 수 없었다. 나는 상당히 세차게 문을 쾅쾅 두드렸고, 안쪽에서 발소리를 죽이면서 달려오는 소리를 들었다. 처음 보는 어떤 남자가 — 비에르종의 의사였다. — 문을 열어 줬다.

"도대체 무슨 일이죠?"

내가 격렬하게 물었다.

"쉬이, 쉬이! 갓난아이가 어젯밤 죽을 고비를 넘겼소. 산모도 중태고요."

그가 화난 표정으로 목소리를 낮게 깔며 대꾸했다.

몹시 당황한 나는 발끝으로 살금살금 걸어서 그를 따라 이층으로 갔다. 요람 속에 잠든 갓난아이는 마치 죽은 아이처럼 몹시 창백했고 하얗게 질려 있었다. 의사는 아기를 살릴 수 있을 거라고 생각했지만, 산모에 대해서는 확실한 태도를 취하지 않았다……. 그는 마치 내가 그 집안 유일한 친구인 것처럼 나한테 자세하게 설명했다. 그는 폐울혈(肺鬱血)과 혈전(血栓)에 대해 얘기하면서 망설였고, 확신이 서지 않는 것 같았다……. 갈레 씨가 들어왔다. 그 노인은 이틀 사이에 팍삭 늙어서 무시무시해 보였고 사시나무처럼 떨었다.

그는 자신이 뭘 하는지 의식조차 못 하면서 나를 방으로 데리고 들어갔다.

"산모가 겁먹지 않도록 해야 합니다. 잘될 거라고 그녀를 납득시켜야만 한다고 의사가 말했소."

그가 나한테 나직하게 말했다.

얼굴에 피가 솟구쳐 오른 이본 드 갈레는 어제저녁과 마찬가지로 고개를 뒤로 젖히고 누워 있었다. 양 볼과 이마는 검붉었고, 숨찬 사람처럼 이따금 두 눈을 찡그리면서 그녀는 말로 다할 수 없는 용기를 가지고 죽음과 유연하게 싸웠다.

그녀는 아무 말도 하지 않았다. 하지만 그녀는 내가 와락 울음을 터뜨릴 만큼 깊은 우정으로 불덩어리 같은 손을 나한테 내밀었다.

"그래, 그래요. 당신이 보다시피 병자치고는 안색이 그다지 나쁘지는 않지요!"

갈레 씨가 미친 것같이 생각될 정도로 몹시 쾌활하고 힘차게 얘기했다.

나는 뭐라고 대답할지를 몰랐다. 하지만 죽어 가는 젊은 부인의 펄펄 끓는 손을 내 손에 꼭 쥐었을 따름이다…….

나한테 어떤 걸 말하고 싶은 건지, 아니면 뭔가를 묻고 싶은 건지 그녀는 안간힘을 썼다. 마치 누군가를 맞으러 밖으로 가라고 눈짓하는 것처럼 그녀는 시선을 나한테 돌렸다가 이어서 창문 쪽으로 돌렸다……. 하지만 그때 멈출 수 없는 무서운 발작이 일어나서 그녀는 숨을 몹시 헐떡였다. 조금 전까지 그처럼 애통하게 나를 불렀던 그녀의 아름다운 파란 두 눈이 찡그려졌다. 그녀의 양 볼과 이마가 검은색으로 변했다. 그녀는 마지막까지 공포와 절망을 견뎌 내려고 온 힘을 쏟으면서 발버둥 쳤다. 의사와 부인들이 산소 주머니와 수건, 유리병을 들고 재빨리 다가왔다. 그동안 그녀한테 몸을 기울였던 늙은이가 울부짖었다. 마치 이미 그녀가 먼 데로 가 버리기나 한 것처럼, 거칠고 떨리는 목소리로 고래고함을 쳤다.

"무서워하지 마라, 이본! 아무것도 아니야. 전혀 무서워할 필요가 없어!"

이윽고 발작이 가라앉았다. 그녀는 반쯤 숨을 내쉬었지만 눈의 흰자위를 드러내며 여전히 고개를 젖히고 죽음과 싸웠다. 한순간이기는 했지만, 그녀는 깊이 빠진 심연에서 벗어나 나를 쳐다보고 뭔가 얘기하려고 혼신의 힘을 다 했다. 하지만 불가능했다.

……아무런 도움이 될 수 없을 것 같아 나는 거기를 떠나기로 결심했다. 물론 그때 잠깐 동안은 남을 수 있었다. 그 생각을 하면, 나는 무서운 회한으로 가슴이 답답해지는 걸 느낀다. 하지만 무슨 소용이 있을까? 나는 그때까지도 희망을 품고 있었다. 그처럼 파국이 가까웠다고는 생각하고 싶지 않았다.

창 쪽으로 향한 젊은 부인의 시선을 생각하면서 집 뒤쪽 전나무 숲 가장자리에 이르렀을 때, 나는 옛날에 오귀스탱이 왔고 지난겨울에 달아났던 쪽 숲 깊숙한 곳을 보초나 사냥꾼처럼 주의 깊게 살펴봤다. 아, 슬프다! 움직이는 것이라고는 아무것도 없다. 그럴 듯한 사람 그림자도 하나 없었고, 움직이는 나뭇가지조차 하나 없었다. 마침내 프레브랑주로 통하는 작은 길 쪽에서 매우 희미한 작은 종소리가 들렸다. 곧바로 신부 뒤에서 붉은 모자[50]를 쓴 한 학생복 차림 소년이 오솔길 모퉁이에 나타났다……. 그리고 나는 눈물을 꿀꺽 삼키면서 그 자

---

50) 머리 위에 쓰는 매우 작은 이 모자는 미사 때 복사(服事)가 쓴다. 미사를 지낼 때, 복사는 신부 시중을 들며, 보통 어린아이가 맡는다.

리를 떠났다.

다음 날은 개학날이었다. 7시에 이미 두세 꼬마들이 운동장에 나타났다. 나는 내려가 아이들 앞에 나타날 것인가를 생각하면서 오랫동안 꾸물댔다. 마침내 두 달 전부터 잠겼던 퀴퀴한 곰팡이 내음이 물씬 나는 교실 문을 열쇠로 열며 내가 나타났을 때, 세상에서 가장 두려워했던 일이 일어났다. 나는 체육관 밑에서 놀던 한 무리 아이들 가운데서 가장 키가 큰 학생이 나한테 다가오는 걸 봤다.

"사블로니에르 영지의 젊은 부인이 어제 황혼 녘에 돌아가셨답니다."

그가 나한테 말했다.

가슴이 메고 모든 생각들이 뒤죽박죽이 돼서 뭘 해야 좋을지 갈피를 잡을 수가 없었다. 이제 도저히 수업을 시작할 기운을 낼 수조차 없었다. 학교의 바짝 마른 운동장을 가로질렀을 뿐인데, 무릎이 쪼개질 만큼 지쳤다. 그녀가 죽었다. 그러므로 모든 게 고통스러웠고, 모든 게 쓰라렸다. 세상은 텅 빈 것 같았고, 방학도 끝나 버렸다. 마차를 타고 방황했던 긴 여정도 끝났다. 신비로운 잔치도 끝난 것이었다……. 모든 것은 예전처럼 원래대로의 고통으로 되돌아가고 말았다.

나는 아이들한테 오늘 아침에는 수업이 없다고 말했다. 그들은 무리를 지어서 다른 아이들한테 그 소식을 알리려고 들판을 가로질러 가 버렸다. 나는 검은 모자를 쓰고 가장자리가 장식된 저고리를 입고 비참한 심정으로 사블로니에르 영지로 쏜살같이 갔다…….

……나는 우리가 삼 년 전에 그토록 찾으려고 했던 집 앞에 섰다! 어제저녁, 오귀스탱 몬느의 부인 이본 드 갈레가 세상을 뜬 곳도 바로 이 집이다. 한 이방인이 이 집을 성당으로 착각할 정도로 어제 이후 황량하고 외따로 떨어진 듯한 이곳에는 침묵만이 흘렀다.

개학날의 아름다운 아침과 나무 밑으로 새어드는 가을날에 걸맞지 않은 태양이 우리한테 남겨 준 건 바로 이런 것이었다. 이 지독한, 가공할 만한 격분과 숨 막히게 치솟아 오르는 눈물과 어떻게 싸운단 말인가! 우리는 그 아름다운 처녀를 다시 찾았다. 우리는 그 여자의 마음을 사로잡았다. 그 여자는 내 친구의 부인이었고, 나는 결코 형언할 수 없는 깊고 은밀한 우정으로 그녀를 사모했다. 그녀를 쳐다보기만 해도 마치 어린아이처럼 즐거웠다. 나는 아마도 어느 날엔가는 다른 처녀와 결혼할 터다. 내가 이 엄청나고 비밀스러운 사실을 처음으로 고백할 사람은 바로 그녀가 될 것이다…….

문 한쪽 구석에 붙은 초인종 곁에는 어제의 쪽지가 그대로 붙어 있었다. 누군가가 벌써 관을 아래층 현관에 갖다 놓았다. 이 층 방에서 나를 반겨 주고 나한테 임종 순간을 얘기해 주려고 문을 살며시 열어 준 사람은 갓난아이의 유모였다……. 거기 이본이 있었다. 이제는 열과 병과의 치열한 싸움도 없었다. 붉은 반점도, 기다림도 없었다……. 오로지 침묵만이 존재할 따름이었다. 솜으로 감긴, 하얗게 경직된 무감각한 얼굴과 숱이 많고 뻣뻣한 머리칼이 삐져 나온 죽은 자의 이마만이 덩그

마니 있을 뿐이었다.

한 귀퉁이에 등을 돌린 채 웅크리고 앉은 갈레 씨는 신발을 신지 않고 양말 바람으로 있었다. 그는 옷장에서 빼내 온 무질서한 서랍 안을 무섭도록 뒤졌다. 가끔씩 발작적으로 웃는 사람처럼, 어깨가 흔들릴 정도로 격심하게 흐느끼면서 서랍에서 이미 노랗게 빛 바랜 딸아이의 옛날 사진을 한 장 꺼냈다.

장례식은 정오에 거행될 참이었다. 의사는 혈전증 때문에 시체가 빨리 썩는 걸 걱정했다. 그래서 몸 전체와 마찬가지로 페놀을 흠뻑 바른 솜으로 얼굴을 감싸 놓았다.

수의를 입히는 일도 끝났다. 은빛 별무늬가 여기저기에 박힌 놀랄 만큼 아름다운 짙은 청색 벨벳 옷을 입혔다. 하지만 지금은 유행이 지난 아름다운 소매는 구겨지고 납작해져 있었다. 관을 올리는 순간, 복도가 너무 좁아 돌릴 수 없다는 것을 알았다. 끈을 묶어서 창문 밖으로 끌어올려야만 했고, 이어서 똑같은 방법으로 내려야만 했다……. 하지만 어떤 잃어버린 기억이 떠올랐는지, 낡은 물건들에 몸을 기울이던 갈레 씨는 대단히 격렬하게 그 일을 막았다.

"그처럼 지독하고 무서운 짓을 하려거든, 차라리 내가 딸을 안고 내려가겠어……."

그는 눈물과 분노로 목이 메어 말했다.

그런다면 그는 기운이 빠져 절반도 채 내려가기 전에 넘어질지 모를 일이고, 시체와 함께 구를 수도 있을 터였다!

하지만 그때, 내가 앞으로 나가서 오직 한 가지 가능한 방법을 취한다. 의사와 유모의 도움으로, 축 늘어진 시신의 등 밑으로 한 팔을 넣고, 다른 팔을 다리 밑으로 집어넣은 나는 내 가슴에 그녀를 바짝 엎어 놓는다. 왼팔로 몸을 받치고 오른팔로 어깨를 받들어 들자, 내 턱 밑으로 머리를 다시 떨어뜨린 그녀는 내 가슴 위를 엄청난 무게로 짓누른다. 나는 길고 가파른 계단을 한 칸씩 천천히 내려온다. 그동안 아래층에서는 모든 것을 준비한다.

나는 금세 파김치가 돼 양팔이 끊어질 것 같다. 한 계단 내디딜 때마다, 가슴 위 무게 때문에 숨이 점점 가쁘다. 무겁고 무기력한 시신을 움켜잡고, 내가 운반하는 그녀 얼굴 위로 머리를 숙여서 크게 숨을 쉰다. 내 숨을 따라 그녀의 금빛 머리카락 냄새가 입으로 들어온다. 흙냄새가 나는 죽은 자의 머리카락이다. 흙과 죽음의 냄새, 가슴 위로 느낀 무게, 모든 것은 위대한 모험과 당신, 즉 이본 드 갈레, 그토록 찾아 헤맸고 그토록 사랑했던…… 젊은 부인이 나한테 남긴 것이다.

13 월별 숙제장

여러 여자들이 온종일 매달려서 병든 갓난아이를 어르고 달래는, 슬픈 추억으로 가득 찬 그 집에서 늙은 갈레 씨는 끝내 병으로 누웠다. 그해 겨울, 처음으로 강추위가 시작됐을 때 편안하게 눈을 감았다. 나는 그 멋진 노인의 머리맡에서 닭똥 같은 눈물을 쏟지 않을 수 없었다. 그의 관대한 사고와 환상이 아들의 환상과 어우러져, 우리한테 일어났던 모든 모험의 원인이 됐다. 그는 이제까지 어떤 일이 일어났는지 도통 알지 못하고, 거의 완벽한 침묵 속에서 더할 나위 없이 행복하게 떠났다. 오래전부터 프랑스의 그 지방에 친척과 친구마저도 없던 그는 유언으로, 몬느가 돌아올 때까지 나를 유산 관리자로 지명했다. 그가 언젠가 돌아오면, 나는 그에게 모든 것을 보고해야만 할 참이었다……. 그리하여 나는 사블로니에르 영지에서 살게 됐다. 수업을 위해서만 생브누아에 갔고, 아침 일찍 떠나 그 영지에서 만들어 준 도시락을 난로에 데워 먹었으며, 수업이 끝나고 저녁이 되면 곧바로 돌아오곤 했다. 그렇게 해서 농장 하녀들이 보살펴 주는 갓난아기를 늘 내 곁에서 지켜보게 됐다. 무엇보다도 오귀스탱이 언젠가 사블로니에르 영지로 돌아온다면, 그를 만날 기회가 많아질 참이었다.

게다가 나는 집 안 세간들과 서랍 속에서, 여러 해 동안 소식이 없던 기간 동안 그가 어떻게 시간을 보냈는지 알려 주는 어떤 서류와 실마리를 마침내 발견할 거라는 희망의 끈을 내려놓지 않았다. 그러면 그가 도망친 이유를 어쩌면 파악할 터이고, 아니면 적어도 그의 흔적을 다시 찾을 것이었다……. 나는 이미 벽장과 옷장을 수없이 뒤졌고, 잡동사니를 넣어 두는 작은 방에서 온갖 형태의 수많은 오래된 마분지 상자들을 열어 톺아봤다. 하지만 아무것도 찾을 수 없었다. 어떤 상자에는 오래된 편지 뭉치와 노랗게 빛이 바랜 갈레 집안 사진첩이 가득 들어 있었고, 다른 상자에는 유행이 지난 조화와 깃털, 깃털 장식품과 조류 장식품 들로 차곡차곡 채워져 있었다. 그 상자들 속에서는 뭐라고 형언할 수 없는 마른 내음과 아련히 사라지는 향수 냄새가 솔솔 피어올라, 내 마음속에 문득 갖가지 추억과 수많은 회한을 불러일으켰고, 그때마다 나는 뒤지는 일을 멈췄다…….

어느 휴일, 드디어 나는 지붕 밑 방에서 돼지 가죽을 입힌, 반쯤 좀이 쏜 낮고 기다란 작은 여행 가방을 찾았다. 그게 오귀스탱이 학교 다닐 때 사용했던 가방이라는 걸 금방 알아봤다. 나는 어째서 이 방부터 진작 조사하지 않았는가 하고 나

자신을 꾸짖었다. 나는 녹슨 자물쇠를 쉽게 열었다. 그 가방에는 생트아가트 시절 노트와 책 들이 위까지 빼곡히 차 있었다. 산수 책들, 문학 책들, 문제집, 또 뭐가 있더라……. 호기심보다는 오히려 아쉬운 감정으로 모든 것을 뒤지기 시작했고, 내가 아직도 외울 수 있는 받아 쓴 문장들을 다시 읽었다. 몇 번씩이나 그 문장들을 고쳐 썼던가! 루소의 『라크뒤크』, 폴 루이 쿠리에의 『칼라브르에로의 모험』, 「아들한테 보낸 조르주 상드의 편지」……

그 속에는 또한 '월별 숙제장'이 한 권 들어 있었다. 나는 그걸 보고 깜짝 놀랐다. 그 노트들은 교실에다 놓아둬야 했기에 학생들이 결코 밖으로 가지고 나가면 안 되었다. 그건 가장자리가 완전히 누렇게 빛이 바랜 초록색 노트였다. 오귀스탱 몬느라는 학생 이름이 표지 위에 멋들어진 둥근 글씨체로 씌어 있었다. 나는 노트를 활짝 펼쳐 봤다. 숙제를 한 날짜가 189×년 4월이었으므로, 몬느가 생트아가트를 떠나기 며칠 전에 쓰기 시작했던 노트라는 걸 단번에 알았다. 첫 몇 페이지는 작문 노트를 쓸 때 항상 지켜야 할 세심한 주의가 구석구석까지 잘 지켜져 있었다. 하지만 글을 쓴 건 세 페이지도 넘지 않았고, 나머지는 백지였다. 그것으로 몬느가 그 노트를 가져온 까닭을 알았다.

바닥에 무릎을 꿇은 채, 우리 젊은 시절에 그처럼 크게 비중을 차지했던 유치한 습관과 규칙에 대해 새삼 생각하면서도, 나는 엄지손가락으로 끝까지 쓰지 않은 노트 페이지를 훌훌 넘겼다. 그렇게 해서 다른 페이지에 글씨가 썬 걸 발견했다.

네 페이지를 백지로 건너뛰고, 그다음부터 다시 쓰이기 시작했다.

몬느의 필체였는데, 빨리 써서인지 온전하지 않아서인지 읽기가 몹시 어려웠다. 일정하지 않은 크기로 쓰인 작은 문단들이 빈 줄로 분리되어 있었다. 이따금 미완성으로 남은 문장 하나만 덩그러니 써져 있었고, 때로는 날짜도 적혀 있었다. 첫 줄을 읽으면서부터 나는 파리에서 보냈던 몬느의 생활에 대한 어떤 정보와 내가 찾는 발자취에 대한 실마리가 거기에 있다고 판단했다. 그래서 식당으로 내려가 햇빛이 들어오는 곳에서 느긋하게 수수께끼 같은 이 문서를 샅샅이 훑어보기로 작정했다. 밝기는 했지만 날씨가 나빠질 조짐이 있는 어느 겨울날이었다. 때때로 쩽쩽 내리쬐는 햇살이 창문의 하얀 커튼 위로 격자무늬를 그렸고, 때로는 돌풍이 유리창에 차디찬 소나기를 뿌렸다. 난로 옆 창문 앞에서, 나는 나한테 많은 걸 설명해 주는 글 몇 줄을 읽었다. 나는 그것을 여기다 아주 정확하게 베껴 놓을 참이다……

14 비밀

나는 다시 한 번 그 창문 밑을 지나갔다. 유리창에는 여전히 먼지가 잔뜩 끼어 있었고 이중으로 쳐진 커튼 때문에 하얗게 보였다. 이본 드 갈레가 결혼했다고 하니, 설령 그녀가 문을 열어 주더라도 나는 할 말이 없을 수밖에 없다……. 이제 도대체 뭘 하지? 과연 어떻게 살아가야 한단 말인가?

2월 13일, 토요일. 나는 강변에서 6월에 나한테 소식을 전해 주고 문이 꼭 닫힌 집 앞에서 나처럼 기다렸던 어떤 처녀를 만났다……. 나는 그녀한테 말을 걸었다. 그녀가 걷는 동안, 그녀 얼굴에 난 가벼운 흉터를 옆에서 바라봤다. 입 가장자리에 미세한 주름살이 있었고, 뺨은 약간 핼쑥했으며, 콧날에는 분이 뭉쳐져 있었다. 그녀는 갑자기 고개를 다시 돌리고 나를 정면으로 쳐다봤다. 아마도 옆얼굴보다 더 아름다웠기 때문일 터다. 그녀는 퉁명스럽게 말했다.

"당신을 보면 너무 즐거워요. 당신은 옛날에 부르주에서 내 꽁무니를 따라다니던 한 청년을 생각나게 해요. 더군다나 그는 내 약혼자였죠……."

그런데 칠흑 같은 밤에, 가스등 불빛에 반짝이는 축축하고 인기척 없는 인도에서 그녀는 갑자기 나한테 다가와서는 오늘 저녁 언니와 함께 극장 구경을 시켜 달라고 졸랐다. 나는 처음 으로 그녀가 상복을 입고, 그녀의 젊은 얼굴에 어울리지 않게 너무 궁상맞은 부인 모자를 썼으며, 지팡이처럼 가늘고 긴 우산 을 쓴 것을 주의 깊게 보았다. 그녀와 너무 가까이 섰기에, 내가 조금 움직이자 내 손톱이 그녀 옷에 붙은 상장(喪章)을 할퀴었 다. 내가 그녀 부탁을 들어줄 수 없다고 하자, 그녀는 버럭 화를 내며 곧바로 가 버리려고 했다. 이제 그녀를 붙들고 간청해야 할 사람은 바로 나 자신이었다. 그러자 그때, 어둠 속에서 지나 가던 어떤 노동자가 나지막하게 농담을 했다.

"아가씨, 가지 마. 저 사람이 당신을 해코지할걸!"

우리는 둘 다 어안이 벙벙해진다.

극장에서. 두 처녀, 즉 발랑틴 블롱도라는 내 친구와 그녀의 언니는 꾀죄죄하고 초라한 목도리를 두르고 왔다.

발랑틴은 내 앞에 자리를 잡았다. 내가 그녀한테 뭘 원하는 지 묻는 것처럼, 매순간 그녀는 불안한 듯이 나를 다시 돌아보 았다. 그녀 곁에 있는 나는 거의 나 자신이 행복하다고 느꼈다.

따라서 그때마다 그녀한테 웃음꽃으로 대답했다.

우리들 바로 가까이에 지나치게 가슴을 드러낸 부인들이 자리 잡았다. 우리는 시시덕거렸다.

처음에 그녀가 웃음보를 터뜨리더니 이렇게 말했다.

"나는 웃어서는 안 돼요. 나 역시 가슴을 너무 많이 드러냈으니까요."

그녀는 목도리를 다시 감았다. 사실, 그녀가 검은 레이스가 달린 스카프 밑으로 재빨리 화장을 고치며 밋밋한 슈미즈의 높은 깃을 다시 접어 내리는 게 보였다.

그 여자에겐 어딘지 궁핍하고 유치한 데가 있다. 고통스러우면서도 도발적인 그녀의 시선에는 뭔지 모르게 나를 유혹하는 게 있다. 영지 사람들에 대해 나한테 얘기해 주던 유일한 사람인 그녀 옆에서 나는 끊임없이 옛날의 내 모험을 생각한다……. 큰길에 자리 잡은 조붓한 저택에 대해 다시 묻고 싶은 생각이 났다. 하지만 그녀 쪽에서 먼저 나한테 아주 거북한 질문을 하기에, 뭐라고 대답해야 할지 몰랐다. 나는 우리가 그 후에는 그 문제에 대해 얘기하지 않을 것이라고 느낀다. 하지만 그녀를 다시 볼 거라는 사실 또한 안다. 그게 무슨 소용이겠는가? 무엇 때문이란 말인가? 나는 이제 내가 실패한 모험의 가장 희미하고 가장 먼 흔적을 가져올 존재의 발자취를 뒤쫓아 갈 수밖에 없는 숙명을 짊어지는 것일까……?

나는 자정에 쓸쓸한 거리에서 홀로, 그 새롭고 이상한 얘기가 나한테 뭘 원하는가 생각한다. 나는 모든 사람이 잠들어 있을, 마분지 상자가 늘어선 것 같은 건물을 따라 걸어간다. 갑자기 내가 지난 달에 마음먹었던 결심을 생각해 낸다. 한밤중, 새벽 1시 무렵, 나는 그 저택을 돌아서 정원 문을 방싯이 열고 도둑처럼 들어가서 잃어버린 영지를 다시 찾게 하고 그 여자를 다시 보게 해 줄, 오로지 다시 보게만 해 줄…… 그 어떤 실마리를 찾기로 작정했다. 하지만 파김치가 됐고 배가 고프다. 극장에 가기 전에 급히 옷을 갈아입는 바람에 식사를 하지 못했다…….불안하고 흥분한 나는 눕기 전에 막연한 회한에 사로잡혀서 침대 모서리에 앉았다. 도대체 왜 그랬을까?

다시 적는다. 그 여자들은 내가 바래다주기를 원하지도 않았고, 나한테 집을 가르쳐 주지도 않았다. 하지만 나는 가능한 만큼 그녀들을 따라갔다. 그녀들이 노트르담 사원 근처의 골목길에서 산다는 걸 안다. 하지만 몇 번지였나……? 나는 그 여자들이 재봉사 아니면 부인용 모자를 만드는 사람이라고 짐작했다.

목요일 4시, 발랑틴은 언니 몰래 우리가 갔던 바로 그 극장 앞에서 만날 약속을 했다.

"내가 목요일에 못 나가면 금요일 같은 시각에, 그다음은 토요일, 그런 식으로 매일 나와 보세요."

그녀가 말했다.

2월 18일, 목요일. 비를 몰고 올 것 같은 된바람이 부는 날씨에 그녀를 만나러 갔다. 모두가 매순간 비가 쏟아질 거라고 말했다…….

나는 무거운 마음으로 어둑어둑해진 거리를 걸어간다. 빗방울이 떨어진다. 비가 내리면 안 되는데. 소나기가 쏟아지면 그녀가 못 나올 텐데. 바람이 다시 불기 시작하지만 빗방울은 아직까지 떨어지지 않는다. 때로는 흐렸다, 때로는 갰다. 오후 하늘에서 검은 구름이 바람에 휩쓸려 갔다. 나는 비참한 기다림 속에 파묻혀 있다…….

극장 앞에서. 십오 분 후에 나는 그녀가 오지 않을 거라고 확신한다. 나는 멀리 강변로에서 그녀가 올지 모를 다리 위를 끊임없이 지나가는 사람들의 행렬을 주의 깊게 지켜본다. 상복을 입은 모든 젊은 여자들이 오는 것을 눈여겨보면서, 나는 그녀와 닮았고 가장 가까이에서 가장 오랫동안 나한테 희망을 품게 한 그 여자들한테 감사하고 싶은 심정이 들기까지 한다…….

한 시간의 기다림. 파김치가 됐다. 어두워질 무렵, 평화의 사도(使徒)[51]가, 숨이 가쁜 소리로 온갖 욕설과 쌍소리를 퍼붓는 부랑배 한 명을 인근 파출소로 질질 끌고 간다. 경관은 몹시 화가 나서 창백했고 말문이 막혔다……. 복도에 들어서자 그를 두들겨 패기 시작한다. 그 별 볼일 없는 녀석을 직사하게 때리려고 문을 확 닫아 버린다……. 내가 낙원을 포기하고 지옥 문턱에서 발버둥 치고 있는 게 아닌가 하는 무서운 생각이 내 머릿속에 불현듯 떠오른다.

---

51) 경찰을 일컫는다.

싸움판에 질려 그곳을 훌쩍 떠난다. 나는 그 여자 집이 있을 거라고 생각했던 센 강과 노트르담 사원 사이 좁고 나지막한 골목에 들어선다. 나 혼자만이 외톨이가 돼 오락가락한다. 이따금 하녀나 주부가 어두워지기 전에 시장 보러 가느라고 보슬비 속을 지나간다……. 이제 나한테는 아무것도 없다. 가 버려야지……. 어둠을 재촉하지 않는 이슬비가 내리는 가운데, 나는 우리가 만나기로 했던 장소로 다시 간다. 조금 전보다 사람들이 많다. 까맣게 보이는 사람 무리…….

가정, 절망, 초주검. 나는 내일이야말로 반드시 만날 것이라는 생각에 매달린다. 내일, 같은 시각, 같은 장소에서 그녀를 기다리러 다시 갈 참이다. 내일이 어서 오길 초조하게 바란다. 무력감에 빠져 내가 무료하게 보내야 할 오늘 저녁과 내일 아침을 생각한다……. 하지만 이미 그날은 거의 끝나지 않았는가……? 집에 돌아와 난롯가에 앉으면, 저녁 신문팔이의 빽빽거리는 소리가 들려온다. 틀림없이 그녀도 노트르담 사원 곁에, 이 도시 어딘가의 집에 눈에 띄지 않게 숨어 그 소리를 들을 것이다.

그녀란…… 바로 발랑틴이다.

내가 감추고 싶던 그날 저녁이 이상하게 날 짓누른다. 시간이 가고 하루가 곧 끝나려 하고, 나 또한 하루가 끝나기를 기다리는 동안, 사랑하는 여자한테 자기의 모든 희망과 사랑, 최후의 용기를 고백하는 사람도 있을 터. 또한 죽어 가는 사람도 있고, 지불 기한을 기다리는 사람도 있으며, 내일이 영원히 오지 않기를 기다리는 사람도 있을 테지. 또 내일이면 회한에 사로잡힐 사람도, 초주검이 돼 녹초가 된 사람도 있을 것이다. 그들한테는 이 밤이 필요한 만큼의 휴식을 가져올 정도로 충분히 길지 못할 게 뻔하다. 내 하루를 잃어버린 나는 무슨 권리로 내 일이라는 말을 감히 할 수 있단 말인가?

금요일 저녁. '나는 그녀를 만나지 못했다.'라는 결말을 쓸 생각이었다. 그러면 모든 게 끝날지도 모를 일이다.

하지만 오늘 오후 4시, 극장 모퉁이에 도착했을 때 그녀가 거기 있었다. 섬세한 얼굴에 신중한 표정을 짓고 검은 옷을 입은 그녀는 얼굴에 분을 발랐고, 죄지은 피에로 같은 인상을 주는 주름 모양 깃을 달고 있었다. 애처로우면서도 짓궂은 인상이었다.

그녀가 거기 온 것은 나한테 곧바로 작별 인사를 하고 다시는 오지 않겠다고 말하기 위해서다.

*

하지만 어둠이 내리깔렸을 때, 우리는 여전히 둘이서 튈르리 공원[52] 자갈길을 바짝 붙어서 걸었다. 그녀는 나한테 자신에 대해 얘기했다. 그런데 너무 얼버무려서 잘 이해하지 못했다. 그녀는 결혼하지는 않았던 그의 약혼자에 대해 얘기할 때마다, 그를 '내 연인'이라고 불렀다. 나한테 충격을 줘서 내가 그녀에게

---

52) 1564년 앙리 2세의 왕비가 세운 튈르리 궁이 1871년에 발발한 파리 코뮌에 의해 소실되어 공원으로 탈바꿈되었다. 이 유명한 공원은 파리 시민들이 애호하는 휴식과 산책 장소다.

집착하지 못하도록 일부러 그렇게 부르는 것 같았다.

내키지 않지만 그녀가 한 말을 여기 옮긴다.

"나를 결코 믿지 마세요. 난 미친 짓밖에는 하지 않았어요. 혼자서만 길을 달렸어요. 약혼자를 실망시켰죠. 그가 날 너무 좋아해서 그를 버렸어요. 그는 나를 환상 속 여자로 생각했어요. 있는 그대로의 나를 보지 못했지요. 그런데 난 결함투성이예요. 우리가 결혼한다면, 굉장히 불행해질 거예요."

그때마다, 나는 그녀가 자신을 실제보다 더 나쁘게 보이려 한다는 것을 알아챘다. 그녀는 어리석은 짓을 한 자신의 행동이 옳다는 것, 아무것도 후회하지 않는다는 것, 자기한테 주어진 행복을 누릴 만하지 못하다는 걸 자기 자신한테 증명하는 것 같았다.

어느 날, 또 한번은 나를 한참 동안 바라보며 이렇게 말했다.

"당신이 내 마음에 드는 건, 진짜 당신이 내 마음에 쏙 드는 건, 왠지 모르겠지만 내 추억들 때문일 거예요……."

또 한번은 이렇게 말했다.

"나는 아직도 그를 사랑해요. 당신이 생각하는 것보다 훨씬 더 말이에요."

그녀가 속내를 털어놓았다.

그러더니 느닷없이, 격렬하게, 슬픈 듯이, 하소연했다.

"결국 어쩌겠다는 거예요? 당신도 나를 사랑한다는 건가요? 당신도 나한테 결혼을 요구할 건가요……?"

나는 말을 더듬었다. 내가 뭐라고 대답했는지 모르겠다. 아마 얼떨결에 '네.'라고 했을 터이다.

이런 식의 일기는 여기서 끊겼다. 그다음부터는 편지 초안이 이어졌다. 읽기가 힘들었고 글자도 고르지 않았으며 지워진 곳도 있었다. 덧없고 불안정한 약혼 시절……! 몬느의 간청으로 그 처녀는 직장을 그만뒀다. 그는 결혼 준비에 여념이 없었다. 하지만 그때도 끊임없이 잃어버린 사랑의 흔적을 찾아 떠나고 싶은 욕망에 사로잡혀서, 분명히 여러 번 모습을 감춘 게 틀림없었을 것이다. 그리고 이 편지들 속에서 그는 발랑틴한테 비통할 만큼 난처한 모습으로 이런저런 변명을 하느라 안간힘을 쏟았다.

15 비밀(계속)

그 뒤의 일기는 다시 시작됐다.

그는 그들 둘이서 어딘지는 알 수 없는 시골에 머물렀던 추억거리들을 적었다. 이상한 점은, 그 일기가 거기서부터 어쩌면 남모르는 수치심에 사로잡혀 너무나 엉망진창으로 토막이나 잘렸다는 사실이다. 더군다나 문장도 제대로 갖추지 않고 부랴부랴 마구 갈겨써서, 나 자신이 그의 얘기를 손질해 다시 구성할 수밖에 없었다.

6월 14일. 그가 여인숙에서 꼭두새벽에 깼을 때, 햇빛을 받은 검은 커튼의 붉은 무늬가 마치 불덩어리처럼 타오르는 듯 보였다. 농가 일꾼들이 아래층 방에서 아침 커피를 마시면서 큰 소리로 떠들었다. 그들은 농장 주인들 중 한 사람에 대해 거칠지만 느긋한 말투로 불평을 쏟아 놓았다. 아마 오래전부터, 몬느는 잠결에 그 조용한 소리를 들었을 것이다. 처음에는 별로 주의를 기울이지 않았다. 햇빛으로 빨간 포도송이 무늬가 촘촘히 뿌려진 커튼, 조용한 침실까지 들려오는 아침의 목소리, 모든 게 달콤하고 굉장한 방학이 시작될 무렵, 시골에서 아침에 눈을 떴을 당시의 그 독특한 인상과 뒤섞였다.

벌떡 일어나서 조용히 옆방 문을 자그시 두드린 후, 그는 대답을 듣지 않고 문을 반쯤 방싯이 열었다. 그때 발랑틴이 있는 것을 알아차렸다. 그는 거기에 조용한 행복이 존재하는 것을 단번에 이해했다. 새가 잠든 것처럼, 손가락 하나 움직이지 않고 조용히 숨소리조차 내지 않은 채, 그녀는 새록새록 잠잤다. 오랫동안 그는 눈을 감은 어린아이 같은 그 얼굴을 쳐다봤다. 너무나도 평온한 얼굴이기에, 깨우거나 잠을 방해하고 싶은 마음이 털끝만큼도 없었다.

그녀는 자신이 잠자고 있다는 사실을 보여 주기 위해 꼼짝하지도 않았다. 그녀는 다른 어떤 행동을 하지 않은 채 잠자고 있다는 것을 알렸다.

그녀가 잽싸게 옷을 입자 몬느는 다시 그녀 곁으로 갔다.

"늦잠을 잤군요."

그녀가 말했다.

곧바로 그녀는 주부처럼 행동했다.

그녀는 방 안을 정돈하고 몬느가 어제 입었던 옷에 솔질을 하고 다시 바지를 털려고 하다가 난처해졌다. 바짓단에 진흙이 잔뜩 묻어 있었다. 그녀는 잠시 머뭇거리더니, 솔질하기 전에 조심스럽게 정성을 들여 칼로 흙을 긁어냈다.

"생트아가트의 젊은이들도 진흙 속에서 뒹군 후 그렇게 털었지."

몬느가 말했다.

"나는 엄마한테 배웠어요."

발랑틴이 말했다.

……그런데 신비로운 모험을 하기 전이었다면, 이 여자야말로 사냥꾼이자 농부였던 대장 몬느가 틀림없이 원했을 바로 그반려자였다.

6월 15일. 친구들이 그들을 신혼 부부라고 소개한 덕분에, 그들은 농가 저녁 식사에 초대받았다. 그들한테 가장 난처한 일은 그녀가 부끄럼을 타는 새댁 행세를 해야 한다는 점이었다.

시골의 조용한 결혼 잔치에서처럼, 하얀 식탁보를 씌운 식탁 양쪽 끝에 놓인 커다란 촛대 두 개에 불이 각각 켜졌다. 그들이 고개를 숙이자, 두 얼굴은 희미한 불빛의 그림자 속으로 젖어들었다.

파트리스(농장 주인의 아들) 오른쪽으로 발랑틴과 몬느가 앉았다. 사람들이 거의 쉴 새 없이 말을 거는데도 몬느는 입을 앙다물고 있었다. 그 외진 마을에서 미주알고주알 설명하는 걸 피하려고 그는 발랑틴을 자기 아내라고 여기기로 작정했다. 하지만 그는 똑같은 후회와 가책으로 괴로워했다. 파트리스가 시골 신사답게 저녁 식사를 주도했다.

그동안 몬느가 생각했다.

"오늘 저녁, 여기처럼 천장이 낮은 식당에서, 내가 아는 이런 아름다운 식당에서 결혼 잔치를 주재했어야 하는 건데."

그의 곁에 앉은 발랑틴은 사람들이 권하는 모든 음식을 부끄러운 듯이 거절했다. 그녀는 영락없이 시골 처녀 같았다. 누군가가 새롭게 뭘 권할 때마다, 그녀는 자기 친구를 쳐다보고 그의 뒤쪽으로 숨고 싶어 하는 것 같았다. 파트리스는 끈질기게도 그녀한테 잔을 비우라고 권했지만 허사였다. 마침내 몬느가 그녀한테 몸을 기울이고 부드럽게 말했다.

"마셔요, 내 사랑 발랑틴."

그러자 그녀는 고분고분 술을 마셨다. 파트리스는 웃으면서, 순종하는 아내를 뒀다고 몬느를 치켜세웠다.

하지만 발랑틴과 몬느는 말없이 생각에 잠겼다. 무엇보다도 그들은 녹초가 됐다. 산책길의 진흙에 푹 젖은 그들의 발은 닦아 놓은 부엌 타일 바닥 위에서 얼었다. 그리고 이따금 몬느는 어쩔 수 없이 얘기해야만 했다.

"여보, 발랑틴, 여보……."

어두컴컴한 식당에 자리 잡은 낯선 농부들 앞에서 그 말을 웅얼거려야 할 때마다, 그는 마치 죄를 짓는 것 같았다.

6월 17일. 그 마지막 날 오후는 시작부터 이상했다.

파트리스 부부는 그들과 함께 산책했다. 히스가 우거진 울퉁불퉁한 언덕에서 부부 두 쌍은 점차로 갈라지기 시작했다. 몬느와 발랑틴은 자그마한 잡목림 안에 있는 노간주나무들 사이에 앉았다.

바람이 빗방울을 몰고 왔고, 구름이 낮게 드리운 잠포록한
날씨였다. 저녁 시간은 어쩐지 쓸쓸했고, 사랑마저도 기분을 바
꿔 줄 수 없을 만큼 지독하게 지루한 듯 느껴졌다.

오래도록 그들은 말하지 않고 나뭇가지 아래에 몸을 피했다.
그럭저럭 다시 날씨가 개었고 햇빛이 났다. 그들은 이제 모든
게 잘되리라고 생각했다.

이어서 그들은 사랑 얘기를 하기 시작했다. 발랑틴은 지껄였
고 자꾸 호들갑을 떨었다…….

"내 약혼자는 어린아이같이 나한테 약속했어요. 우리가 곧
시골 외딴 오두막 같은 집을 갖게 될 거라고요. 그는 집이 벌써
준비됐다고 했어요. 결혼식 날 저녁, 우리는 어둠이 가까워지는
이 무렵쯤, 긴 여행에서 돌아온 것처럼 거기에 갈 거라고 했어
요. 그러면 길과 마당, 숲에 숨었던 낯선 어린아이들이 '신부 만
세!'라고 외치면서 우리 결혼을 축하할 거라고 했어요……. 얼
마나 미친 짓이에요! 그렇지 않아요?"

그녀가 넋두리를 풀어놓았다.

몬느는 어리둥절하고 울가망한 채 그녀의 얘기를 경청했다.
그는 모든 얘기에서 이미 들어 본 적 있는 어떤 목소리의 메아
리 같은 것이 있다는 걸 알게 됐다. 자기 과거를 얘기할 때, 그
처녀의 말투에는 막연한 회한이 켜켜이 서렸다.

하지만 그녀는 그의 마음에 상처를 입히지나 않을까 두려웠
다. 갑자기 충동적이면서도 부드럽게 그에게 고개를 획 돌렸다.

"당신한테 제가 가진 모든 걸 드리고 싶어요. 한때는 무엇보
다 소중했던 거예요……. 당신은 그것을 불살라 버리세요!"

그런 다음, 불안한 태도로 그를 뚫어지게 보던 그녀는 주머니에서 약혼자한테 받은 자그마한 편지 뭉치를 꺼내 그에게 내밀었다.

아! 그는 단번에 가느다란 필체를 알아보았다. 어째서 더 빨리 생각하지 못했던가! 그가 옛날에 그 영지의 방에다 놓고 간, 그 절망적인 종이쪽지에서 봤던 떠돌이 프란츠의 필체였다…….

그들은 이제 기울어 가는 오후 5시의 햇빛을 비스듬히 받는 들국화와 마른 풀 사이 좁은 길을 걸었다. 아무튼 몬느는 너무나 놀라 어리둥절한 나머지 그 모든 게 그에게 어떤 파국을 의미하는 건지 이해하지 못했다. 그녀가 읽으라고 했으므로 그는 편지를 읽었다. 유치하고 감상적이며 비장한 문장들……. 마지막 구절은 이렇게 적혀 있었다.

……아! 당신은 사랑을 잃었습니다. 용서받을 수 없는 발랑틴. 우리한테 이제 무슨 일이 일어날까요? 나는 미신을 믿는 사람은 아닙니다만…….

몬느는 회한과 노여움으로 반쯤 눈이 먼 채로 읽었다. 얼굴은 굳어서 몹시 창백했고 눈 가장자리가 파르르 떨렸다. 그런 몬느를 보고 불안해진 발랑틴은 그의 기분이 어떤지, 그가 무엇 때문에 그처럼 분노하는지를 살펴봤다.

"그가 나한테 주면서 영원히 간직하라고 약속하게 한 마음의 보석이었지요. 이게 바로 그가 저지른 미친 짓이에요."

그녀가 재빨리 설명했다.

하지만 몬느는 이 말을 듣고 오히려 화를 버럭 냈다.

"미친 짓이라고! 왜 그 말을 되풀이하지? 왜 한 번도 그를 믿으려고 하지 않았지? 난 그를 알아. 그는 이 세상에서 가장 훌륭한 사나이란 말이야!."

그는 주머니에 그 편지를 집어넣으면서 말했다.

"당신이 그를 알아요? 프란츠 드 갈레를 안단 말이에요?"

몹시 충격을 받은 그녀가 말했다.

"그는 가장 훌륭한 내 친구였단 말이오. 그리고 모험의 형제였소. 그런데 내가 프란츠한테서 약혼녀를 빼앗다니!"

그는 화가 나 말을 이었다.

"아! 당신이 우리한테 얼마나 지독한 짓거리를 했는지 몰라. 아무것도 믿지 않으려 했던 당신. 당신이 모든 것의 원인이었어. 모든 것을 망가뜨린 건, 바로 당신이오! 모든 걸!"

그녀는 그에게 뭔가 얘기하려고 그의 손을 붙들려고 했다. 하지만 그가 거칠게 그녀를 뿌리쳤다.

"가요. 나를 이대로 혼자 있게 놓아둬요."

"그래요. 그게 사실이라면, 정말로 떠나겠어요. 언니와 함께 부르주에 있는 우리 집으로 돌아가겠어요. 당신이 날 데리러 오지 않으면, 아시지요? 내 아버지가 날 데리고 살기에는 너무 가난하단 말이에요. 그러면! 파리로 다시 떠나겠어요. 내가 이미 한 번 그랬던 것처럼, 거리를 헤매게 될 테지요. 이제 직장마저 그만뒀으니까, 아마 매춘부가 될 거예요……."

그녀가 얼굴을 붉히고 말을 더듬거리면서 울먹이듯 넋두리를 뿜어내었다.

그녀는 기차를 타기 위해 자기 짐을 찾으러 가 버렸다. 그동안 몬느는 그녀가 떠나는 것조차도 쳐다보지 않고 발길이 닿는 대로 정처 없이 걷기 시작했다.

일기는 다시 중단되었다.

아직까지 편지 초안들, 방황하는 우유부단한 사나이가 쓴 편지들이 계속 이어졌다. 라페르테당지용에 되돌아온 몬느는 겉으로는 결코 그녀를 다시 만나지 않겠다는 결심과 그 구체적인 이유를 전달한다는 구실로, 하지만 사실은 그녀가 그에게 당장 답장하도록 하려고 발랑틴한테 편지를 썼다. 너무나 어리둥절한 나머지 그는 그 편지들 중 하나에서 처음에는 그녀한테 물어볼 생각조차 하지 못했던, 그가 그처럼 찾았던 그 영지가 어디에 있는지를 물었다. 다른 편지에서 그는 그녀한테 프란츠 드 갈레와 다시 화해하라고 마냥 간청했다. 그를 다시 찾을 책임이 있는 사람은 바로 자신이라고 생각했다……. 내가 초안을 봤던 편지들은 아마 부치지 않았을 터다. 하지만 그는 아마도 편지 두세 통을 부쳤지만 결코 답장을 받지 못했을 것이다. 그때가 몬느한테는 지독한 고립감 속에서 지낸 비참하고 무서운 싸움의 시기였다. 이본 드 갈레를 다시 본다는 희망이 완전히 사라져서, 그는 점점 그의 확고한 결심이 약해져 가는 걸 느꼈다. 그다음 페이지 — 그 일기장 마지막 페이지였다. — 에서 나는 그가 방학 초 어느 이른 아침, 자전거를 빌려서 부르주에 가고 성당을 방문했을 거라고 상상한다.

아침 일찍, 그는 용서를 빌지 않고 그가 쫓아 버린 그녀 앞에 나타날 수많은 구실을 만들어 가지고 숲 속으로 난 곧은 길을 따라 떠났다.

내가 다시 정리한 그 뒤의 네 페이지에 있던 글이 그의 여행과 마지막 실수를 얘기해 줬다…….

16 비밀(끝)

8월 25일. 그는 오랫동안 찾아 헤맨 끝에 부르주 저쪽 편에 위치한, 새로 생긴 마을 끝자락에 자리 잡은 발랑틴 블롱도의 집을 찾아냈다. 한 부인 ─ 발랑틴의 어머니 ─ 이 그를 문지방에서 기다리는 것처럼 보였다. 우직해 보이는 그녀는 온통 주름졌지만, 여전히 아름다운 마음씨 좋은 주부의 모습이었다. 그녀는 호기심에 어려서 그가 오는 걸 쳐다봤다.

"여기가 블롱도 양 자매 집인가요?"

그가 그녀한테 물었다. 그녀는 부드럽고 친절하게도 그 아이들이 8월 15일이 지나자 파리로 떠났다고 설명했다.

"걔네들이 어디로 가는지를 묻지 말라고 했어요. 하지만 옛날 주소로 편지를 보내면 전해질 겁니다."

그녀가 덧붙였다.

자전거를 손으로 끌면서 작은 뜰을 가로질러 돌아오는 길에 몬느는 생각에 잠겼다.

"그녀는 떠났다……. 내가 바란 대로 모든 건 끝났어……. 그렇게 하게 만든 건 바로 나였지. '나는 아마도 매춘부가 될 거예요.'라고 그녀가 말했지. 그녀를 그런 곳으로 내던진 건 나란 말이야! 결국 프란츠의 약혼녀를 타락시킨 건 바로 나란 말이야!"

그는 낮은 소리로 미친 듯이 외쳤다. "잘됐어! 잘됐어!" 하지만 그건 거꾸로 "참말로 안됐군."이라는 의미인 셈이다. 그 부인이 보는 앞에서 철문을 빠져나오기도 전에 그는 두 발을 헛디뎌서 주저앉고 말았다.

그는 점심을 먹을 생각조차도 하지 않고 어떤 카페에 들어갔다. 거기에서 그는 외치려고, 그를 숨 막히게 하는 절망적인 비명으로부터 벗어나려고 발랑틴한테 기나긴 편지를 썼다. 그의 편지는 이런 말을 끝없이 반복했다.

"당신은 그렇게 할 수 있어! 당신은 저렇게 할 수도 있지! 그때 단념했더라면 됐을걸! 어떻게 자신을 내버릴 수 있는가 말이야!"

그의 옆에서 장교들이 술을 퍼마시고 있었다. 그들 중 한 명이 여자 얘기를 시끄럽게 늘어놓는 게 토막토막 들려왔다.

"……내가 그에게 말했지……. 당신은 나를 잘 알 텐데……. 나는 당신 남편과 함께 매일 밤마다 놀지!"

다른 사람들은 웃음을 터뜨렸고 고개를 획 돌려 작은 의자 뒤에 침을 퉤 하고 내뱉었다. 해쓱하고 먼지에 범벅이 된 채, 몬느는 거지를 보듯이 그들을 쳐다봤다. 그는 그들이 발랑틴을 무릎 위에 앉히는 걸 상상했다.

그는 자전거를 타고 오랫동안 성당 주위를 어슬렁거리며 내심 중얼거렸다.

"결국 성당으로 왔군."

어느 길을 지나도 인기척 없이 휑하니 텅 빈 광장에서 거대한 성당이 무심히 치솟은 것이 보였다. 그곳 길들은 시골 성당 주위 길들이 그러하듯이 좁고 더러웠다. 여기저기 수상쩍은 집들의 간판이 보였고 빨간 등불이 켜져 있었다……. 몬느는 아주 옛날 시대처럼 성당 아치형 버팀벽 밑으로 피난 온, 더럽고 악취가 풀풀 나는 그 동네에서 잃어버렸던 괴로움이 완연히 되살아나는 걸 느꼈다. 도시 성당에 대한 반발과 농부들의 두려움이 그에게 불현듯 되살아났다. 성당의 피난처에는 모든 악이 새겨졌고, 성당은 사창가들 사이에 세워졌으며 사랑의 가장 순결한 고뇌에 대해 그 어떤 처방을 하지도 못했다.

우연히도, 서로 허리를 껴안은 두 여자가 뻔뻔스럽게 그를 힐끔힐끔 쳐다보면서 지나갔다. 반감이 일어서인지 아니면 장난 삼아 그런 건지, 자신의 사랑에 복수하려고인지 아니면 그 사랑을 엉망진창으로 망가뜨리려는 건지, 몬느는 자전거를 타고 느릿느릿 그들 뒤를 따라갔다. 그들 중 숱이 적은 금발을 뒤로 모아서 가짜 올림머리를 덧댄 여자는, 프란츠가 예전에 가련한 발랑틴과 약속한 장소로, 편지에 쓴 대 사제관 정원에서 6시에 만나자는 약속을 몬느한테 했었다.

그 시각이면 이미 그가 마을을 떠난 지 오랜 후라는 걸 알면서도 그는 거절하지 않았다. 비탈길의 나지막한 창문 앞에서 그녀는 그에게 뭔지 알 수 없는 몸짓을 하며 오래오래 서 있었다.

그는 서둘러 다시 길을 떠났다.

떠나기 전에 그는 발랑틴의 집 앞을 다시 한 번 지나가고 싶은 서글픈 욕망을 누를 수가 없었다. 그는 눈을 부릅뜨고 쳐다봤으며 슬픔을 마음속 깊이 간직해야만 했다. 그 집은 마을 맨 끝에 있었으며, 골목길은 거기에서 큰길로 이어졌다……. 정면에 있는 빈터가 조붓한 광장을 이뤘다. 창문과 마당, 어디에도 개미 새끼 한 마리 없었다. 다만 얼굴에 덕지덕지 분칠을 한 더러운 여자 한 명만이 남루한 옷을 입은 두 청년을 질질 끌고 담을 따라 지나갔다.

이곳이야말로 발랑틴이 어린 시절을 보냈던 곳이며, 사람들을 의심하지 않고 총명한 눈으로 세상을 조심스럽게 보기 시작한 장소다. 그녀는 저 창문 뒤에서 일을 했고 바느질도 했다. 그리고 프란츠는 이 변두리 마을 길을 지나치며 그녀를 봤고 웃음꽃을 던졌을 터다. 하지만 지금은 아무것도, 진짜로 아무것도 없다……. 을씨년스러운 저녁이 계속 이어졌다. 다만 몬느는 발랑틴이 어디에선가 같은 날 오후 이 시각에, 그녀가 이제는 결코 돌아가지 않을 그 음침한 장소를 추억 속에서 더듬을 거라고 생각할 따름이었다.

돌아가기 위해 그에게 남은 기나긴 여정만이 고통에 맞서 싸우는 그를 구제하는 유일한 수단이었고, 그 고통 속에 빠지기 전에 마지막이자 불가피하게 기분을 전환할 방법이었다.

그는 떠났다. 길 근처와 계곡에는 농가의 아름다운 집들이 봉긋이 치솟은 뾰족한 녹색 격자 지붕 꼭대기를 강가의 나무 사이로 내보였다. 아마도 저 건너 잔디밭에서는 조심스러운 처녀들이 사랑 얘기를 나눌지도 모를 터다. 거기에 영혼들이, 아름다운 영혼들이 존재한다고 상상할 것이다······.

하지만 그 순간, 몬느한테는 유일한 사랑, 잔인하게도 깨뜨려 버린 이뤄지지 않은 그 사랑만이 오로지 존재할 따름이었다. 무엇보다도 그가 보호하고 지켜야만 했던 그 처녀, 그가 그 처녀를 파멸의 구렁텅이로 내몰았다.

일기장에 서둘러 적어 놓은 몇 줄의 얘기는 그가 너무 늦기 전에 기어코 발랑틴을 찾고야 말겠다는 계획을 알려 줬다. 그 페이지 귀퉁이에 적힌 날짜는 그가 여행하는 것을 방해하러 내가 라페르테당지용에 갔을 때, 몬느 어머니가 긴 여행을 위한 짐을 꾸렸던 바로 그 무렵이라는 사실을 확신시켜 줬다. 버려진 사무실에서 8월 말 어느 이른 아침, 몬느는 그의 추억과 계획을 적었던 것이다. 그때, 내가 문을 밀치고 들어가 그가 기대하지 않았던 굉장한 소식을 전해 줬던 셈이다. 그때, 아무것도 하지 않고 아무 고백도 하지 않은 채, 그는 그의 옛날 모험에 꼼짝없이 사로잡혔다. 그리하여 전나무 숲에서 그 보헤미안의 외침이 극적으로 젊은이의 첫 맹세를 상기시켰던 결혼식 날까지, 때로는 의기양양하고 때로는 숨 막힐 듯한 시름과 후회, 고통이 다시 시작됐다.

같은 월별 숙제장에, 그 전날부터 그의 부인이 된 이본 드 갈레의 허락을 받고 — 하지만 영원히 — 떠나기 전 새벽, 그는 서둘러 몇 자 갈겨써 놓았다.

"나는 떠난다. 어제 전나무 숲으로 왔다가 자전거를 타고 동쪽으로 떠난 두 보헤미안의 발자취를 다시 찾아가야만 한다. 부부가 된 프란츠와 발랑틴을 '프란츠의 집'으로 다시 데려와야만 이본 곁으로 돌아올 것이다.

비밀 일기처럼 시작해서 내 고백록이 된 이 원고는 만약에 내가 돌아오지 않는다면, 내 친구 프랑수아 쇠렐의 소유가 될 것이다."

이 노트를 서둘러 다른 노트 밑에 집어넣고 학생 시절 오래된 작은 상자를 열쇠로 잠근 다음, 그는 훌쩍 사라져 버렸다.

에필로그

세월이 흘러가 버렸다. 나는 내 친구를 다시 만날 거라는 희망의 끈을 내려놓았다. 침울한 날들은 시골 학교에서, 슬픈 날들은 을씨년스럽고 호젓한 그 집에서 흘러갔다. 프란츠는 내가 그에게 정했던 약속한 날에 결국 오지 않았다. 게다가 무아넬 대고모는 처음부터 발랑틴이 어디 사는지조차 몰랐다.

사블로니에르의 유일한 기쁨, 그것은 간신히 목숨을 건진 바로 그 갓난아이였다. 더군다나 9월이 끝날 무렵, 그 애는 튼튼하고 예쁜 아기로 무럭무럭 자랐다. 머지않아 한 살이 될 참이었다. 아이는 의자 다리를 꼭 붙잡은 채 혼자서 낑낑거리며 밀면서 쓰러지는 것도 아랑곳하지 않고 아장아장 걸으려고 안간힘을 썼다. 또한 그 아이는 큰 소리를 버럭 질러서 휑하니 쓸쓸한 집에 길고 희미한 메아리가 울려 퍼지게 했다. 내가 그 애를 팔에 안고 입을 맞추어도 시큰둥하지 않았다. 야성적이고 귀여운 모습을 함께 지닌 그 아기는 작은 손을 나푼나푼 벌려서 내 얼굴을 쓰다듬고 밀치고 깔깔대며 앙증맞게 방시레 웃기까지도 했다. 그 아이는 태어날 때부터 그 집 안을 무겁게 짓눌렀던 슬픔을 천성적인 명랑함과 천진난만한 사나움으로 단숨에 떨쳐 버리게 하는 것 같았다.

때때로 나는 혼잣말로 중얼거렸다.

"이렇게 거침없이 굴기는 하지만, 어느 정도는 내 아이와 같게 될 테지."

그런데 신의 섭리는 한 번 더 다른 결정을 내리고 말았다.

9월 말 어느 일요일 아침, 나는 꼭두새벽에, 심지어 아기를 돌보는 유모보다도 훨씬 일찍 일어났다. 생브누아에 사는 두 남자, 그리고 자스맹 들루슈와 함께 셰르 강으로 낚시를 떠날 참이었다. 그 근처 시골 사람들은 이따금 나와 미리 짜고서 상당히 대대적인 비밀 낚시를 하곤 했다. 어떤 때는 손으로 더듬어 고기를 잡거나, 또 어떤 때는 밤에는 금지된, 그물코가 매우 작은 투망을 치기도 했다……. 여름 내내, 쉬는 날이면 우리는 새벽에 떠났고 정오에야 돌아왔다. 대부분의 사람들한테는 밥벌이였다. 나한테는 심심풀이였고, 옛날 개구쟁이 시절 우리 패거리들을 회상케 하는 유일한 모험이었다. 그러다 보니, 연못 갈대와 강을 따라가면서 하는 낚시와 산책이 취미가 되어 버렸다.

그날 아침 5시 반, 나는 농장 채소밭과 사블로니에르 영지의 영국식 정원 사이에 있는 작은 창고 담벼락에 등을 기대어 섰고, 지난 목요일에 대충 던져두었던 그물을 풀어헤치는 데

열중했다.

아직 날이 완전히 밝지 않았다. 아름다운 9월의 꼭두새벽이었다. 내가 낚시 도구를 푸는 그 창고는 그때까지도 어슴푸레한 어둠에 잠겨 있었다.

거기서 나는 묵묵히 일에만 열중했다. 바로 그때, 갑자기 철문이 확 열리고 자갈길을 걸어오는 발자국 소리가 들렸다.

"오! 오! 생각했던 것보다 일찍 오는군. 아직 채비가 다 되지 않았는데……!"

나는 혼잣말로 중얼거렸다.

하지만 뜨락으로 들어선 그 사내는 내가 모르는 사람이었다. 내가 알아볼 수 있었던 건 사냥꾼이나 밀렵자처럼 옷을 입은 키가 크고 수염이 더부룩한 사람이라는 것뿐이었다. 약속 시간이면 항상 내가 머물던 장소로 낚시꾼들이 찾아왔지만, 그는 곧장 입구에 있는 문으로 갔다.

"좋지 뭐! 나한테 말하지도 않고 그들이 초대한 친구겠지. 그들이 선발대로 그를 보냈나 보지."

나는 생각했다.

그 사내는 소리를 내지 않고 방금 내가 밖으로 나올 때 걸어놓았던 문고리를 살며시 벗겼다. 그는 똑같은 방법으로 부엌문도 방싯이 열었다. 이윽고 잠깐 서성거리더니, 희미한 빛에 비친 불안한 얼굴을 나한테로 확 돌렸다. 그때서야 비로소 나는 그가 대장 몬느라는 걸 단박에 알아차렸다.

그가 갑작스럽게 돌아와서, 되살아난 고통에 사로잡혀 공포와 절망에 싸인 채 나는 한참 동안 우두커니 서 있었다. 그는 집 뒤로 사라졌다. 집을 한 바퀴 돌고 난 후, 그는 머뭇거리며 돌아왔다.

그때 나는 몬느한테 다가가 흐느끼면서 그를 껴안았다. 곧바로 그는 모든 걸 알아차렸다.

"아! 그녀가 죽었군, 그렇지?"

그가 퉁명스럽게 말했다.

아무것도 귀에 들어오지 않는 듯이, 그는 꼼작하지도 않고 무시무시한 모습으로 우두커니 거기에 서 있었다. 나는 그의 팔을 꽉 붙들고 부드럽게 그를 집 안으로 이끌고 갔다. 이제 날이 밝았다. 곧바로 가장 괴로운 일을 먼저 하려고 나는 죽은 그 여자의 방으로 난 계단으로 그를 올라가게 했다. 들어가자마자 그는 침대 앞에 무릎을 꿇고 오랫동안 양팔에 머리를 파묻고 있었다.

그는 멍한 눈으로 자신이 어디에 와 있는지도 모르는 것처럼 비틀거리며 마침내 일어섰다. 또다시 나는 그의 팔을 부축하고 그 방에서 딸 방으로 통하는 문을 열었다. 아기는 혼자 깨어 있었다. — 유모가 아래층에 있는 동안 — 아기는 당차게 혼자 요람 속에 앉아 있었다. 바로 그때, 아기가 놀란 듯이 우리한테 고개를 돌리는 게 보였다.

"네 딸이야."

내가 말했다.

그는 화들짝 놀라서 나를 쳐다봤다.

이윽고 그는 딸을 꼭 껴안았다. 그는 눈물이 흘러 처음에는 아기를 제대로 볼 수 없었다. 격한 마음과 넘쳐 나는 눈물을 억누르려고 아기를 꽉 껴안았다가 팔에 앉힌 다음 고개를 숙이고 나한테 몸을 돌렸다.

"그들 두 사람을 데리고 왔어……. 그들 집으로 가면 보게 될 거야."

실제로, 아침 일찍부터 나는 생각에 잠긴 채 행복에 겨워 이본 드 갈레가 옛날에 나한테 보여 줬던 쓸쓸한 프란츠 집으로 갔다. 레이스에 장식깃을 단 젊은 주부 차림 여자가 문지방에서 빗질하는 걸 멀리서 봤다. 그녀는 미사 참례를 위해 외출복 차림을 한 어린 목동들의 호기심과 열광의 대상이 됐다…….

하지만 그동안 아기는 그렇게 꼭 껴안겨 있는 걸 싫어하기 시작했다. 오귀스탱이 눈물을 멈추려고 고개를 옆으로 돌리고 아기를 쳐다보지 않자, 아기는 고사리 같은 손을 벌려 수염이 많고 젖은 그의 입을 세게 때렸다.

그때 아버지는 딸을 높이 들어 던져 올려 주고 웃으면서 딸을 쳐다봤다. 아기는 자못 만족한 듯이 나푼나푼 손뼉을 쳤다…….

나는 그들을 더 잘 보려고 약간 뒤로 물러섰다. 약간 실망하기도 하고, 또 한편으로는 엄청나게 감동해서, 아기가 오랫동안 남모르게 기다렸던 인생의 보호자를 드디어 찾았다는 사실을 깨달았다. 나는 대장 몬느가, 나한테 남겨 준 유일무이한 기쁨인 그 아기를 나한테서 앗아 가려고 돌아왔다고 느꼈다. 그리고 외투 속에 딸을 싸 가지고 새로운 모험을 하기 위해 어둠 속으로 길을 떠나는 그의 모습을 벌써부터 상상했다.

『위대한 몬느』를 찾아서[1]

예술은 말로 형언할 수 없는 환상-비밀-신비로운 것을 표현한다. 예술가는 상상력과 창조력으로 자신의 영혼지도를 물질화한다. 예술이란 보이지 않는 세계를 역동적으로 물질화하고, 물질적 질서로 가시화하는 일련의 과정이다. 다시 말해 보이는 세계와 보이지 않는 세계 사이에 줄다리를 놓는 일이다. 예술가는 자신의 마음, 기억, 감정, 감각이 뒤섞여 만들어진 증류액 같은 작품을 만든다. 소설가는 원고지에, 작곡가는 오선지에, 화가는 화선지에, 조각가는 돌과 금속에, 도예공은 흙에, 염색공은 베에 영혼을 불러 넣어 육화하고 가시화한다. 예술가는 텅 빈 곳에 영혼의 불꽃을 치열하게 그리고 신명

---

1) 작품 해설의 대부분은 『알랭 푸르니에를 찾아서』(박영근, 중앙대학교 출판부, 2011)를 참조했다.

나게 지핀다. 심지어 자신의 목숨조차 불사르는 경우도 비일비재하다. 자신을 버리면서 자신을 영원히 살리는 셈이다. 희생과 재생이 미학적으로 그리고 광적으로 이루어진다. 예술은 불광불급(不狂不及)의 창조적 풀무질이자 담금질이다. 그만큼 치열하고 엄정하다는 말이다.

소설은 일단 만들어지는 순간, 작가의 손을 벗어난다. 소설은 작가의 손아귀에서 벗어날 때, 자신을 사 줄 자를 기다리는 물건이 된다. 물건이 된 소설은 독자의 끊임없는 시선과 질문, 답변을 통해, 즉 보들레르의 말을 빌리면 일종의 내밀한 매음 행위를 통해 비로소 생명을 황홀하게 부여받는다. 모름지기 그 생명체는 개성적이고 창조적인 독자의 질문과 답변에 의해 영원히 변증법적으로 진화하는 유기적이고 역동적인 생물체가 된다. 그리하여 독자는 소설을 통해 깊은 창조적 울림을 추수한다. 독자는 제2의 창작자가 되는 셈이다.

확실히 알랭푸르니에한테 "창작이란 절정, 고통, 환희, 황홀경, 파괴이며 동시에 고통으로 승화된 환희, 환희로 고양된 고통" 그 자체다.[2] 그의 정갈한 언어는 "침묵을 호흡했고 침묵을 말"한다.[3] 위대한 침묵을 향해 침묵을 말한 셈이다. 진정한 침묵의 반향인 이 연금술사의 말은 그것이 태어난 침묵과 자연적으로 연관될 뿐 아니라, 말 안에 깃든 정신을 통해 스스로 침묵을 생산하는 능력을 아울러 지닌다. 공(空)은 분별을

---

2) 슈테판 츠바이크, 『천재와 광기』, 원당희, 장영은 옮김, 예하, 1993, 138쪽.
3) 막스 피카르트, 『침묵의 세계』, 최승자 옮김, 까치, 2001, 59쪽.

떨쳐낸 참지혜이자 진짜 텅 빔이다. 개념에 집착하는 태도를 버려야 모름지기 말의 올가미에서 벗어날 수 있다. 도가에서 체험의 원천으로 돌아간다는 것은 바로 이 지혜로 돌아가는 걸 의미한다. 도가의 도(道)와 무(無), 공(空)은 분별이 생기기전, 원초적 창조 행위의 원천과 다름없다.

이러한 일련의 융합적인 과정을 거치며 우리는 "무의미에서 의미의 통일성으로, 무형에서 형태로의 이행으로, 공허에서 충만으로, 부재에서 존재로의 이행"을 오롯이 체험할 수 있다.[4] 그리고 문장과 단어의 맥박을 도움 받아서 알랭푸르니에는 보이지 않는 세계와 우리 사이에 놓인 신비의 문을 살며시 연다. 언어는 진정 기호들과 소리들로 이루어진 작은 우주다. 따라서 상상적인 세계의 실재를 믿는 주인공을 통해 꿈 속에 뿌리를 내린 이 모험 – 신비 – 놀이 소설은 아주 독특한 방식으로 그 꿈을 형상화해서 곰삭게 한다.

몬느가 추구한 꿈은 모험으로 이행되는 형상화 과정에서 구체화된다. 모험의 위대한 신화는 잃어버린 시간을 되찾는 것이다. 모험이란 낙원에로의 모험으로 변형된 죽음과 화해하려는 포괄적인 노력이다. 프란츠 역시 축제의 중심과 놀이의 신화를 제 나름대로 복원한다. 이런 틀 안에서 "모든 작품들은 각기 그 시대와 지역에 맞는 소설적 옷을 입고서 박해받고 희생되며 죽음의 위협에 놓이는, 아마도 자애로운 어머니의 사랑으로 구원받을 아들이라는, 옛 기독교 의식의 드라마

---

4) 시몬 비에른, 『통과제의와 문학』, 이재실 옮김, 문학동네, 1996, 114쪽.

를 재현"한다.5) 『위대한 몬느』도 예외가 아니다.

알랭푸르니에(Alain-Fournier)의 본명은 앙리알방 푸르니에 (Henri-Alban Fournier)다. 1886년 10월 3일, 라샤펠당지용에서 태어나 1914년 9월 22일, 생레오드뫼즈에서 전사한다. 죽은 지 일흔일곱 해가 지나 전우 스물한 명과 함께 그의 시신이 발굴되어 가까스로 생레미라칼론 국립묘지에 안장된다. 1924년 프랑스는 그에게 레지용 도뇌르 훈장을 수여한다.

1907년 12월 25일, 이 소설가는 처음으로 알랭푸르니에라는 필명으로 「여인의 육체」를 《위대한 잡지》에 게재한다. 그러고 나서 「폐허 속의 사랑」(1910), 「세 시골 여자의 기적」 (1910), 「소작 여인의 기적」(1911), 「자화상」(1911) 등과 같은 짤막한 소설들을 여러 잡지에 발표한다. 그리고 여러 사람들과 폭넓게 편지를 교환한다. 그가 죽은 다음, 편지들은 서한집 몇 권(『자크 리비에르와 알랭푸르니에와의 서한집』, 『가족한테 보낸 서한문』, 『친구 베한테 보낸 서한문』, 『푸르니에와 페기와의 서한집』, 『회화, 마음 그리고 정신, 앙드레 로트와 알랭푸르니에와 자크 리비에르와의 미발표된 서한집』, 『알랭푸르니에와 시몬 부인과의 서한집』)으로 묶여 발간된다. 많은 프랑스 작가들이 서한집을 남긴다. 그들의 서한집과는 달리, 푸르니에의 서한집들은 그의 인생 여정을 이해하는 데 매우 중요한 이정표이자 소중한 단초다. 왜냐하면 그의 작품은 자서전적인 성격이 매우 강하

---

5) 질베르 뒤랑, 『상상계의 인류학적 구조들』, 진형준 옮김, 문학동네, 2007, 538쪽.

기 때문이다. 또한 이 편지들에서 우리는 작가의 남다른 모습을 만나게 된다. 그의 무의식과 욕망이 노골적인 표현으로 나타나며, 고뇌하고 괴로워하는 그의 벌거벗은 진면목을 제대로 볼 수 있다. 이러한 이유로 말미암아 그의 서한집들에 대해 꼼꼼히 접근할 필요가 있다.

또한 그가 죽은 후 유고집들이 출간된다. 1912년 12월 『위대한 몬느』를 끝낸 직후, 그는 『하얀 비둘기』를 집필하기 시작한다. 이 소설가는 시몬 부인을 위해 연극 대본인 「숲 속의 집」을 쓰려고 잠시 집필을 중단한다. 1914년 8월 1일, 알랭푸르니에가 1차 세계 대전에 동원되는 바람에 『하얀 비둘기』는 미완성 유고집으로 남게 된다. "완성된 게 아니기 때문에 출판해서는 안 된다."라는 작가의 메모에도 불구하고, 『하얀 비둘기』는 그의 사후 75주기를 기념해 1990년에 세상에 태어난다. 이어서 『기적』이 빛을 본다. 이 책은 『알랭푸르니에의 추억들』을 쓴 알랭푸르니에의 여동생인 이자벨 리비에르가 그의 시와 산문 등을 엮어 낸 문집이다.

이 소설가는 자신의 소설 제목으로 '영지 사람들'과 '결혼식 날', '이름 없는 지방' 등을 고민한다. 마침내 그는 습작품 몇 개를 쓴 다음, 1912년 12월에 『위대한 몬느(Le Grand Meaulnes)』 집필을 마무리한다. 이 소설은 1913년 7월부터 《N. R. F.》에 게재되다가 같은 해 10월, 에밀 폴 출판사에서 처음으로 출간된다. 그러고 나서 12월, 공쿠르 상 심사에서 심사위원들이 열한 번씩이나 치열한 투표를 한다. 하지만 그는 끝내 낙선의 쓴잔을 마신다. 1963년부터 지금까지 이 소설은 포슈 판으로만 무려 400만 권 이상 팔렸다.

알랭푸르니에는 『위대한 몬느』라는 소설 단 한 권으로 프랑스 문학사에 남는다. 이 소설이 세상에 나오자 많은 평론가들은 그를 앙드레 셰니에, 레몽 라디게, 노발리스, 클라이스트, 존 키츠 같은 요절한 작가로 분류해 문학 작품 그 자체보다는 요절을 포함해 그가 살아온 과정을 담은 전기에 무게 중심을 두려고 한다. 이 작품은 그저 흔한 20세기 한 젊은이가 내뱉은 환상적인 넋두리로만 치부된다.

그러다가 이 작품에 대한 본격적인 연구는 누보 로망이 대두된 2차 세계 대전 이후부터 새롭고 다양한 각도에서 이루어지기 시작된다. 1960년도에 와서 작가보다는 작품에 초점을 맞추려는 경향이 나타나기 시작한다. 이 새로운 경향의 비평은 프로이트와 융의 은밀한 흔적을 작품에서 찾는다. 이때부터 많은 사람들이 앞다투어 감싸기와 칭송을 아끼지 않는다. 특히 시적 소설인 『위대한 몬느』에 대해 라루스 백과사전은 정곡을 찌른다. "문장의 정확성이나 신비로운 세계의 전개, 구성의 치밀함에 있어 원숙함을 제대로 보인 작품으로서 군더더기가 전혀 없다. 청춘의 꿈, 참을 수 없는 욕망, 절대적인 행복, 신비와 비현실의 지칠 줄 모르는 필요성으로 가득 찬 책이다."

알랭푸르니에는 이 소설을 1905년에 구상해 1912년에 마무리한다. 특히 이 소설은 젊은 날 세상살이에 넌더리를 낸 작가 자신의 이야기를 극적으로 옮겨 놓은 자서전적 성격이 몹시 강하다. 자신의 청춘기에서 겪은 "소설이라기보다는 차라리 동화에 더 가까운 그의 소설적 이야기 속에는 인간성이 만들어 내는 자질구레한 관심사, 즉 인생행로, 보금자리, 가족, 안락, 사랑으로 인한 슬픔, 부부 싸움, 사회적 갈등 등 사실주의적 소설의 온갖 재료"에 낯가림하려는 작가의 의도가 물씬 배어 있다.

특히 혼란스러운 시대 상황이라는 특수성 때문에 1920년대에는 많은 작가들이 청년기에 대한 주제를 열렬하고 생생하며 대담하게 다룬다. 자크 라크르텔의 『장 에르믈랭의 불안한 일생』(1920), 뱅자맹 크레미외의 『우등생』(1921), 루이 사두른의 『불안한 청춘 시대』(1921), 레몽 라디게의 『육체의 악마』(1923), 장 프레보의 『18세』(1929), 다니엘 롭스의 『어두운 영혼』(1929) 등이 있다. 물론 그들의 선배들도 있다. 청춘기의 불안한 비정함을 그린 로베르 무질의 『학생 토를레스의 혼란』(1910)과 청춘기의 현묘한 시가 듬뿍 깃든 알랭푸르니에의 『위대한 몬느』(1913) 등이다.

20세기 한복판에서 왜 신비라는 말이 나오고 신비 소설이 다시 불거지는 것일까. "산업화되고 사물화된 후기 부르주아 세계는 인간들에게서 너무 동떨어졌고, 사회적 현실은 숱한 문제를 안고 있으며 사소한 것들이 거대한 비중을 띤 것처럼 보인다. 그리하여 작가와 예술가 들은 사물의 견고한 외피를 관통하는 분명한 수단을 파악하지 않을 수 없다. 고도로 복잡한 사회를 단순화하고 그것을 본질에 환원하려는 욕망과, 인간 존재를 물질적 관계보다는 오히려 기본적인 인간관계에 의한 연결로 제시하려는 욕망은 예술에서의 신화로 이어진다."[6] 과학과 현실을 초월하여 심령이 느끼는 미묘한 신비를 내적 직관과 초자연적인 체험으로 표현하는 신비 소설은 중세에서는 기사 소설, 고전주의 시대에는 공상 소설, 후기 고전주의 시대에서는 요정 이야기로 탈바꿈한다. 그러다가 독일 낭만주의자들과 네르발은 이 소설 장르에 발언권을 다시 부여하며, 20세기에 이르러 알랭푸르니에와 앙드레 도텔이 여기에 합류한다.

신비 소설은 초자연적 색채의 세계와 우주 속에서 존재하며 그 테마는 탐색이다. 인간은 초현실과 비현실에 숨어 있는 계시 그리고 현실 세계의 변모와 승화를 탐구하려고 그곳에 산다. 이 탐색의 원조는 크레티앵 드 트루아의 미완성 궁정 소설인 『페르스발 혹은 성배 이야기』에 등장하는 페르스발이다. 이 성배 작품은 우리한테 쥘리앵 그라크나 앙드레 도텔의 깊이 있고 신비가 스민 세계를 제공한다. 현실에 뿌리를 내린 꿈과 끊임없이 쇄신되는 모험, 그런 게 바로 성배 탐구의 본체다. 인간 삶은 은밀한 비밀을 내장하게 마련이다. 신비소설은 실존의 진부한 모습과 이성, 논리의 세계를 뛰어넘어 신비 – 미지 – 아름다움, 심지어 공포마저 아우른다. 신비 소설에는 고풍의 비밀로 가득 찬 성곽이나 사라져 버린 지역, 으레 흘끗 보고선 잊을 수 없게 되는 신비스러운 여인의 이미지, 연속적인 현실적 사건들인 동시에 미궁의 비밀 해독으로 생각되는 인생 등이 동반된다.

---

6) 에른스트 피셔, 『예술이란 무엇인가』, 김성기 역, 돌베개, 1984, 113쪽.

그때부터 길고도 완만하며, 실수로 혼란에 빠져드는 극적 모험이 시작된다. 그 모험에서 주인공은 험난한 과정으로 비밀스럽고 복잡한 인생에서 자기 탐구를 시도한다. 알랭푸르니에는 서양 상상력의 독창적인, 유심론적인 의도를 표현한 신비 소설에 너무 통속적으로 환상적인 것을 혼합하는 어리석음을 멀리 한다. 또한 요술 같은 만남과 그 만남을 다시 맛보려 하는 기사의 숙명적인 욕망은 독자한테 강렬하고 달콤한 인상을 남기는 법이다. 그게 신비 소설의 비밀스럽고 마력적인 매력이다.

이러한 신비 세계를 융합적이고 유연하게 일구려고, 많은 비평가들은 이 소설가에겐 모든 문학 이론에 낯가림하는 경향이 있다고 말한다.[7] 그도 역시 틈틈이 자신의 성향을 토로한다. 그는 자크 리비에르와의 서한집에서 얘기한다. "우리가 한때나마 사실주의를 신봉한 것은 아마도 단지 낭만주의에 대한 혐오 때문이 아닐까." 따라서 그는 자기 자신이 어떤 문학 유파에도 소속되는 것을 거부한다. "나는 그 어느 문학 유파에도 끼기를 거부한다. 나는 상징주의에 끌려가는 시인 나부랭이가 되느니 차라리 아무것도 아니기를 선택한다."라고 잘라 말한다.

알랭푸르니에는 현실과 이상이 탄력적으로 조화되는 문학을 최고의 문학으로 여긴다. 따라서 이 소설가는 현실과 꿈의

---

7) 몇몇 비평가들은 다른 의견을 보인다. 특히 한 비평가는 알랭푸르니에가 기사도 문학에서 상징주의에 이르기까지 많은 영향을 받았다고 역설한다.

조화를 보듬으려고 독일 낭만주의에 기꺼이 기댄다. 특히 "평범한 것에 고상한 의미를, 일상적인 것에 신비스러운 모습을, 친근한 것에 미지의 존엄을, 유한한 것에 무한의 외피"를 부여한 노발리스의 영향을 톡톡히 받는다. 알랭푸르니에 역시 여기로부터 멀리 있는 게 아니다. 그는 마법적 열정과 원초적 환상, 죽음에 대한 은밀한 염원의 테마 등을 『위대한 몬느』에서 활짝 개화시킨다.

이 소설가는 현실 전체가 "과거뿐만 아니라 미래, 그리고 사건뿐만 아니라 주관적 경험, 꿈, 전조, 감정, 환상 등을 포함하는 주체와 객체 사이의 관계들의 총합"임을 간파한다.[8] 특히 그는 현실이 껴안고 있는 신비스럽고 환상적인 분위기를 애호한다. 독일 낭만주의자들과 네르발이 선호한 이러한 경향은 20세기에 이르러 알랭푸르니에와 앙드레 도텔에 와서 더욱 두드러진다.

20세기 초반, 소설의 영역에서는 거대 담론이 잦아들고, 이른바 방법론의 다원화가 자리를 잡는다. 많은 작가들은 사조라는 이데올로기의 속박에서 벗어나 그들 나름대로 틀을 만들어 간다. 알랭푸르니에도 마찬가지다. 도피, 모험, 동심, 죽음, 우정, 사랑, 모성애, 축제, 놀이 등이 그의 주요 관심사다. 그는 "오케스트라의 불협화음과 화음을 동시에 수용하기를 원한다." 도스토옙스키의 경우처럼, 이 작가는 다음향 소설에

---

8) 에른스트 피셔, 『예술이란 무엇인가』, 김성기 역, 돌베개, 1984, 76쪽, 124쪽.

서 주인공들을 다성적(多聲的)으로 메아리치게 해서 그들을 '입체적인 인물'로 거듭나게 한다.

열다섯 살에서 열일곱 살인 청소년들이 엮어 내는 『위대한 몬느』에는 안정, 휴식, 평온, 행복 등에 연관된 단어들이 의외로 많이 갈무리된다. 바로 동심 - 모성애 - 집 - 나무 - 숲 - 빛 - 농부 - 시골 - 죽음 - 바다 등의 연결 고리다. 세상살이가 아무리 고되다 할지라도 우리는 삶을 이어 갈 수밖에 없다. 인간이 자신의 영혼을 활짝 꽃피우기 위해서는, 육체적인 안정과 정신적 평온을 함께 아우를 필요가 있다. 알랭푸르니에의 경우도 예외는 아니다. 무릇 작가는 자신이 창조한 인물들에 자기 자신의 꿈과 미래와 이상을 투영해 놓기 마련이다. 알랭푸르니에도 쇠렐을 통해 실제 있는 그대로의 자기 모습을, 몬느를 통해 작가 자신이 꿈꾸는 이상적인 모습을, 프란츠를 통해 환상과 방황, 놀이의 진수를 정치하게 그려 넣는다.

『위대한 몬느』의 고갱이를 톺아보기 전에, 우선 이 소설의 역동적인 구조에 대한 접근이 필요하다. 작가는 소설을 쓰는 행위를 "마치 집을 짓는 것과 같다."라고 말하고 이 소설을 치밀한 계획과 완벽한 구성을 통해 완전한 결정체로 만들어 낸다. 주제 설정이나 이야기를 펼치는 방식이 비슷한 1부와 3부는 각각 17장으로, 2부는 12장으로 짜였다. 또한 1부에서는 몬느, 2부에서는 프란츠, 3부에서는 쇠렐이 각각 중심인물의 역할을 제대로 맡는다.

그리고 몬느의 공간인 1부는 몬느가 우연히 발견한 신비로운 영지에서 펼쳐진 이상한 축제에 관한 모험이 중심축을 이룬다. 프란츠의 공간인 2부는 이본 드 갈레의 오빠인 프란츠가 만드는 환상적이고 연극적인 세계에 대한 이야기다. 그리고 모험과 마찬가지로 이 소설의 핵심어들 중 하나인 놀이가 현실적이면서도 비현실적으로 신나면서도 비장하게 펼쳐진다. 2부에서는 특히 프란츠의 주도 아래 펼쳐지는 놀이와 무언극이 핵심으로 자리를 잡는다. 마지막으로 쇠렐의 공간인 3부에서는 온갖 사건들을 겪은 주인공들이 동심의 천국에서 성인 세계로 넘어가는 서글픈 이야기가 펼쳐진다. 우울한 들놀이가 서글프게 펼쳐진다.

특히 이 소설 1부와 2부, 3부는 서로 대칭되거나 유사한 장면들로 구성되어 있다. 1부와 3부는 몬느가 신비스러운 영지를 찾아가는 모험으로 시작된다. 1부에서 생트아가트에 도착한 몬느는 우연히 '이상한 축제'가 벌어지는 미지의 영지에 찾아가 이본을 만나고, 3부에서 역시 몬느는 '들놀이'가 펼쳐지는 곳을 찾아가 다시 이본과 만난다. 차별성이 있다면 1부에서 만남이 무의식적일 뿐만 아니라 우연하게 이루어진다면 2부에서는 울력다짐으로 자의적이다. 3부에서는 몬느가 자신의 딸과 함께 모험을 떠난다.

또한 1부에서 몬느는 생트아가트를 출발해 다시 그곳으로 돌아오는 원심적인 행위를 하며, 3부에서 역시 프란츠를 찾기 위해 이본을 버리고 떠난 뒤 다시 그녀 집으로 되돌아온다. 이두 행위에 서로 다른 점이 있다면 3부에서 몬느가 돌아올 때 그를 기다리는 사람은 이본이 아니라 그의 딸이라는 점이다.

이는 죽음과 삶의 순환적 고리를 우리에게 암시한다. 이 작품은 이본의 죽음으로 끝난다. 하지만 이본이 낳은 딸은 또 다른 가능성을 남겨 놓아 이 소설이 순환 소설의 계열에 맞닿아 있음을 상징한다. 이것은 문학적 이미지를 풍부하게 만드는 한편, 암시적인 분위기를 제시해 작가가 추구하려는 세계를 조밀하게 엮는다.

그런데 2부의 구조는 앞에 설명한 1부와 3부의 구조와는 사뭇 다르다. 2부에서 프란츠는 자신의 환상적인 세계를 등지고 현실 세계로 들어온다. 1부와 2부는 작품 전체를 통해 매우 절제되고 안정된 균형을 제공한다. 1부에서 몬느와 쇠렐, 프란츠가 사는 각각 다른 세계의 특이성이 생트아가트에 집중된다. 하지만 2부에서 이 세 사람은 사거리(Quatres-routes)로 불리는 상징성이 짙은 길을 통해 서로 각자의 길을 간다. 몬느는 파리로 가고, 프란츠는 독일로 방랑의 길을 나선다. 소심한 쇠렐은 생트아가트를 떠나지 않지만 일시적으로 머물던 내면적인 환상 세계에서 탈피하여 다시 현실 세계로 되돌아온다.

『위대한 몬느』는 도피 문학이자 환상 - 모험 - 사랑 - 놀이 소설이다. 모험은 이 소설의 핵심 주제이며 주인공이 겪게 될 우여곡절은 살아 있는 소재인 동시에 작품을 이끌어 나가는 리듬이다. 따라서 몬느는 한곳에 오래 머물 수 없다. 그의 인생은 여행 그 자체이자 끝없는 모험의 여정이다. 엘리엇의 「황무지」를 탈출한, 방황과 모색의 도정에 뛰어든 이 모험가한테는 험난한 여정이 기다린다. 이 나그네의 여정은 안정과 불안정의 반복적이고 다음성적인 리듬을 타고 이어진다.

장 루세에 의하면 "작품 속으로 들어간다는 것은 우주를 바꾸는 것이 아니라 하나의 지평을 여는 것이다. 진정한 작품은 건너갈 수 없는 문턱임과 동시에 금지된 이 문턱에 놓인 다리로 나타난다. 내 앞에 밀폐된 세계가 세워지지만, 이 건물의 일부인 문이 방긋이 열린다. 작품은 그 전체가 폐쇄이자 통로이며, 비밀이자 그 비밀의 열쇠다." 우리는 바로 그 다리 – 문 – 통로 – 열쇠를 통해 기존 것을 단절시키고, 다분히 통과제의적 냄새를 풍기는 새로운 세계를 몬느와 함께 모험할 참이다. 이렇게 해서 "무의미에서 의미의 통일성으로, 무형에서 형태로의 이행으로, 공허에서 충만으로, 부재에서 존재로의 이행"을 할 수 있다.

독자는 이 소설에서 핵심 주제 중 하나인 죽음의 의미에 접근하기 전에 그 전조로서 환상적인 요소와 유령적인 요소, 병적인 요소에 관심을 가질 필요가 있다. 작가가 무명 기법을 통해 환상적인 요소를 어떻게 독자들에게 설득하고, 그림자와 피에로를 통해 유령적인 분위기의 지형도를 어떻게 형성하며, 등장인물과 노란색과 흰색이 어떻게 병적인 요소로 연관되는지 살펴야 한다. 특히 이 소설에 널브러진 죽음의 미학에 대한 작가의 일관된 태도를 엿볼 필요가 있다. 그 미학의 깊이와 너비가 큰 울림이 되어 공명을 일으킨다.

이어서 오귀스탱 몬느는 『위대한 몬느』의 1부에서 한 인간이 평생을 통해 겪을 사건들을 불과 사흘에 걸쳐 집중적으로 체험한다. 이른바 몬느의 모험이라고 지칭할 수 있는 이 부분은 소설 전체를 장악해 소설 속 또 다른 소설이자 내밀한 모험

의 비행을 기록한 일종의 블랙박스라 할 수 있으며 그 자체로
완벽한 소설 형태를 갖춘다. 프루스트의『잃어버린 시간을 찾
아서』에 내장된「스완의 사랑」이 장차 마르셀이 겪게 될 운명
을 암시하듯이, 우리는 몬느의 모험을 '작은 볼록거울'로 자리
매김할 수 있다. 작가는『위대한 몬느』의 들머리에 이 같은 미
학적 반사경을 배치해 앞으로 일어날 이야기를 마치 볼록거
울 속에 압축한 것처럼 우리한테 고스란히 전달한다.

이렇게 우리는 시적 제유법의 역동적인 용솟음을 만나며
마술 거울의 용출수를 통해 장차 몬느가 펼칠 모험의 물결이
그릴 궤적을 간파할 수 있다. "전통적 소설의 견고한 건축물
에 균열이 생기게 하는 이러한 특수한 테크닉은, 구성이 소설
가에게 무한한 가능성을 제공하면서 여러 가지 새로운 현실
들을 표현하도록 해 준다."[9] 온몸으로 보여 준 몬느의 모험은
독일 시인 횔덜린의 표현을 빌리자면 '성스러운 옹기에 담긴
생명의 포도주'와 같을 성싶다. 이 소믈리에는 모험의 향과 색
깔을 감별하고, 모험의 온도를 감미하며, 모험을 음미한다. 짧
지만 극적으로 인생의 마술적 의미를 알게 된 한 젊은이의 경
이로운 세계! 그게 바로『위대한 몬느』의 진짜 세계다. 유년
시절을 향한 근원적인 동경, 잃어버린 삶으로의 회귀본능, 연
어의 생득적(生得的) 여행이 알알이 박힌 모험! 그 모험의 매
혹적인 힘은 동경 - 본능 - 여행과의 혈연관계를 맺는다.

---

9) 로랑 부르뇌프,『소설은 무엇인가?』, 김화영 편역, 문학사상사, 1986,
107쪽

몬느는 알랭푸르니에가 추구한 죽음의 미학이라는 핵심적인 토대 위에서 펼쳐진 모험을 가슴에 품고 동심으로 돌아간다. 이 소설의 황혼 들녘에서 '모험걸이'를 하는 몬느의 풋풋한 모습이 눈에 밟히게 마련이다. 소설 구조에 나타난 몬느의 모험 과정을 꼼꼼히 추적하는 과정에서 동심과 해끔하고 결곡한 이본이 엮어 내는 모성애의 탄력적이고 싱싱한 융합이 마음껏 개화할 터이다.

이제 이본 드 갈레의 참모습과 알랭푸르니에와의 만남이 지니는 의미에 접근할 시점이다. 『위대한 몬느』에는 남자 주인공 세 명과 여주인공 한 명이 등장한다. 보헤미안이자 진짜 놀이꾼인 프란츠는 환상적이고 비현실적이며 불투명한 미래의 꿈에 대한 자아다. 쇠렐은 현재의 자아, 즉 사회적이고 가정적이며 평화와 휴식을 취하는 자아다. 관찰자-중개인으로서 그는 프란츠와 몬느, 이본 사이를 조율해 그들의 행복을 기원한다. 반면에 결기가 녹록치 않은 몬느는 독립심과 모험심이 강하며, 단순하고 타협할 줄 모르며, 시골사람처럼 투박하고 과묵하며, 잃어버린 과거에 집착하는 동심에 대한 자아다.

10대인 이들 세 명은 나름대로 각자 영역을 지키면서도 서로의 경계를 허물고 소통을 시도한다. 이 소설가는 그들의 시도를 다양하고 절묘하게 묘사한다. 더군다나 이 삼각 구조는 아버지의 부재로 말미암아 훨씬 힘을 받는다. 등장인물들에게는 아버지가 아예 없거나, 죽거나, 혹은 있어도 있으나마나 한 유령 같은 존재에 불과하다.

이런 삼각 구조를 이루는 등장인물들의 유연한 가로지르기가 이 소설에서 탄력성과 일관성, 통일성을 곰삭게 한다. 세 인물은 서로에 대한 분신 역할을 하면서 삼투압을 형성해 자유롭게 넘나드는 물꼬를 튼다. 이 삼각 구조는 때때로 긴장과 불안, 갈등과 배신으로 말미암아 흔들린다. 하지만 강한 복원력의 열쇠를 쥔 이본에 의해 그 관계는 튼실함을 획득한다. "많은 지혜가 신에게로 인도하듯이, 많은 세월은 어머니의 집으로 인도해 준다." 카뮈의 말이다.

이본은 그들한테 어머니 집으로서의 역할을 제대로 한다. 이처럼 몬느와 쇠렐, 프란츠는 이본이라는 한 여인과 다양한 관계망을 형성한다. 이들 세 주인공은 이본을 중심으로 형성된 블랙홀로 사정없이 빠져든다. 몬느는 순수한 차원의 사랑을, 쇠렐은 '형언할 수 없는 깊고도 은밀한 우정과 사랑'을, 프란츠는 포근한 여동생과 따뜻한 어머니의 손길을 동시에 느낀다. 이본에 대한 푸르니에의 세 가지 태도인 셈이다. 그녀는 이 소설에서 줄곧 우아함 – 진지함 – 연약함이라는 삼각대를 설치하며 소녀 – 여자 – 어머니라는 삼각점을 마련한다.

그런데 작품 초점 역할을 하는 이본은 이상하게도 2부에서 전혀 모습을 드러내지 않는다. 2부에서 분명히 그녀는 부재이자 여백의 흰색으로 남는다. 일종의 공동화 현상인 부재는 물밑 현존을 은연중에 암시하는 동시에 채움을 위한 잔잔하고도 힘찬 비움의 배아 노릇을 한다. 하지만 얼핏 보면 이본은 분명히 부재 그 자체다. 그런데 이 소설을 꼼꼼히 읽어 보면 그녀를 대체하는 것들로 그녀가 현전(現前)한다는 사실을 단박에 알 수 있다.

　그녀가 휴가를 보내는 파리, 몬느가 찾는 잃어버린 영지, 간접적으로 이본을 지칭하는 용어들,(그녀, 저쪽, 예전의 아름다운 모험, 과거 나의 이상한 모험) 그리고 몬느가 그녀를 보려고 하는 강한 욕망과 꿈에 의해 그녀는 현전의 삼투압을 조성한다. 2부에서 그녀가 사라지는 것처럼 보일수록 그녀의 현전은 증대되고 있다는 말이다. 이처럼 이본은 부재 − 현전으로 소설 전체를 묵화(墨畵)의 미학으로 가득 채운다.

　평생에 걸쳐 그를 사로잡고 이 소설에서 상징화된 이본 드 갈레(실제 인물의 이름은 이본 드 키에브르쿠르(Yvonne de Quièvrecourt)이다.)라는 여인을 알랭푸르니에는 열아홉 살에 운명적으로 만난다. 알랭푸르니에가 크게 관심을 가졌던 단테와 베아트리체와의 극적인 만남과 너무 흡사하다. 단테는 아홉 살에 베아트리체를 처음 만나며 열여덟 살에 다시 만난다. 베아트리체는 다른 남자에게 시집가 스물네 살에 죽는다. 칠 년에 걸쳐 쓰인 「신곡」에서 그녀는 단테를 천국으로 인도하는 길잡이 노릇을 한다.

　우선 우리는 이 장을 살펴보기 전에 그가 이 세상에 결코 존재하지 않는 가장 아름다운 처녀를 처음 만날 때의 인상을 영상화할 필요가 있다. 특히 이본을 수식하고 그녀 이미지를 오롯이 있는 그대로 강하게 대변하는 형용사의 춤추는 향연을 눈여겨볼 필요가 있다. 1905년 6월 1일, 예수가 승천한 성목요일에 알랭푸르니에는 샹젤리제와 센 강 사이에 있는 그랑팔레(Grand Palais)를 방문한다. 날씨는 정원에 금물이 흘러

내리는 듯 화창하다. 4~5시쯤, 그가 층계를 내려온다. 그런데 훤칠한 키에 우아하고 날씬한 금발 아가씨가 검은 옷을 입은 늙은 부인의 팔을 잡고 층계를 내려온다.

이자벨 푸르니에가 지적했듯 "한 줄기 흰 백합"처럼 해끔한 그녀가 고개를 약간 세우고 그의 곁을 지나 갈 때, 그는 형언할 수 없는 고상함과 품위가 있는 그녀의 얼굴을 본다. 그들 시선이 서로 마주친다. 그는 설레는 마음으로 이 두 여인을 좇아 쿠르라렌(Cours-la-Reine)을 따라 걷는다. 단아하고 청초한 이 푸른 눈 아가씨는 어깨에 큰 검은 망토를 걸치고 장밋빛 모자를 썼으며 흰 양산을 들고 있다. 콩코르드 부두에서 그들은 배에 오른다. 푸른 눈에 선이 지나치게 섬세한 그녀의 결곡한 모습은 쳐다보기에 고통스러울 정도로 아름답다. 진지하고 심각한 그녀를 쳐다보는 알랭푸르니에! 모든 게 멈추는 것 같다.

이 여인들은 배에서 내려 생제르맹 거리를 끼고 걷는다. 이날 이후, 알랭푸르니에는 학교를 가지 않고 아가씨의 아파트 창문 밑에서 서성거리며 그녀가 나타나기를 줄곧 기다린다. 드디어 만성절(萬聖節) 일요일, 생제르맹데프레에서 검은 구두를 신은 그녀가 긴 밤색 옷자락을 끌며 마차에서 내린다. 엉겁결에 따라 내린 그는 그녀 곁으로 다가가 "당신에게 아름답다고 말한 것과 당신을 따라온 것을 용서해 주세요."라고 말한다. 그녀는 "천만에요."라고 단호하고도 냉소적으로 그를 압도하고 민망하게 한다. "난 당신을 알지 못해요. 날 내버려두세요."라고 말하며 그녀는 사라져 버린다.

특히 우리는 승화의 극치인 한 줄기 흰 백합에 시선을 주지 않을 수 없다. 지고의 세계로 이상화된 이 표현에서 우리는 순수함 - 고상함 - 아름다움뿐만이 아니라 동시에 흰색에서 비롯한 병적이고 파괴되어 버릴 것 같은 징후를 공유할 수 있다. 어떤 인간도 그녀의 육체를 생각할 수 없을 정도로 그녀는 절대미 - 절대순수 그 자체다. 수채화 한 편 같은 영화를 보는 것 같다. 이 영상은 그대로 이 소설로 옮겨져 우리 앞에서 춤을 추고 출렁인다.

1905년 극적인 만남의 잔영은 계속되다가 다음 해 더욱더 알랭푸르니에의 마음속에서 뚜렷한 물결을 일으킨다. "그녀를 보고 싶은 욕망이 내 마음을 가로질러 방황하는 날, 그녀를 결코 가질 수 없었기 때문에 내 감각은 격해지고 이따금 환각을 일으킬 정도여서 사실상 나는 내 마음속 여행을 하곤 했다." 서한집에서 한 말이다. 이 내적 여행은 이 소설가의 예술적 창조의 기초가 된다. 한 비평가는 알랭푸르니에의 위대한 만남에서 비롯한 위대한 사랑은 그의 첫 예술 작품이라고까지 말한다. 그는 오랫동안 이 작품을 애틋하게 생각하고 잘 가꾸어 나간다.

그런데 몬느의 모험에서 몇 가지 특징을 적바림할 수 있다. 바로, 신비로운 영지를 발견하기 위해 고립과 관계의 차단을 의미하는 길 잃음, 모험에 불을 지피는 무의식적인 탈출, 모험의 미학적인 왕국으로 초대하는 잠, 불안정과 고통 그리고 죽음의 전조를 상징하는 냇물 가로지르기, 육체를 초주검으로 만들어 육체적 한계를 뛰어넘음으로써 미학적 체험과 밀접한 관계를 맺는 피로, 침묵의 식사인 단식, '내면 체험의 귀착점'

인 고독과 고립, 과묵 등이다. 특히 과묵한 그의 모험은 "고통의 원천이 되는 질문과 판단에서 벗어나 오류와 거짓으로부터 자유로워진" 항해다.[10] 이런 요소들은 몽상 세계의 황홀경을 극대화하는 주요한 동인으로 늘 작용하며 서로 몽환적 울림을 일으켜 미적 시너지 효과를 임계점에 이르게 한다.

그리고 이 모험의 과정에서 넘실거리는 안정과 불안정의 대위법 및 그 내용과 작가의 의도를 꼼꼼히 들여다보아야 한다. 특히 꿈과 현실을 동시에 아우르는 집의 의미를 살피고, 빛과 어둠의 대위법이 어떻게 안정과 불안정과 손을 잡는지도 눈여겨보아야 한다. 뿐만 아니다. 이 소설에 깊게 뿌리를 박고 있는 이중성의 교향악과 미묘하고 다양한 의미에 귀를 기울일 필요가 있다.

특히 이 소설에 깊은 울림과 감흥을 북돋우고 깃들게 하는 놀이 문화를 통해, 축제와 놀이라는 핵심 용어가 보듬고 있는 상징적인 의미를 간추려 적바림하고, 프란츠의 실체가 '이상한 축제'를 연출한 알짜배기 떠돌이이자 진정한 놀이꾼이라는 사실에도 주의를 기울일 필요가 있다. 몬느는 모험을 제대로 음미할 줄 아는 진짜 모험 소믈리에다. 반면에 프란츠는 놀이의 진국을 진짜로 아는 놀이꾼이다. 몬느는 늘 혼자서만 모험을 한다. 하지만 프란츠는 사람들과 더불어 놀고 어울리며 놀이의 진수를 곰삭게 해서 갈무리하고 챙긴다. 이 소설에서

---

10) 마르트 로베르, 『기원의 소설, 소설의 기원』, 김치수 옮김, 문학과 지성사, 1999, 112쪽, 134쪽.

놀이의 파급 효과는 의외로 크다. 몬느의 모험 미학만큼이나 자유인이자 산인(散人)인 프란츠의 신명나고 재미있고 즐거운 놀이터도 만만치 않음을 알 수 있다.

지금까지 인류는 노동에 최고의 가치를 부여해 왔다. 그런데 노동은 기껏해야 인간적인 삶을 보장하는 수단일 뿐이다. 약 100만 년 전, 호모 파베르는 동물성을 던져 버리고 지구에 나타난다. 우리는 선사시대의 많은 유적에 남겨진 돌연장을 통해 인류가 노동을 본격적으로 시작했음을 알 수 있다. 인류는 노동을 통해 자신과 주변 대상을 인식하는 능력을 갖추기 시작했다는 말이다. 비로소 동물로부터 차별화된 인간이 탄생한 셈이다. 그런데 인간이 태생적인 동물성에서 비롯한 야수성으로부터 벗어나는 데는 많은 시간이 필요한 법이다. 인류학자들은 인간이 죽음을 인식한 것은 약 10만 년 전 네안데르탈인 시대인 것으로 추정한다. 그리고 약 3만 년쯤, 드디어 호모 사피엔스가 지구에 등장한다.

역사가 흐르는 동안 권력과 종교, 그에 빌붙은 추종 세력의 막강한 후원을 빌미로, 인간은 문명의 보조 수단에 불과한 노동을 절대 가치로 전면에 내세우는 잘못을 저지른다. 이데올로기가 된 노동의 막강한 가치는 온 세상을 군림하고 지배함으로써, 그 이전에 인류가 갖고 있던 소중한 유산에 돌이킬 수 없는 흠집과 상처를 입힌다. 바로 에로티시즘, 축제와 카니발, 놀이, 웃음 등이 주요 과녁이 된다. 인간의 원초적인 인간성을 입증하는 네 영역은 역사의 수레바퀴 아래에서 본모습을 잃어버리고 왜곡 – 훼손되며, 바야흐로 저주의 영역에 갇혀 탄

압과 능욕의 십자가에 매달린다.

바로 그 주범이 노동이다. 노동이 삶의 목적이자 즐거움, 심지어 행복이라는 메시지는 권력과 종교, 법의 채찍과 반복적인 교육과 끈질긴 훈련을 통해 인간을 족대기고 세뇌해 왔다. 그게 역사의 큰 줄기다. 따라서 금기의 왕국은 힘을 얻었고, 위반의 지옥은 박해와 시련을 받았다. 그런데 네 가지 특성은 본질적으로 비생산성, 소모, 상실 그리고 죽음과 연관된다고 정리할 수 있다. 생산성과 효율성을 주인으로 삼는 노동의 이데올로기는 대중들한테 옛날 본연의 즐거움과 쾌락, 웃음을 빼앗을 뿐만 아니라, 그것들을 단죄와 금기의 대상으로 삼는다. 너무나 당연한 것이다.

그런데 금기는 위반을 동무로 삼는 법이다. 공포와 극도의 유혹을 야기하는 "금기는 위반을 자극하거니와, 위반이 없다면 금지된 행동은 유혹의 사악한 섬광을 지니지 못한다."라는 말이 설득력을 얻는다.[11] 미셸 푸코는 정치(精緻)한 이론과 풍부한 현장 경험, 날카로운 필치로 그동안 억눌려 온 인간 속성인 광기와 비정상을 복원한다. 이 인류학자는 앙드레 브르통이 「2차 초현실주의 선언」에서 "오물의 작가"라고 낙인을 찍고, 사르트르와 라캉이 홀대한 조르주 바타유를 제대로 복권한다. 그런데 성 아우구스티누스는 "우리는 오물들 사이에서 태어난다.(inter faeces et urinam nascimur.)"라는 촌철살인의 비유를 우리한테 선물하지 않았던가. 진정한 신성함을 얻기 위

---

11) 조르주 바타유,『에로스의 눈물』, 유기환 옮김, 문학과 의식, 2002, 60쪽.

해선 철저히 더러워져야 한다는 모순어법이 모양을 갖춘다.

사드나 보들레르가 악의 꽃인 에로티시즘에 무게를 주다가 핍박받은 뒤 사후에 높은 평가를 받은 것처럼, 바타유는 독창적으로 이 악의 꽃이 지닌 가치를 제대로 복원했다. 특히 그는 자신의 역저인 『에로스의 눈물』 도처에서 어리석은 인간들이 노동이라는 수단을 목적으로 삼는 일에 함몰되어 왔고 아직도 매몰되어 있다고 힐책한다. 이어서 그는 에로티시즘을 "인간이 자신을 상실함으로써 참여할 수 있는 총체성"으로 멋지게 자리매김한다.[12] 여기서 총체성이란 무한한 생명력으로 가득한 신성 세계를 지칭하며, 그곳으로 가는 것은 생물적인 일차적 죽음을 통한 제2의 탄생을 의미하는 죽음이나 자기 상실에 의해서만 가능하다는 것이다.

"놀이는 이 세계에서 전개되지만, 현실 조건을 무시하는 활동이다. 놀이는 아무것에도 쓸모가 없으며, 그 의도하는 바가 유용성(有用性) 쪽으로 향하지 않는 형식들의 전제로 나타난다."[13] 따라서 무용한 것은 역설적으로 인간에게 한결 즐거움을 준다. 장자의 무용지용(無用之用)을 생각하게 하는 대목이다. 사회제도를 유지하는 근간인 유용함은 종국적으로 인간을 억압하고 소외하기 마련이다. 유용함을 강조할수록 즐거움이 그만큼 더 감소하는 법이다. 따라서 유용함은 인간을 사회제도와 기구에 정착하도록 압박한다.

---

12) 조르주 바타유, 『에로티즘의 역사』, 조한경 역, 민음사, 1998, 166쪽.
13) 로제 카유아, 『놀이와 인간』, 이상률 옮김, 문예출판사, 2003, 256쪽.

그런데 프란츠의 경우처럼, 사회의 문턱 – 주변 – 변경에는 위반의 축제를 즐기는 떠돌이가 있게 마련이다. 떠돌이는 유용성을 거부하고 성공이 아닌 실패를 늘 생활화한다. 떠돌이는 한결같게 허방치기의 고수다. 따라서 그는 떠도는 과정에서 끊임없는 실패를 통해 진짜 실패로부터 진정으로 해방될수 있다. 실패 자체를 놀이 삼아 행동과 상상력을 멋대로, 자유롭게, 마음껏 펼칠 수 있다는 말이다. 이 바람에 떠돌이의 자유는 닫힌 자유가 아니라 열린 진정한 자유가 된다. 물론 그자유에는 기존질서를 외면하고 무시하는 등 파괴적인 일면도 있다. 하지만 동시에 기존질서의 구조적 모순을 적나라하게 드러내는 등 긍정적인 면을 보이는 것 또한 사실이다. 작가는 프란츠를 통해 떠돌이의 자유를 소설에 연착륙시킨다. 그래서 프란츠는 놀이를 통해 새로운 자유의 가능성을 완벽하게 열어 보여 주는 동시에 사회제도에서 기인한 제한적인 자유의 한계와 병폐를 은밀하게 적바림한다.

"놀이의 근본적인 특징은 본능의 충족 아닌 다른 어떠한 목적에도 봉사하지 않고 놀이 자체에 만족하는 것이다." 따라서 "놀이충동은 어떤 것을 '가지고' 노는 것을 목적으로 하지 않는다. 오히려 놀이충동은 결핍과 외적인 강제를 넘어선 삶 자체의 놀이다. 공포와 불안이 없는 존재의 표명이며, 따라서 자유 자체의 표명이다." 실러는 "놀이충동의 대상을 아름다움으로, 놀이충동의 목표를 자유"로 자리매김한다. 이러한 연유로 "놀이는 자유의 실현이기 때문에 억압하는 신체적 – 도덕적 현실 이상의 것이다. 인간은 흡족한 것, 선한 것, 완전한 것과 함께 있으면 진지해진다. 그러나 아름다움과 함께 있을 때에는 유희한다."[14]

  아울러 망설임, 기다림, 삶의 어려움, 배회의 미학적인 지대인 문턱에 신경을 써야 한다. 그리고 『위대한 몬느』의 문학 공간에 스며든 계절과 바람 그리고 무한성, 순수성, 도달할 수 없는 이상향, 미지, 모험, 신비의 빛이 도는 바다의 이미지들이 이 소설의 무한한 공간과 지속적인 시간에 실재성의 흔적을 남겨 독특한 지형을 형성하는 걸 느껴야 한다.

  마지막으로 이 소설의 지평을 확대하고 심화하기 위해 여성 편훼가 어떤 모습으로 나타나는지 톺아보는 게 좋다. 알랭 푸르니에의 의향과 성품에서 비롯한 이 일탈적 행태는 의식적이든 무의식이든 간에 이 소설에 대해 좋은 인상을 가진 사람들한테 적지 않은 충격일 수도 있다. 흔히 일반적으로 작가는 자신의 무의식을 은밀한 묘사를 통해 표출한다. 문제는 그 묘사에 묻어 있는 흠집(?)을 어떤 시선으로 접근하는가에 초점이 놓인다. 다양한 시선을 기다리고 흠집마저 껴안으며 호된 매질을 버텨 나가는 게 좋은 작품의 특징이 아닐까.

---

14) 허버트 마르쿠제, 『에로스와 문명』, 김인환 역, 나남출판, 2004, 251쪽, 223쪽, 222쪽, 224쪽.

옮긴이의 말

　헌책방 순례자로 자처하면서 보물찾기에 감칠맛을 느낄 때였다. 성지는 청계천에도 올망졸망 다소곳이 있었다. 발품을 많이 팔았다. 대학교 3학년 봄날, 우연히 프랑스어 원서 『위대한 몬느』를 청계천 헌책방 한 귀퉁이에서 어렵사리 구했다. 유레카! 그 당시에는 프랑스어 원서를 구하는 게 만만치 않았다. 그래서 열심히 읽었다. 종이 내음과 인쇄 잉크 냄새가 유별났다. 깊고 짜릿한 감동과 뿌듯한 지적 흥분이었다. 사십 년 전에 찾아낸 이 책으로 번역을 하니 남다른 감회가 진하게 전해 온다. 그 후로 호주머니에 넣어 다닐 수 있도록 만든 포슈 판으로 나온 프랑스 소설들을 조금씩 모으기 시작했다. 얼추 백 권 가까이 모았고 대부분을 읽었다. 2학년 때, 이미 생텍쥐페리의 『인간의 대지』와 『어린 왕자』, 앙드레 지드의 『지상의 양식』과 『좁은 문』, 『전원 교향곡』, 그리고 앙드레 말로의 『인

간 조건』과 알베르 카뮈의 『이방인』, 보들레르의 『악의 꽃』 등
에 흠뻑 빠진 후다. 지적 충격과 감흥, 놀라움 그 자체였다.

군사 독재라는 척박하고 경직된 암흑 시대와 걸맞지 않게
친구들과 함께 퀴퀴한 하숙방과 시끌벅적한 술집에서 뜨겁
게 토론도 했다. 동숭동 산 중턱에 터를 잡은 하숙집에서 이따
금씩 날밤을 새면서 인생 문제에 미주알고주알 격론을 벌리
기도 했다. 학교 교지인 문리대 학보에 『위대한 몬느』에 대한
글을 투고해서 쥐꼬리만큼 원고료를 받기도 했다. 이러한 연
유로 알랭푸르니에에 관한 볼품없는 석사 논문을 작성했다.
그 후로는 발자크와 한참 그리고 힘겹게 놀았다. 그 결과물로
『발자크 연구』(중앙대학교 출판부, 1993)와 『고리오 영감』(민음
사, 1998) 번역본이 나왔다.

몇 해 전부터, 『위대한 몬느』에 대해 쓴 글들을 모아 책으로
묶어야겠다는 생각이 들었다. 생각의 갈피가 제대로 떠오르
지 않았다. 망설이기만 했다. 붓방아를 찧느라 많은 세월을 흘
려보냈다. 드디어 『알랭 푸르니에를 찾아서』(중앙대학교 출판
부, 2010)라는 부끄러운 결과물을 뒤늦게 만들었다. 깨뜨리고
싶은 옹기를 구운 심정이었다. 먹을 게 별로 없는 변변하지 못
한 소금엣밥을 차리고, 초라한 노둣돌을 마련한 셈이었다. 앞
으로 계속 수정하고 보완할 참이다. 이 책은 한국연구재단이
'2011년 우수학술도서'로 선정했다. 과분한 영광이다. 그러고
나서 알랭푸르니에의 유일한 소설인 『위대한 몬느』를 번역할
마음을 먹었다. 이미 세 사람이 번역을 했다. 잘못 번역된 것
이 의외로 있었고, 빠뜨려 버린 것도 종종 눈에 잡혔으며, 글

의 흐름이 매끄럽지 못한 것도 있었다.

『위대한 몬느』는 1959년 양문문고에서 김의정이 '잃어버린 사랑'이라는 제목으로 처음 우리말로 옮긴 바 있다. 이어 김치수는 원 제목을 '대장 몬느'라고 전제하고, '방황하는 청춘'으로 1972년 문예출판사에서 출간했다. 그리고 1993년 정성호는 '방황하는 청춘'이란 제목으로 도서출판 장원을 통해 번역했다. 아마도 이 세 번역가들은 '대장 몬느'라고 제목을 붙이면, 골목대장 혹은 군대 계급 따위로 오해될 소지가 있다고 판단한 듯하다. 그런데 '잃어버린 사랑'과 '방황하는 청춘'이라는 제목은 주인공의 이름을 이 소설 제목으로 잡은 작가의 의도에서 비껴 나간다. 뿐만이 아니다. 사랑과 청춘은 이 소설의 많은 주제들 중 하나일 뿐이다.

또한 이 소설을 연구한 국내 학자들은 대체로 원어대로 발음한 '르 그랑 몬느'로 이 작품을 부른다. 여러 제목을 놓고 그 장단점을 따져 봤을 때, '골목대장 몬느'나 '대장 몬느'는 몬느의 위상을 한쪽으로만 국한한다는 점이 있고, '몽상가 몬느'는 현실과 이상의 대위법이 이 소설의 벼리라는 작가의 주장으로부터 빗나간다. 따라서 몬느의 모험이 펼치는 시간성을 통시적으로 고려했을 때, 방황 – 사랑 – 청춘 – 몽상 – 골목대장을 동시에 아우르는 형용사 '위대한'을 넣어 제목을 '위대한 몬느'로 부르기로 했다. 물론 이 형용사에는 큰 키와 강한 의지에 대한 알랭푸르니에의 각별한 감탄과 존경의 감정도 녹아 있다.

이제 우리는 이 여정을 마무리할 지점에서 몇 가지 석연치 않은 문제에 대해 되짚어 봐야 할 듯싶다. 비트겐슈타인은 "내 책은 두 부분으로 이루어졌다. 이 책에 쓰인 분과 쓰이지 않은 부분이다. 그리고 정말 중요한 부분은 바로 이 두 번째 부분이다."라고 말한다. 어떤 이는 말할 수 없는 것에 대해서는 침묵해야 한다고 쐐기를 박는다. 굳이 써지지 않은 부분과 말할 수 없는 것에 대해 호기심이 동하는 건 어디에서 비롯하는 건가. 독자 여러분들에게 해답의 몫을 넘기고 싶다.

1. 고질병이 도져 떠돌이 생활에 이력이 난 프란츠는 과연 유토피아적 귀환을 하는가. 미학적인 차원을 떨쳐 버리고 윤리적이고 자잘한 일상성에 매몰된 이 방랑자는 과연 발랑틴과의 결혼 생활을 행복하게 지속할 수 있을까. 골수에 박힌 그의 역마살이 일상성에 항복하며 사화산이 될 수 있을까. 너울성 파도 같은 그의 성품은 언제 터질지 모르는 방랑벽을 시한폭탄처럼 내장하고 있다. 이 나그네는 타고난 놀이꾼 기질에서 과연 벗어날 수 있을까. 혹시 결혼마저 놀이로 생각하는 게 아닐까. 화자 쇠렐이 그들의 결혼 모습에서 발랑틴이 문턱을 빗질하는 외양만을 이 소설 끝자락에서 살짝 보여 주기에, 우리는 더욱더 불안과 조바심을 느낀다.

2. 몬느는 딸과의 모험에서 정녕 미학적 재현을 실현할 수 있을 것인가. 정녕 몬느는 마르지 않는 모험의 샘 주위를 맴돌고 있는 게 아닐까. 이름 없는 그의 딸은 언제까지 무명 상태, 즉 미학적 차원으로 남아 있을 것인가. "사람에 의해 이름 붙은 순간/ 사람이 모르는 다른 이름을 찾아/ 길 떠나야 하는 꽃들이 있다고 들었습니다."라고 은유의 화살을 쏜 어느 시인의

말처럼, 이들은 과연 세월의 파괴자로부터 안전할까. 기우에서 비롯한 어리석은 질문이다. 하지만 모험을 향한 채워지지 않는 허기증을 느껴 우물 근처를 머뭇거리는 그의 구도자적인 모습이 눈에 밟힌다.

3. 이 소설의 본연적 정체성을 벗어난 일탈적인 것들이 의외로 많다. 순진한 쇠렐은 다니엘 카페에서 술꾼들이 논쟁하는 것을 듣고, 주인 몰래 친구들과 술을 훔쳐 마신다. 그리고 항구 카바레에서 선원들과 여자들이 마음을 달래려고 부르는 노래, 들루슈의 나이에 걸맞지 않은 타락한 어른 행세, 여러 번에 걸쳐 나타나는 도둑질, 쇠렐 선생에 대한 몬느와 프란츠의 오만한 행동, 지고지순한 이본이 보여 준 범속한 아낙네와 같이 거칠고 볼품없는 행동거지 등이 그러하다. 그리고 무엇보다 아직도 어린 몬느한테는 왜 그의 정체성과 걸맞지 않은 위선적이고 불순한(?) 행태들이 계속 나타나는가. 술집, 술꾼들의 주정, 매춘부, 부랑배, 창녀들과의 지키지 못할 약속을 하는 작태, 발랑틴에 대한 이중적이고 모순적이며 야멸찬 접근 방식과 대화, 그녀와의 육체적 관계와 동거 생활 등이 몬느의 위상에 흠집을 낸다.

4. 피터팬 콤플렉스, 과잉 보바리슴, 마술적 이상주의, 성적 엄숙주의 등에 중독된 이 소설을 청소년들한테 마음먹고 자신 있게 권장할 만한가. 왜 작가는 소설에 등장하는 여성들을 폄하하고 그들의 가치를 깎아내리며 흠과 생채기를 주는가. 어떤 때는 노골적으로, 어떤 때는 지밀하고 노회하게 일어나는 일련의 일탈적인 흐름을 고려할 때, 이 소설을 무작정 칭송

할 수만 있는가.

5. 죽은 자만이 무언과 침묵의 천국을 구축하고 산 자들의 행적을 주시한다면 이 소설의 진정한 메시지는 과연 무엇인가. 선뜻 대답할 수 없다. 여전히 질문 속에 대답이 내장되어 있는 것은 아닐지. 아니면 질문이 질문으로 계속 이어지는 게 혹시 진짜 대답은 아닐까. 끝으로 프란츠가 주도하는 2부 몇 장을 제외하고 이 소설에서 웃는 인물을 거의 만날 수 없다. 그 까닭은 과연 무엇일까. '가뭄에 콩 나듯', 웃음 관련 단어들이 성경에서처럼 극히 드물다. '미소를 짓다(sourire)'와 '웃다(rire)'라는 단어가 이처럼 희귀한 이유는 어디에 있을까. 웃음의 밑거름이 되는 희극적인 것의 원칙이 과연 무엇이기에 그들은 웃지 않는 것일까. 특히 핵심 주인공들은 웃음과는 거리가 멀다. 웃음은 사람들의 기대를 벗어나면서 상대방에게 해를 끼치지 않는 편안함과 약간의 저급함을 동무로 삼는 게 정설인데도 말이다.

마무리할 지점이다. 다만 『알랭 푸르니에를 찾아서』와 『위대한 몬느』가 연구자들과 독자들한테 소박한 마중물이 됐으면 하는 바람이다. 그리고 2014년은 영원한 어린 아이인 알랭 푸르니에가 서거한 지 백 년이 되는 해다. 백주년에 작은 일조를 하고 싶었다. 많은 꾸지람을 기다린다. 그리고 글의 흐름을 힘 있고 매끄럽게 하려고 의성어와 의태어, 부사와 형용사를 이따금 그리고 적절하게 사용했다. 글맛을 돋우는 문장의 결을 잘 챙겨 주고, 글의 물꼬를 매끄럽게 터 주는 걸 도와준 제자 이광진 박사와 꼼꼼하게 원고를 수정해 준 송선, 민음사 관계자 여러분께 감사의 말을 하고 싶다. 그리고 내 반려자 전혜선과 손자 범호(凡虎), 며느리 이선미한테 따뜻한 고마움을 전하고 싶다.

끝으로 번역본은 *Le Grand Meaulnes*(Le Livre de Poche, 1970)를 사용했다. 우리말을 잘 가꾸려고 『우리말 큰 사전』(한글학회, 어문각, 1991)과 『토박이말 쓰임사전』(이근술 – 최기호, 동광출판사, 2001)을 이용했다.

2014년 9월

박영근

작가 연보

1886년   10월 3일, 라샤펠당지용에서 출생. 본명은 앙리알
             방 푸르니에(Henri-Alban Fournier).

1889년   여동생 이자벨 푸르니에 출생.

1891년   10월 1일, 부부 교사인 부모가 에피네이유로 전근.
             소설에서 생트아가트로 불리는 이곳에서 어린 시
             절을 보냄.

1898년   10월, 파리에 있는 볼테르 학교에 입학하여 우수한
             성적으로 이수.

1901년   9월, 해군장교가 되기 위해 대서양변에 있는 브레
             스트 고등학교에 입학하였나 학교 생활에 적응하
             지 못해 고향으로 돌아감.

1903년   1월, 부르주 고등학교 수사학반에 입학해서 대학
             입학 자격시험에 통과. 부모가 라샤펠당지용으로

전근하여 소(Sceaux)에 있는 라카날(Lakanal) 고등
학교에서 고등사범학교 입학시험 준비반에 입학.
이곳에서 자크 리비에르를 만남.

1907년 　 7월, 고등사범 입학시험에 합격. 10월에 이 년간
의 군 복무를 위해 입대. 12월 25일, 처음으로 알랭
푸르니에라는 필명으로『여인의 육체(Le corps de
la femme)』를《위대한 잡지(La grande revue)》에 게
재. 원래는 앙리 푸르니에라는 이름으로 발표하려
고 했으나 해군 제독과 자전거 경기 선수와 같은
이름이기 때문에, 주위로부터 사용하지 않는 게 좋
겠다는 충고를 받아들임.「폐허 속의 사랑(L'amour
cherche les lieux abandonnés)」(1910),「세 시골 여자
의 기적(Le Miracle de trois dames de village)」(1910),
「소작 여인의 기적(Le Miracle de la Fermire)」(1911),
「자화상(Portrait)」(1911) 등과 같은 글을 여러 잡지
에 발표.

1912년 　 5월, 연극계에서 시몬 부인이라고 불리는 카지미
르 페리에와의 숙명적인 만남. 부인의 비서였던 알
랭 푸르니에는 10월부터 편지를 교환하기 시작해
1913년 6월, 사랑을 고백하고 전사할 때까지 편지
를 주고받음. 12월,『위대한 몬느』집필 완료.

1913 　 『하얀 비둘기』를 집필하기 시작. 시몬 부인을 위한
연극 대본인「숲 속의 집」집필. 7월부터『위대한
몬느』가《N.R.F.》에 게재되다가 같은 해 10월, 에

밀 폴 출판사에서 처음으로 출간. 12월, 공쿠르 상
심사에서 낙선하나 1963년부터 무려 400만 권 이
상의 판매를 기록.

1914년   8월 1일, 1차 세계 대전에 동원. 9월 22일, 생레오드
뫼즈에서 전사. 사후 칠십칠 년이 지나 전우 21명
과 함께 시신이 발굴되어 생레미라칼론 국립묘지
에 매장. 그의 묘비에는 "1914년 9월 22일 보생레
미 전투에서 장렬하게 쓰러진 용감한 장교로서 은
별의 군공장(軍功章)을 받음."이라고 쓰임.

1920년   『가족에게 보낸 서한문(Lettres à sa famaille)』이 에
밀 폴 출판사에서 처음으로 출간. 부모와 여동생에
게 보내는 편지가 수록된 이 작품은 이후 여러 번
에 걸쳐 개정판이 출간되며 알랭푸르니에의 면면
을 살피는 데 중요한 역할을 함.

1924년   『알랭푸르니에의 추억들(Images d'Alain-Fournier)』
을 쓴 알랭푸르니에의 여동생인 이자벨 리비에르와
자크 리비에르가 알랭푸르니에의 시와 산문 등을 엮
어 낸 문집 『기적(Miracles)』이 N.R.F.와 1986년 파
이야르 출판사에서 출간. 처남이 된 자크 리비에르
는 서문에서 알랭 푸르니에의 성품과 문학세계를
특화해 요약했으며 1905년에서 1906년 사이에 쓴
미발표 시 7편과 1907년에서 1911년 사이에 각종
잡지에 발표되거나 미발표된 산문과 글 등을 엮음.
레지옹 도뇌르 훈장 수여.

1925년   서한집 『자크 리비에르와 알랭푸르니에와의 서한집(Correspondances Jacques Rivière et Alain-Fournier)』 출간.

1930년   『친구 베에게 보낸 서한문(Lettres au petit B.)』 출간.

1973년   『알랭푸르니에와 페기와의 서한집(Correspondances Fournier — Péguy)』이 뒤늦게 출간. 이 서한집에는 『위대한 몬느』를 구상하는 과정에서 알랭푸르니에가 친구이자 시인이며 독실한 신자인 샤를 페기에게서 영향을 받았음이 드러남. 샤를 페기는 이 작품을 읽고 "그 멋진 사람이 제게는 한순간도 낯설지 않습니다. 그는 그야말로 뛰어난 대장입니다." 라고 회신.

1986년   『회화, 마음 그리고 정신, 앙드레 로트와 알랭푸르니에와 자크 리비에르와의 미발표된 서한집 (La peinture, le coeur et l'esprit, correspondance inédite entre André Lhote, Alain-Fournier et Jacques Rivière 1907~1924)』이 삽화를 곁들인 두 권으로 보르도에 있는 윌리엄 블레이크 출판사에서 출간.

1990년   "완성된 것이 아니기 때문에 출판해서는 안 된다."라는 작가의 메모에도 불구하고, 유고집 『하얀 비둘기』가 그의 사후 75주기를 기념해 출간.

1992년   『알랭푸르니에와 시몬 부인과의 서한집(Alain-Fournier — Madame Simone, Correspondance 1912~1914)』이 같은 출판사에서 극적으로 출간.

세계문학전집 **325**

위대한 몬느

1판 1쇄 펴냄 2014년 9월 12일
1판 5쇄 펴냄 2023년 3월 14일

지은이 알랭푸르니에
옮긴이 박영근
발행인 박근섭, 박상준
펴낸곳 (주)민음사

출판등록 1966. 5. 19. (제 16-490호)
서울특별시 강남구 도산대로1길 62(신사동) 강남출판문화센터 5층 (우편번호 06027)
대표전화 02-515-2000 팩시밀리 02-515-2007
www.minumsa.com

박영근 © (주)민음사, 2014. Printed in Seoul, Korea

ISBN 978-89-374-6325-9 04800
ISBN 978-89-374-6000-5 (세트)

* 잘못 만들어진 책은 구입처에서 교환해 드립니다.

민음사 세계문학전집

세계문학전집 목록

세계문학전집은 계속 간행됩니다.